ROBIN
知更鸟

看见你灵魂所有的颜色

THE GIRL
YOU LEFT BEHIND

JOJO MOYES

永不言弃

［英］乔乔·莫伊斯 著 张源 译

广西科学技术出版社

著作权合同登记号：桂图登字：20-2015-005

THE GIRL YOU LEFT BEHIND By JOJO MOYES
Copyright © Jojo's Mojo Ltd., 2012
This edition arranged with CURTIS BROWN - U.K
through BIG APPLE AGENCY, INC., LABUAN, MALAYSIA.
Simplified Chinese edition copyright:
2015 Guangxi Science and Technology Publishing House Ltd.
All rights reserved.

图书在版编目（CIP）数据

永不言弃 /（英）莫伊斯（Moyes, J.）著；张源译.—南宁：广西科学技术出版社，2015.10（2016.5重印）

ISBN 978-7-5551-0461-2

Ⅰ.①永…Ⅱ.①莫…②张…Ⅲ.①长篇小说-英国-现代 Ⅳ.①I561.45

中国版本图书馆CIP数据核字（2015）第209183号

YONG BU YAN QI
永不言弃

作　　者：〔英〕乔乔·莫伊斯		译　　者：张　源
产品策划：何　醒　孙淑慧		产品监制：孙淑慧
责任审读：张桂宜		责任编辑：孙淑慧
封面设计：lemon		版式设计：张丽娜
责任印制：林　斌		责任校对：曾高兴　田　芳

出 版 人：韦鸿学　　　　　　　　　　　　　出版发行：广西科学技术出版社
社　　址：广西南宁市东葛路66号　　　　　　邮政编码：530022
电　　话：010-53202557（北京）　　　　　　0771-5845660（南宁）
传　　真：010-53202554（北京）　　　　　　0771-5878485（南宁）
网　　址：http://www.ygxm.cn　　　　　　　 在线阅读：http://www.ygxm.cn

经　　销：全国各地新华书店
印　　刷：北京富达印务有限公司
地　　址：北京市通州区潞城镇前北营村　　　　邮政编码：101117
开　　本：880mm×1240mm　　1/32
字　　数：364千字　　　　　　　　　　　　　印　　张：17.25
版　　次：2015年10月第1版　　　　　　　　 印　　次：2016年5月第2次印刷
书　　号：ISBN 978-7-5551-0461-2
定　　价：42.00元

献给我的丈夫查尔斯

目录

第一部分

Chapter 1

我的孤独只有你看得见 __12

最黑暗的日子里，总要有些最闪亮的希望，才能支撑着人活下去。所以，苏菲没有把爱德华留给她的画像藏起来。她需要曾经的美好提醒自己，未来他们一定会再在一起。

直到有个德国指挥官盯上她。

"我已经很久没跟别人讨论过艺术了。"他对着那幅画像说，但他落在画像上的目光仿佛触摸到了苏菲的身体。

Chapter 2

两个普通人

"我们能休战吗，就几个小时？"他问我，"你忘记我是敌人，我忘记你是敌人，我们只是……两个普通人？"

休战？普通人？这听起来好笑、可气。一个德国指挥官竟然请求一个法国人，像什么也没发生过一样和平共处！

可事实上，等音乐终于停止，我抬头看他，他的眼睛里噙满泪水。

Chapter 3

我看到一片海，在他眼里结成冰

意识离我越来越远，一个声音却越来越刺耳：这是一笔交易。我唯一能做的就是等他结束，然后兑现承诺，让爱德华回家。

然后，我看到他的眼神变得晦涩，透露着一股惊慌。

"我不要你这样！我要……我要这个画上的女孩！"画上的女孩挑衅、性感。那是我的脸。

"出去。"他轻声说。

Chapter *9*

盲目的信仰

生命中有许多事情比赢更重要，丽芙相信这一点。可是真到输了的那一刻，她有一种奇怪的感觉，如失去亲人一般。

仿佛她不是丽芙，而是苏菲，刚刚从过去穿越回来的苏菲。

她突然意识到，生活其实就是一种盲目的信仰。哪怕接二连三地遭遇阻碍，也要再一次向前走。

Chapter *10*

希望，开启生活更多好的可能

希望破灭的那一刻，是最轻松的一刻。有时候，恰恰是希望才让生活难过。

如今希望没有了，丽芙决定放开。"对不起，苏菲。"她说。

跌跌撞撞地走回座位上，想着怎么会有如此空虚的感觉。

然后她听到了：

"对不起，打扰一下。"

第一部分

Chapter *1*
我的孤独只有你看得见

————— ◆ · ◆ —————

　　最黑暗的日子里，总要有些最闪亮的希望，才能支撑着人活下去。所以，苏菲没有把爱德华留给她的画像藏起来。她需要曾经的美好提醒自己，未来他们一定会再在一起。

　　直到有个德国指挥官盯上她。

　　"我已经很久没跟别人讨论过艺术了。"他对着那幅画像说，但他落在画像上的目光仿佛触摸到了索菲的身体。

1

1916 年 10 月，佩罗讷

我梦见好多好吃的。

香脆的法棍面包在烤炉里散发着热气；熟奶酪的边延伸到盘子边上；还有葡萄和梅子，满满地装了好几碗。那些葡萄和梅子的颜色很深，味道很浓，空气里全是它们的香味。

我正要伸手去拿，却被姐姐拦住。

"走开，"我嘟囔着，"我好饿。"

我想先啃一口那块诱人的奶酪，然后在热面包上厚厚地抹上一层，再抓一颗葡萄送到嘴里。我马上就要尝到那甘甜的味道了，马上。可就在这时，姐姐抓住了我的手腕。

"苏菲，醒醒。"

好吃的慢慢消失，香气渐渐散去。我伸手去抓，它们却像泡沫一样"啪啪"地一下消失了。

"苏菲。"

"嗯？"

"他们把奥雷利恩抓起来了！"

我侧过身，眨了眨眼。

姐姐跟我一样，头上戴着一顶棉帽子，手上端着蜡烛。她脸上毫无血色，微弱的烛光下，两只惊恐的眼睛瞪得大大的。"他们把奥雷利恩抓起来了！就在楼下。"

我的大脑瞬间清醒。

楼下传来几个男人的叫喊声，他们的声音在院子里回荡，吓得鸡窝里的母鸡一直叫。漆黑的夜，空气里弥漫着恐惧的味道，像是有什么不好的事情要发生。

我从床上坐起来，裹上睡袍，摸索着把床头柜上的蜡烛点上，磕磕绊绊地越过姐姐走到窗边，看着楼下院子里的士兵。刺眼的车灯打在他们身上，还有我弟弟。他两只手抱住头，试图避开打在他身上的枪托。

"发生什么事了？"

"他们知道那头猪的事了。"

"什么？"

"肯定是苏埃尔先生举报了我们。我在房间里的时候听见他们喊了。他们说如果奥雷利恩不说出那头猪在哪儿的话，就带走他。"

"他什么也不会说的。"我说。

听到弟弟大叫一声，我们都吓得往后一缩。此刻我几乎认不出姐姐了：二十四岁的她看上去比实际年龄老二十岁。我知道我脸上惊恐的表情跟她一模一样。

"有个指挥官跟他们一起来的。如果被他们找到，"伊莲娜小声说，她一定吓坏了，声音断断续续的，"我们全都会被抓起来，他们会拿我们开刀，杀一儆百。到时候孩子们可怎么办？"这正是我们一直担心的。

我的大脑飞速运转着，但其实根本无法思考。我害怕弟弟可能说出什么。我披上一条披肩，蹑手蹑脚地走到窗边，偷偷看着外面院子里发生的一切。指挥官的出现说明，这不是几个喝醉的士兵想通过打人来发泄一下那么简单。

我们有麻烦了。他的出现意味着我们犯了很严重的罪行。

"他们会找到的，苏菲，用不了几分钟。我们……"伊莲娜因为恐惧提高了音量。

我脑子里一片空白。我闭上眼睛，随即又睁开。"下楼。"我说，"就说什么都不知道，问他奥雷利恩到底做错了什么。跟他说话，分散他的注意力。在他们进屋之前帮我争取点时间。"

"你要做什么？"

我抓住姐姐的胳膊。"快去，但是对他们什么也别说，明白吗？不管他们说什么都不要承认。"

姐姐犹豫了一下，朝走廊跑去，她身上的睡袍狼狈地拖在地上。那几秒钟里，我感觉到前所未有的恐惧扼住了我的喉咙，整个家庭的命运全都压在我肩上。我冲进父亲的书房，把大书桌的抽屉翻了个遍,把里面的东西——几支旧钢笔、废纸、坏表的零件、老账单——全都抓出来扔到地上,谢天谢地,最后终于找到了我要找的东西。然后,我跑下楼,打开地窖的门,三步并作两步地冲下冰冷的石阶。黑暗中,我的步伐异常稳健,甚至可以不必借助摇曳的烛光。地窖里的啤酒桶曾经一直堆到屋顶(现在都空了,就像我们的胃)。我把其中一个空桶推到一边,打开那台老铸铁面包炉的门。

我藏起来的小猪崽迷迷糊糊地眨了眨眼。它站起来,从它的稻草床上盯着外面的我。我们是在吉拉尔先生的农场被征用时把它救出来的。仿佛是上帝恩赐的礼物一般,它和那些被装上德国人汽车的猪崽走散了,并迅速地躲进了普瓦兰奶奶厚厚的裙子里。自此之后的好几个星期里,我们一直用橡子和剩饭养着它,盼着它能长大点,好让大家都吃上点肉。过去一个月里,"红公鸡"酒吧每个人都在期待享受那脆脆的猪皮、嫩嫩的猪肉。

外面又传来弟弟的一声叫喊,接着是姐姐的声音,她说得又快又急,一个德国军官严厉的声音打断了她。小猪的眼睛闪着智慧般地看着我,像是它理解我们,并接受自己的命运。

"对不起,小家伙。"我小声说,"但现在只有这个办法了。"说着,我向它伸出了手。

回到卧室,我把咪咪叫醒,只跟她说她必须跟我出去但不能说话——前几个月里,这个孩子已经目睹了很多事,所以问都没问就按我说的做了。她抬头看看抱着她小弟弟的我,一只手抓住我的手,迅速滑下床。

冬天来了，外面的空气很冷，傍晚早些时候我们生过火，空气中的烟味还没有散去。透过石拱门，我看到了那个指挥官，略作犹豫。这个人和上任指挥官比起来瘦一些，胡子刮得很干净，给人的感觉除了冷漠，还有些智慧。不过，正是智慧，让我觉得更害怕。

这位新指挥官若有所思地打量着我们的窗户，或许是在考虑，这里是不是比那些德国高级军官现在住的傅里叶农场更适合当军营。我怀疑他知道我们这儿的高度足以让他看到整个镇子。这里有马厩，有十个房间，以前我们家是镇上很繁华的旅馆。

伊莲娜倒在鹅卵石道上，张开胳膊护着奥雷利恩。一个德国士兵举起了枪，但那个指挥官抬起手制止了他。

"站起来。"他命令道。伊莲娜踉跄地后退几步，跟他拉开距离。我瞥了一眼，她脸上全是泪水。

咪咪看到她妈妈的时候，我感觉到她抓着我的手紧了紧，我捏捏她的手表示安慰，虽然此时我的心也提到了嗓子眼。然后大步走了出去。

"我的天哪，发生了什么事？"我的声音飘进院子里。

指挥官朝我看了一眼，我的语气让他很惊讶：一个年轻女人穿过院子朝他走来，裙边有一个吮着大拇指的小孩，怀里紧抱着一个襁褓中的婴儿。我的睡帽有点歪了，白色的纯棉睡袍贴在我身上几乎看不出来是件衣服。我祈祷他没有听到我怦怦的心跳声。

我开门见山地对他说："我们犯了什么罪，值得你们这个时候跑来惩罚我们？"

我猜他自从离开故乡后，就没有听到过哪个女人如我一般跟他这样说话。院子里突然的沉默让人不由得一惊。

"你是？"

"勒菲弗太太。"

我看得出他在找我的结婚戒指。其实他不必这么麻烦：跟这里的大多数女人一样，我早就把戒指拿去换吃的了。

"太太，我们收到消息，说你们非法饲养牲畜。"

他的法语还算流利，这说明他之前来过占领区；他的声音很平静，说明他不是一个会因为意外而失去方寸的人。

"牲畜？"

"有可靠的消息说，你们养了一头猪。你们应该知道，根据指令，私自扣留政府牲畜是要坐牢的。"

我迎上他的目光。"我很清楚是谁告诉你们这个消息的。是苏埃尔先生，对不对？"因为激动我脸颊绯红，搭在肩上的头发似乎也立了起来，扎得我脖颈生疼。

指挥官回看他的一个部下，那个部下朝旁边看了一眼，告诉他我说对了。

"指挥官先生，苏埃尔先生每个月至少要来这里两次，他想趁我们丈夫不在的时候说服我们，让我们接受他特别的安慰。因为我们选择拒绝他所谓的善意，所以为了报复我们，他就到处散播谣言，陷害我们。"

"如果消息来源不可靠的话，官方是不会行动的。"

"我想说的是，指挥官先生，你们的这次到访恰恰说明不是这样。"

他看我的眼神令人捉摸不透。

他转身朝房门走去，我跟在他后面，提着裙子磕磕绊绊地努力跟上。我知道，光是这样大胆地跟他说话就已构成犯罪了。但是那一刻，我不害怕。

"您看看我们，指挥官先生，我们看起来像是那种天天吃牛肉、烤羊羔或者猪肉片的人吗？"他转过身来，目光闪烁地看着我睡袍下隐约可见的瘦削手腕。光去年一年，我的腰就瘦了两英寸。"我们有因为我们旅馆里丰盛的存货而看起来特别丰满吗？我们原来的二十几只母鸡现在只剩下三只，我们开心地养着这三只母鸡，喂它们吃的，好让你的部下可以来把鸡蛋拿走。而与此同时，我们却过着德国当局所谓的节俭生活——减少肉类和面粉的配额，吃着沙子和麸皮做的面包。那些面包差到没法喂牲口。"

他走到后面的走廊上，穿过去走到酒吧间，脚步声在石板上回响。他犹豫了一下，然后厉声发令。不知道从哪里冒出来一个士兵，递给他一盏灯。

"我们没有牛奶喂孩子，孩子们饿得直哭，我们因为缺乏营养生病。而你们却大半夜地跑来，吓唬我们两个女人，虐待一个无辜的男孩，打我们，威胁我们，就因为你们听到了一个下流人散播的谣言，说我们正在享受大餐？"

我的双手在颤抖。他看到宝宝不舒服地动了动，我这才意识到自己因为太紧张，把孩子抱得太紧了。我后退几步，调整了一下披肩，小声地哄了哄宝宝，然后又抬起头来。

我无法掩饰自己声音中的痛苦和愤怒。

"请您进去搜吧，指挥官先生。把我们家翻个底朝天，把那点还没来得及糟蹋的东西全糟蹋完。外面这些屋子也好好搜搜，你的人还没进去确认过哪些是他们想要的呢。等你们找着那头神秘的猪，我希望你的部下能好好享用它。"我盯着他的眼睛，比他预想的多盯了一会儿。我能看到姐姐正在用裙子给奥雷利恩擦伤口，试图替他止血。三个德国士兵站在那儿看着他们。

现在我的眼睛已经适应了黑暗，我看到那个指挥官已经乱了阵脚。他的部下眼睛里透着不安，等着他下命令。他可以让他的部下把我们家洗劫一空，然后把我们全都抓起来，以此作为我无礼的代价。但我知道他在想苏埃尔，想自己是不是真的被误导了。他看上去不像是那种喜欢被别人看到自己犯错的人。

以前我和爱德华经常打扑克牌，他曾经笑着说不能跟我当对手，因为我从来不会把真实情绪表露在脸上。现在，我对自己说，一定要牢记：这将是我玩过的最重要的一场游戏。我和那个指挥官对视着，有一瞬间，我觉得整个世界都静止了：我能听到，远处前线传来的隆隆枪炮声，姐姐在咳嗽，笼子里那几只可怜的、骨瘦如柴的母鸡在胡乱抓。周围的一切逐渐散去，到最后只剩下我和他，面对着彼此，进行着真相的博弈。

我发誓我能听到自己心脏跳动的声音。

"这是什么？"

"什么？"

他把灯举起来，惨白暗黄的灯光下，那幅画被照亮了，那是我和爱德华刚结婚时爱德华为我画的。那是结婚的头一年，我又厚又亮的头发披在肩上，皮肤白皙嫩滑，看向画外的目光中透着被爱之人才有的骄傲和沉着。几周前我把这幅画从藏着的地方拿了下来，并且对姐姐说，我才不会让德国人决定我在自己家里该看什么。

他又把灯举高了一点，想看得更清楚。"别把它挂那儿，苏菲，"伊莲娜曾经警告过我，"会惹麻烦的。"

他终于转过身来看着我，看看我的脸，然后又看看那幅画。他的样子好像对那幅画很是恋恋不舍。

"是我丈夫画的。"我不知道自己为什么要告诉他这个。

或许是因为我正义愤填膺，或许是因为画上的那个女孩跟站在他眼前的这个女人截然不同，或许是因为站在我脚边这个哭泣的金发孩子。来到占领区两年后，这些指挥官可能也已经不会因为一点小小的不敬而随意骚扰我们了。

他又盯着那幅画看了一会儿，然后看看自己的脚。

"我想我们都已经说清楚了，太太。我们的谈话还没有结束，但今晚我不会再打扰你们了。"

他看到我脸上几乎毫不掩饰地闪过一丝惊讶，我发现这让他在某些方面得到了满足。或许让他知道我原本以为自己死定了，这就足够了。

这个男人很聪明，而且敏感。我以后必须得小心了。

"集合。"

他的部下一如既往地严格执行他的命令，转过身朝外面的汽车走去，车头灯照出他们军装的轮廓。我跟在他身后，一直走到门外才站住。我听到他说的最后一句话，是命令司机朝镇上开去。

我们在那里等着，看着那辆军用车重新上路，车头灯照着坑坑洼洼的路面慢慢驶远。伊莲娜开始发抖。她挣扎着站起来，眼睛紧紧闭着，抚在额头上的手关节发白。奥雷利恩局促地站在我旁边，抓着咪咪的手，为自己像个孩子似的哭泣感到尴尬。

我一直等到最后一息汽车引擎声也消失了才开口说："疼吗，奥雷利恩？"我摸着他的头问。皮肉伤，还有擦伤。什么样的人才会对一个手无寸铁的男孩子动手？

他缩了一下。"不疼。"他说，"他们没吓到我。"

"我以为他会把你抓起来。"伊莲娜说，"我以为他会把我们全都抓起来。"她这个样子让我觉得害怕：她看上去像是走在深渊边缘，摇摇欲坠。她擦擦眼睛，挤出一丝微笑，蹲下抱了抱她女儿。"这帮德国蠢货，把我们都吓坏了，是不是？妈妈真笨，竟然被吓到了。"

那孩子看着她妈妈，沉默而严肃。有时我会怀疑，我还能不能再看到咪咪的笑容。

"对不起，我现在没事了。"她继续说道，"我们都进去吧。咪咪，我们还有点牛奶，我去给你热热。"她用沾血的睡袍擦了擦手，然后朝我伸出手来，想把小宝宝抱过去。"要不要我来抱小让？"

我开始痉挛似的抖起来，好像我此时才意识到自己刚才应该多害怕。两条腿软绵绵的，全身所有的力气似乎都泄到了鹅卵石上，我迫切地想要坐下。"好，"我说，"我想应该给你抱。"

姐姐伸出手来，然后低低地叫了一声。此刻躺在毯子里，被整整齐齐地包裹着，几乎一点儿也没暴露在夜晚的空气中的，正是那头鼻子毛茸茸的粉红色小猪。

"小让还在楼上睡觉。"我说。我连忙伸出一只手撑住墙，好让自己站稳。

奥雷利恩朝伊莲娜身后看看，大家都看着那头小猪。

"我的天哪！"

"它死了没？"

"我给它用了点氯仿。我记得爸爸书房里有一瓶，是他收集蝴蝶标本的时候留下的。它应该待会儿就醒，不过我们得换个地方养它，以防他们什么时候再回来。你们知道，他们肯定会回来的。"

然后奥雷利恩笑了，伊莲娜弯下腰让咪咪看了看那头昏迷的小猪，三人都笑了。那种难得的、缓缓的、开心的笑。伊莲娜一直在摸它的鼻子，她一只手捂住脸，似乎不敢相信自己手里抱着的就是那头小猪。

"你把这头猪抱到了他们面前？他们跑来这里，你就这样把它抱到了他们鼻子底下？然后你还告诉他们不应该来这儿，让他们走？"伊莲娜的声音里充满了不可思议。

"就在他们的猪鼻子底下。"奥雷利恩突然恢复了一点气势。

"哈！我就在他们的猪鼻子底下抱着它！"我坐在鹅卵石上开始大笑起来。

我一直笑啊笑，直到皮肤开始发冷，我也不知道自己到底是在笑，还是在哭。弟弟可能是怕我疯了，拉起我的一只手靠在我身上。他14岁，有时像个大男人，很勇猛，有时又像个孩子，需要有人安慰。

伊莲娜还陷在沉思中。"要是我早知道……"她说，"你怎么会这么勇敢呢，我的妹妹！是谁把你变成这个样子的？我们小时候，你胆子小得像只老鼠。"

我也不确定自己是不是知道答案。

最后，我们终于回到屋子里。伊莲娜忙着用锅子热牛奶，奥雷利恩开始洗自己那张被揍得不像样的脸，而我则站在那幅画像前默默注视。

那个女孩，那个嫁给爱德华的女孩，回眸看着我，她脸上的表情我看不懂。在别人都没有发觉的时候，爱德华早就看穿了我：那种对于得失了然自得的笑容透着智慧，还有一种骄傲。他巴黎的朋友发现他爱上我——一个售货员——时，很不理解，而他只是笑笑，因为他早就发现了我身上的这些特质。

我一直都不知道他是否明白，我曾经、现在所做的一切都是因为有他在。

我站在那儿，盯着画中那个女孩，回忆和爱德华一起的曾经和感觉。那时没有饥饿和恐惧的困扰，我整天想的都是怎么度过跟爱德华在一起的日子。他让我想起这个世界也可以是美丽的，我的世界里也曾充满了一些不一样的东西——艺术、快乐和爱——而不是恐惧、荨麻汤和宵禁。我从画中人的表情里看到了他的影子，随即意识到自己刚刚做了什么。是他曾提醒我，我也是有力量的，是他让我想起，我还可以抗争。

等你回来的时候，爱德华，我发誓我会变回你画中的那个女孩。

▶ 2

到吃午饭的时候，那个小猪崽的故事已经传遍了佩罗讷。红公鸡酒吧里的顾客络绎不绝，虽然除了咖啡外我们没什么东西供应。啤酒只是偶尔供应，那几瓶贵得要命的葡萄酒更是无人问津。好多人来店里就只是为了说一句希望我们今天过得愉快，这让我们很吃惊。

"你把他狠狠地骂了一顿？然后让他走了？"老勒内笑得胡子直颤，眼泪都笑出来了，他抓着椅子背一直擦眼睛。这个故事我们已经讲了四遍，每次讲的时候奥雷利恩都会添点油加点醋，到最后就变成了他勇斗指挥官，而我则在一边大叫"该死的侵略者"的故事。

我和伊莲娜相视一笑。我们不介意。最近镇上值得高兴的事情真的太少了。

"我们必须小心点。"待老勒内摘下帽子敬了个礼，起身离开后，伊莲娜说。看着他走过邮局，又停下来擦了擦眼睛，我们又开心地笑起来。"这个故事传播得太广了。"

"没有人会说出去的，所有人都恨德国人。"我不以为然地耸耸肩，"而且，他们都想分点猪肉。在食物送进嘴里之前，他们不太可能去举报我们。"

那头小猪已经在凌晨的时候秘密转移到隔壁去了。几个月之前，奥雷利恩想把那些旧啤酒桶砍了当柴烧，结果发现，原来我们家那迷宫一样的酒窖跟隔壁福伯茨家的酒窖只隔着一层薄薄的砖墙。在福伯茨家的配合下，我们小心翼翼地挪走了几块砖。这是最后的逃亡路线。福伯茨家曾经收留过一个年轻的英国人，当黄昏时分德国人突然到来时，福伯茨太太假装听不懂那个德国军官的话，为那个年轻人争取了足够的时间，让他穿过酒窖溜到了我们家。德国人把他们家砸了个稀巴烂，甚至还到酒窖搜查过，不过那会儿光线很暗，根本没有人注意到墙上灰泥的缝隙大得可疑。

这就是我们的生活：小小的反抗，小小的胜利，小小的愚弄压迫者的机会。像是载着希望的小桶在满是不安、贫困和恐惧的大海里漂泊。

"你见过那个新指挥官了？"镇长坐在靠窗的一张桌子上问。我给他端去咖啡，他示意我坐下。我常常想，自从被占领后，他的生活比其他任何人都难受：他一直在不停地跟德国人谈判，让他们保证镇上的供给，但德国人却时不时地把他当作人质，逼迫那些不愿合作的居民按他们的命令行事。

"不算是正式见面。"我把杯子放在他面前说。

他歪着头看看我，声音很低。"前任指挥官，贝克先生，被送回德国管理集中营去了，因为他的账本看起来有点自相矛盾。"

"这一点儿毫不意外。在法国沦陷区，他是两年来唯一一个越来越胖的人。不过对于他的离开，我的感觉很复杂。一方面来说，贝克冷酷无情，总是用重刑，这是因为他骨子里缺乏安全感，怕他的部下认为他不够强大，不服他。但他这个人太蠢了——对镇上很多抵抗行为熟视无睹——所以不能培养一些可能对他有帮助的关系。那你怎么看？"

"那个新指挥官吗？我不确定。他可能更危险。他没有砸房子，要是贝克的话可能会以此来显示他的实力，但是……"我皱了皱鼻子，"……他很聪明。我们必须更加小心。"

"勒菲弗太太，跟以前一样，英雄所见略同。"他朝我笑笑，但眼睛里却没有笑意。我想起以前那个快乐、喜欢大声嚷嚷的镇长，他的和蔼众所周知，不管有什么集会，他总是嗓门最大的那个。

"这周有什么东西送来吗？"

"我猜会有一些培根，还有咖啡，很少的黄油。今天晚些时候我会知道准确的配额。"

我们一起凝视着窗外。老勒内已经走到教堂，他停下来跟牧师说着话，要猜出他们在说什么并不难。牧师开始大笑起来，勒内第四次弯下腰，我也忍不住咯咯笑起来。

"你丈夫有消息吗？"

我转过身来看着镇长。"八月份的时候收到过一张明信片，之后就没信了。他那会儿在亚眠①附近，他没说太多。"

"我日日夜夜地思念你。"明信片上，他用漂亮而潇洒的字迹写道，"在这个疯狂的世界，你就是我的北极星。"收到明信片后，我

_____

① 法国北部的一个城市。

整整两晚躺在床上睡不着，直到伊莲娜指出"这个疯狂的世界"可能说的是，要吃硬硬的、用砍刀才砍得动的黑面包，或者在面包炉里养猪这些事情。

"距离我上次收到我大儿子的信差不多快三个月了。他们那会儿正要往康布雷① 开拔。他说他精神很好。"镇长接着说。

"我希望他们现在也很好。路易莎怎么样了？"

"不算太糟，谢谢了。"路易莎是镇长最小的女儿，她生下来就有小儿麻痹，只能吃特定的食物。她现在 11 岁了，总是生病，让她好好活着是我们这个小镇上的头等大事。要是谁家有点牛奶或者干菜叶，通常都会匀点出来送到镇长家。

"等她好起来，告诉她咪咪一直想见她呢。伊莲娜在给她缝一个布娃娃，跟咪咪那一个一模一样的，咪咪说她们可以成为姐妹。"

镇长拍拍她的手。"你们真善良。你本可以安全地待在巴黎的，却偏偏这个时候你回到这里。"

"谁也不敢保证德国人不会占领香榭丽舍大街。而且，我不能把伊莲娜一个人丢在这里。"

"要是没有你的话，她肯定撑不下去。作为一名年轻女性，你如此优秀，巴黎更适合你。"

"我丈夫更适合我。"

"愿上帝保佑他。愿上帝保佑我们所有人。"镇长笑着把帽子戴到头上，起身离开。

---

① 在第一次世界大战期间，英军和德军在康布雷地域进行过一次交战。

我们贝塞特家族世代在佩罗讷经营红公鸡酒吧，这个小镇是1914年秋天被德国攻陷的，算是最早的一批了。父母早亡，丈夫都在前线，在这种情况下，我和伊莲娜决心把旅馆继续经营下去。继承男人工作的女人并不是只有我们俩：这个小镇上的商店、本地的农场和学校几乎全靠女人维持，只有一些老人和小孩帮忙。到1915年，镇子上的男人几乎一个不剩了。

　　起初我们的生意还不错，法国的部队在音乐和欢呼声中经过后，英国的部队也离得不远。食物还很充足。那时我们大多数人仍然相信，这场战争最多不过几个月就结束了。几百英里外发生的那些恐怖事件我们也有所耳闻，所以我们会把食物分给路过此地的比利时难民（他们看起来真是无精打采，太可怜了）。他们的行李在马车上摇摇欲坠，有些人还穿着逃离家乡时穿的拖鞋和衣服。有时东风吹来，我们能闻到远方传来的炮火和硝烟味。

　　虽然我们都知道战争已经离我们很近了，却还是很少有人相信佩罗讷，这个令我们骄傲的小镇，会成为德国人统治下的半殖民地。

　　直到一个宁静、寒冷的秋日早上，随着枪声响起，我们终于明白了自己的想法有多么愚蠢。福格雷太太和德林太太像往常一样在6点45分去面包房，却在穿过广场的时候被枪杀了。

　　听到枪声后，我连忙把窗帘拉开，过了好一会儿才明白自己看到了什么：那两个孀居的老太太彼此做了七十多年的朋友，现在她们的尸体横在人行道上，头巾歪到一边，两个空空的篮子落在她们脚边，黏稠的血水在她们四周蔓延，围成一个几近完整的圆，像是来自同一个尸体。

后来，那个德国军官声称是狙击手杀了她们，因为她们对德国人进行打击报复（显然，每次带走镇上居民的时候他们都这样说）。如果说他们想逼镇上居民反抗的话，真没有比杀死那两个老太太更好的途径了。但他们的暴行不止于此。他们还放火烧了粮仓，拆了勒克莱尔市长的雕像。24 小时后，德国军队进入佩罗讷的主干道，他们的尖顶盔在寒冷的阳光下闪闪发光。他们命令镇上仅剩的几个男人站到外面，好让他们数一数。我们站在家门和商店外，震惊而沉默地看着他们。

商店老板和摊贩直接关门收摊，拒绝为德国人服务。我们大多数人都储存了食物，我们相信我们一定能熬过去。我想我们都相信，看到我们这样不妥协，德国人可能会放弃，然后去别的地方。但随后指挥官贝克发布命令，任何在正常营业时间不开业的商店老板都要被枪毙。于是，面包房、肉店、市场上的小摊，甚至连红公鸡都陆续重新开业。小镇像个极不情愿的孩子，闷闷不乐，充满抗拒。

18 个月后，已经没有多少东西可以买了。佩罗讷与周边的几个镇子都断了联系，收不到任何消息，我们只能靠不定期的援助加上偶尔可以买到的、贵得离谱的黑市货物维持生计。只有德国人吃得很好，他们的马（我们的马）健壮肥硕，吃着我们原本应该用来做面包的全麦粗粉。他们抢劫我们的酒窖，带走我们农场里产的粮食。有时我们不由得怀疑，"自由法国"真的知道我们现在过着什么日子吗。

不只是粮食，生活还有很多难点。

每周敲门声响起的时候，就意味着更多的物品要被征用。军官们会时不时来考察一下，告诉你他们要什么，然后给出一张单子，上面清清楚楚地罗列着他们需要的东西，茶匙、餐盘、炖锅，甚至毯子、窗帘。他们会写期票给你，理论上来说是可以换成钱的，但在佩罗讷，从来没听说有谁真的拿到过钱。

"你在干什么？"

"我要把这个搬走。"我取下画像，把它挪到不易被别人看到的偏僻角落里。

"这是谁？"我重新把画像挂起来，在墙上把它调正的时候，奥雷利恩问道。

"是我！"我转过身去看着他，"你看不出来吗？"

"哦。"他眯着眼睛又看了看。我知道他不是想取笑我。画里那个女孩跟眼前这个瘦瘦的、严厉的、皮肤暗灰、目光小心翼翼且满身疲惫的女人有天差地别。我努力克制住想要看她的欲望。

"是爱德华画的吗？"

"嗯，我们新婚的时候他画的。"

"很可爱，"伊莲娜后退几步看看，说道，"但是……"

"但是什么？"

"只要把它挂出来就有危险。德国人经过里尔的时候，把所有他们认为危险的艺术品都烧了。爱德华的画……很特别。你怎么知道他们不会毁了它？"伊莲娜，她在担心。她担心爱德华的画，担心弟弟的脾气，担心我写在碎纸屑上、塞到房梁洞里的那些信和日记。

"我想把它挂在这儿，一个我能看到的地方。别担心，其他的在巴黎，很安全。"

她似乎不太相信我说的话。

"我想要色彩，伊莲娜，我想要生机。我不想成天看着拿破仑，还有爸爸那些悲哀的破狗画像。而且我不会让他们——"我朝外面那些不当班、抽着烟的德国士兵抬抬下巴，"——决定我在自己家里该看什么。"

伊莲娜摇了摇头，好像我是个傻子，而她只好纵容我，然后就去招待路维亚太太和杜兰特太太了。虽然她们俩老是说我的咖啡尝起来像是从下水道里端出来的，但还是跑来听那头小猪崽的故事。

那天晚上，我和伊莲娜睡在一张床上，咪咪和让睡在中间。虽然是十月，天气还是很冷，我们生怕什么时候突然发现穿着睡衣的他们冻僵了，所以大家都挤在一起。已经很晚了，但我知道姐姐还没睡着。月光从窗帘的缝隙里照进来，我能看到她的眼睛睁得大大的，盯着远方的一个点。我猜她在想她丈夫此刻在哪里，穿得够不够暖，是在跟我们家一样的兵营里，还是在寒冷的战壕里，凝望着同一轮月亮。

远方隐约传来一声爆炸的轰鸣声，说明那里有一场战役正在进行。

"苏菲？"

"嗯？"我们小声说着话。

"你有没有想过，要是……要是他们不回来了会怎样？"

我静静地躺在黑暗中。

"没想过，"我撒谎道，"因为我知道他们一定会回来。我可不想让那些德国人看出我有哪怕一分钟的害怕。"

"可我想过。"她说，"我都快想不起他长什么样子了。有时我盯着他的相片回忆，却什么也记不起来。"

"那是因为你看太多了。有时我会觉得，我们老看照片，把它们都看坏了。"

"可是我什么也想不起来。他身上的味道、他的声音，我想不起他在我身边的时候是什么感觉，就好像他从来没有存在过似的。然后我就会想，如果以后都这样呢？如果他永远都不回来怎么办？如果我们的余生都要这样度过，一举一动都要听从那些我们憎恨的男人的指挥，那该怎么办？我不确定……我不确定我可以……"

我用一个胳膊肘撑住自己，然后伸出手，越过咪咪和让，抓住姐姐的手。"你可以的。"我说，"你肯定可以。让-米歇尔会回来的，你的生活会好起来的。法国会获得自由，生活还会变回以前模样。甚至比以前更好。"

她沉默地躺在那里。此刻，我因为没盖毯子，正冻得发抖，但我不敢动。姐姐说的这些话吓到我了。我仿佛能看到她脑袋里那个充满恐怖的世界。为了与那个世界抗争，她必须付出我们其他人双倍的努力。

她的声音很低，颤抖着，似乎在努力压抑泪水。"你知道吗？跟让－米歇尔结婚以后，我真的很幸福。我人生中第一次获得了自由。"

　　我知道她指的是什么。以前父亲的皮带特别急，拳头特别硬。尽管镇上的人都以为他是这世上最和蔼的地主，是社区的顶梁柱。的确"善良的老弗朗索瓦·贝塞特"总是喜欢讲笑话，喜欢喝一杯，看起来特别亲近随和。但只有我们知道他的脾气有多暴躁。我们唯一遗憾的是，母亲比他去世得早，没机会享受几年没有他的日子。

　　"感觉就像是……像是我们刚送走了一匹狼，又引来一只虎。有时我真的要以为，这辈子我都要臣服于别人的意志了。而你，苏菲，我看到你大笑，看到你意志坚定，那么勇敢地挂起那幅画，朝德国人大喊，我不明白你的勇气都是从哪儿来的。我想不起不害怕是种什么感觉了。"

　　我们都躺在沉默里。她以为我无所畏惧，可她不知道，她的恐惧比任何可怕的事情更让我恐惧。最近几个月，她变得更脆弱了，眼圈上又添了几分疲惫。

　　我捏捏她的手，她没有回应我。

　　睡在我们中间的咪咪翻了个身，一只胳膊搭在头上。伊莲娜放开我的手，侧过身去，轻轻地把女儿的胳膊塞回被子里。不知为何，她这个动作突然让我觉得安心了。我重新躺下，把被子拉到下巴那儿，好让自己不再发抖。

　　"猪肉。"沉默中，我说道。

　　"什么？"

　　"想想这个就行了。烤猪肉，上面涂上盐和油，烤到酥脆得可以一口咬断。想想那富有层次的、热乎的、白白的肥肉，还有粉红色的瘦肉，它们从你指间一点一点地轻轻剥离。或许还可以配点煮苹果。再有几周我们就能吃到这些东西了，伊莲娜。想想那是多么美味啊。"

"猪肉？"

"对，猪肉。每当我觉得自己动摇的时候，我就想想那头猪，想想它肥肥的大肚子，酥脆的小耳朵，还有润滑的腰子。"我听到她快笑出来了。

"苏菲，你真是疯了。"

"可是你想想啊，伊莲娜，是不是很美好？想想咪咪那张脸，你能想象出她大口吃肉的样子吗？她的小肚子里装满猪肉是什么感觉？你能想象出她剔着牙缝里的猪肉渣时脸上开心的笑吗？"

她忍不住失声大笑。"我不确定她还记得猪肉是什么味儿。"

"她很快就会想起来的。"我说，"就像你很快会想起让-米歇尔一样。总有一天他会穿过一扇扇门走过来，你张开双臂拥抱他，他身上的味道、他搂着你腰的那种感觉，熟悉得就像是你触摸自己的身体一样。"

我几乎可以听到她的思绪跳跃到了那一刻。这是一个小小的胜利。我把她拉回来了。

"苏菲，"过了一会儿，她说，"你会想性生活吗？"

"每天都会。"我说，"比我想那头猪的次数还要多一倍。"一瞬间的沉默后，我们都咯咯咯地笑起来。不知为何，我们笑得很放肆，只好用双手捂住脸，免得把孩子们吵醒。

我知道那个指挥官肯定会回来的。实际情况是，他再次出现是在四天后。

那天外面下着大暴雨，店里为数不多的几个客人坐在空空的杯子前，透过雾蒙蒙的窗户茫然地望着窗外。包间里，老勒内和佩利先生正在玩多米诺骨牌；佩利先生的狗——为了养它，佩利先生必须向德国人交一笔钱——趴在他们脚边。很多人每天都会来酒吧坐坐，这样大家就无需独自面对恐惧了。

我正在称赞姐姐给阿尔诺太太弄的新发型。这时，玻璃门开了，指挥官在两名军官的护卫下走进来。原本一片温馨、人声喧嚷的房间突然鸦雀无声。我用围裙擦了擦手从柜台后面走出来。

除了征用物品的时候，德国人从来不来我们酒吧。他们一般都去镇中心的白浪酒吧，那儿更大，或许还更友好。我们一直都很明确地表示，这里不是德国兵寻欢作乐的地方。现在，我很想知道他们要从我们这里拿走什么。要是我们的杯子和盘子再少的话，我们只能让几个顾客共用一个了。

"勒菲弗太太。"

我朝他点点头。我能感觉到客人们的目光都落在了我身上。

"现已决定，将由你们负责我们部分军官的饮食。白浪酒吧已经没有足够的地方供新来的士兵舒适地用餐了。"

现在，我第一次有机会把他看清楚。他的年纪比我想的要大，可能快五十了，不过打仗的人不好说，他们看上去都比实际年龄大。

"恐怕不行，指挥官先生。"我说，"我们旅馆已经有18个多月不供应食物了。我们的口粮都不够养活我们自己。我们没法提供能满足你们标准要求的食物。"

"这些我都知道。下周起就会有足够的食物运来，我希望你们能做出令我们满意的饭菜。我知道这家旅馆曾经繁荣一时，也相信以你们的能力绝对能胜任。"

我听到姐姐在我身后深吸了一口气，我知道她的想法跟我一样。对于德国人进入我们小旅馆的本能恐惧远不及饥饿感来得急迫。我们被一个念头诱惑着：食物。会有一些剩饭剩菜、骨头什么的可以用来炖个汤；可以在做饭的时候尝尝味道，偷吃几口，如果时机对的话我们没准还可以偷偷地刮几片肉或是奶酪。

但还是不行。"我不确定我们酒吧适合你们，指挥官先生。我们已经被剥削得毫无舒适可言了。"

"我的士兵舒不舒服我说了算。我还想看看你们的房间，我可能会安排一些人住在这儿。"

我听见老勒内嘟囔了一句："天哪！"

"欢迎您视察房间，指挥官先生。不过您会发现前任指挥官们几乎没给我们留下什么。床、毯子、窗帘，甚至包括通到水池的铜管现在都已经是德国的财产了。"

我知道我这样做有触怒他的危险。众目睽睽下，我在酒吧里明确地表示，这位指挥官不知道他的同胞们都做了什么，他所收到有关我们这个小镇的情报都是错的。但是，我必须让镇上的人看到我倔得跟头驴似的，这很重要。让德国人进入我们酒吧会把我和伊莲娜推到风口浪尖，成为恶意谣言的众矢之的。

让大家看到我们已经竭尽全力阻止他们了，这很重要。

"我再说一遍，太太，你的房间合不合适我说了算。请带路吧。"他示意他的随从留在酒吧里。在他们离开之前，酒吧里会一直鸦雀无声。

我挺了挺肩膀，一边拿过钥匙，一边慢慢地朝外面的走廊走去。离开的时候，我感觉到一屋子人的目光全都落在了我身上，我的裙子在腿上沙沙作响，身后是那个德国人沉重的脚步声。我打开主走廊的门（我一直都把所有的东西锁起来：那些德国人没搜刮走的东西法国小偷可惦记着呢）。

我已经好几个月没来过这里了，房子弥漫着霉味和潮味。我们一言不发地走上楼梯。我很庆幸他一直在我后面几步远的地方。走到头的时候我停了一下，等他走到走廊上，然后打开了第一个房间的锁。

有一段时间，单是看到我们的旅馆变成这样，我就会潸然泪下。红色房间曾经是红公鸡的骄傲，我和姐姐的新婚之夜都在这里度过，连镇长招待达官贵人也是在这里。那时房间里有一张四根帷柱的大床，窗帘是血红色的挂毯，透过房间的大窗户可以俯瞰我们整洁的花园。地毯是意大利的，家具来自加斯科尼的一座法式城堡，被单是用中国的深红色丝绸制作而成。房间里还曾有一盏镀金吊灯，一个巨大的大理石壁炉，每天早上都会有仆人来点火，并且看着火一直烧到晚上。

我打开房门往后退了一步，好让那个德国人进去。现在房间里空荡荡的，只有一张三条腿的椅子蹲在角落里。地毯被扒走了，地板上黑乎乎的，落着厚厚的尘土。床早就不在了，还有窗帘，都在德国人刚进镇子的时候被抢走了。大理石壁炉也被扒了下来。为什么？我不知道。这东西别的地方好像也用不了。我想贝克只是想打击我们才把所有美的东西搬走了。

他往房间里走了一步。

"当心脚下。"我说。他低头看了看，去年春天德国兵试图把地板撬了当柴烧，不过这个房子建得非常好，板子都钉得很牢固，他们花了几个小时也只扒下来三块长木板，于是只好放弃，只留下一个"o"形的大洞，似乎是在抗议。

指挥官盯着地板看了一会儿，又抬起头来环视四周。我从来没有跟一个德国人单独待在房间里过，我的心忍不住怦怦直跳。我能闻到他身上淡淡的烟草味，也能看到他军装上的雨渍。我盯着他的后脖颈，把钥匙握在指间，如果他突然袭击我的话，我随时都可以用我武装好的拳头揍他。我不是第一个要为自己的尊严而战的女人。

但他却转过身来看着我，问："所有的房间都这么差吗？"

"不是。"我回答说，"其他的更差。"

他盯着我看了很久，看得我快要脸红了，但我不会被这个男人吓到的。我同样盯着他，看着他参差不齐、几欲发白的头发，他半透明的蓝眼睛在鸭舌帽下打量着我。我一直扬着下巴，脸上没有任何表情。

最后，他转过身路过我，下楼。途中他突然停下脚步，抬头瞄了一眼我的画像，眨了两次眼，似乎现在才发现那幅画挪过地方。

"我会派人通知你第一批食物什么时候送过来。"说完,他迅速穿过门口回到酒吧里。

▶ 3

"你应该说不的。"杜兰特太太用一根瘦瘦的手指戳着我的肩膀说。我被戳得往后闪了一下。她戴着一顶白色的褶边软帽,肩上披着一件褪色的蓝色针织披肩。虽然我们不允许看报纸,但是我们从来不缺新闻。这可多亏了我们的邻居。

"什么?"

"给德国人做饭。你应该说不的。"

那天早上天气很冷,我用围巾包住了脸。我把围巾一把拉下来对她说:"说不?那要是他们决定征用你的房子,你会说不?是不是,太太?"

"你和你姐姐比我年轻,你们有力量反抗他们。"

"可惜我没有军队里用的那些武器。请问您觉得我该怎么做?让大家一起堵住他们?朝他们扔杯子和盘子?"

我给她开门的时候她还在数落我。面包房里早就没有了法棍面包和牛角面包的香味,但还是很暖和,想到这一点,我每次跨过门槛的时候都会觉得很难过。

"我真不知道这个国家会变成什么样子，要是你爸爸看到德国人在他的旅馆里……"显然已经有人把这个消息告诉路维亚太太了。我走到柜台前的时候她不以为然地摇了摇头。

"他也会这么做的。"

面包师阿曼德先生示意她们不要说了。"你们不能指责勒菲弗太太！现在我们所有人都是他们的傀儡。杜兰特太太，你是不是也要指责我给他们烤面包啊？"

"我只是觉得听从他们的命令太不爱国了。"

"你说得轻巧，他们的枪口又没对着你。"

"所以，会有更多的德国人来这里？更多的德国人冲进我们的储藏室，吃我们的食物，偷我们的牲畜？我发誓我真不知道我们该怎么熬过这个冬天。"

"跟以前一样，杜兰特太太。清心寡欲，保持良好的幽默感，祈祷我们的主，或者我们那些勇敢的年轻人，在后方给德国佬致命一击。"阿曼德先生朝我眨眨眼，"好了，女士们，你们要什么？我这儿有已经放了一周的黑面包，五天的黑面包，保证没有象鼻虫。"

"有时候我会觉得一条象鼻虫也是不错的开胃小菜。"路维亚太太幽幽地说。

"那我可以给您留满满一大罐，亲爱的太太。相信我，很多时候我们收到的面粉里面会有很多。象鼻虫蛋糕、象鼻虫派、象鼻虫泡芙：感谢德国人如此慷慨，我这里足够供应他们所有人。"我们哈哈大笑起来。不笑是不可能的。即使是在最悲惨的日子里，阿曼德先生也成功地让大家笑了。

路维亚太太拿起自己的面包，嫌弃地放进篮子里。阿曼德先生并没有生气：他每天要见到上百次这个表情。那面包黑黑的、硬邦邦的、拿起来黏黏的，散发着一股霉味，像是刚出炉的时候就坏了。面包很硬，老年人很多时候都要年轻人来帮忙切开。不经意间门开了，店里突然陷入沉默。我转过身去，看到莉莉安·贝蒂讷走了进来。她抬着头，却没有看任何人的眼睛。她的脸蛋比大多数人都圆润，白皙的皮肤上涂了胭脂水粉。她敷衍地说了句"早上好"，伸手去包里拿东西。"两条面包，谢谢。"

她身上有昂贵的香粉味，头发整洁地卷着。在这个小镇上，大多数女人都因为太累或者太缺乏物资，只能勉强梳洗一下。这种情况下，她就显得特别惹眼。但真正吸引我眼球的是她的外套，我盯着那件外套挪不开眼。那是件墨黑色的外套，是用最好的阿斯特拉罕羊皮制成的，厚得跟床皮毯子似的，柔和的光泽说明这衣服是新的，而且很贵；领口很高，遮住了她的半张脸，她长长的脖子像是从黑黑的糖浆里伸出来。我发现那两个老太太也看到了，她们的目光一直顺着那件外套往下看，脸上的表情都僵住了。

"你一条，你的德国男人一条？"杜兰特太太嘟囔着说。

"我再说一遍，请给我两条面包，谢谢。"她转过身去对着杜兰特太太说，"我一条，我女儿一条。"

这一次，阿曼德先生没有笑。他把手伸到柜台下面，眼睛一直盯着她的脸，然后两个肉乎乎的拳头握着两条面包扔到柜台上。他甚至都没把面包包起来。

莉莉安拿出一张纸币，但他没有从她手里接过来。他等了一会儿，直到她把钱放到柜台上，才小心翼翼地拿起来，像是生怕被传染某种危险病毒似的。他伸手从抽屉里找了两个硬币的零钱，虽然莉莉安已经伸出手来，他还是直接把钱扔到了柜台上。

她看看他，又看看柜台上的硬币。"不用找了。"她说。然后，她怒视我们一圈，抓起面包气冲冲地走了。

"她怎么敢……"杜兰特太太在被别人的行为惹恼时最兴奋了。幸运的是，过去几个月里，莉莉安·贝蒂讷给了她很多发怒的机会。

"我想她也得吃饭，跟大家一样。"我说。

"她每天晚上都去傅里叶农场，每天晚上都去。你能看见她穿过镇子，跟个贼似的跑得可快了。"

"她有两件新外套，"路维亚太太说，"另一件是绿色的。一件崭新的绿色羊毛外套，从巴黎弄来的。"

"还有鞋子，山羊皮的。她白天当然不敢穿出来了。她知道她这种人就该处死。"

"不会的，有德国人看着她就不会的。"

"不过，等他们走了可就不一样了。"

"我可不想穿她的鞋子，管它是不是山羊皮的。"

"我最讨厌看到她那副趾高气扬的样子，到处跟大家显摆她的好运气。她以为她是谁啊！"

阿曼德先生看着那个年轻女人穿过广场，突然笑了。"我才不担心呢，女士们。也不是所有的事情都能称她的心意。"

我们一起看着他。

"你们能替我保守一个秘密吗？"

我不明白他为什么多此一问。这两个老太太能连续保持十秒钟沉默就很不错了。

"什么？"

"这么说吧，我们中有人为'花瓶小姐'准备了意想不到的'惊喜'。"

"我不明白。"

"她的面包是单独放在柜台下面的，里面加了点特殊的作料。我向你们保证，我的其他面包里绝对不含这种作料。"

两个老太太眼睛瞪得圆圆的。我不敢问阿曼德先生他说的到底是什么意思，他眼睛里闪过的光说明有几种可能，但没有一种是我愿意去想的。

"不是吧！"

"阿曼德先生！"她们很震惊，但很快又开始咯咯地笑起来。

我突然觉得很恶心。我不喜欢莉莉安·贝蒂讷，也不喜欢她的所作所为，但我同样不喜欢阿曼德他们这样的行为，甚至有些恶心。

"我——我得走了。伊莲娜需要……"我伸手去拿我的面包。他们的笑声一直在我耳边回响，我一路冲回相对来说比较安全的旅馆。

第二周周五，食物来了。先是鸡蛋，有两打，是一个年轻的德国下士送来的，他拿来的时候上面盖了一床白色床单，好像是在走私似的。然后是面包，新鲜的白面包，有三筐。自从那天面包房的事情后，我就不怎么吃面包了，但抱着香脆温暖的新鲜面包，内心的渴望还是让我差点醉了。我不得不把奥雷利恩赶上楼，我真的很怕他抵制不住诱惑，冲过来掰一口。

接着是六只还没褪毛的母鸡和一个装着白菜、洋葱、胡萝卜、野蒜的大箱子。之后是一些番茄罐头、大米和苹果，还有牛奶、咖啡、黄油、面粉、糖，从南方运来的成箱成箱的葡萄酒。每次东西运来，我和伊莲娜都一声不吭地收下。德国人给了我们表格，上面仔细记着每样东西的数量。想偷东西并不容易，还有一张表格要求我们记录每样东西所用的数量。他们还要求我们把所有的废料都装到一个桶里留着喂牲口。看到这个，我真想说"呸"！

"我们今晚就要做？"我问最后来的那个下士。

他耸耸肩。

我指指钟。"今天？"我指着那些食物问，"吃饭？"

"对，"他兴奋地点点头，"Sie kommen, Acht Uhr."

"八点。"伊莲娜站在我身后说，"他们想八点用餐。"

我们自己的晚餐只有一块黑面包，上面涂上一层薄薄的果酱，再配点煮甜菜头。可是我们不得不去烤鸡肉，让厨房里充满大蒜和番茄，还有苹果馅饼的香味，这真是一种折磨。第一个晚上我很害怕，甚至都不敢舔自己的手指，光是看上面流着的番茄汁，或是感到手指沾了苹果汁变得黏黏的，我都会觉得心痒痒。有好几次，在我翻动点心或

_45

是削苹果的时候，强烈的欲望几乎令我窒息。我们不得不把咪咪、奥雷利恩和让哄上楼，然后就听到上面不时传来抗议的咆哮声。

我不想给德国人好好地做饭，可是我也怕做不好。有一刻，当我把烤鸡从炉子里拿出来，浇上吱吱响的热汁时，我告诉自己，或许我可以享受这场视觉的盛宴，或许我可以继续期待看到它、闻到它。可是那天晚上我就是做不到。门铃响了，这是通知我们那些军官到了。此刻，我的胃在抽搐，饥饿使我的皮肤渗出汗来。此时，我对德国人的恨真是空前绝后。

"太太。"指挥官是第一个进来的。他摘下被雨点打湿的帽子，并且示意他的部下也这么做。

我站在那里，用围裙擦着手，不知道该怎么回答。"指挥官先生。"我的脸上没有任何表情。

屋子里很暖和：德国人送了三筐圆木过来，以便我们生火。那些人摘下帽子和围巾，嗅着屋里的空气，早已笑意盈盈、跃跃欲试了。那只加了大蒜和番茄汁的烤鸡，它的香味已经充满了整个屋子。"我想我们马上开饭。"他朝厨房看了一眼说。

"如您所愿。"我说，"我去拿酒。"

奥雷利恩已经开了几瓶酒放在厨房里。他十分不乐意地出来，手里拿着两瓶。今晚我们所遭受的折磨对他来说尤为痛苦。想到最近被揍的事，我很怕他太年轻、太冲动，惹来什么麻烦。我迅速从他手里接过酒，说："去告诉伊莲娜她必须来伺候他们用餐。"

"可是——"

"快去！"我训斥道。我在酒吧里四处倒酒，把杯子放到桌子上的时候，我谁也不看，虽然我能感觉到他们都在看我。嗯，看吧。我在心里默默地对他们说，又一个骨瘦如柴的法国女人，被你们饿得只能服从，希望我的样子破坏你们的胃口。

姐姐把最前面的几道菜端上来，他们小声地称赞着。没过几分钟，他们都开始埋头大吃起来，餐具叮叮当当地敲打着瓷器，他们用自己的语言欢呼着。我端着一摞摞盘子来回地走，努力呼吸着诱人的香味，不去看鲜亮的蔬菜旁闪闪发光的烤肉。

伊莲娜和我站在吧台后看着敌人享受我们烹饪的食物。这时，指挥官用德语说了一串长长的祝酒词。我没法告诉你，当我在自己家里看到他们吃着我们精心准备的食物，放松地大笑、喝酒时是什么感觉。我正在把这些人养壮，我悲哀地想，而我挚爱的爱德华此刻可能正饿得发虚。想到这里，或许也因为我自己的饥饿和疲惫，我突然觉得好绝望。喉咙里不由得发出一声哽咽。伊莲娜伸出手来抓住我的手捏了捏。"去厨房吧。"她小声说。

"我——"

"去厨房吧，等下我把他们的杯子满上就去找你。"

只有这一次，我听了姐姐的话。

他们吃了一个小时。姐姐和我沉默地坐在厨房里，陷入疲惫和混乱的思绪中。每次听到一阵笑声或是由衷的欢呼声，我们都抬起头来对视一下。他们说的话随便哪一句都很难听懂。

"太太们，"指挥官出现在厨房门口，我们俩挣扎着站起来，"晚餐很棒。我希望你们能继续保持这个水准。"

我低头看着地板。

"勒菲弗太太。"

我极不情愿地抬起头来。

"你脸色有些苍白，是生病了吗？"

"我们很好。"我吞了下口水说，我感觉到他落在我身上的目光火辣辣的。在我身后，伊莲娜绞着手指，她的手因为不习惯热水而有些发红。

"太太，你和你姐姐吃过了吗？"

我以为这是试探，我以为他想看看我们是不是严格按照那些该死的表格做的，我以为他可能会掂量一下那些残羹剩饭，确保我们连一块苹果皮也没有偷偷塞进嘴里。

"我们一粒米也没碰，指挥官先生。"我说这话时唾沫星子差点喷到他脸上。饥饿会用唾沫星子淹死你的。

他眨眨眼。"你们应该吃点。要是你们不吃的话怎么能做好饭呢？还剩下什么？"

我动弹不得，伊莲娜指指炉子上的烤盘。那里还有四块鸡肉，一直热着，以防有人想再来一块。

"那就坐下，在这儿吃。"

我不确定这是否是陷阱。

"这是命令。"他差点笑出来，但我一点儿也不觉得好笑，"真的，快点。"

"那……那我们能给孩子们吃点吗？他们已经很久没见过荤腥了。"

他微微皱了皱眉，似乎没有理解。我恨他，我恨自己的声音，恨自己为了一点吃的祈求一个德国人。哦，爱德华，我偷偷地想，要是你现在能听到我的声音就好了。

"你们的孩子和你们自己都吃点。"他很快说道，随即转身离开了厨房。

我们一言不发地坐在那里，耳朵里回响着他刚才的话。随后，伊莲娜抓起裙子，三步并作两步地跑上楼。我已经好几个月没见过她跑这么快了。

不一会儿她出来，怀里抱着还穿着睡衣的让，奥雷利恩和咪咪走在前面。

"是真的吗？"奥雷利恩问。他眼睛盯着鸡肉，嘴巴张得老大。

我点点头。

随后我们便扑向那只可怜的鸡。我真希望我可以跟你说，姐姐和我都很淑女，我们像巴黎人那样，优雅地拿起鸡肉，吃的间隙还不时地停下来聊个天，擦擦嘴。但真实情况却是：我们就像野蛮人一样，撕扯着鸡肉，大把大把地舀着米饭，张着嘴巴一直吃，疯狂地捡起掉在桌上的碎渣。我早就不关心这是不是那个指挥官的阴谋了。我从来没吃过像这块鸡肉如此美味的东西。满嘴的大蒜和番茄让我有一种久违的快感，鼻腔里的香味似乎永远也散不去。吃的时候，我们发出低低的欢呼声，那种最原始、不受束缚的声音。每个人都沉浸在自己的小小世界中，怡然自得。小让大笑着，脸上满是油迹。咪咪嚼着好几块鸡皮，大声吮吸手指头上的油。伊莲娜和我一言不发地吃着，随时确保小家伙们够吃。

最后终于都吃完了，每块骨头上的肉都刮得干干净净，盘子里一粒米也不剩，我们坐在那里互相看着。酒吧里德国人的聊天声越来越响，他们喝着酒，不时地爆发出一阵大笑。

我用手抹了抹嘴巴。"我们不能告诉任何人。"我一边洗手，一边说道。我感觉自己像是一个突然清醒过来的醉汉。"还得表现得像什么都没有发生过一样。要是有人发现我们吃德国人的东西，我们肯定会被当成叛徒。"

我们看了看咪咪，又看看奥雷利恩，试图让他们明白这些话的严重性。奥雷利恩点点头，咪咪也点点头。我觉得这时候就算让他们以后永远说德语他们也会同意。伊莲娜抓起一块抹布弄湿，当着孩子们的面把这顿饭的最后一点痕迹打扫干净。

"奥雷利恩，"她说，"带他们上床睡觉去。"

他一点也没被我的担心影响，还在笑。青春期的奥雷利恩本来就瘦削，他的肩膀几个月来第一次放松下来。他抱起让的时候，我敢打赌，要是可以的话他肯定早就吹口哨了。

"谁也不能说。"我警告他。

"我知道。"他用那种什么都知道的大人口气说，事实上他只有14 岁。趴在他肩膀上的小让眼皮子早就睁不开了，几个月来的第一次饱饭他吃得筋疲力尽。他们一起上楼去了，到达楼梯顶部的时候，他们的笑声让我心里一抽。

德国人走的时候已经 11 点多了。这里实行宵禁快一年了，夜晚降临的时候，因为缺少蜡烛和乙炔灯，我和伊莲娜就养成了早早上床的习惯。酒吧六点关门，从被占领后一直是这样，我们已经好几个月没有这么晚睡觉了。在饥饿边缘挣扎了几个月后，我们的胃因突然的盛宴而兴奋地抽搐。我看到刷烤盘的姐姐已经困得不行了。我倒没觉得那么累，只是大脑里一直在回味那鸡肉的味道：就好像死亡已久的神经突然复活了一样。直到现在我还能尝到它的味、闻到它的香。它就像一颗发光的小珠宝，一直在我脑海里燃烧。

在厨房打扫第二遍之前，我把伊莲娜赶上楼。我的姐姐，她曾经那么美。当我看到战争在她脸上留下的沧桑时，我想到自己的脸，想着不知道爱德华会怎么看我。

"我不想把你一个人留在这儿陪他们。"她说。

我摇了摇头。我不怕：我现在很冷静，要惹怒一个酒足饭饱的人并不容易。他们是喝了酒，但那些酒可能也就够一个人喝三杯，还不至于让他们耍酒疯。父亲教给我们的东西少得可怜，上帝知道，但他确实教会了我们什么时候应该害怕。我可以看着一个陌生人，从他的一抿嘴、一皱眉中准确地知道他的忍耐力什么时候会达到极限，演变成暴力。而且，我猜那个指挥官是不会容忍暴力行为的。

我一直待在厨房里打扫，直到听到椅子被推回去的声音，我才意识到他们要走了。我走到酒吧里。

"你们现在可以关门了。"指挥官说，"我的部下希望转达他们的谢意，感谢你们准备了一顿这么棒的晚餐。"

我瞥了他们一眼，努力掩饰自己的怒气，微微点了点头。我不想让别人看到我感谢德国人的恭维。

他戴上帽子，似乎没指望我回应。我伸手从口袋里掏出食物的单据递给他，他看了一眼又塞回给我，似乎有点生气。"这事不归我管。明天给送食物的人吧。"

这事我再清楚不过了。我身体里淘气的那部分希望能贬低他，哪怕只有一瞬。

我站在那儿看着他们拿起外套和帽子，有些人有点绅士地把椅子重新放回去，另一些人则毫不在意，似乎他们有权把任何地方当成自己家似的。

就这样了，我想，战争结束前我们都要给德国人做饭。

有一瞬间，我想着我们是不是应该把饭做难吃一点，少给自己找麻烦，但妈妈以前总是对我们说，把饭做得难吃本身就是一种罪。而且，不管我们的行为多么不道德，多么像叛徒，我知道我们大家都会记住这个吃烤鸡的夜晚。想到以后可能还有更多这样的机会，我突然觉得有点开心，似乎要晕过去了。

这时我才意识到，他在看那幅画。一阵恐惧突然击中我，我想起了姐姐的话。这幅画看上去很危险，在黯淡的小酒吧里，它的色彩太明亮了，那个耀眼的女孩在故意展示她的自信，像是在嘲笑他们。

他一直盯着那幅画。他的部下开始往外走，他们响亮、沙哑的声音在空旷的广场上回荡，每次门打开的时候我都微微一抖。

"画得真像你。"

他看出来了，这让我很惊讶。我不想附和他的话。他能从那个女孩身上认出我，这暗示着一种亲近。我吞了下口水，两只手紧紧握在一起，关节已经发白。

"对，呃，那是很久以前的事了。"

"这画有点像……马蒂斯①的手笔。"

听到这话我更惊讶了，所以想都没想便脱口而出："爱德华做过他的学生，在巴黎的马蒂斯学院。"

"我知道这所学校。你们有没有遇到过一个叫汉斯·普尔曼的画家？"我一定是被惊到了——我发现他的目光在我身上闪了一下。"我是他的忠实粉丝。"

汉斯·普尔曼、马蒂斯学院。听到这些词从一个德国指挥官口里说出来，我差点晕过去。

那一刻我真想赶他走。我不想让他说出这些名字。那是属于我的回忆，是我在觉得要被现实生活吞没时拿出来聊以慰藉的小礼物。我不想自己最快乐的时光被一个德国人随意的窥视糟蹋了。

"指挥官先生，我得收拾东西了，请您原谅。"我开始收拾盘子和杯子，但他没有动。他落在画像上的目光让我觉得他在看我。

---

① 亨利·马蒂斯(Henri Matisse)于 1869 年 12 月 31 日生于法国南部勒－卡多小镇，二十世纪最伟大的善于运用色彩的画家，野兽派的代表人物。

"我已经很久没跟别人讨论艺术了。"他似乎在对着那幅画像说。最后，他终于背起手，转身离开画像朝我走来。"我们明天见。"

他走过的时候我不敢看他。"指挥官先生。"我手里拿着东西说。

"晚安，太太。"

等我终于上楼的时候，伊莲娜已经趴在被子上睡着了，身上还穿着做饭时穿的衣服。我帮她解开束身衣，脱掉鞋子，拉过被子给她盖上，然后爬上床，脑袋里芜杂思绪一直嗡嗡到黎明。

Chapter 2
两个普通人

————◆—◆—◆————

"我们能休战吗，就几个小时？"他问我，"你忘记我是敌人，我忘记你是敌人，我们只是……两个普通人？"

休战？普通人？这听起来好笑、可气。一个德国指挥官竟然请求一个法国人，像什么也没发生过一样和平共处！

可事实上，等音乐终于停止，我抬头看他，他的眼睛里噙满泪水。

▶ *1*

1912 年，巴黎

"小姐！"

正在照看手套柜台的我关上柜台的玻璃盖子，抬起头来。那个声音被"女子商场"巨大的中厅吞没了。

"小姐！这里！能帮我个忙吗？"

就算他不喊我我也会注意到他。他又高又壮，波浪形的头发搭在耳边，与来我们店里的大多数绅士的发型形成了鲜明对比。他浓眉大眼、五官硬朗，要是我父亲看到肯定会说他是乡巴佬并把他打发走。

我朝他走去的时候，他用手指了指围巾那边，但眼睛却一动不动地盯着我。实际上，他盯着我看的时间太长了，我忍不住瞅瞅身后，怕我的主管发现。

"我需要你帮我挑一条围巾。"他说。

"您想要什么样的围巾，先生？"

"女人戴的围巾。"

"能告诉我她是什么肤色吗？或者有没有特别喜欢的布料？"

他还在盯着我看。主管正忙着招呼一个戴着孔雀毛帽子的女人。如果她从她站的面霜柜台那儿朝我这边看的话，会发现我的耳朵已经红透。

"适合你的都可以。"说完，他又补充了一句，"她跟你肤色一样。"

我在那些围巾中仔细挑选，身上的皮肤越发烫起来，最后，我竟不由自主地拿了我最喜欢的围巾之一：一条深乳蓝色，像羽毛一样轻的上好长围巾。"这个颜色不挑人。"我说。

"好……好。举起来。"他要求道，"搭在你身上，这儿。"他指指自己的锁骨。我瞥了主管一眼。店里严格禁止售货员与顾客过度亲密，我不确定把丝巾举到我裸露的脖子那儿算不算违规。但那个人在等着。我犹豫了一下，把围巾举起来。

他打量了我很久，让我觉得地板好像都消失了。

"就这个，很漂亮。好！"他欢呼着，伸手拿钱包，"有你在买东西容易多了。"

他笑笑，我发现自己也朝他笑了笑。或许只是因为他不再盯着我所以觉得放松了吧。

"我不确定我——"我正在用纸把围巾包起来，却见主管走了过来，不由得缩了缩脖子没再说话。

"太太，你的助手服务真好！"他大声嚷嚷道。我用余光瞥了主管一眼，发现她正努力将这个人邋遢的外表和他那一口上流社会才有的纯正法语联系起来。"你应该给她升职。她很有眼光！"

"先生，我们一直致力于确保我们的售货员能够为顾客提供最专业服务。"她流利地说道，"但我们更希望我们的商品质量能令每一位顾客满意。您的一共是 2 法郎 40 生丁。"

我把东西递给他，然后看着他在巴黎最大的商场里穿过拥挤的人群慢慢走远。他嗅嗅一瓶瓶香水，研究别致的帽子，或是对那些商品评论一番，或是直接走过去。跟这样一个人结婚会是什么感觉呢？我心不在焉地想，和他在一起的每一分钟都充满了某种感官上的愉悦。

可是——我提醒自己——这个人也觉得自己可以随便盯着商店里的女孩子看，直到把别人看得脸红。这时，他走到巨大的玻璃门前，突然转过身来径直看着我。他摘下帽子整整举了三秒钟，才消失在人群中。

我 1910 年夏天来巴黎，在此之前，妈妈去世，姐姐和隔壁村的记账员让-米歇尔·蒙彼利埃结了婚，我从一种孤独进入另一种孤独。我在巴黎最大的商场——女子商场——找了份工作，从仓储助理一路做到车间助理，就住在商场自己的大宿舍里。

等我从最初的孤独中缓过来，有了足够的钱买鞋子，脱下标志着我乡下人身份的木底鞋后，我在巴黎过得很满足。我喜欢巴黎的繁华，喜欢在早上 8 点 45 分商场开门的时候站在这里，看那些优雅的巴黎女人慢慢地走进来。她们戴着高高的帽子，腰细得让人心疼，脸蛋被皮毛衬托得尤为好看。我享受摆脱父亲的这种自由，他的坏脾气致使我的整个童年都活在巨大的阴影里。第九区的醉汉和无赖吓不到我。我喜欢商场：大大的商场里有好多漂亮的东西。那里的景象令我陶醉，商品不断变换，都是从世界各地运来的漂亮的新款：意大利的鞋子、英国的花呢服装、苏格兰的羊毛披肩、中国的丝绸，还有美国的时装。楼下新开的食品大厅里有瑞士巧克力、白花花的熏鱼、香浓的奶油奶酪。在女子商场熙熙攘攘的高墙中度过一天就代表我窥见了一个更广阔、更神奇的世界的一角。

我不想结婚（我不想像我妈妈那样）。实际上，像女裁缝奥图耶太太，或是我的主管那样，待在我现在待的地方，非常符合我的心意。

两天后，我再次听到了他的声音。"售货员！小姐！"

我当时正在给一位年轻女士介绍一副上好的羔皮手套。我朝他点点头，继续小心地为那位女士包装商品。

但他却有点迫不及待。"我急需再买一条围巾。"他说。那位女士从我手中拿过手套，很大声地"啧"了一声。他不知道是真没听见，还是装着没听见。"我想买条红色的，充满活力、很鲜艳的那种。你这儿有吗？"

我有点生气。主管一直跟我说，商店就是一个小天堂，顾客离开的时候一定要让他觉得自己从拥挤的街道上找到了一个避风港（当然，前提是这位顾客可以慷慨地掏腰包）。我害怕我的那位女顾客可能会抱怨，幸好，她只是扬着下巴一阵风似的走了。

我开始翻陈列的围巾时，他说道："不不不，不是那些。"他指着下面玻璃柜中陈列的那些昂贵围巾，"那条。"

我把那条围巾拿出来，那像鲜血一样的鲜艳的围巾搭在我手上，像是一道伤口。

看到这条围巾他笑了笑。"你的脖子，小姐，手举高一点。对，就这样。"

这次举起围巾的时候我觉得有点不自在了。我知道主管正在看我。

"你的肤色真漂亮。"他嘟囔着，伸手去口袋里掏钱，我连忙移开围巾，用纸把它包起来。

"我相信您的妻子看到这件礼物肯定会很开心的。"我说着，他的视线像是一团火落在我身上。我觉得皮肤火辣辣的。

他看了看我，我也正好看到他眼角细微的皱纹。"你祖籍哪里，怎么会有这样的肤色？北方？里尔？比利时？"

我假装没有听到他说话。我们不允许跟顾客讨论私人问题，特别是男顾客。

"你知道我最喜欢吃什么吗？贻贝配诺曼底奶油，加点洋葱，再来点茴香酒。嗯。"他用手指贴住嘴巴，拿起我递给他的东西，"再见，小姐！"

这一次我不敢看着他穿过商场了，但灼热的后脖颈告诉我，他又停下来看我了。我突然觉得很懊恼。在佩罗讷，没人敢这么直接大胆。在巴黎，我老觉得自己像是穿着内衣走在大街上，因为巴黎的男人特别喜欢随便盯着别人看。

"你有仰慕者了。"波莱特，香水柜台的售货员说。

"勒菲弗先生？小心点，"卢卢，箱包柜台的售货员吸了吸鼻子说，"收发室的马塞尔在皮加勒见过他跟站街的妓女聊天。哼！"随即转身回到自己的柜台。

"小姐。"

他又来了！我的身体不由得缩了一下，转过身来。

"抱歉。"他靠在柜台上，两只大手摊在玻璃面上，"我没想吓你。"

"我一点也没有被吓到，先生。"

他棕色的眼睛十分认真地盯着我的脸，好像内心在进行一场我无法参与的对话。

"你又想看看围巾吗？"

"不是。今天我想……问你点儿事。"

我一只手扶在领口上。

"我想给你画幅像。"

"什么？"

"我叫爱德华·勒菲弗，是一名画家，我很想为你画幅像，希望你能给我一两个小时。"

我以为他在调戏我。我瞥了一眼卢卢和波莱特的柜台，想看看她们是不是在偷听。"为什么……为什么要给我画呢？"

那是我第一次见他表现出有点慌乱的样子。"你真的想让我回答这个问题？"

我突然意识到，我的声音听上去像是在等别人恭维我。

"小姐，我提的这个要求不会给你惹麻烦的，要是你担心的话可以带个女伴。我只是想……你令我着迷。我离开女子商场后，你的脸在我脑海中挥之不去，我想把它画下来。"

我强忍住想摸一摸自己下巴的冲动。我的脸？着迷？"那……那你妻子会在场吗？"

"我没有妻子。"他把手伸进口袋里，拿出一张纸迅速写着，"不过我确实有很多围巾。"他把纸递给我。我发现自己像个傻瓜似的偷偷瞄了瞄四周，然后才接过来。

这事我没有告诉任何人，我甚至都不确定自己该说什么。我花了很长时间弄头发，穿上自己最好的礼服又脱下来，然后又穿上。我在卧室门口坐了二十分钟，把所有我不该去的理由都列了个遍。

最后我走的时候，房东看着我皱了皱眉。我脱下自己的好鞋子，重新穿上木底鞋，以打消她的疑虑。我一边走，一边跟自己辩论。

如果你的主管听说你给一个画家当模特，他们会怀疑你的人品。你可能会丢了工作！

他想给我画像！我，来自佩罗讷的苏菲，一个只能衬托姐姐美貌的人！

或许我的相貌暗示我很廉价，所以让他觉得我肯定不会拒绝。他跟皮加勒的女孩乱搞……

可是，我的生活中除了工作和睡觉还有什么呢？当模特真的有那么糟糕吗？我还不知道呢……

随便哪天下午2点以后都行。纸条上写着。他给的地址跟先贤祠隔着两条街。

我沿着狭窄的鹅卵石小路一直走，在门口停下，确认门牌号，然后敲了敲门。没有人回答。我能听到上面有音乐声传出来。门微开着，于是我直接走了进去。我蹑手蹑脚地沿着狭窄的楼梯一直走到一扇门前。我听到里面有留声机的声音，一个女声倾诉着爱和绝望，一个男声跟着她一起唱，那浑厚、嘶哑的男低音，是他没错。我站在那儿听了一会儿，不由自主地笑了。

我推开门，房间很大，很亮。一面墙上全是砖，另一面几乎全是玻璃，窗户一个挨一个，沿着墙铺了满满一排。不过，屋里怎么能乱成这样！画板一摞摞地堆在墙边；凝固的画笔一罐罐的，到处都是；成箱的炭笔和画架毫无章法；那一团团的鲜艳颜料，早就凝固了；居然，还有好几盘没吃完的食物。再仔细看，我发现房间的每个角落里都有几个墨绿色的瓶子，有的插着蜡烛，有的显然是什么庆祝活动后留下的垃圾。一张木凳上放了一大沓钱，硬币和纸币乱七八糟地堆在一起。

一股浓浓的松节油和油彩混在一起的气味，掺和着烟味和陈年葡萄酒的微酸味。

屋子正中央，有个人手里拿着一罐画笔，慢悠悠地一会儿往前走几步，一会儿又后退几步，那便是勒菲弗先生了。他穿着一件罩衫，下面是一条很土的裤子，跟真正的巴黎人比起来真是……太不像话，太土了。

"你好！"

他眨着眼看了我两次，似乎在回忆我是谁，然后才把那罐画笔放在旁边的一张桌子上。"是你！"

"呃，是的。"

"太好了！"他摇摇头，似乎还没有反应过来，"太好了。请进，请进。我给你找个地方坐。"

他似乎变胖了，透过上好的衬衫，我可以清楚看到他美妙的身体。我站在一边尴尬地抓着包，看他把一摞摞报纸从一张旧躺椅上清理下去，弄出一个空位。

"请，坐吧。你想喝点什么吗？"

"白开水就行了，谢谢。"

虽然现在的环境看起来有点危险，但在来这儿的路上我一点儿都没有想过。回想起来，我才发觉自己有点犯蠢，随之不自在起来。

这个奇怪的工作室。

我看起来一定很僵硬很笨拙，像个上了浆的衣领一样僵硬地坐在他面前。

"你没指望我来。"

"原谅我，我只是不相信你会来。但是我很高兴你来了，真的很高兴。"他后退几步看着我。

我可以感觉到他的视线滑过我的头发、我的颧骨、我的脖子。他身上有淡淡的没洗澡的气味，我虽不觉得讨厌，但这样的环境却突显得它太浓了。

"来杯葡萄酒吗，可以让你放松一点？"

"不用了，谢谢。我只想快点。我……我只有一个小时的时间。"这一个小时是怎么出来的？我不知道，其实，我本来想立马离开的。

他试着教我摆姿势。他让我放下包，微微靠在躺椅的把手上，但我做不到。我说不出为什么，但就是忽然觉得这是一种羞辱。勒菲弗先生创作的时候，只关注他的画板，几乎一句话也不说。我逐渐发现，我一点儿也没有像自己之前偷偷想过的那样，有被仰慕的感觉，也没有觉得自己有多重要，而是觉得他好像可以看穿我。就好像我变成了一个物体，跟那些瓶瓶罐罐和吃剩下的饭菜没有区别。

很明显他也不喜欢这样。随着时间流逝，他似乎越来越沮丧，甚至在小声叹气。我像一座雕像一样一动不动地坐在那里，生怕自己做错了，但最后他终于说："小姐，就到这里吧。我觉得炭笔之神今天没有眷顾我。"

我舒了一口气，伸伸胳膊，扭了扭脖子。"我可以看一下吗？"

画上的女孩是我没错，可是却吓了我一跳。她就像一个瓷娃娃一样毫无生气。她脸上的表情冷酷严峻，背挺得笔直，像个一本正经的老嬷嬷。我努力掩饰自己的失落。"我想我可能不是你要找的模特。"

"不，这不是你，小姐。"他耸耸肩，"我……我对自己也很失望。"

"我可以星期天再来，如果你愿意的话。"我也不知道自己为什么会这么说。唯一确定的是，这次经历并不愉快。

听到这话，他冲我笑了笑。我从没有看到过谁拥有这般美丽、清澈的眼睛。

"那真是……太好了。我相信换个时间我一定能把你画好。"

但我敢肯定即便那样，情况也好不到哪里去。我努力了，真的。我躺在躺椅上，胳膊伸开搭在上面，摆出书上维纳斯的姿势，裙子一层层地叠在腿上。我努力放松，让自己的表情柔和一点，但我的束身衣正好扎着腰，而且还有一缕头发掉下来，搔着我的皮肤。那几个小时过得真是漫长而艰辛。还没等到看到那幅画，我就知道这次又失败了。因为所有的情绪都画在勒菲弗先生的脸上。

这是我？我看着那个面色凝重的女孩，心想，这哪是维纳斯啊，明明就是一个尖酸刻薄的女管家。

这一次，我觉得连他都替我感到难过了。我大概是他遇到过的最不起眼的模特。"这不是你，小姐。"他还在解释，"有些时候……我要花些时间才能抓住一个人真正的精髓。"

这就是最令我不高兴的事情。我怕他已经抓住了。

再次见到他是在巴士底日。当时我正穿过拉丁区拥挤的街道，从挂满三色旗和芬芳花环的窗下走过，穿梭在观看扛着来复枪的士兵游行的人群中。

整个巴黎都沉浸在节日的气氛中。通常我更喜欢待在公司，但那天我很烦躁，不知为何孤独纠缠着我。走到先贤祠的时候我停下了脚步：前面的苏福洛路全是旋转的人影，原本灰色的路上全是跳舞的人，女人们穿着长裙，戴着宽边帽，乐队就在莱昂咖啡店外面。他们或是优雅地转着圈，或是站在人行道边缘看着别人聊天，好像这不是马路，而是一个舞厅。

然后我就看到了他。

他坐在人群中央，脖子上围着一条颜色特别鲜艳的围巾。著名女歌星密斯丹格苔一只手霸道地搭在他肩上，跟他说了什么，他发出一阵大笑。密斯丹格苔站在那里，头上戴着缀了玫瑰的头巾，脸上露出迷人的微笑，好像用来画她的画笔都比别人更耀眼。她的随从和助手把两人围在中间。

我看着他们，心里有莫名的震惊。这时，或许是感受到了我炽热的目光，他转过身，看到我。我迅速钻进一个门口，朝相反的方向走去，脸上火辣辣的。我穿梭在一对对舞伴中，木底鞋哒哒地踩在鹅卵石路面上，不一会儿他的大嗓门在我身后响起：

"小姐！"

我没法装作没听见，只能转过身来。他看了一会儿，像是要来抱我，但肯定是被我的架势吓到了，于是他转而轻轻地拍拍我的手臂，示意我朝人群那边走去。

"遇到你真是太好了。"他说。我开始找各种借口，开始结巴，但他却举起一只大手。"来吧，小姐，今天可是公休日，就算是最勤奋的人也要偶尔享受一下生活。"

旗帜在黄昏的微风中飘扬，它们噗噗的声音，就如我的心狂跳的声音。我挣扎着想找一个妥帖的理由抽身离开，但再次被他打断。

"小姐，我突然意识到一件很丢脸的事，虽然我们俩认识，但我却不知道你的名字。"

"贝塞特。"我说，"苏菲·贝塞特。"

"那请允许我请你喝一杯好吗，贝塞特小姐？"

我摇了摇头。我觉得很不舒服，好像只是走到这里就泄露了自己太多隐私。我看看他身后，密斯丹格苔还站在那里，被一群朋友簇拥着。

"我们走吧？"他伸出一只胳膊。

那位了不起的密斯丹格苔直直地盯着我。

看到他伸出胳膊，她脸上的表情，如果要我说实话的话，竟然闪过一丝愠怒。这个男人，爱德华·勒菲弗，竟然可以让巴黎最耀眼的明星之一为之吃醋，而他竟然无视她的存在，只是等我。

他选择了我，而不是她。

"白开水就行了。还有，谢谢。"我挽着他回到密斯丹格苔那群人中，"密斯蒂，亲爱的，这位是苏菲·贝塞特。"她脸上挂着笑，但眼睛却像冰刀子似的打量着我。我在想她是不是想起我在商场里招待过她了。

"木底鞋。"她身后的一位男士说，"真是太……罕见了。"

他们窃窃的笑声让我浑身起鸡皮疙瘩。

"等到春天的时候各大商场里就会全是这个了。"我冷静地答道，"这是刚流行起来的风格，叫'时尚乡巴佬'。"

我感觉到爱德华用指尖碰了碰我的背。

"我认为贝塞特小姐有全巴黎最漂亮的脚踝，所以她想怎么穿就怎么穿。"

爱德华的话音落下后，人群突然安静下来，密斯丹格苔意犹未尽地把目光从我身上移开。"很高兴认识你。"她脸上挂着迷死人的微笑说，"爱德华，亲爱的，我必须走了，真是太忙了。一会儿早点给我打电话，好吗？"她伸出一只戴着手套的手，他吻了一下。我竭力让自己把目光从他的嘴唇上移开。然后密斯丹格苔走了，人群中掀起一阵涟漪，好像水流自动为她拨开了似的。

然后我们坐下。爱德华·勒菲弗在自己的椅子上舒展四肢，像是在沙滩上观光似的，而我仍然有些尴尬地僵在那里。他一声不吭地递给我一杯饮料，脸上挂着一点点歉疚的表情，还有——我没看错吧？——他好像在强忍笑意，好像他们都好好笑。我根本不应该觉得被鄙视了。

置身于快乐的舞池中，听着周围的笑声，看着湛蓝的天空，我渐渐开始放松。爱德华极有礼貌地跟我交谈，问我来巴黎之前的生活、跟商店里同事的关系。他时不时地打断一下，把香烟塞到嘴角，朝乐队大喊一声"真棒"，两只手举得高高的，鼓掌。几乎所有人他都认识。我已经数不清有多少人过来跟他打招呼或是请他喝一杯了，画家、店主，当然还有来搭讪的女人。在他身边，感觉就像是跟皇室在一起。只是我能感觉到他们看向我时眼中的闪烁，他们一定在想：一个完全可以跟密斯丹格苔在一起的男人为什么要跟这样一个女人在一起？

"商场里那些女孩说你跟皮加勒的妓女说话。"我忍不住，我真的好奇。

"是的。跟她们在一起很愉快。"

"你给她们画像吗？"

"有空就画。"他朝一个把帽子一斜朝我们打招呼的人点点头，"她们都是很棒的模特，她们对自己的身体很自信，一般都很放得开。"

"不像我。"

他看到我脸红了，犹豫了一下，把一只手放在我的手上，似是在道歉。这让我的脸更红了。"小姐，"他柔声说，"那画是我的败笔，不是你的。我还有……"他口气一转，"你还有其他的品德。你令我着迷，你很少畏惧。"

"是的。"我应道，"我想我不太会被吓到。"

我们吃了面包、奶酪和橄榄，那是我吃过的最好吃的橄榄。他喝着茴香酒，每喝一杯都很大声地咂巴嘴，并且把杯子重重地放回去。

一个下午在不知不觉中流逝。笑声越来越响，杯子越举越快。我允许自己喝了两小杯葡萄酒，然后发现在这个温和的日子，在这条街上，我不再是来自乡下的旁观者，女售货员爬上了梯子的最下面一级，虽然是最下面，但至少已经上了一级。我只是一个酒后的狂欢者，享受着这巴士底日的快乐。

这时，爱德华一推桌子，站在我面前。"我们去跳舞吧！"

我想不到有什么理由拒绝他。我抓住他的手，他拉着我旋入人流中。自从离开佩罗讷后我就再没跳过舞。现在，我感觉微风调皮地搔着我的耳朵，还有他的手抚着我的背的温度，我脚上的木底鞋散发出异样的光彩。他身上散发着烟草和茴香混合的味道，还有一点男人的体香。我觉得有点窒息，类似醉酒的眩晕。

我不知道为什么。我喝得很少，所以不能说自己喝多了。他也不是很帅，我也没有觉得自己的生活中缺少一个男人。

"再给我画一次。"我说。

他停下来看着我，目光充满了疑惑。我不能怪他，我自己也很迷惑。

"再给我画一次。今天，现在。"

他什么也没说，只是走回桌旁，收拾好自己的烟，和我一起穿过人群和拥挤的街道，走到他的工作室。

我们走上窄窄的木楼梯，打开门走进去。我等他脱了外套，在留声机上放了一张唱片，调颜料盘上的颜料。在他自己轻声哼唱的时候，我开始解上衣扣子。我脱掉鞋子和长筒袜，脱下裙子，直到身上只剩下内衣和白色的棉衬裙，放下头发，让它直接垂到肩上。他转过身来看我的时候，我听到他大口喘气的声音。

他眨眨眼。

"这样？"我问。

他脸上闪过一丝焦虑。或许，他是怕自己的画笔会再次出卖我。我的目光平静，头高高扬起。我看着他，像是在面对一个挑战。随后，某种艺术冲动控制了他。他着了魔似的注视着我异常白皙的皮肤，散开的黄褐色头发。所有关于禁忌的忧虑和担心都被我们抛之脑后。"对，对。头，稍微往左边动一下，好。"他说，"还有手，放那儿，手掌稍微张开一点。很好。"

他开始画画后，我就看着他。他精神高度集中地观察着我的每一寸肌肤，好像无法忍受自己再出错。我看到他脸上慢慢浮现出满意的神情，我感觉到自己脸上也变成了同样的表情。我现在已经无所顾忌了。我就是密斯丹格苔，或者是皮加勒的妓女，不畏惧，不做作。我想让他细细审读我的肌肤、我的脖子、我的头发，还有我身体里闪光的秘密。

我想让他看到我的每一部分。

他画画的时候，我记住了他的样子，一边在调色板上调色，一边自言自语的样子。我看着他跌跌撞撞地四处晃，看起来比自己的真实年龄还要老。这是假象，事实上他比店里的大多数人都年轻强壮。我回忆起他吃东西的样子：毫不掩饰的、贪婪的快乐。他跟着留声机一起唱。

自己想画画的时候就画画，想跟谁说话就跟谁说话，想说什么就说什么。我想像爱德华一样生活，快乐地生活，大声歌唱，我第一次觉得，活着是如此美丽。

黄昏深了一些，夜色尚浅我竟后知后觉。他停下来清理画笔，凝视着四周，像是刚发现似的，点上蜡烛和一盏煤气灯放在我周围，然后叹了口气，因为他意识到自己败给了时间。

"你冷吗？"他问。

我摇摇头，但他走到一个衣柜前，拉出一件大红色的羊毛披肩，小心翼翼地披在我肩上。"今天的光线不行了。你想看看吗？"

我用披肩包住自己，光着脚丫子踩在木地板上，朝画架走去。我觉得自己像是在梦里一般，好像现实生活在我坐在那儿的几个小时里蒸发不见了。我不敢看，怕打破这个魔咒。

"过来。"他示意我往前走。

我看到画上是一个我不认识的女孩。她傲慢地看着我，头发在半明半暗中散发着铜色的光泽，皮肤像雪一样白。那女孩身上有一种不可一世的气势，像个君王。

她自信、骄傲、漂亮，好像我看的是一面魔镜似的。

"我就知道，"他柔声说，"我就知道你是这样的。"

他现在目光疲惫，但流露满意。我又盯着那女孩儿看了一会儿。然后，不知为何，我走上前去，慢慢伸出手捧住他的脸，他只好再次看着我。我捧着他的脸靠近我的脸，让他一直看着我，好像他眼睛里的东西都会被我吸收掉似的。

我从来没想过要跟一个男人亲热。我父母房间里传出的那种野兽般的哀号——通常是爸爸喝醉酒之后——让我望而却步，第二天妈妈淤青的脸，小心翼翼地走路的样子让我很同情她。可是对爱德华的爱慕淹没了我，我无法把视线从他的嘴上移开。

"苏菲……"

我几乎听不见他说话。我拉着他的脸靠近我的脸，周围的世界像在蒸发，我感觉到他的胡子磨着我的手掌，他温热的呼吸贴在我皮肤上。他的眼睛注视着我，那么认真，好像直到此时此刻他才看到我。

我俯身上前，只不过几英寸，我的呼吸就停止了，我的唇印上他的唇。他的手停在我腰间，条件反射似的一紧。他的嘴碰到我的嘴，我呼吸着他的气息，他身上的烟草味、酒味，属于他的那种温暖、潮湿的味道。上帝啊，我想让他把我吞没。我闭上眼睛，身体索求着、磕碰着。他的双手在我头发里寻觅，唇落在我脖子上。

外面街上的狂欢者们突然大笑起来，旗帜在夜风中飘扬，我的某一部分彻底改变了。

"苏菲，我生命的每一天都可以用来画你。"他贴着我的皮肤喃喃道。至少我觉得他说的是"画"。到了这时候，再在意这些真的太迟了。

▶ 2

勒内·格勒尼耶爷爷的钟开始响了。大家普遍认为，这是一场灾难。几个月来，那个钟一直埋在他家边上的菜地里，一起埋在那里的还有他的银茶壶、四个金币和他爷爷的一块手表。他不想这些东西落到德国人手里。

这个计划一直很顺利——实际上，因为有好多贵重物品被匆匆埋在花园或小路下，我们在小镇上走路时总会听到脚底下嘎吱嘎吱地响——直到 11 月一个寒冷的早晨，普瓦兰太太匆匆跑到酒吧，找到每天都来玩多米诺骨牌的勒内，并且带来一个消息：每 15 分钟，他的胡萝卜地里就会传来一声闷闷的钟响。

"我这样的耳朵都能听到。"她小声说，"要是我能听到的话，他们肯定也能听到。"

"你确定没听错吗？"我问，"那钟已经很久没上发条了。"

"或许是格勒尼耶太太在坟墓里翻身的声音呢。"拉法基先生说。

"我才不会把我老婆埋在菜地里，"勒内嘟囔着说，"她会让蔬菜变得更苦、更瘦的。"

我弯下腰把烟灰缸倒掉，低声说："勒内，你得趁晚上的时候把它挖出来，然后用麻袋布包住。今晚应该安全——他们送了额外的晚餐食材来。要是大部分人都在这儿的话，值班的人应该没几个。"

德国人到红公鸡来吃饭已经有一个月了，在这个共有领域，大家达成了休战的共识。早上 10 点到下午 5 点半，酒吧是法国人的，像往常一样都是老年人和孤独的人。之后，伊莲娜和我会收拾干净，德国的厨师会在 7 点之前到。差不多与他们跨进门同时，饭菜会端上桌子。

这样也有好处：有剩菜的时候，一周有几次，我们就能分了（虽然经常是只剩点肉和菜，而不是鸡肉大餐）。随着天气变冷，德国人吃得越来越多，伊莲娜和我都不敢私自留点。不过，即使是这么几口额外的食物也可以让人生病的次数变少，我们的皮肤变干净了。有几次我们成功地从煮骨头的锅里偷了一小罐送到镇长家给生病的路易莎。

还有一些其他的好处。晚上德国人一走，伊莲娜和我就会冲到火炉前，把原木浇灭，然后放到地窖里晾干。收集几天烧了一半的碎屑，就可以在白天特别冷的时候生一小堆火。我们生火的时候，酒吧里就会挤到爆满，虽然真正买东西喝的顾客没几个。

当然，弊端也是有的。杜兰特和路维亚太太断言，虽然我不跟那些德国军官说话，也不朝他们笑，还表现出一副他什么都不是，就是来我们家横征暴敛的样子，但我肯定从德国人那里得了不少好处。我去领日常食品、酒和燃料的时候，能感觉到他们落在我身上的目光不一样了。不过，因为晚上的宵禁，他们看不到我们给德国人做的那些盛宴，也看不到那几个小时里旅馆变得有多热闹。

我们是广场附近的热门话题。

伊莲娜和我逐渐适应了家里充满外国口音的生活。我们认识了其中一些人——有个高高瘦瘦、耳朵很大的家伙，每次都想用法语跟我们说谢谢。有个留着黑白相间的小胡子、脾气暴躁的家伙，总是找茬，不是要盐、要胡椒就是要加肉。还有一个"小霍尔格"，喝很多酒，盯着窗外，好像只有一半心思放在周围发生的事情上。面对他们的评论，我和伊莲娜通常会礼貌地点点头，有礼但不友善。

不过说实话，有几个晚上，有他们在那里还是让人觉得有点开心。不是说有德国人，只是因为有人。有男人、有人陪、有做饭的味道。我们这里已经好久没有男性，没有这么热闹了。但也有一些晚上，显然是出了什么事，他们一言不发，绷着脸，一脸严肃，交谈都是迅速而小声的。那时候他们就会用余光瞥我们一眼，似乎想起了我们是敌人，好像他们说的话我们都能听懂似的。

奥雷利恩在观察、搜索，同时也在学习。他曾趴在3号房间的地板上，脸贴在地板缝上，希望有一天能看到一张地图，或者得到什么命令，可以让我们在军事上取得优势。他的德语变得特别流利，有时德国人走了之后，他会模仿他们的口音说个笑话，逗得我们哈哈大笑。有时他甚至能听懂些对话：哪个军官在医院里，伤亡人数总共是多少。我为他担心，但也为他感到骄傲。这让我觉得我们为德国人做饭可能还有一些秘密目的。

同时，指挥官一直都温文有礼。他问候我，虽谈不上热情，但也有一种越来越熟络的味道。他称赞食物，却不恭维，严格要求部下，禁止他们酗酒、举止粗暴。

有几次他还叫我出来谈论艺术。我不适应一对一的谈话，但想起我丈夫会让我有一丝小小的愉悦。指挥官说他很喜欢普尔曼，他谈论这位画家的德国血统，还有他曾看过的一些马蒂斯的作品，那些作品让他很想去莫斯科和摩洛哥旅行。

起初我不太愿意跟他交谈，后来却发现自己停不下来。那感觉就像是有人在提醒你，还有另一种生活、另一个世界。他说话的方式很像律师：语速很快、充满睿智，对于不能立刻明白自己意思的人表现得很不耐烦。我想他很喜欢跟我聊天，因为我在他面前一点也不慌乱。

他告诉我，他的父母没什么文化，但这更激发了他学习的热情。他说，他希望战争结束后可以继续去探索知识，去旅行、读书、学习。有天晚上他告诉我，他妻子名叫丽莎，他们有个两岁的男孩，但他一直都没有见过。（我告诉伊莲娜这些的时候，我以为她脸上会写满同情，谁知她立马说，他可以少花点时间侵略别人的国家。）

他告诉我这些的时候，好像都是顺口一提，没有想从我这里获得我的任何个人信息作为回报。这并不是因为他太自我。准确地说，是因为他明白，占据我的家就已经意味着侵入我的生活，要想再得到点什么就有点太霸道了。

我发现，他其实有点绅士。

那个月，我发现自己越来越难以跟别人一样，骂指挥官是畜生、德国佬。我想是因为我一直坚信，所有的德国人都很野蛮，所以很难想象他们也有妻子、母亲和孩子。他就这样，一晚接一晚地，在我面前吃饭，聊天，谈论色彩、构图，以及各派画家的技巧，就像我的丈夫那样。他偶尔也会笑，明亮的蓝眼睛周围会因为笑容的牵动显出细纹，像是有只鸟留下的脚印。那个时候，我感觉，幸福很熟悉。

在镇上的其他居民面前，我既不维护他也不谈论他。要是有人试图让我说说让德国人待在红公鸡的痛苦，我只会简单地说，上帝保佑，愿我们的丈夫们早日归来，让这一切快快锁进记忆最深处。

我祈祷没有人发现自从德国人来了以后，我们一张征用通知也没收到过。

快晌午的时候，我借口要抽毯子，走出闷热的酒吧。晒不到太阳的阴影里，地上还有一层薄薄的霜，霜像水晶一样透明，闪闪发光。我抱着毯子颤抖着走了几英尺，上了小道走到勒内的花园里，然后就听到一声闷闷的钟声，报的是差 15 分钟 12 点。

我回去的时候，一大群穿得花花绿绿的老年人正朝酒吧外走去。

"我们要唱歌。"普瓦兰太太大声宣布。

"什么？"

"我们要唱歌。这样到晚上之前就可以盖住钟声。我们会告诉他们这是法国的传统。"

"你们打算唱一整天？"

"不，不，就整点的时候唱，以防周围有德国人。"

我不敢相信地看着她。

"要是他们把勒内的钟挖出来的话，苏菲，他们会把整个镇子都挖个遍的。我可不能让我妈妈的珍珠项链落到那些德国主妇手上。"她厌恶地噘着嘴说。

"哦，那你们快去吧。要是中午的时候钟响了，半个佩罗讷都要听到了。"

这事真有点滑稽。我在门前的台阶上徘徊着，那群老人就在小巷口集合，面对着还在广场上站岗的德国兵唱起歌来。他们唱了我耳熟能详的儿歌，还有《牧羊女》、《牧羊女之歌》、《当我小时候》，他们的声音一直很嘶哑，完全不在调子上。他们唱的时候高昂着头，肩并着肩，不时地用余光互相瞥一眼。勒内看上去一会儿很气愤，一会儿又很担心。普瓦兰太太双手抱在胸前，虔诚得如同一个主日学校的老师。

我站在那里，手里拿着洗碗布，努力憋着笑。这时，指挥官穿过街道走了过来。"这些人在干什么？"

"早上好，指挥官先生。"

"你们知道的，街上不允许集会。"

"他们这算不上是集会，今天过节，指挥官先生。这是法国的传统，11 月整点的时候，佩罗讷的老人们就会唱起民歌，对抗即将到来的寒冬。"我这话说得很有说服力。指挥官皱皱眉，目光从我身上转移到了那些老人身上。他们突然同时提高了音量，我猜在他们身后，钟已经开始响了。

"可是他们唱得太难听了。"他小声说，"我从来没听过这么难听的歌。"

"求求你……不要阻止他们。他们唱的都是无害的乡间歌曲，你也听到了。让那些老人唱唱自己家乡的歌能让他们快乐一点，就一天。您肯定能理解。"

"他们打算这样唱一整天？"

真正让他困扰的不是集会。他跟我丈夫很像：任何不美的艺术都会让他觉得浑身难受。"可能吧。"

指挥官一动不动地站着，所有的感官都在努力适应这个歌声。我突然很害怕：要是他听音乐的耳朵跟他看画的眼睛一样敏锐的话，那他可能已经发现地底下的钟声了。

"我在想你今晚想吃什么？"我突然开口。

"什么？"

"你有没有什么喜欢吃的？我的意思是，我们的食材有限，但有些东西我还是可以给你做的。"我能看到普瓦兰太太在催其他人再大声一点，她两只手偷偷往上举了举。

指挥官似乎愣了一下。我冲他笑笑，过了一会儿，他脸上的表情也缓和下来。

"这真是太——"他还没说完就被打断了。

蒂埃里·奥图耶从马路上跑过来,羊毛围巾在身上飘着,他指着身后喊道:"战俘!"

指挥官迅速回头朝早已在广场上待命的部下走去,我就这样被遗忘了。我等他走了,才匆忙穿过马路朝唱歌的老人们走去。伊莲娜和待在红公鸡里的顾客可能听到了越来越响的骚乱声,他们偷偷地从窗户里往外看,有的还慢慢溜到了外面的人行道上。

外面安静了一会儿。然后他们到了主街上,大约有一百人,组成了一支小的护卫队。虽然我过来了,那些老人还是一直在唱,待他们意识到自己刚才目睹了什么时,他们的声音起初有些迟疑,但逐渐越来越有力、越来越坚定。

几乎没有一个男人或女人不是焦急地在步履蹒跚的士兵中,搜寻着自己熟悉的面孔。但没找到熟悉的人并没有让大家松一口气。这些真的是法国人吗?他们看上去都跟缩了水似的,一个个灰头土脸、垂头丧气,衣服挂在营养不良的身体上,缠着肮脏的旧绷带。他们走到我们前面几英尺的地方,低着头,德国人走在前后两头。

我们什么也做不了,只能干瞪眼。

我听到周围合唱的老人们坚定地提高了嗓门,他们的歌声突然变得悦耳、和谐了:"我站在风雨中,唱着牧羊女之歌……"

想到在很远的某个地方,爱德华可能就在这样一群人中间,我突然觉得喉咙被一大块东西堵住了。我感觉到伊莲娜的手紧紧抓住了我,我知道她也想到了。

这里的青草更青……

唱着牧羊女之歌……

我会去接你回来……

我们看着他们的脸，自己的脸却僵住了。路维亚太太走到我们旁边。她像一只老鼠一样迅速从我们这一小群人中挤过去，把她刚从面包房拿来的黑面包塞到一个瘦骨嶙峋的战俘手里。凛冽的风中，她的羊毛披肩飘了起来。那人抬眼看了一下，不知道自己手里拿的是什么。然后，一个德国兵大喊一声，来到他们面前。他用来复枪托一下把那人手里的面包打掉，而此时他还没搞明白自己拿的是什么。面包像块砖头一样摇摇晃晃地掉到水沟里。

歌声停止了。

路维亚太太盯着那个面包看了看，然后仰起头尖叫着，声音穿透了静止的空气："你这个畜生！德国佬！这些人会被你像条狗似的饿死的！你是哪里有毛病？你们这帮混蛋！婊子养的！"我从来没见过她这样说话，好像一根上好的线突然断了，她彻底释放出来，不再受束缚了。"你想打人吗？打我呀！来啊，你这个混蛋王八蛋，打我呀！"她的声音穿透了冰冷、静止的空气。

我感觉到伊莲娜紧紧抓住我的胳膊。我希望那位老太太能闭嘴，但她一直在叫，她瘦瘦的手指一直指着那个年轻士兵的脸猛戳。我突然有点替她担心。那个德国兵盯着她，脸上是毫不掩饰的愤怒。他握住来复枪的手指关节握得发白，我很怕他一枪毙了她。她那么脆弱，要是他真那么做的话，她的一把老骨头必然散架。但正当我们屏住呼吸的时候，他弯下腰来，伸手捡起水沟里的面包又塞给了她。

她像被蛰了一下似的看着他。"你从一个快饿死的兄弟手里敲掉了这个面包，你以为知道这个以后我还会吃？你觉得他不是我兄弟？他们都是我的兄弟！都是我儿子！法兰西万岁！"她啐了一口，两只老眼闪闪发光。

"法兰西万岁！"像是有人驱使一样，我身后的老人们也小声应和着，唱歌的事暂时被忘记了。"法兰西万岁！"

年轻士兵看看身后，可能是想让上级指示，但却被队伍后面的一声叫喊吸引了注意力。一个战俘想趁乱逃跑，现在正准备穿过广场。

第一个看到他的是指挥官。"站住！"他喊道。青年男子跑得更快了，过大的鞋子从脚上掉下来。"站住！"

那个战俘扔掉背包，显然是想加快速度。第二只鞋子掉下来的时候，他绊了一下，但不知怎么还是定住了身形。他马上就要消失在拐角处了。指挥官猛地回头从外套里掏出一支手枪。我还没反应过来他要干什么，他已经抬起胳膊，瞄准开火了。

听得一声枪响，青年倒地。整个世界戛然静止。

我们看着倒在鹅卵石上一动不动的男孩，伊莲娜发出一声低低的呻吟。她好像想过去看看他，但指挥官命令我们全部退后。他用德语喊了一句话，他的部下都举起枪来，瞄准了剩下的战俘。

没有人敢动。战俘们都盯着地上，他们似乎对这一转折一点也不意外。伊莲娜的双手已经捂住了嘴巴，她颤抖着，嘟囔着什么我听不清的话。我悄悄用一只胳膊搂住她的腰。我能听到自己大口喘气的声音。

指挥官迅速从我们身边走开，朝那个战俘走去。他走到那个战俘面前，蹲下去用手指按了按那个年轻人的下巴。一道暗红色的血水弄脏了他破旧的外套，我能看到他的眼睛茫然地望着广场。指挥官蹲下待了一会儿，然后站了起来。两个德国军官朝他走去，但他示意他们回到队伍里。他穿过广场走了回来，手枪塞回外套里。经过镇长面前的时候他稍微停了一下。

"剩下的事情就交给你了。"他说。

镇长点点头。我看到他的下巴有一丝抽搐。

随着一声大喊，队伍继续沿着马路前进，战俘们低着头，佩罗讷的女人们公然捂着手绢抹眼泪。

那具尸体皱巴巴地堆在城堡路对面不远处。

德国兵刚走，勒内·格勒尼耶的钟就沉痛地敲了一声，12点15分。

钟声过后，一片沉寂。

晚上红公鸡的气氛有些冷清。指挥官没有试着跟我聊天，我也没有表示出一点想要聊天的意思。伊莲娜和我伺候他们吃了饭，洗了锅子，一直尽量待在厨房里。我一点胃口也没有。我脑子里一直想着那个可怜的青年，他褴褛的衣衫在身后飘着，过大的鞋子从脚上掉下来，而那一刻，他正朝死神跑去。

更甚的是，我无法相信，那个突然举起枪，毫不犹豫地射杀他的军官，跟一直坐在我家桌前、看上去对他从未见面的孩子充满思念、历数他所拥有的艺术品的人是同一个人。我觉得自己真傻，感觉好像指挥官终于露出了他的真面目，而我本应该早些就明白。他们可不是来讨论艺术和美食的，他们来这儿是为了杀死我们的儿子和丈夫。这才是德国人来这儿的真正目的。

他们来这儿是为了毁了我们。

这一刻，我好想我丈夫，想得浑身难受。我已经快三个月没有收到他的信了。之前我不知道他经历了什么，还可以说服自己，说他很好、很健康，想象他在跟自己的同志们分享一瓶白兰地，空闲的时候或许还会随手拿起一张碎纸画画。闭上眼，我就看到我记忆中在巴黎时的爱德华的样子。可今天看到街上走过的那些可怜的法国兵之后，我就很难继续自欺了。爱德华可能被抓了，受伤了，可能在挨饿。他的遭遇可能跟这些战俘一样。可能他已经死了。

我靠在水槽上，闭上眼睛。

这时我听到了什么东西打碎的声音。我忙拉回思绪，冲出厨房。伊莲娜背对我站着，两只手停在半空，脚边有一个托盘，里面是碎了的玻璃杯。墙那边，指挥官掐着一个年轻人的喉咙靠在墙上。他用德语冲他大声吼着，表情扭曲的脸，离那个年轻人的脸只有几英寸。年轻人举起两只手做投降状。

"伊莲娜？"

她面色苍白。"我走过去的时候他把手放在我身上。可是……可是指挥官先生真的疯了。"

现在其他人已经围了上去，向指挥官求着情，试图把他拉下来，他们的椅子都翻了，互相大喊着，想让对方听见。整个房间里一片混乱。最后，指挥官似乎终于听到了他们的声音，掐住年轻人的手松了下来。有一瞬间，我觉得他的目光对上了我的视线，但是这时，他往后退了一步，同时抡出一拳，重重地打在那个年轻人头上，年轻人的脸在墙上反弹了一下，然后落下来。

"谁也不准碰这里的女人！"他大吼着。

"去厨房。"我把姐姐往门那边推，甚至都没有停下来收拾碎了的杯子。我听到拔高的声调，砰砰的关门声，连忙跟在她后面往门口跑去。

"勒菲弗太太。"

我正在洗最后几个杯子。伊莲娜已经上床了。白天的事情对她的打击比我严重。

"太太？"

"指挥官先生。"我转过身来看着他，用抹布擦了擦手。厨房里只点了一根蜡烛（其实就是沙丁鱼罐头瓶里装了点肥肉，中间插上灯芯），我很难看清他的脸。

他站在我面前，两手拿着帽子。"抱歉把杯子打碎了，我会找人补上的。"

"不用麻烦了，我们已经够用了。"我知道所有的杯子都要从邻居那里征用。

"那个……年轻军官的事，对不起。请转告你姐姐，我保证这种事情以后再也不会发生。"

我一点儿也不怀疑。透过后窗，我看到那个人被一个朋友搀扶着回了兵营，脑袋上还捂着块湿布。

我以为指挥官可能要走了，但他却还是站在那儿。我感觉到他在盯着我。他很不平静，甚至有些痛苦。

"今晚的饭菜……很棒。那道菜叫什么名字？"

"白菜肉卷。"

他等在那里，沉默长得让人焦躁。我又补充道："就是香肠、一些蔬菜和药草，用白菜叶包起来在原汤里煮熟。"

他在厨房里四处走了几步，头一直低着然后停下来，摩挲着一罐餐具。我有些心不在焉地想，他不会是要把它们拿走吧。

"很好吃，大家都这么说。你今天问我想吃什么，呃……我们希望能很快再吃到这个菜，如果不是太麻烦的话。"

"如您所愿。"

他今天晚上有点不太一样，身上散发出微微烦乱的气息。我不知道杀死一个人到底是什么感觉，对于一个德国指挥官来说，是不是跟喝一杯咖啡没什么两样。

他看着我，好像还想说点什么，但我却转过身去继续洗锅了。"你一定累了。"他说，"我这就走，不打扰你了。"

我端起一盘玻璃杯，跟在他身后朝门口走去。到了门口，他又转过身来戴上帽子，所以我也只好跟着停下来。"我一直想问，宝宝怎么样了？"

"让？他很好，谢谢。如果有点——"

"不，我说的是另一个宝宝。"

我差点把盘子扔了。我犹豫了一下，忙镇定下来，但我感觉到一股热血直冲到我脖子那儿。我知道他看见了。

再次开口的时候，我的声音有些沙哑。我努力盯着面前的玻璃杯。"考虑到现在的环境，我想我们已经很好了。"

他想了一下我说的话。"保护好它。"他小声说，"晚上最好不要让它出来得太频繁。"他又盯着我看了好一会儿，才转身走了。

▶ 3

那天晚上我虽然很累，却一直睡不着。我看着伊莲娜不安稳地睡去，嘴里含糊不清地嘟囔着，一只手无意识地伸出去摸摸孩子们是不是还在旁边。五点的时候，天还没有亮，我爬下床，裹了几床毯子，蹑手蹑脚地下楼去烧煮咖啡的水。餐厅里仍然弥漫着昨晚的味道：壁炉里木头的气味，还有一丝香肠的香味，惹得我肚子一阵咕咕叫。我给自己弄了杯热饮，坐在吧台后面，看着太阳从空荡荡的广场上升起来，一道道橙光浮现天边。远处右手边的拐角处，那个战俘倒下的地方，只能勉强辨出一道模糊的血影。

那个年轻人有妻子吗？有孩子吗？这个时候，他们是不是在给他写信，或是祈祷他安全归来？我喝了一口饮料，强迫自己看向别处。

正当我打算回房间去穿衣服时突然有人敲门。我吓了一跳，看到棉布帘后面有一个影子。我拉了拉身上的毯子，使劲盯着那个影子，想弄清楚谁会在这个时候来我们家，会不会是指挥官？他想用他知道的消息来折磨我们？我轻轻地走到门口。我撩起帘子，那边站着的，是莉莉安·贝蒂讷。她盘着鬈发，穿着那件黑色羊皮外套，有点黑眼圈。我打开上面和下面的门闩，开了门，她看看我身后。

"莉莉安？你……你要找什么东西吗？"我问。

她伸手从外套里掏出一个信封塞给我。"给你的。"她说。

我瞥了一眼信封。"可是……你是怎么……"

她举起一只苍白的手，摇了摇头。

我们所有人都已经好几个月没收到过一封信了。德国人隔断了我们与外界的所有联系。我不敢相信地拿着信，然后礼貌地说："你要进来坐坐吗？喝点咖啡？我这存了点真的咖啡。"

她冲我挤出一丝微笑。"不用了，谢谢。我得回家去找我女儿。"我还没来得及谢谢她，她就已经踏着高跟鞋快步走到大街上。因为天冷，她的背弓了起来。

我放下帘子，重新插上门闩，然后坐下来撕开信封。我的耳朵里顿时全是他久违的声音。

最最亲爱的苏菲：

我已经好久没收到你的信了。愿你安康。在黑暗的日子里，我告诉自己，如果你有事的话，我一定会感应到，就像遥远的钟声产生的共鸣一样。

我实在没什么好说的。只有这一次，我一点也不想将这个世界画出来。我现在才明白什么是真正的"匮乏"。亲爱的，你只需知道，我现在身心健康，因为想着你，我一直情绪饱满。

这里的士兵都牢牢抓着爱人的照片，把它当护身符，用它来对抗黑暗——皱皱的、脏脏的照片却是最珍贵的宝物。我不必看任何照片就能想起你，苏菲。我只需闭上眼睛，回忆你的脸、你的声音、你的气息。你不会知道你对我来说是多么大的安慰。

知道吗，宝贝，每过一天，我就感谢上帝，因为这意味着我离回到你身边的日子又近了 24 小时。

你的爱德华

落款日期是两个月前。

我不知道是不是因为昨天的事让我太累了，还是太震惊——我不是一个会轻易落泪的人，如果说我也有落泪的时候的话。不过这次我哭了。我把信小心翼翼地放回信封里，头靠在手上，然后在阴冷、空荡的厨房里哭了。

我没法告诉其他居民为什么现在该把那头猪吃掉，不过圣诞节的到来给了我一个很好的理由。军官们要在红公鸡度过他们的平安夜，这次来的人要比平常多。大家一致同意，等他们到红公鸡的时候，普瓦兰太太就在她家秘密举行一场跨年聚会。她家在距离广场两条街的地方。只要我能把德国军官留住，小镇的居民们就可以安全地用普瓦兰太太藏在地窖里的面包炉把那头猪烤熟吃掉。伊莲娜会帮我一起招呼德国人用餐，然后通过地窖墙上的洞溜到小路上，跟在普瓦兰太太家的孩子们集合。那些住得离她家太远，没法不着痕迹地过来的人，宵禁以后就待在家里，万一有德国人检查的话可以帮着瞒过去。

"可是这不公平。"两天后，我当着她的面把大概计划告诉镇长时，伊莲娜说，"要是你待在这儿的话，你就吃不着了。这样不行，你为了保护那头猪做了那么多。"

"我们中必须有人留下来。"我指出，"你知道，要是我们能保证那些军官都待在一个地方的话，会安全得多。"

"这不一样。"

"没有什么东西是一样的。"我简略地说，"而且你跟我一样清楚，要是我不在的话指挥官肯定会发现的。"

我看到她跟镇长交换了一个眼色。

"伊莲娜，不要想了。我就是'门神'。他每天晚上都要在这儿看到我的，要是我走了的话他肯定会知道有事。"

我听上去，甚至我自己都觉得，好像抗议得有点过分了。"听着，"我强迫自己的声音缓和下来，继续说道，"给我留点肉，用餐巾包住带回来。我可以向你保证，要是德国人的配额很丰盛的话，我肯定会给自己弄点儿的。我不会吃亏的，我保证。"

他们似乎已经平静下来，但我不能告诉他们真相。自从我发现指挥官知道那头猪的存在后，我就已经对它提不起胃口了。他没有揭穿这个事实，更没有惩罚我们，但这并没有让我觉得高兴，反而让我感到深深的不安。

现在，当我看到他凝视着我的画像时，我已经不会再想该不该高兴的问题了，当他走到厨房里跟我聊天的时候，我变得拘谨、紧张起来，生怕他会提起那头猪。

"不过，"镇长说，"我想我们又得再感谢你一次了。"他看上去情绪有些低落。他女儿已经病了一个星期了。他妻子曾告诉我，每次路易莎一生病，他就着急得睡不着觉。

"别拿我开玩笑了。"我轻快地说，"跟我们的男人们正在做的事情相比，这不过是再工作一天罢了。"

姐姐太了解我了。她没有直接问问题，这不是她的风格，但是我能感觉到她在看我。每次提到跨年聚会的问题时，我都能听到她声音里的一丝尖锐。最后，在离圣诞节还有一周的时候，我向她坦白了。她当时正坐在床边弄头发，手里的刷子顿住了。"你凭什么认为他没有告诉任何人？"说完后，我问她。

她盯着床单，然后用一种担忧的眼神看着我。"他喜欢你。"她说。

圣诞前一周很忙碌，虽然我们都没什么年货好准备。伊莲娜和几个老太太忙着给孩子们缝拼接的布娃娃。这些娃娃都很粗糙，裙子是用麻布做的，脸是在长筒袜上绣出来的。但在这个萧索的圣诞节，让留在佩罗讷的孩子们有一点惊喜是很重要的。

我自己也变得更胆大了。我从德国人的食材中偷了两次土豆，然后把剩下的捣成泥以掩饰缺少的分量，还把土豆装在口袋里偷偷分给那些看上去特别虚弱的人；我偷了个头比较小的胡萝卜塞在裙边里，所以就算被拦下检查也搜不出什么；我给镇长家送了两罐鸡汤，这样他妻子就可以给路易莎弄点肉汤喝。那个孩子脸色苍白，高烧不退。孩子的妈妈曾担忧地跟我说，小姑娘不怎么吃东西，好像渐渐把自己封闭起来了。看着那孩子被巨大的旧床和旧毯子包着，一副无精打采的样子，断断续续地咳嗽着，我突然想，我真不能怪她封闭自己。

生活总是会在你想去拥抱它的时候，表露出更糟糕的一面。

我们千方百计地将生活中最糟糕的部分掩饰起来不让孩子看到，但他们还是会发现生命中各种不确定。人走在大街上可能会被打死；自己的妈妈随时会被揪着头发从床上拽起来，比如在你没有对某位德国军官表示出足够的尊重时。看着咪咪用沉默、怀疑的目光观察着这个世界，伊莲娜心都碎了。我能看出愤怒在奥雷利恩体内增长，他变得越来越暴躁，像火山一样。我每天都在祈祷，希望到他真正爆发的时候，不会为此付出太沉重的代价。

但那一周最大的新闻是我们家门缝里塞进来一张报纸。报纸名字叫《沦陷区日报》，印刷得很粗糙。佩罗讷唯一允许传阅的报纸是德国人控制的《里尔通讯》，但这明显是德国人的宣传手段，所以大家基本上都是拿它来点火。但这份报纸上却刊登了军事消息，列出了被占领的村镇名字。上面有对官方公告的评论、关于沦陷区的幽默文章、以黑面包为主题的打油诗，以及当权军官的漫画。上面写着，请读者不要探究报纸来自何处，阅完即毁。上面还列举了一份《冯·海因里希十诫》的清单，讽刺了强加在我们身上的种种清规戒律。

我无法告诉你这份粗糙的四页报纸给我们小镇带来了多大的鼓舞。跨年聚会前的几天里，镇上的居民们络绎不绝地来到酒吧，或是在厕所里用手指摩挲着报纸（白天的时候，我们把它藏在一个装旧纸的篮子下面），或是面对面地转述上面的消息和笑话。我们在厕所里待的时间变长了，以至于德国人都问我们是不是爆发了什么传染病。

从报纸上我们得知，附近的几个镇子也面临着和我们同样的命运。我们知道在可怕的集中营里战俘们忍饥挨饿，被折磨得半死；巴黎对我们的困境知之甚少；已经有四百名妇女和儿童从鲁贝撤退，那里的食物供应量甚至比佩罗讷还少。并不是说这一条条的信息组合起来有什么用，但它让我们知道，我们仍然是法国的一部分，在这场艰苦的斗争中，我们的小镇并不孤单。更重要的是，这份报纸本身就是件值得骄傲的事：法国人仍然有反抗德国人的意志。

这份报纸被送到红公鸡的事实一定程度上缓解了因为我们给德国人做饭而引发的日益严重的不满。我看到莉莉安·贝蒂讷匆匆走过，穿着她的羊皮外套去拿面包，心里有了主意。

指挥官坚持让我们也吃。这是厨师的特权，他说，今天是平安夜。我们一直以为要准备 18 个人的饭，最后却发现其中两个是伊莲娜和我。我们在厨房里忙活了好几个小时，沉默、不可言说的快乐掩盖了疲惫，因为我们知道，在离这里两条街的地方，大家正准备进行秘密庆祝，孩子们也能好好地吃顿肉。同时吃两顿很好的饭似乎有点太多了，但其实没有很多。如今的我永远都不会拒绝一顿饭。饭菜很美味：橙块腌姜烤鸭、香煎马铃薯饼加青豆，全都配了一盘芝士。伊莲娜吃了她那一份，感叹着她竟然要吃两份晚餐。"我可以把我那份猪肉分给其他人。"她吮吸着一根骨头说，"我可以留点猪油渣，你觉得呢？"

看到她振作起来太好了。那天晚上，我们的厨房仿佛变成了天堂。房间里多点了几根蜡烛，让我们多了些宝贵的光亮。这里有熟悉的圣诞节的味道——伊莲娜在其中一个橙子上撒了丁香挂在炉子上，香气飘满了整个房间。要是不那么较真的话，你可以听到叮当的酒杯声、笑声、谈话声，可以忘了隔壁的房间正被德国人占领。

大约九点半的时候，我给姐姐裹好衣服，送她下楼，这样她就可以从邻居家的地窖里爬过去，再从煤舱口出来。她会沿着后面黑乎乎的小路一直跑到普瓦兰太太家，在那里跟今天下午先被我们送过去的奥雷利恩和孩子们会合。昨天我们已经把那头猪转移了。那会儿它已经很大个了，我怕它乱叫给它塞苹果的时候，必须让奥雷利恩抓住它，然后，屠户博丹先生干净利落地一刀子把它宰了。

我在伊莲娜身后把地窖空隙的砖重新放好，这期间一直注意听着上面酒吧里的动静。我有些满足地意识到，几个月来第一次，我不觉得冷了。饥饿几乎就是永远的寒冷，我相信这个教训我永远都不会忘记。

"爱德华，我希望你现在很暖和。"姐姐的脚步声在墙那边渐渐消失后，我对着空空的地窖小声说，"我希望你今晚吃得跟我们一样好。"

等我再次回到过道上的时候，我吓了一跳。指挥官正凝视着我的画像。

"我没找着你，"他说，"我以为你会在厨房里。"

"我——我出去透了一下气。"我结巴着说。

"每次我看这幅画的时候都能看到一些不同的东西。她有一种很神秘的感觉。我是说你。"他半笑着纠正自己的错误，"你有一种很神秘的感觉。"

我什么也没说。

"我希望你不要觉得尴尬，但我必须告诉你，有时候，我觉得这是我见过的最美的画。"

"这是一件很可爱的艺术作品，你说得对。"

"你是把画的内容排除在外吗？"

我没有回答。

他喝了一大口杯里的葡萄酒。等他再开口的时候，他的眼睛一直盯着那鲜红的液体。"太太，你真的觉得自己很普通吗？"

"我觉得情人眼里出西施。当我丈夫说我很美的时候，我相信他说的是真的，因为我知道在他眼中确实如此。"

这时他抬起头来，眼睛直直地盯着我的眼，不肯移开。他盯着我看了好久，久到我觉得自己的呼吸都变得急促起来。

爱德华的眼睛就是他心灵的窗口，他最纯真的自我就赤裸裸地展现在他的眼睛里。指挥官的目光却是炽烈、精明的，像一层纱遮住了他真实的情感。如果我允许他进入的话，我真怕他看穿我强装的镇定，看穿我的谎言，所以我先移开了目光。

他伸出手从桌子那边的板条箱里拿出一瓶法国白兰地，那是早些时候德国人送过来的。"陪我喝一杯吧，太太。"

"不用了，谢谢，指挥官先生。"我从门口朝餐厅里望了望，军官们的餐后甜点很快就要吃完了。

"喝一杯，今天是圣诞节。"

听到他这话的时候，我知道这是命令。我想到其他人，他们正在与我们脚下相隔几道门的地方吃着烤猪肉。我想到咪咪，想着肥猪油顺着她下巴流下来的样子；想到奥雷利恩，他一定在微笑着鼓吹他们巧妙的骗术，时不时地讲个笑话。他的确是需要一点快乐：这周他已经有两次因为打架被学校送回家了，但他一直不肯告诉我打架的原因。

我要让他们大家好好享受一顿美好的晚餐。

"那……好吧。"我接过一杯，喝了一小口。白兰地像一团火一样顺着我的喉管流下，像是一剂让人恢复健康的猛药。

他喝完自己那杯，又看着我喝完，然后把酒瓶往我这边一推，示意我再倒上。

我们一声不响地坐着。我在想到底有多少人去吃猪肉了。伊莲娜之前觉得应该是 14 个。有两个老人不敢打破宵禁。牧师答应说，圣诞弥撒结束后他会把剩下的肉分给那些困在家里的人。

我一直在观察他。他下巴僵硬，说明他是一个意志坚定的人，但他没戴军帽，几乎剃光的头发让他的脑袋显得很脆弱。我试着想象他不穿军装的样子，想象他作为一个普通人，做着日常的琐事，买一份报纸，休个假的样子。但我想不出。

穿着军装的指挥官让我看不透。

"这真是件让人感觉孤独的事，我说战争，不是吗？"

我抿了一口酒。"你有你的部下，我有我的家人，严格来说我们俩都不孤独。"

"但这不一样。"

"我们都已经努力做到最好了。"

"有吗？我可不确定谁能用'最好'来形容现在这种日子。"

白兰地让我变得大胆起来。"现在你可是坐在我家的厨房里，指挥官先生。我想提醒你，没有冒犯你的意思，只是在这件事上，我们俩只有一个人有选择权。"

他脸上笼上一层阴影。他不习惯被别人这样挑衅。他的脸微微红了红，我又想起他抬起一只胳膊，用枪瞄准逃跑战俘的样子。

"你真的觉得我们俩之间谁有选择权么？"他轻声说，"你真的觉得我们俩之间会有人选择过这样的生活吗？这种被战火、被暴徒包围的生活？你见过我们在前线目睹的场景吗？你会觉得自己……"他突然打住，摇了摇头，"对不起，太太。每年这个时间都会让一个男人伤感流泪。我们都知道，最悲惨的莫过于一个伤感的战士。"

他歉疚地笑了笑，我稍微放松了点。我们坐在餐桌两旁，各自捧着酒杯，周围是晚餐的碎屑。另一个房间里，军官们开始唱歌。我听见他们提高了音量，旋律很熟悉，歌词却听不懂。指挥官也歪着头听。后来他放下酒杯。"你恨我们待在这儿，不是吗？"

我眨了眨眼。"我一直在试着——"

"你以为你脸上没有透露任何信息吗？我一直在观察你。这一行干了这么多年，我很擅长看穿别人的秘密。好了，我们能休战吗，太太，就几个小时？"

"休战？"

"你忘记我来自敌人的军队，我忘记你是一个大部分时间都在想着怎么反抗军队的女人，我们只是……两个普通人？"

一瞬间，他脸上的表情变得柔和起来。他朝我举起酒杯，我几乎有些不情愿地举起自己的酒杯。

"我们不谈圣诞、孤独之类的话题，我想让你跟我说说学院的其他画家，告诉我你是怎么遇到他们的。"

我不确定我们在那儿坐了多久。如果要坦诚一点说的话，时间仿佛在谈话和温暖的酒精作用下变得像奶油一样柔软而温吞了。指挥官想知道一个画家在巴黎生活的方方面面。马蒂斯是个什么样的人？他的生活像他的作品一样饱受非议吗？

"哦，不。他很严厉，很保守，不管是作品还是个人生活习惯。不过又有点……"我回想了一下那位戴眼镜的教授，他在展示下一幅作品前看向你，确保你每个要点都记住了的样子，"……快乐。我觉得他从自己所做的事情中获得了很大的乐趣。"

指挥官思考着，似乎很满意我的回答。"我曾经想当一名画家。当然，我画得并不好，我很早就得面对这个现实。"他用手指摩挲着酒杯，"我常常想，能做自己喜欢做的事情并以之谋生一定是生命最好的馈赠。"

"我也是这样想的。"

这时我想起了爱德华，他专心致志的表情，从画板后面看着我的样子。如果我闭上眼，还能感觉到右腿边燃烧的圆木带来的温暖，和左边裸露的皮肤上微微的寒凉。我能看到他挑起一条眉毛的样子、他思绪离开画的准确时刻。

"第一次见到你的时候，"在我们一起度过的第一个平安夜，爱德华对我说起曾经，"我看着你站在熙熙攘攘的商场里，就想，你是我见过的最独立的女人，就算全世界都炸成碎片你也依然会站在那里，扬起下巴，顶着一头绚丽的头发霸气地凝视周围。"他拉起我的一只手凑到嘴边，温柔地吻了一下。

"我以为你是一头俄国熊。"我告诉他。

爱德华挑了挑眉毛。"咯啊！"他咆哮着，直到我忍不住大笑起来。他使劲抱住我，就在那儿，在凳子上，把我的脖子吻了个遍。我们当时在一个拥挤的小酒馆里，可他完全无视我们周围吃饭的人，一遍又一遍地"咯啊"。

那边房间里的歌声停止了。我突然有些不自在地站起来，收起回忆的思绪，装作要收拾桌子。

"求你了，"指挥官示意我坐下，"再坐一小会儿。不管怎么说，今天可是平安夜。"

"你的部下等着你跟他们会合呢。"

"恰恰相反，指挥官不在他们才能玩得更开心，不能强迫他们整晚都跟我在一起，这不公平。"

但是强迫我跟你在一起就公平了吗？我想。这时他问道："你姐姐去哪儿了？"

"我让她去睡觉了。"我说，"她有点不太舒服，而且今晚上做完饭她很累。我想让她明天快点好起来。"

"你们会做什么？庆祝吗？"

"我们还有什么好庆祝么？"

"休战，太太？"

我耸了耸肩。"我们会去教堂，或许再拜访几个老邻居。独自一人过圣诞节太痛苦了。"

"所有的人你都要照顾。"

"做个好邻居不犯法。"

"我送来给你用的那筐圆木，我知道你拿去镇长家了。"

"他女儿病了，她比我们更需要暖和一点。"

"你应该知道，太太，在这个小镇上，没有什么是我不知道的。任何事。"

我不敢看他的眼睛。这一次，我怕我的脸，还有我加快的心跳会出卖我。我真希望自己可以把脑袋里关于几百英尺外正在进行的那场盛宴的信息全部抹掉。我真希望自己不要有一种指挥官正在跟我玩捉迷藏的感觉。

我又喝了一口酒。那些人又唱起歌来。我知道这是圣诞颂歌。我几乎能听懂歌词。

平安夜，圣善夜！

万暗中，光华射！

他为什么一直盯着我看？我不敢说话，不敢站起来，以免他问什么令人尴尬的问题。可是，只是坐在那儿让他盯着我看让我觉得自己好像跟他串通一气似的。最后，我微微舒了口气抬起头来。他还在看着我。"太太，能陪我跳支舞吗？就一支，就当是为了过圣诞节好吗？"

"跳舞？"

"就一支。我想……我想让自己想起人性美好的一面，今年也就这一次。"

"我不……我不认为……"我想到伊莲娜和其他人，在路那边，得到了一晚的自由。我想到莉莉安·贝蒂讷。我打量了一下指挥官的脸，他似乎是在真诚地请求。

"我们只是……两个普通人……"

这时我想到了我丈夫。我是否希望他也能有一双同情的臂膀陪他跳舞呢？就一晚上？我是否希望在某个地方，在多少英里之外，某个善良的女人也能在一个安静的酒吧里让他想起这个世界还残存着一点美丽？

"我陪你跳舞，指挥官先生。"我说，"但仅限在厨房里。"

他站起来伸出一只手，我稍微犹豫了一下，抓住了他的手。他的手掌出人意料地粗糙。我朝他身边挪了几步,不看他的脸,然后他把另一只手放在我腰上。隔壁房间的人唱着歌,我们开始慢慢地围着桌子跳。我敏感地感觉到他的身体离我只有几英寸,他的手紧紧按着我的束身衣。我感觉到他军装粗糙的毛边蹭着我的胳膊,他哼着歌时胸膛微微振动。我感觉自己紧张得快要着火了,并努力保证自己不会靠得太近,生怕他什么时候会把我拉到他怀里。

在这期间,一个声音一直在我脑袋里回响:*我在跟一个德国人跳舞。*

平安夜,圣善夜!

神子爱,光皎洁……

但他什么也没做。他哼着歌,轻轻搂着我,围着餐桌稳稳地转着圈。有那么几分钟,我闭上眼睛,仿佛又变成了一个小女孩,活泼有生气,没有饥饿,没有寒冷,在平安夜跳着舞,脑袋因为喝了上好的白兰地有点晕晕的,鼻子里呼吸着香料和美食的香味。我像爱德华那样生活,品味着每一份小小的快乐,让自己发现世界的美好。

已经有两年没有男人抱过我了。我闭上眼睛,放松,让自己感受这一切,让我的舞伴抱着我旋转,他的声音在我耳边哼哼。

耶稣我主降生!

耶稣我主降生!

歌声停止了。过了一会儿,他几乎有些不情愿地退后一步,放开了我。"谢谢你,太太。真的非常感谢。"

等我终于敢抬头看他的时候,发现他的眼睛里含着泪水。

第二天早上,一个小板条箱出现在我们家门口。里面装着三个鸡蛋、一只小鸡、一颗洋葱和一根胡萝卜，旁边是一张写得很认真的字条，上面写着：Fröhliche Weihnachten.

　　"这句话的意思是'圣诞快乐'。"奥雷利恩说。然后不知为何，他再也不肯正视我。

Chapter *3*

我看到一片海，在他眼里结成冰

———— · ————— · ——

　　意识离我越来越远，一个声音却越来越刺耳：这是一笔交易。我唯一能做的就是等他结束，然后兑现承诺，让爱德华回家。

　　然后，我看到他的眼神变得晦涩，透露着一股惊慌。

　　"我不要你这样！我要……我要这个画上的女孩！"画上的女孩挑衅、性感。那是我的脸。

　　"出去。"他轻声说。

▶ *1*

随着气温降低，小镇开始骚动起来。德国人加紧了对佩罗讷的控制，每天都有更多的军队经过。有几次，法国战俘从主街上经过旅馆，我们被禁止站在人行道上观看。酒吧里军官们的谈话有一种新的紧迫感，所以我和伊莲娜大部分时间都待在厨房里。指挥官几乎不怎么跟我说话，他大部分时间都跟几个心腹聚在一起。他看上去很疲惫，我在餐厅里听见，他说话的时候，经常生气地拔高音量。

食物越来越匮乏，我们的官方配额不断减少，而他们却希望我能用越来越少的肉和蔬菜做出丰盛的晚餐。

有一天，我突然意识到，鸟儿的歌声消失了。

《沦陷区日报》送来的时候，上面说的都是我们知道的村子。晚上，远处的枪炮声震得杯中水起了一层涟漪，这已经不是什么新鲜事。战争逐渐逼近。我们收到命令，所有 16 岁以上的女孩和 15 岁以上的男孩都要为德国人工作，拔甜菜、种土豆，或者送到更远的工厂里去工作。

　　奥雷利恩还有几个月就满 15 岁了，我和伊莲娜越来越不安。关于服役年轻人的谣言传得很凶：女孩要跟一群罪犯一起住在兵营里，有的甚至更糟，被命令去"招待"德国士兵；男孩挨饿挨打不说，还要不停地转移地方。德国人想借此让他们分不清方向，乖乖听话。事实上，按年龄来说我和伊莲娜也应包括在内，但我们收到通知，因为我们和我们的旅馆被认为是"德国人的必不可少的福利"，所以得以豁免。当大家都知道这件事后，对我们多有憎恨。

　　不止如此，我还发现一些更细微的变化。白天来红公鸡的人越来越少了，从平常的二十几个人减少到了大约八个。起初我以为是因为天冷了所以大家都待在家里，后来我开始担心起来，就去老勒内家看看他是不是病了，但他在门口见了我，粗暴地说他更乐意待在家里。

　　他说话的时候都没有看我。

　　我去拜访福伯茨太太和镇长夫人的时候也遇到了同样的情况，这让我心里感觉极其不平衡。我告诉自己，这些都是我的幻觉。但有一天吃午饭的时候，我去药店，路上经过白浪酒吧，正好看到勒内和福伯茨太太坐在里面玩国际跳棋。我告诉自己眼见不一定为实。当一切越来越明了，事实再不可否认，我选择低头迅速走过。

　　只有莉莉安·贝蒂讷会给我一个友善的微笑。一天早上天快亮的时候，我正好碰到她把一个信封塞到我们家门底下。我打开门闩的时候吓了她一跳。"哦，我的天——谢天谢地，还好是你。"她一只手捂住嘴巴说。

"这是不是我想的那个东西？"我低头看着那个没有写收件人的硕大信封问。

"谁知道呢？"她说着，已经转身朝广场走去，"我什么也没看见。"

随着时间流逝，我渐渐注意到一些其他的事情：要是我从厨房走到酒吧，酒吧里的谈话声就会压低一点，好像不管是谁在说话，都觉得不应该被我听到。要是谈话中间我说了什么，一定不会得到回应，他们充耳不闻。我给镇长夫人送了两次汤，她却只是告诉我，他们已经有很多了，谢谢。她用一种很特别的方式跟我说话，不算不友好，但当我不再尝试把汤给她的时候，她好像有一种如释重负的感觉。我永远都不会承认，当夜晚降临，旅馆里再次充满声音的时候，虽然那是德国人的声音，我仍然感到一种安慰。

还是奥雷利恩点醒了我。

"苏菲？"

"嗯？"我正在做小兔子的点心和蔬菜饼，两只手和围裙上全是面粉，我正在想如果用那些下脚料给孩子们做小饼干安不安全。

"我能问你点事吗？"

"当然。"我在围裙上拍拍双手。我的小弟弟用一种奇怪的表情看着我，似乎想发现什么似的。

"你……你喜欢德国人吗？"

"我'喜欢'他们吗？"

"对。"

"你这是什么愚蠢的问题啊，我当然不喜欢了。我希望他们全都走，这样我们就可以回到以前的生活了。"

"可是你喜欢指挥官先生。"

我停下手里的活，手上继续滚着擀面杖。"你知道你说这话很危险吗？你说这种话会给我们大家惹来大麻烦的。"

"不是我说的话让我们有麻烦。"

外面的酒吧里，我能听到镇上的人在说话。我走过去关上厨房门，这样厨房里就只剩我们两个人了。再次开口的时候，我把声音压低并且努力保持平静。"你想说什么就说吧，奥雷利恩。"

"他们说，跟莉莉安·贝蒂讷相比，你也好不到哪里去。"

"什么？"

"苏埃尔先生平安夜的时候看到你跟指挥官先生跳舞了。你跟他靠得很近，你闭着眼，你们的身体紧紧贴在一起，好像你爱他。"

我震惊得差点晕过去。"什么？"

"他们说这才是你不肯去跨年聚会的真正原因，你想单独跟他在一起。他们说这就是我们得到额外补助的原因。你是那个德国人的最爱。"

"这就是你在学校打架的原因？"我想起他青肿的眼眶，想起我问他怎么弄的时他气冲冲不肯说的样子。

"是真的吗？"

"不，不是真的。"我砰的一下把擀面杖摔到一边，"他问……他问我们能不能跳支舞，就一次，因为是圣诞节。我想要足他想着跳舞，留在这儿更好，这样他就没空去猜普瓦兰太太家发生什么事，你们就没有危险了，仅此而已。你姐姐我只是为了保护你们好好享受一个晚上。那支舞为你赢得了一顿猪肉晚餐，奥雷利恩。"

"但我看到他了。我看到了他欣赏你的样子。"

"他欣赏的是我的画像，这有很大区别。"

"他跟你说话的方式也不一样。"

我皱着眉头看看他，他抬头看看天花板。当然了，他透过3号房的地板偷偷往下看的时候，肯定已经听到且看到了一切。

"你不能否认他喜欢你。他跟你说话的时候用的是'你'而不是'您'，而且你也默许了。"

"他是德国的指挥官，奥雷利恩。对于他选择怎么称呼我，我可没什么话语权。"

"他们都在说你，苏菲。我坐在楼上，听到他们叫你的名字，我不知道该相信什么。"他的目光中闪着怒火和困惑。

我走到他身边，抓住他的肩膀。"那就相信这些：我没有做任何令我自己和我丈夫蒙羞的事，一件都没有。每一天我都在寻找新的方式来保全我们这个家，保证我们的邻居和朋友有吃的、能获得安慰、心存希望。我对指挥官没有感觉。我努力记住他也是一个人，就跟我们一样。但奥雷利恩，如果你觉得我会背叛我的丈夫，那你就是个笨蛋。我爱爱德华，用我的每一部分爱着。他不在的每一天，我都觉得他的缺席是刻骨的痛。每天晚上我都失眠，担心他可能遭遇什么。现在，我永远都不想再听你说这种话，你听见我说的话了吗？"

他甩开我的手。

"你听见我说的话了吗？"

他悻悻地点点头。

"哦，"我又说道，或许我不该说这个，但我有点热血沸腾了，"不要太急于谴责莉莉安·贝蒂讷。你可能会发现自己欠她很多。"

弟弟瞪了我一眼，然后走出厨房，砰的一声把门关上。我盯着面糊看了好几分钟，才想起来自己本来是打算做饼的。

那天早上晚些时候，我穿过广场。正常情况下都是伊莲娜去拿面包——战时面包——但我需要清醒一下，酒吧里的气氛太压抑了。那年的一月很冷，冷得我肺疼。我把头上的软帽拉低，用围巾包住嘴。街上没几个人，巧遇老勃纳尔太太，她朝我点头示意。我告诉自己，这只是因为我裹得太严实了，她很难认出来我是谁。

我走到城堡路上（现在这里已经更名为席勒广场，我们拒绝这样称呼它）。面包房的门关着，我推开门。里面路维亚太太和杜兰特太太正跟阿蒙德先生聊得起劲。可我身后的门关上的那一刻，他们的声音戛然而止。

"早上好。"我调整了一下胳膊上的篮子说。

那两位太太把披肩裹得更紧了，微微朝我的方向点了点头。阿蒙德先生就站在那里，两只手放在前面的柜台上。我等着，然后转身去看两位老太太。

"你还好吗，路维亚太太？我们都好几个星期没见你来红公鸡了，我还怕你病了呢。"我的声音在小小的商店里高得有点不自然。

"我现在宁可待在家里。"老太太说，她说话的时候没有看我的眼睛。

"你收到我上周给你留的土豆了吗？"

"收到了。"她用余光瞥了一眼阿蒙德先生，"我送给格雷诺耶太太了。她……不太在意食物的来源。"

我一动不动地站在那儿。所以，这就是现在的情况。这种不公平的滋味像是嘴里嚼着苦灰一样。

"那我希望她喜欢。阿蒙德先生，麻烦您给我来点面包。我和伊莲娜的，非常感谢。"那一刻我多么希望能听到他说个笑话啊，说个黄段子，或是翻着眼珠子来句俏皮话。但他只是看着我，目光平静且不友好。他没有像我想的那样走进后面的房间。实际上，他没有动。我正打算再重复一遍自己的要求，这时，他把手伸到柜台下面，拿出两条黑面包放在了柜台上。

我怒视着他们。

小小面包房的温度似乎降低了，但我却觉得那三个人的目光火辣辣的。那两条面包躺在柜台上，又短又黑。

我抬起头，吞了吞口水。"其实，我弄错了。我们今天不用买面包。"我小声说着，把钱包又放回篮子里。

"我也觉得你们现在不会需要太多面包。"杜兰特太太嘟囔着说。

我转过身来，盯着那位老太太，她也盯着我。然后，我仰起头，走出了面包房。

太耻辱了！太不公平了！我就是个笨蛋！过了这么长时间才发现自己眼皮子底下发生了什么事，落得被人这般羞辱的境地！

我大步朝旅馆走去，激动得满脸通红，我的脑袋不停地思考。我耳朵里一片嗡嗡声，以至于我一开始都没有听到那个声音。

"站住！"

我停下来朝四周看了看。

"站住！"

一个德国军官举着一只手朝我走过来。我正好停在勒克莱尔先生被毁掉的雕像前，脸上的红潮还没有退去。他一直走到我跟前。

"你无视我！"

"我向您道歉，长官，我没听到您说话。"

"无视一名德国军官是违法的。"

"我说过了，我没听到您说话。我向您道歉。"

我把脸上的围巾拉下来一点。这时我才看清面前的人是谁：那个在酒吧里喝多了抓住伊莲娜，结果却被指挥官摔在墙上的年轻军官。我看到他太阳穴上有道小疤，我还看出来他也认出了我。

"身份证。"

身份证不在我口袋里。我一直在想奥雷利恩的话，所以把身份证落在旅馆的台桌上了。

"我忘记带了。"

"不带身份证出门是违法的。"

"就在那儿。"我指着旅馆说，"如果您跟我一起走过去的话，我可以——"

"我哪儿也不去。你出来干吗？"

"我只是……去面包房。"

他瞅瞅我空空如也的篮子。"去买隐形面包？"

"我临时改了主意。"

"你最近在旅馆里一定吃得很好吧。其他人拿到自己的份额都很难。"

"我不比其他人吃得好。"

"把口袋里的东西都掏出来。"

"什么？"

他端着来复枪猛地戳了我一下。"把口袋里的东西都掏出来，把衣服脱掉几层，让我看看你拿的是什么。"

那天降温，刺骨的寒风足以让每一寸裸露的皮肤都变得麻木。我放下篮子，慢慢摘下第一层围巾。

"放下，放到地上。"他说，"下一件。"

我朝四周看了看。广场那边，红公鸡的客人们一定都在看。我慢慢摘下第二层围巾，然后又脱下重重的外套。我感觉广场那边白茫茫的窗户里有无数眼睛在盯着我。

"把口袋里的东西全都掏出来。"他用刺刀戳着我的外套说，外套在冰和泥里摩擦着，"把里面翻出来。"

我弯下腰，把手伸进口袋。现在我已经在发抖了，我的手指冻得发紫，根本不听我指挥。试了几次之后，我终于从口袋里掏出定量供给簿、两张 5 法郎的钞票和一张碎纸。

他抓起碎纸，说："这是什么？"

"不是什么重要的东西，长官。只是……只是我丈夫送给我的礼物。求您还给我吧。"

我听到自己声音里的恐慌，虽然话已经出口，但我知道我根本就不该说。他打开爱德华画的我们俩的小画像：那头穿着军装的熊是他，我穿着板正的蓝裙子，一脸严肃。

"这个东西没收了。"他说。

"什么？"

"你无权携带法国军装之类的东西。我会处理它的。"

"可是……"我不敢相信，"这只是一头熊的漫画啊。"

"一头穿着法国军装的熊。没准是个暗号呢。"

"可是……可是这只是个玩笑……是我跟我丈夫闹着玩画的。求求你不要毁了它。"我伸出手去，却被他拍掉了。"求求你，我没什么念想……"正当我颤抖着站起来时，他看着我的眼睛，把那张纸撕成了两半，然后把那两半纸撕成了碎片，任它们像婚礼上的彩纸屑一样落到潮湿的地上。

整个过程中他一直看着我的脸。

"下次记得带上你的证明，婊子。"说着，他走过去跟其他士兵会合。

我进门的时候伊莲娜过来接我，我手里紧紧抓着冰凉、湿透的雨巾。走进去的时候，我感觉到客人们都在看我，但我没什么好跟他们说的。我穿过酒吧回到窄窄的走廊，用冻僵的手挣扎着把围巾挂到木桩上。

"发生什么事了？"伊莲娜站在我身后问。

我心里难过，几乎说不出话来。"那次抓住你的那个军官，他毁了爱德华给我的画。他把画撕成碎片，因为指挥官揍了他，他要报复我们。还有，没有面包了，因为阿蒙德先生显然认为我是个婊子。"我一脸木然，前言不搭后语，但我很生气，声音也毫不控制。

"嘘！"

"凭什么？我为什么要小声点？我做错什么了？这里的人全都嘘嘘嘘，全都咬耳朵，没有人说真话。"我愤怒而又绝望地摇摇头。

伊莲娜关上酒吧的门，把我赶到楼上空空的卧室里，这是为数不多的几个我们说话不会被听到的地方。

"冷静，跟我说说，发生什么事了？"

然后我告诉了她。我告诉她奥雷利恩说的话，告诉她面包店里的两个太太怎么跟我说话，还有阿蒙德先生和他的面包。伊莲娜听我讲了这一切，双臂抱住我，头靠在我的头上，不时地表示同情，直到她问："你跟他跳舞了？"

我擦了擦眼睛。

"嗯，对。"

"你跟指挥官跳舞了？"

"别用那种眼神看我！你知道我那天晚上在做什么。你知道为了让德国人远离跨年聚会，我什么都做得出来。把他留在这儿就意味着你们都能好好享受一顿盛宴。你还跟我说，那是让－米歇尔离开后你过得最开心的一天。"

她看着我。

"哦，难道你没说过吗？我说错一个字了吗？"

她还是什么也没说。

"怎么着？你也想叫我婊子吗？"

伊莲娜低头看着自己的脚，最后终于吐出一句话："我不会跟一个德国人跳舞。"

我没法表达听到亲姐姐说出这句话时的感觉，事实上我一时忘了说话。之后，我站起来，一声不吭地下了楼。我听到她喊我的名字，但我无法回应。在我内心深处某个黑暗的地方拒绝了我目前最亲的人。

来不及了……

与我和姐姐不同，那天晚上德国士兵们似乎特别高兴。没有人抱怨配额又减少了，他们也没注意到酒也少了。只有指挥官看上去心事重重，一脸忧郁。其他军官兴高采烈地一起喝酒庆祝时，他就自己坐在一边。我想着不知道奥雷利恩有没有在楼上偷听，有没有听懂他们在说什么。

"我们别吵架了。"晚上我们爬上床的时候，伊莲娜说，"我真的觉得这样很累。"

她伸出一只手来抓我的手，在几乎一片黑暗中，我抓住了她的手，但我们都知道有些东西已经变了。

第二天早上伊莲娜去市场。只有几个摊位摆出来，卖一些腌肉，贵得离谱的鸡蛋、蔬菜，还有旧布做的内衣。我待在旅馆的酒吧里，招待剩下的为数不多的顾客。

大约十点半的时候我们发现了外面的骚乱。有一瞬间，我想着是不是又有战俘来了，但伊莲娜冲进来，头发散了，眼睛瞪得大大的。

"你一定猜不到，"她说，"是莉莉安。"

我的心怦怦地跳起来。我扔下手里正在清洗的烟灰缸冲向门口，其他顾客也不约而同地站起来往外跑。莉莉安·贝蒂讷走了过来。她依旧穿着那件羊皮外套，但看上去再也没有巴黎模特的样子。她身上没有穿其他衣服。因为冻和瘀伤，她腿上一片斑驳。她光着脚，脚上流着血，左眼肿得老高，只睁开一半。她的头发散在脸上，走路一瘸一拐的，仿佛每一步都是永远不可能完成的工作。她的两侧各站着两名德国军官在驱赶她，后面紧跟着一队德国兵。这一次，他们似乎并不介意我们跑出来看。

漂亮的羊皮外套沾满了灰，变成了灰色。外套背面不但有一块块黏稠的血迹，还有，确凿无疑的，痰迹。

我正盯着那外套看，这时，突然传来一阵哭声："妈妈！妈妈！"在莉莉安身后，我看到她七岁的女儿伊迪丝被其他士兵拦住了。她抽泣着，扭动着，想越过那些士兵抓住妈妈，她脸上的表情都扭曲了。一个士兵抓住她的胳膊，不让她靠近，另一个士兵得意地笑着，似乎眼前发生的一幕是一场滑稽表演。莉莉安往前走着，似乎根本没注意，她低着头，沉浸在自己痛苦的世界里。她经过旅馆的时候，人群中爆发出一阵小声的嘲讽。

"瞧瞧那个骄傲的婊子现在变成什么样子了！"

"你觉得德国人还会要你吗，莉莉安？"

"他们已经厌倦了她，终于摆脱她了。"

我不敢相信这些人是我的同胞。这些充满憎恨的面孔、嘲讽的笑容，我再也受不了了。我推开他们朝伊迪丝跑去。"把孩子给我。"我要求道。整个镇上的人好像都出来看了。他们从楼上的窗户那儿、从市场那边朝莉莉安尖叫。

伊迪丝抽泣着，嘴里恳求着。"妈妈！"

"把孩子给我！"我喊道，"还是说德国人现在连小孩子也不放过了？"

抓着伊迪丝的军官看看身后，我看到指挥官站在邮局旁。他跟旁边的军官说了什么，过了一会儿，孩子被放开给了我。我用胳膊帮她擦擦眼泪。"没事，伊迪丝。你跟我来。"她把头埋在我的肩膀上，伤心欲绝地哭着，一只胳膊还徒劳地伸向她妈妈的方向。我觉得我看到莉莉安的脸微微朝我这边转了转，但太远了，也不好说到底是不是。

我抱着伊迪丝迅速回到酒吧里，远离镇上人的视线，远离了那再次响起的嘲讽声，跑到旅馆后面，这样她就什么也听不到了。这个孩子已经疯了，但谁能怪她呢。我把她带到卧室，给她倒了点水喝，然后双手抱住她摇晃她。我一遍遍地告诉她，会好起来的，一切都会好起来的，虽然我知道我们什么也做不了。她一直哭一直哭，直到哭得筋疲力尽。看着她浮肿的脸，我猜她可能已经哭了大半个晚上了。只有上帝知道她看到了什么。最后，她在我怀里睡着了，我小心翼翼地把她放到床上，给她盖上被子，然后走下楼去。

我走进酒吧的时候，里面鸦雀无声。这是红公鸡几周以来最热闹的一次，伊莲娜端着一个满满的托盘在桌子间跑来跑去。我看到站在门口的镇长，再看看眼前的一张张脸，突然觉得这些人我一个也不认识了。

"你们满意了？"我说，我的声音是嘶哑的，"躺在楼上的那个孩子看到你们嘲笑她受伤的妈妈，朝她吐痰。她还一直当你们是她的朋友。你们觉得很骄傲吗？"

姐姐一只手放在我肩膀上。"苏菲——"

"别叫我苏菲！"我甩开她的手，"你们根本不知道自己做了什么。你们以为知道莉莉安·贝蒂讷全部的事。其实，你们什么都不知道，什么都不知道！"我哭了，愤怒的泪水流了出来，"你们都太急于下定论了，可是当她为你们提供适合你们的东西时，你们又急着去拿。"

镇长朝我走过来。"苏菲，我们应该谈一谈。"

"哦，你现在肯跟我说话了！好几个星期你看我的样子好像我身上有一股臭味似的，就因为苏埃尔先生自以为是地认为我是个叛徒，是个婊子。我！一个不惜一切代价给你女儿送食物的人！你们全都宁肯相信他也不相信我！哦，或许我不想跟你说话，先生。就我所知，或许我更愿意跟莉莉安·贝蒂讷谈一谈！"

我现在极其愤怒。我觉得自己有点精神错乱，像个疯女人一样到处喷火。我看着他们愚蠢的脸和张大的嘴巴，晃晃身子甩开按住我肩膀的手。

　　"你们以为《沦陷区日报》是从哪儿来的？你们以为是小鸟叼来的吗？你们以为它是坐着魔毯飞来的吗？"

　　伊莲娜将我往酒吧外推。

　　"我不在乎！他们以为是谁在帮他们？是莉莉安！是她在帮你们所有人！甚至是在你们朝她的面包吐痰的时候，她还在帮你们！"

　　我站在走廊上。伊莲娜脸色苍白，镇长站在她身后，她把我往前推着，不让我靠近他们。

　　"怎么？"我抗议道，"知道真相让你们很不舒服吗？我连说话的权利都没有了吗？"

　　"坐下，苏菲。看在上帝的分上，快坐下，闭嘴。"

　　"对于贝蒂讷太太的事我也很难过，"镇长轻声说，"但我来这儿不是为了讨论她的事，我来这儿是有事跟你说。"

　　"我跟你没什么好说的。"我用手掌抹了一下脸说。

　　镇长深呼吸了一下。"苏菲，我有你丈夫的消息。"

　　过了一会儿我才明白他说的是什么。

　　他重重地坐在我旁边的楼梯上，伊莲娜仍然抓着我的手。

　　"恐怕我得说，不是好消息。今天早上最后一批战俘经过的时候，其中一个人经过邮局的时候丢下了一封信，是一张废纸。我的办事员捡了起来。上面说，爱德华·勒菲弗和其他四个人上个月一起被送到阿登高地的集中营去了。我很遗憾，苏菲。"

▶ **2**

爱德华·勒菲弗被关起来了，他被指控递给战俘食物，一块拳头大小的面包。因为这件事被揍的时候，他进行了激烈的反抗。听到这个消息的时候我差点笑出来：太像爱德华的风格了。

但我没能笑多久。接下来我读到的每一条消息都让我的眼泪越流越多。据说，他被关押的集中营是最糟糕的集中营之一：两百个人睡一个窝棚，而且只有光秃秃的床板；他们吃的是水一样的稀汤，里面只有几个大麦壳，有时还有死耗子。他们被送去凿石头，修建铁路，被逼着把沉重的铁梁扛在肩上走好几英里。要是谁累得扛不动了，就会受到惩罚：被打或是取消食物配额。那里疾病肆虐，而且随时都有可能被枪毙。

我把这些一一记在心里，这些景象全都成了我的噩梦。

"他会没事的，对不对？"我对镇长说。他拍拍我的手。

"我们都会为他祈祷的。"镇长说。他起身离开的时候，深深地叹了口气。

他的叹息听上去像是死亡的判决。

莉莉安·贝蒂讷被游街示众后，镇长大部分时间都会过来。随着她的真实情况在镇上慢慢传播，她在人们心目中的形象也逐渐改变。提到她名字的时候，大家不会再自动地噘起嘴巴。有人趁着夜色在市集广场上用粉笔潦草地写上"女英雄"几个字，虽然那几个字很快就被抹掉了，但我们都知道说的是谁。她刚被抓时家里丢失的几件贵重物品也被神秘地还了回来。

当然，也有一些人，比如路维亚和杜兰特太太，就算看见她赤手空拳地反抗德国人也不会彻底相信她是好人。但在我们的小酒吧里，有一种淡淡的悔恨，有人对伊迪丝表现出小小的善意，红公鸡酒吧里会收到穿小的衣服或是一点食物。莉莉安显然已经被送到小镇南边一个很远的营地去了。她很走运，镇长偷偷告诉我，没有被立即枪毙。他怀疑这只是因为某个军官的特别请求才免了她被立即处死。"但是，想干涉的话一点用也没有，苏菲。"他说，"她被抓到为法国人刺探情报，我觉得他们不会留她太久了。"

而我，我已经不再是"不受欢迎的人"了。我对这个也不是很在意。我发现自己很难像以前一样看待我的邻居们了。

伊迪丝一直黏在我身边，像个白影子。她不怎么吃东西，一直跟在我身后追着问她妈妈的事。我坦白告诉她，我也不知道莉莉安会怎样，但是她，伊迪丝，跟我们在一起很安全。我跟她一起睡在我以前的房间里，这样就不会因为她做噩梦尖叫把那两个小家伙吵醒。晚上的时候，她会悄悄爬到第四个台阶上，那里是可以看到厨房的最近的地方。深夜我们收拾完厨房的时候，会发现她坐在那里，两条细细的胳膊抱着膝盖睡着了。

我对她妈妈的担心和我对爱德华的担心掺杂在一起。我沉默着，在担忧和疲惫的漩涡中度过了一天又一天。能传进镇子里的消息很少，里面的消息更是一点都传不出去。在远处的某个地方，他可能正在挨饿，可能正躺在床上发烧生病，也可能正在挨打。镇长收到了三封官方的讣告，两个死在前线，一个死在蒙斯集中营里，还听说里尔附近暴发了一场伤寒。这些小事情于我都惊天动地。

在这种可怕的预感中，伊莲娜反倒倔强地振作起来。我想，看着我这么崩溃肯定让她觉得最坏的事情已经发生了。如果那样充满力量、充满活力的爱德华都要面对死亡了，那让-米歇尔，那个文弱书生，肯定更没什么希望。他肯定活不下来了，她这样推断着，所以她还是继续这样过吧。她似乎平添了许多力量，看到我躲在酒窖里偷偷掉泪她会催我上去，她逼着我吃饭，用一种奇怪、欢快的语调给伊迪丝、咪咪和让唱摇篮曲。

我很感激她的强大。晚上，我躺在床上，怀里抱着另一个女人的孩子，真希望自己可以不用再思考。

一月末，路易莎死了。我们早就知道她快死了，但这并没有让我们觉得好受一点。一夜之间，时间仿佛抽取了镇长和他妻子所有的精气神。"我对自己说，这是好事，她不用再看着这样的一个世界了。"他对我说，我点点头。但我们俩其实都不信。

葬礼五天后举行。我觉得把孩子们带去不太好，所以我告诉伊莲娜，让她代我去；我则带着几个小家伙去旧消防局后面的树林里。考虑到严寒，德国人允许镇上的居民每天有两个小时的时间去本地树林里找点柴火。我不认为我们会找到很多：树上任何可用的枝条早就被人趁着夜幕扒干净了。但我需要远离镇子，远离悲伤和恐惧，远离德国人和邻居不停的审视。

那是一个清冷、安静的下午，微弱的阳光透过剩下的几棵树，投下斑驳的树影。太阳像是疲惫得只能停在离地平线几英尺的地方，没法再升高一点。同时我在想，世界末日是不是真的要来临了。我一边走，一边默默地跟我丈夫讲话，最近，我经常这样。*坚强点，爱德华。坚持住。一定要活着，我知道我们还会在一起的。*起初，伊迪丝和咪咪默默地走在我两旁，脚下踩着结冰的树叶，嘎吱嘎吱作响。但后来，随着我们离树林越来越近，她们孩童的热情爆发出来，我就站在那儿看着她们朝一根烂树桩跑去，在上面跳上跳下，拉着手咯咯直笑。她们的鞋子肯定磨破了，裙子上全是泥巴，但我不会剥夺她们这点简单的快乐。

我弯腰捡了几把树枝放进筐里，希望她们的声音可以淹没我脑袋里一直不曾停止的可怕的嗡嗡声。然后，当我直起身来的时候，我看到了他：在空地上，肩上扛着一把枪，正在跟一个部下说话。他听到孩子们的声音，猛地转过身来。伊迪丝尖叫着，慌忙四处找我，扑到我怀里。她的眼睛瞪得大大的，满是惊恐。咪咪很困惑，磕磕绊绊地跟在后面，想搞明白为什么她的朋友会那么害怕一个每天晚上都到旅馆来吃饭的人。

"别叫，伊迪丝，他不会伤害我们的。求你别叫了。"我看到他在看我们，忙把那个孩子从腿上扒开。我蹲下对她说："那位是指挥官先生，我现在要过去跟他说说他晚饭的事。你待在这儿跟咪咪玩。我没事的。你瞧，是不是？"

我把她交给咪咪的时候她在发抖。"去那边玩会儿。我去跟指挥官先生说个话。给，拿着我的筐，看你们能不能帮我找点树枝。我答应你，不会有坏事情发生的。"

等我终于把伊迪丝从裙子上扒开后，我朝他走了过去。跟他一起的军官低声说着什么，我拉了拉围巾，双手抱在胸前，等着指挥官让他走。

"我们本来想去打猎的。"他抬头望着空荡荡的天空说。"打鸟。"他补充道。

"这里已经没有鸟了。"我说，"它们早就飞走了，一只也没剩。"

"可能你说得对。"远处，我们能听到大口径炮模糊的爆炸声，这似乎让我们周围的空气也收缩了。

"那是那个妓女的孩子吗？"他把枪竖在胳膊上，点了一根烟。我看看身后，那两个女孩正站在烂木桩那里。

"你是说莉莉安的孩子？对，她会跟我们待在一起。"

他仔细看了看她，我猜不出他在想什么。"她只是个小女孩，"我说，"她根本不知道发生了什么事。"

"啊，"他吐了一口烟说，"一个无辜者。"

"对，这样的人确实存在。"

他尖锐地看着我，我只能强迫自己不要低头。

"指挥官先生，我想请你帮个忙。"

"帮忙?"

"我丈夫被送到阿登高地的集中营去了。"

"我不会问你，你怎么得到这个消息的。"

他看我的眼神里什么也没有，没有任何蛛丝马迹。

我深吸了一口气。"我想知道……我求你……你能不能帮帮他。他是个好人，他是个画家，正如你所知道的，不是军人。"

"你想让我给他送个信。"

"我想让你把他救出来。"

他挑了挑眉毛。

"指挥官先生，你的举动让我觉得我们是朋友。所以，我求求你，求求你救救我丈夫。我知道那种地方是什么样的，他活着出来的希望微乎其微。"

他没有说话，所以我抓住机会继续说了下去。下面这些话是过去几个小时里在我脑子里重复了上千次的。"你知道他一生都在追求艺术、追求美。他是一个爱好和平的人，一个绅士。他关心的就只有画画、跳舞、吃喝。你知道，不管他是死是活，都不会对你们国家的大业有什么影响。"

他看看我们四周，看看光秃秃的树林，似乎在看其他军官是不是走了，然后又吐了一口烟。"你求我做这样的事是在冒一个很大的险。你也看到你的同胞是怎样对待一个他们认为跟德国人狼狈为奸的女人的了。"

"他们早就认为我是了。你出现在我们旅馆这个事实就已经让我未审先判了。"

"还有，跟敌人跳舞。"

这次轮到我惊讶了。

"我之前告诉过你，太太。这个镇上发生的事没有什么是我不知道的。"

我们默默地站着，凝视着地平线。远处传来一声低沉的爆炸声，我们脚下的土地微微震了震。女孩们也感觉到了：我能看到她们盯着自己的脚。他把最后一口烟吸完，扔到脚底下踩灭。

"是这样的，你是一个聪明的女人，我想你可以很好地评判人性，但是你现在的行为方式让我，作为一名敌国军人可以不必审判就直接毙了你。尽管如此，可你还跑到这儿来，不光指望我忽视这个事实，还想让我帮你。我的敌人。"

我吞了吞口水。"那……那是因为我不光把你当成……敌人。"

他等着。

"是你说……有时候我们只是……两个普通人的。"

他的沉默让我更大胆了。我压低了声音。"我知道你是一个有权力的人，很有影响力，如果你说放了他的话，他就会被放了的。求你了。"

"你根本不知道自己求的是什么。"

"我只知道要是他不得不待在那儿的话，他会死的。"

他的目光微微闪烁了一下。

"我知道你是一位绅士,一位学者。我知道你关心艺术。那救一个你欣赏的艺术家当然——"我支支吾吾地说着。我往前走了一步,伸出一只手放在他胳膊上,"指挥官先生,求求你了。你知道我从来不会要求你什么,但这次我真的求你了。求求你,求求你,帮帮我。"

他看上去一脸肃穆。然后,他做了一件让我意想不到的事。他抬起一只手,轻轻地撩开我脸上的一绺头发。他温柔地、沉思着完成了这个动作,似乎早就在脑子里想象过这个场景了。我掩饰好自己的惊讶,一动不动。

"苏菲……"

"我可以把那幅画给你。"我说,"你很喜欢的那幅。"

他的手垂了下去,叹了一口气,转身就走。

"这是我拥有的最宝贵的东西了。"

"回家吧,勒菲弗太太。"

我心里突然升起一股恐慌。

"我该做什么?"

"回家,带孩子们回家。"

"什么都行。只要你能放了我丈夫,让我做什么都行。"我的声音在树林的地面上回响。我感觉到爱德华唯一的希望正悄悄离我而去。他没有停下脚步。"你听见我说的话了吗,指挥官先生?"

这时,他猛地转过身来,突然一脸愤怒。他大步朝我走过来,一直走到他的脸离我只有几英寸的地方才停住。我可以感觉到他的呼吸喷在我脸上,我可以从眼角的余光里看到那两个女孩,愣在那里,满脸焦虑。我不能表现出恐惧。

他盯着我，然后压低了声音。"苏菲……"他朝身后的女孩们看了看，"苏菲，我——我已经差不多三年没见过我妻子了。"

"我已经两年没见过我丈夫了。"

"你应该知道……你应该知道你对我提的是什么要求……"他转过身去，似乎下定决心不再看我的脸。

我吞了吞口水。"我要给你一幅画，指挥官先生。"

他的下巴微微一抽。他盯着我右肩膀后面的某个地方，然后又开始往远处走。"太太，你要么是太愚蠢了，要么就是太……"

"这个能换来我丈夫的自由吗？我……我能换来我丈夫的自由吗？"

他转过身来，脸上的表情十分痛苦，似乎我在逼他做一件他很不想做的事情。他定定地看着自己的靴子，最后他又朝我这边走回来两步，正好近到我们的讲话不会被偷听。

"明天晚上。旅馆的事忙完以后，到兵营来找我。"

为了避开广场，我和孩子们手拉着手从小路上绕了回来，等回到红公鸡的时候，我们的裙子上都沾满了泥巴。两个女孩都很沉默，虽然我一直安慰她们说，那个德国人是因为没有鸽子打所以有点生气。我给她们弄了杯热饮，然后就跑到自己的房间里关上门。

我躺在自己的床上，两手捂着眼睛挡住光。我在屋里待了大概有半个钟头才站起来，从衣橱里拿出我的蓝色羊毛裙，展开放在床上。

爱德华总说我穿上这条裙子像个女教师。他说这话的时候，好像当个女教师是件特美好的事。我脱下全是泥巴的灰裙子，任它掉在地板上。我脱下厚厚的衬裙，衬裙边上也已经溅上了泥巴，这样我就只穿着一件薄衬裙和吊带衫了。我脱掉束身衣，然后又脱下内衣。屋里很冷，但我一点儿也感觉不到。

我站在镜子前。

我已经好几个月没有好好看过自己的身体了，我也没理由这么做。如今，斑驳的镜子里呈现的这副躯体看上去像是个陌生人。我似乎只有以前的一半胖。乳房下垂而且变小了，再也不是两个丰满的大肉球。肚子也是。我很瘦，现在更是名副其实的皮包骨：锁骨、肩膀、肋骨全都很明显地凸了出来。甚至连我曾经光泽柔亮的头发也黯淡了。

我往前凑了凑，看着自己的脸：眼睛下有黑眼圈，两个眉毛之间有淡淡的皱眉纹。我颤抖着，但不是因为冷，而是因为我想起了两年前爱德华留在这里的那个女孩，想起了他的手搂着我的腰，他温柔的唇贴在我脖子上的感觉。

我闭上了眼睛。

最近几天他的情绪一直很低落。他在画一幅三个女人围坐在一张桌子前的画。每个位置我都给他摆过姿势了，然后就默默地看着他发脾气，一脸苦相，他有时甚至突然扔下调色板骂自己。

"我们出去透透气吧。"我伸展了一下四肢说。一直保持一个姿势让我浑身酸痛，但我不会让他知道。

"我不想去透气。"

"爱德华，你现在这样什么也画不出来。跟我出去透二十分钟的气，走吧。"我伸手去拿外套，脖子上围了一条围巾，站在门口说。

"我不喜欢被打断。"他抱怨着说。

我一点儿也不介意他的坏脾气。那时候我已经习惯了。爱德华工作顺利的时候，他就是世界上最会说情话、最温暖的男人，开心、急切地想看到所有东西中的美；要是不顺利，我们的小家就好像笼罩在一层乌云下。刚结婚的头几个月里，我一直担心是不是自己哪里做错了才让他焦躁，总觉得我应该让他振作起来。不过，后来在第 15 区的拉鲁奇画家工作室和拉丁区的酒吧里其他画家的事情听多了，就慢慢发现其实所有的画家都是这个节奏：作品圆满完成或是售出时的兴奋；作品卖不出去的时候，一件作品久久不能完成的时候，或是遭受激烈批评时的低落。这些情绪就像冷暖气团交汇，你只能忍受并逐渐适应。

我也不是一直都这么善解人意的。

沿着苏弗洛路走的时候，爱德华一路上都在抱怨。他很烦躁，他不明白为什么我们一定要出来走走，他不明白为什么我不能让他一个人待在那儿。我也不明白。我不明白他承担的压力。

"很好，"我把胳膊从他臂弯里抽出来说，"我就是个无知的女售货员，我怎么可能理解你作为一个画家的压力呢？好，爱德华，我不管你了，你去画吧。或许我不能再满足你了。"

我大步沿着塞纳河畔走去，怒气冲冲的。他很快追了上来。"对不起。"

我还是继续往前走，脸上没有任何表情。

"别生气，苏菲。我只是心情不好。"

我瞪了他一眼，挽起他的胳膊。我们沉默着又往前走了一段。他用手握住我的手，发现我的手冰凉。"你的手套！"

"我忘了戴了。"

"那你的帽子去哪儿了？"他问，"你都快冻僵了。"

"你很清楚我没有冬天戴的帽子。我的天鹅绒步行软帽被虫子蛀了好几个洞，我一直没空补。"

他停住了脚步。"你不能戴打补丁的步行软帽。"

"那顶帽子很好的，我只是没空打理它。"我没有加一句，那是因为我要奔跑在左岸区给他找材料，帮他讨债付买材料的钱。

我们面前是巴黎最大的帽子店之一。他看到了，拉住我一起停了下来。"来。"他说。

"别犯傻。"

"别违背我，老婆。你知道我的情绪很容易变坏。"他拽着我的胳膊，我还没来得及继续反驳，我们已经走进了商店。身后的门关上了，铃声响起来，我畏缩地看着四周。墙边的货架和柜台上，我见过的最漂亮的帽子，倒映在巨大的镀金镜子里：墨黑色或鲜红色，缀着毛皮宽边或花边的帽子，种类繁多。鹬毛在动荡的空气中抖动着，屋子里有干玫瑰花的香味。一个身穿窄缎裙的女人从后面走了出来，那是巴黎街头最流行的服饰。

"请问您要点什么？"她的眼睛瞟过我穿了三年的外套和被风吹乱的头发。

"我太太要买一顶帽子。"

我这时已经想阻止他了。我想告诉他，如果他坚持要给我买一顶帽子的话，我们可以去女子商场，在那里旧同事或许还可以给我打个折。他不知道这个地方是一位女设计师的专卖店，根本不是我这种女人能企及的。

"爱德华，我——"

"要一顶很特别的帽子。"

"当然，先生。你想要什么样子的？"

"就像这样的。"他指着一顶巨大的、缀着黑色鹳毛边、督政府风格的深红色宽边帽说。染成黑色的孔雀毛像溅起的水花一样插在帽檐上。

"爱德华，你不是认真的吧。"我小声嘟囔着，但那个女人已经恭恭敬敬地把帽子拿下来了，当我站起来张大嘴巴看着爱德华时，她已经把帽子小心翼翼地戴在了我头上，并且把我的头发塞到衣领下。

"我觉得如果夫人把围巾摘掉的话会更好看。"她在镜子前摆弄着我，小心翼翼地把我的围巾摘下来，仿佛那围巾是金丝做的似的。我几乎没感觉到她的动作。那顶帽子完全改变了我的脸。生平头一次，我看上去像是我以前服务过的那些女人。

"您丈夫眼光真不错。"那个女人说。

"就这个了。"爱德华开心地说。

"爱德华，"我把他拉到一边，压低了声音警告道，"你看看标签。都顶上你三幅画的价格了。"

"我不在乎！我想让你拥有那顶帽子。"

"可是你会恨它的，你也会恨我的。你应该把钱花在买材料、买画板上。这个——这个不是我。"

他打断了我，朝那个女人示意："这个我买了。"

然后，当那个女人告诉助理去拿盒子时，他转过身去看着镜子里的我。他一只手轻轻地滑过我脖子一侧，把我的头歪向一边，然后盯着我镜子里的眼。这时，帽子歪了，他低下头吻了吻我脖子和肩膀。他的嘴在那里停了很久，久到我都脸红了，久到那两个女人惊讶地别过脸去，假装在忙。等我再抬起头来的时候，我的眼神有些涣散，他还在盯着镜中的我。

"这就是你，苏菲。"他柔声说，"一直都是……"

那顶帽子还留在我们巴黎的公寓里。在十万八千里之外，遥不可及。

我紧紧闭着嘴巴从镜子前走开，开始穿我的蓝色羊毛裙。

那天晚上，最后一个德国军官离开后，我告诉了伊莲娜。我们当时正在擦餐厅的地板，把桌子上最后一点碎屑收拾干净。并不是说碎屑很多，现在即使是德国人也会把碎屑捡起来吃掉。我站在那里，手里握着扫帚，小声对她说，先停一下。然后我告诉了她我是怎么走到树林里，怎么求指挥官，他是怎么回答我的。

她面色苍白。"你没有同意吧？"

"我什么也没说。"

"哦，谢天谢地。"她摇摇头，一只手放在脸上，"谢天谢地，你没有被他抓到把柄。"

"可是……这并不意味着我不会去。"

姐姐猛地坐在一张桌子上。过了一会儿，我轻轻地坐到她对面的座位上。她想了一会儿，然后拉起我的手。"苏菲，我知道你很害怕，但你必须想想你自己说的话，想想他们是怎么对莉莉安的。你不会真的把自己交给一个德国人的，对不对？"

"我……没有答应他那么多。"

她盯着我。

"我觉得……指挥官的作为是很正直的。而且，他可能根本不想让我……他没有跟我说那么多。"

"哦，你太天真了！"她举起两只手朝着天空，"指挥官开枪杀死了一个无辜的人！你也看到他因为一点小事把自己部下的脑袋往墙上撞了！你还要自己一个人去他的营地？你不能这么做！好好想想！"

"其他的我都想不了，指挥官喜欢我，我想，他会尊重我的，用他的方式。要是我不这么做的话，爱德华就死定了。你知道那些地方是什么样的。镇长觉得他肯定早就生不如死了。"

她从桌子上俯身过来，声音很着急："苏菲，指挥官是个德国人！你到底为什么要相信他的话？他说的话一个字都不该信！即使你跟他睡了，最后也得不到任何东西！"

我从来没见过我姐姐这么生气。"我必须去跟他谈一谈。没有别的办法了。"

"如果这件事泄露出去，爱德华就不会要你了。"

我们互相盯着对方。

"你觉得你能瞒着他？你不能。你这个人太诚实了。而且就算你努力瞒着，你觉得这个镇上的人不会让他知道？"

她说得对。

她低头看着自己的双手，然后站起来给自己倒了一杯水。她慢慢喝着水，抬眼看了我两次。随着时间在沉默中流逝，我开始感觉到她的不满，她隐晦的质疑，这让我很生气。"你觉得我这么做很轻松？"

"我不知道。"她说，"这些天我已经一点儿也看不懂你了。"

这句话像是扇了我一巴掌。

姐姐和我互相盯着。我觉得自己像是颤巍巍地游走在什么东西的边缘。没有人会像自己的亲姐姐这样打击你，也没有人像她这样了解你最脆弱的软肋，然后毫不留情地攻击你。我和指挥官跳舞的阴影包围着我们，我突然觉得我们之间没有界限了。

"好吧，"我说，"回答我一个问题，伊莲娜。如果这是你唯一能救让－米歇尔的机会，你会怎么做？"

我终于看到她动摇了。

"生还是死，为了救他你会怎么做？我知道你对他的感情是无止境的。"

她咬着嘴唇，转身看着黑黑的窗户。"事情会变得不可收拾的。"

"不会的。"

"你当然可以这么认为，但你天生就很冲动，而且这事儿影响的不只是你一个人的未来。"

听到这话我一下愣在那里。我想绕过桌子走到姐姐身边，想缩在她身旁抓住她，让她告诉我不会有事的，我们都会很安全。但她脸上的表情告诉我，她对我已经无话可说了，于是我掸了掸自己的裙子，手里拿着扫帚朝厨房门走去。

那天晚上我睡得战战兢兢的。我梦到了爱德华，他一脸厌恶地看着我。我梦到我们俩吵架，梦到自己一遍又一遍地试图说服他我只是做了该做的事，而他却转身就走。在一个梦里，我们坐在一张桌子旁吵架，他突然把椅子往后一推，我看向他的时候，发现他的下半身没有了：他的腿和半个身子都不见了。瞧，他对我说，你现在满意了？

我哭着醒来，发现伊迪丝正低头凝视着我，一双黝黑的眼睛深不见底。她伸出一只手轻轻碰了碰我湿润的脸颊，似乎在表示同情。我伸出手把她搂过来，我们一言不发地躺在床上，互相抱着一直到了天亮。

那一整天我都像是在梦游。德国人来了，但指挥官没来，我们伺候他们吃了饭。他们情绪不高，我发现我像自己经常做的那样，暗自希望这意味着德国方面有很不利的消息。干活的时候伊莲娜一直偷偷瞅我，我可以看出她在猜我到底会怎么做。我招呼那些德国人，倒酒、洗刷，对着那些感谢我们晚餐的人略一点头。然后，等最后一个人离开后，我弯腰抱起又在楼梯上睡着了的伊迪丝，把她送回我的房间。我把她放到床上，拉过被子盖到她下巴下。我盯着她看了一会儿，轻轻地把她脸上的一绺头发撩开。她动了一下，睡着的她，表情依然很不安。

我看着她，直到确定她不会醒，然后梳好头发并且盘起来。我的动作很慢、很认真。烛光中我正看着自己在镜子里的倒影，这时，突然有个东西抓住了我的眼球。我转过身捡起一张从门底下塞进来的纸条。我看着上面的字，是伊莲娜写的：

覆水难收。

我想起那个穿着特大号鞋子死去的战俘，还有那天下午从那条路上走过的形色斑驳的人群，突然一切都变得简单明了：我别无选择。

我把纸条放到我藏东西的地方，然后悄悄下了楼。走到楼下，我凝视着墙上的画像，小心翼翼地把它从钩子上取下来，用围巾包得严严实实的，一点也不露出来。我自己又多围了两条围巾，便抬脚往门外的一片黑暗中走去。我关上身后的门时，听到姐姐在楼上用警钟似的声音轻声念着："苏菲。"

▶ 3

窝在家里过了这么多个月的宵禁生活，突然在黑暗中行走我感觉有点怪怪的。

小镇上结冰的街道都废弃了，窗户上白乎乎的，窗帘一动不动。

我在黑暗中快步走着，一条围巾围得高高的，一直蒙住了头，就算有人不巧往外看，也只能看见一个影子匆匆穿过后街。他们一定认不出来是谁。

那天特别冷，但我几乎感觉不到，我已经麻木了。走到郊外，走到被德国人征用为兵营快一年的傅里叶农场的那 15 分钟的时间里，我已经失去了思考的能力。我变成了一具行尸走肉。我怕如果我允许自己想一想我这是要去哪儿的话，我可能就挪不动腿、走不了路了。如果我还会思考，我就会听到姐姐的警告，一旦我夜访指挥官这件事传出去，我就会听到镇上其他居民毫不原谅的声音。我可能会感到恐惧。

所以，我转而像念咒语一样一直嘟囔着我丈夫的名字：爱德华，我要把爱德华救出来。我可以做到的。我把那幅画像紧紧夹在胳膊底下。

本来就坑坑洼洼的路面又被来往的军用汽车进一步破坏。去年，我父亲的老马就在一道车辙里折了一条腿：一个德国人根本就把它当机器一样来骑。奥雷利恩听到这个消息的时候还哭了。不过，这是被占领后另一起无可责难的伤亡罢了。现在，已经没有人会为马哭了。

我会把爱德华带回家。

月亮躲在乌云后面，我跟跟跄跄地走在农场的小路上，脚下数次跌入冰冷的车辙水洼里。我的鞋子和袜子都湿透了，冻僵的手指紧紧抓着那幅画像，生怕它掉了。我只能隐约看到远处房子里的灯光，于是便一直朝着灯光走去。前面的路边上有几个模糊的影子经过，可能是兔子。一只狐狸的影子悄悄地穿过路面，停下来盯着我看了一会儿，很嚣张的样子，一点儿也不怕我。过了一会儿，我听到一只兔子凄惨地叫了一声，我只能强迫自己把提到嗓子眼的心压下去。

现在，前面的农场已经隐约可见，农场的灯发出耀眼的光。一辆军用汽车颠簸着咆哮而过，我的呼吸立马急促起来，跳进后面的树篱中，低头躲过它车头灯的光晕。在飘动的帆布下，我只能隐约看出后车厢里是一些女人的面孔，一个挨一个地坐着。我盯着她们直到再也看不见了，才从树篱中爬上来，我的围巾被树枝挂住了。一直有传言说德国人从镇子外面弄来一些女孩，直到现在我才相信这是真的。我又想起了莉莉安，便又为她默默地祈祷了一回。

我已经到达农场的入口。在我前面一百英尺的地方，我看到那辆卡车停了下来，隐约看到女人们沉默地走进了左边的一扇门，看样子她们好像之前已经来过很多次，早已轻车熟路。我听到有许多男人的声音在远处唱歌。

"站住！"

一个士兵走到我面前，吓了我一跳。他举起来复枪，又走近一点仔细看了看，然后朝其他女人那边摆摆手。

"不……不是。我是来找指挥官先生的。"

他又不耐烦地摆了摆手。

"我不是。"我大声说，"指挥官先生，我……我跟他约好的。"

我看不清他的脸，但那个影子似乎在打量我。随后，他大步穿过院子，走到一个我只能看出有扇门的地方。他轻轻地敲了敲门，我听到一阵细小的对话声。我在那儿等着，心怦怦直跳，皮肤紧张得有些刺痛。

"叫什么名字？"他回来以后问道。

"我是勒菲弗太太。"我小声说。

他指指我的围巾，我赶紧从头上拉下来，露出我的脸。他朝院子那边的一扇门挥挥手。"Diese Tür. Obergeschosse. Grüne Tür auf der rechten Seite."①

"什么？"我说，"我听不懂。"

他又变得不耐烦了。"那个，那个。"他指着，拉起我的胳膊肘粗暴地把我往前推。我很惊讶，他竟然会这样对待指挥官的客人。随即我就明白了：我强调自己结婚了完全没有任何意义。我不过是深夜来找德国人的女人中的一个罢了。我很庆幸他看不到我已经满脸通红，挣扎着从他手里把胳膊肘抽出来，生硬地朝右边的一栋小楼走去。

要猜出哪个房间是他的并不难：只有一扇门底下透着亮光。我在门外踌躇了一会儿，才敲敲门小声问道："指挥官先生？"

我听到一阵脚步声，然后门开了，我往后退了一小步。他没有穿军装，而是穿了一件无领的条纹衬衫和一件背心，手里拿着一本书，似乎是被我打扰了。他半笑着看我，像是在打招呼，然后就往后退了一下让我进去。

房间很大，全是长梁，地板上铺着小地毯，其中一些我觉得以前在邻居家里见过。屋里有一张小桌和几把椅子、一个军用衣柜，衣柜

---

① 德语，意为"那扇门，楼上，右边绿色的那个"。

的黄铜角在两盏乙炔灯下闪闪发光，一个挂衣钩，上面挂着他的军装，还有一张大安乐椅放在熊熊燃烧的火炉旁。火炉的温暖即使是在屋外也能明显地感觉到。

角落里放着一张床，上面有两床厚被子。我看了它一眼，连忙移开视线。

"过来。"他站在我身后，把我脖子上的围巾摘下来，"我帮你把这个摘下来。"

我任他把围巾摘下挂在衣钩上，手上依然紧紧抓着那幅画像抱在胸前。即使是在我站在那里几乎动弹不得的时候，我仍然为自己寒酸的衣着感到羞愧。天气这么冷，我们不能经常洗衣服：羊毛衣服得好几个星期才能干，而这么长的时间足以让衣服冻得变形。

"外面真冷。"他说，"我能从你的衣服上感觉到。"

"嗯。"我的声音飘出来的时候，听上去都不像是我的。

"这个冬天不好过，而且很漫长。你想喝点什么吗？"他挪到一张小桌旁，倒了两杯葡萄酒。我一言不发地从他手中接过一杯。走了这么长的路我还在发抖。

"你可以把那个东西放下。"他说。

我都忘了自己还拿着它了。我把它放到地上，自己还是站着。

"请，"他说，"请坐。"见我犹豫，他似乎差点生气，好像我的紧张对他来说是一种侮辱。

我坐在其中一张木椅子上，一只手放在画像的画框上。我也不知道为什么我会觉得这幅画是一种安慰。

"我今晚没去旅馆吃饭。你说的话我想过了，你说我们出现在你家里足以让你被当作叛徒。"

我喝了一小口杯里的酒。

"我不想再给你惹麻烦，苏菲……不想除了占领这里给你带来的麻烦之外，再给你惹麻烦。"

我不知道该怎么回答他，便又喝了一小口酒。他的眼睛直直地盯着我的眼，似乎在等着我回答。

我们能听到院子那边的歌声。我想着不知道那些女孩是不是跟那些男人在一起，她们到底是谁，来自哪个村子？以后她们是不是会因为自己的所作所为被当做罪犯游街示众？她们知道莉莉安·贝蒂讷的遭遇吗？

"你饿吗？"他指着一小盘面包和奶酪说。我摇了摇头，今天一整天都没什么胃口。

"我承认，这比不上你平常做饭的水准。我还在想你上个月做的那个鸭子呢，加了橘子的那次。或许你可以再给我们做一次。"他一直在说，"不过我们的补给越来越少了。我发现自己梦到了一款叫果子甜面包的圣诞蛋糕。法国有这种蛋糕吗？"

我再次摇了摇头。

我们坐在火炉两边。我觉得自己像是触电一般，好像我的每个部分都是透明的，在嘶嘶地响。他好像可以穿过我的皮肤看透我。他什么都知道，他掌控一切。我听着远处的声音，我出现在这儿的事实不时地打击着我。在德国人的兵营里，我跟一个指挥官单独待在一起，待在一个有床的房间里。

"你考虑过我说的话吗？"我突然问。

他盯着我足足看了有一分钟。"你就不能让我们享受一下聊天的乐趣吗？"

我吞了吞口水。"对不起，但是我必须知道答案。"

他喝了一口酒。"我基本上没想别的。"

"那……"一口气堵在胸口。我俯身放下酒杯，把那幅画打开。我把画靠在椅子上，火光正好照在画上，这样他就可以从最佳角度看到它。"你会收下吗？我可以用它交换我丈夫的自由吗？"

屋里的空气慢慢静止了。他没有看那幅画，他的眼睛一直一眨不眨地盯着我，目光深不可测。

"如果我能让你明白这幅画对我来说意味着什么……如果你知道它是如何支撑我熬过最黑暗的日子的……你就会明白我并不是那么轻易就能割舍它的。但是我……不介意把这幅画送给您，指挥官先生。"

"弗里德里希，叫我弗里德里希。"

"弗里德里希，我……早就知道你欣赏我丈夫的作品，你能理解美，你了解一个画家在自己的作品中倾注了什么，以及为什么这件东西是无价的。所以，虽然失去这幅画令我伤心欲绝，但我还是愿意把它奉献出来，给你。"

他还是直直地盯着我，我没有移开目光。成不成全看这一下了。

我看到他脸上有一道几英寸的旧疤，从左耳一直向下延伸到脖子上，微微泛着淡银色的亮光。我发现他湖蓝色的眼睛边缘是黑色的，像是有人特意把虹膜描了出来。

"这根本就不是画像的事，苏菲。"

就这样：我的命运已经注定了。我闭上眼睛待了一会儿，默默消化着他这句话。

指挥官开始谈论艺术，但他的话我几乎一句也没听进去。我举起酒杯喝了一大口。"我能再喝点吗？"我问。我把酒杯里的酒喝完，又让他给我倒满。我从来没有那样喝过酒，不管是之前还是之后。我也不在乎自己是不是显得很粗鲁。指挥官还在继续说，他低低的声音显得特别单调。他没有反过来问我任何问题，好像他只想让我听着，只想让我知道，在那套军装和那顶鸭舌帽下，还有一个完全不一样的他，但我几乎什么也听不进去。我真希望自己周围的世界能变得模糊，希望自己没有做出这样的决定。

"如果我们换一个环境相遇，你觉得我们会成为朋友吗？我更愿意认为我们会。"

我努力忘了自己身处何地，忘了自己在一个房间里，被一个德国人直直地盯着。我想变成一个没有感觉、没有知觉的空壳。

"可能会吧。"

"你能陪我跳支舞吗，苏菲？"

他一直喊着我的名字，好像他真的有资格这么叫似的。

我放下酒杯站起来，两只胳膊无力地垂在两侧。他走到留声机旁，放了一首缓慢的华尔兹。他朝我走过来，稍微犹豫了一下，用两只胳膊搂住了我。随着咔嚓咔嚓的音乐慢慢流畅起来，我们开始跳舞。我慢慢地在房间里移动，一只手被他握在手里，另一只手轻轻放在他柔软的棉衬衣上。我的舞步移动，脑子里一片空白，他的头靠在我头上时，我几乎没有察觉。我闻到他身上的香皂和烟草味，感觉到他的裤子蹭着我的裙子。他搂着我，并没有把我拉向他，而是小心翼翼地，像是搂着什么易碎的东西。我闭上眼睛，任自己陷入一片迷雾，努力让自己的大脑跟上音乐，让它把我带到另一个地方。

有好几次我都努力地想把他想象成爱德华，但我的大脑却不允许。这个男人的一切都与爱德华大相径庭：他给人的感觉，他靠在我身上的触感，他的体味。

"有时候，"他轻声说，"这个世界好像已经没有什么美，没有什么快乐。你以为你们小镇上的生活很艰难，但如果你看看外面的情况……没有谁是赢家。战争中根本没有赢家。"

他像是在自言自语。我的手指放在他肩膀上，我可以感觉到他呼吸时衬衫下面的肌肉在动。

"我是个好人，苏菲。"他喃喃道，"你能明白这一点，我们能互相理解，这对我来说很重要。"

这时音乐停止了。他不情愿地放开我，走过去把唱针重新放好。他等着音乐再次响起，然后，他没有跳舞，而是凝视着我的画像。我突然感觉有一丝希望——或许他还会改变主意？——但随后，他稍稍迟疑了一下，伸出手来轻轻地从我头上拔掉了一个发卡。我站在那里一动不动，他小心翼翼把其他发卡一个一个地拔下来，放在桌子上，任我的头发轻轻落在我脸上。他几乎没喝什么酒，但他忧郁地看着我，脸上的表情有些迟缓。他的目光追寻着我的眼睛，似乎在询问。我的眼睛一眨不眨，像是个瓷娃娃，但我还是扭头看向别处。

当我最后一绺头发落下时，他抬起一只手，任那绺头发沿着他的指间滑下。他静静地站着不敢动，像猎物生怕吓到猎人。然后，他两只手轻轻地捧住我的脸吻了我。我感觉到一瞬间的恐慌，因为我无法让自己回应他的吻。但我还是张开嘴迎接他，同时闭上了眼睛。

震惊之下，我的身体变得那么陌生。

我感觉到他搂着我腰的两只手紧了紧，感觉到他推着我朝后面的床退去。与此同时，一个声音一直在默默地提醒我：这是一笔交易。我正在换我丈夫的自由，我唯一要做的就是呼吸。我紧紧闭着眼睛，倒在柔软得不像话的被子上。我感觉到他的两只手在我脚上把我的鞋子脱了，然后又顺着我的腿一直慢慢地滑到我的裙子底下。他抬起头来时，我能感觉到他的目光落在我身体上。

爱德华。

他吻了我。他吻着我的嘴、我的胸、我裸露的肚子，他呼吸急促，完全陷入了自己的幻想世界中。他吻着我的膝盖、我穿着长筒袜的大腿，他的嘴贴在我裸露的皮肤上，似乎只是这样亲近便有无穷的快感。"苏菲，"他喃喃着，"哦，苏菲……"

随着他的手到达我大腿根部，我身体里某个危险的部分复活了，产生了一种与炉火毫不相干的温暖。我的某个部分脱离了我的内心，它慢慢释放着自己的渴望。它渴望被抚摸，渴望让另一个身体压在我身上。他的唇在我的皮肤上游走，我微微动了动，嘴里发出一声不知来自何处的呻吟。但他迫切的回应，他喷在我脸上的急促呼吸，让这来得太快的感觉迅速平息。我的裙子被拉起来，我的衬衫被褪到胸部以下，当我感觉到他的唇贴在我胸上时，我发现自己像中了魔法一样，变成了一块石头。

他现在正趴在我身上，他的重量令我在床上动弹不得。我能感觉到他的手在用力撕扯我的内衣，迫切地想进去。他把我的膝盖推到一边，急切地半倒在我胸上。我感觉到他那里硬了，笔直地抵住我的腿。什么东西被撕开了，然后，他大喘一口气，挺进了我的身体。我紧紧闭上眼睛、咬着牙，不让自己大喊着反抗。

进，进，进，我能听到他在我耳边刺耳的呼吸声，感觉到他的汗滴在我身上泛起的微光，他的皮带扣摩擦着我的大腿，我的身体被他急切地推动着。哦，上帝啊，我做了什么？进，进，进。我的两个拳头紧紧攥着被子，我的意识一片混乱、断断续续。我身体中某个遥远的部分憎恨这被子的柔软、厚重和温暖。这是从别人那里偷来的，就像他们偷别的东西一样。这是被占领的。我被占领了，我消失了。我站在巴黎街头，明媚的阳光照在我身上，我一边走，一边看着身着各式服装的巴黎女人，鸽子们昂首阔步地穿过斑驳的树影。我挽着丈夫的一条胳膊，想跟他说点什么，却只能发出一声低低的抽泣。然后那个画面便静止，随即蒸发了。这时，我隐约意识到已经结束了。那种推动慢下来，然后停止了，一切都停止了。他完事了。他的那个东西已经从我身体里抽出来，软软地缩着，道歉似的趴在我的腹股沟上。我睁开眼，发现自己正直直地盯着他的眼。

指挥官的脸离我的脸只有几英寸，他脸上泛着红潮，一脸痛苦的表情。当我明白他的窘况后，我立刻屏住了呼吸。我不知道该怎么办，但他的眼睛一直紧紧盯着我的眼，他知道我知道了。他粗暴地往后一推，整个人的重量从我身上卸了下去。

"你——"他开口道。

"怎么了？"裸露的胸脯、堆在腰部的裙子让我很难为情。

"你的表情……太……"

他站起来，我移开视线，然后听见他把裤子穿上系好了。他气恼地别开眼睛不看我，一只手放在头顶上。

"对……对不起。"我开口说，我也不知道自己到底为什么道歉，"我做了什么？"

"你……你……我不要这样！"他指着我说，"你的脸……"

"我不明白。"这太不公平了，我已经有点生气了。他知不知道我忍受了什么？他知不知道我让他碰我是付出了多大的代价？"我已经照你的想法做了！"

"我不要你这样！我要……"他沮丧地抬起一只手说，"我要这个！我要这画上的女孩！"

我们俩一起默默地盯着那幅画。画上的女孩平静地望着我们，她的头发散在脖子上，脸上的表情充满挑衅、光芒四射、十分性感。那是我的脸。

我把裙子拉下来盖住腿，抓起衬衫盖住脖子。我开口的时候，声音是嘶哑、颤抖的："我给了你……指挥官先生……我能给的一切。"

他的眼神变得晦涩起来，像是一片结冰的海。他的下巴开始抽搐，一阵抖动。"出去。"他轻声说。

我眨了眨眼。

"对不起，"我结结巴巴地说，这时我才意识到我没有听错，"如果……我可以……"

"出去！"他吼道。他抓着我的肩膀，手指甲嵌进我的肉里，猛地把我扔到了屋子另一边。

"我的鞋……我的围巾！"

"滚出去！滚！"我只来得及抓起我的画像便被推出门去，摔倒在楼梯顶上，我脑子里还在努力想明白到底发生了什么事。门后传来一声很大声的摔东西的声音，接着又是一声，这次还有碎掉的玻璃杯的声音。

我朝身后望了望，随即光着脚跑下楼，穿过院子逃走了。

我走了快一个小时才到家。走了有四分之一英里的时候我的脚就没有知觉了。我在农场那条坚硬坎坷的路上走了很久，脚上满是被割破的伤口。等我走到镇上的时候，我的两只脚已经完全冻僵，感觉不到那些伤口的疼。我在黑暗中磕磕绊绊地往前走，腋下夹着那幅画像，身上因为只穿着薄衬衫而瑟瑟发抖，但我却一点儿也感觉不到。我一边走着，一边慢慢想明白了自己做了什么，又失去了什么，也就不再那么震惊了。我脑袋里一直想着这件事，穿过小镇废弃的街道时，也不在乎谁会看到我了。

我回到红公鸡的时候差不多快一点了。我站在门外的时候刚好听到时钟单调地响了一声，有一瞬间我想，要是我干脆不进去的话是不是对大家都好一点。但当我站到那儿时，我看到纱布窗帘后面有一道微弱的光，门闩也拉到了一边。伊莲娜出来了，她戴着睡帽，围着她的白围巾。她一定是一直在等我。

　　我抬头看看她，我的姐姐，此刻才知道，原来她一直都是对的。我知道我所做的一切将我们全家都置于危险之中。我想跟她说对不起，我想告诉她我明白自己错得有多离谱了，我对爱德华的爱、对我们继续一起生活下去的迫切渴望令我对其他的一切都视而不见。

　　但我说不出话。我只是沉默地站在门口。

　　她看到我露着的肩膀和光着的脚丫，眼睛瞪得大大的。她伸出一只手把我拉过来，然后关上身后的门。她把自己的围巾围在我肩膀上，一声不吭地把我带到厨房，关上门，点上那盏小橘灯。我端着她给我的热牛奶，却送不到嘴里。她取下挂在墙上的锡浴缸，放到小橘灯前，一锅接一锅地往铜锅里灌水，烧开了再费劲地从炉子上倒进浴缸里。等浴缸够满了，她走到我身边，小心翼翼地把围巾取下来。她把我所有的衣服都脱光了，放在餐桌上，就像是在照顾一个孩子。我开始发抖，她拉着我的一只手扶着我走进浴缸里。

　　浴缸里的水滚烫滚烫的，但我几乎没有感觉。我低下身子，让自己除了膝盖和肩膀以外的部分全都没入水中，脚上刺痛的伤口也不管了。姐姐撸起袖子，拿了一块浴巾，开始给我擦肥皂，从头发擦到肩膀，从后背擦到脚底。她一声不吭地给我洗着澡，手上的动作特别轻。

她一一拉起我的四肢，认真地、温柔地擦拭每一根手指，确保我身体的每一个部分都被清洗过。她帮我清洗脚底，仔细地把嵌入伤口的小石头一一取出来。她帮我洗头，用碗一次次地冲洗头发，直到水变清，然后又一根根地帮我梳好。她拿起浴巾，擦掉我脸上默默滚下的泪水。整个过程中她一句话也没说。最后，水开始变凉了，我又抖起来，或许是因为太冷或太累，或许完全是因为其他的原因。她拿了一条大毛巾把我裹起来，然后抱着我，给我穿了一件睡袍，领着我朝我楼上的床走去。

"哦，苏菲。"我迷迷糊糊快睡着的时候，听到她小声嘟囔着。我想，即使是那个时候，我也已经知道我给我们大家带来了什么。

"你到底做了什么？"

▶ 4

几天过去了，我和伊莲娜像两个傀儡一样例行公事地活着。表面上我们跟平时没什么两样，但其实不安更加猖狂地在侵蚀我们的心。我们俩谁都不再提那天晚上的事。我的失眠更加严重了，恐惧令我的胃紧紧抓作一团。我强迫自己吃东西，免得自己像积木一样散架。

关于那晚的记忆像魔鬼一样纠缠我，我忍不住谴责自己愚蠢的天真、可笑的自尊。一定是我那可笑的自尊将我推入如此境地。如果我当时假装喜欢指挥官的关注，如果我当时模仿画像上的样子，他可能早就拜倒在我的石榴裙下了，我丈夫可能已经在回来的路上了。那么做真的那么可怕，那么难吗？可我当时就是抱着一个可笑的想法，让自己变成一个没有生命的物体，以为那样就可以让那笔交易变得合理，好像从某个角度讲我对他还是忠诚的，好像那样对爱德华来说真的会有什么不同似的。

每一天我都在等待，提心吊胆地悄悄观察：军官们来了，指挥官不在里面。我害怕见到他，但我更怕他不出现代表的含义。

一天晚上，伊莲娜鼓起勇气问那个留着黑白小胡子的军官指挥官在哪儿，但他只是挥挥手，说他"太忙了"。姐姐的目光迎上我的目光，我知道这句话并不能让我们任何人安心。

我看着伊莲娜，觉得自己已经被愧疚压得喘不过气来。每次她望向孩子们的时候，我都知道她在想，不知道他们会遭遇什么事。有一次，我看到她在跟镇长说悄悄话，我想我听见她求他，如果她发生什么事的话，麻烦他把孩子们带走。我之所以这么说，是因为他看上去很惶恐，好像觉得她根本就不应该想这样的事。我看到她的眼圈和下巴上又添了几道疲惫的皱纹。

这都是因为我。

小一点的孩子似乎根本没注意到我们暗暗的恐惧。让和咪咪还像往常一样玩耍，发着牢骚抱怨天气太冷。因为饥饿，他们都有点暴躁。现在我连从德国人的补给中搜刮一点也不敢了，但要告诉他们别这么做就太难了。奥雷利恩又把自己封闭在一个不开心的世界里。他不跟伊莲娜和我说话，一声不吭地吃饭。我怀疑他是不是又在学校打架了，但我现在心事重重，也没有多问。但伊迪丝知道。她像一柄魔杖一样敏感，一直黏着我。晚上睡觉的时候，她的右手紧紧抓着我的睡袍，早上我醒来的时候，她大大的黑眼睛总是盯着我的脸。

无意间瞥见镜子里的自己，我发现自己一脸憔悴，连我自己都快认不出来了。

有消息传来说，东北部又有两个镇子被德国人占领了。我们的配额越来越少，每一天似乎都比前一天更难过。我招呼客人、洗东西、做饭，但我的思绪一片混乱：或许指挥官永远都不会出现了；或许我们之间发生的事情令他无法面对我；或许，他也觉得很愧疚；或许他死了；或许爱德华会穿过那扇门走进来；或许战争明天就结束了。这个时候，我一般要坐下深吸一口气。

"上楼睡会儿觉去。"伊莲娜会嘟囔着说。我怀疑她是不是恨我。如果我是她的话，肯定会觉得想不恨都难。

我去了两次我藏信的地方，回忆没被德国人占领前那几个月的日子。我读着爱德华的信，就像是在听一个鬼魂讲述。我读着他写给我的那些深情款款的文字，他说他很快就会跟我在一起，他每一个活跃的脑细胞里都是我。

我是为法兰西而战，但更自私地说，我是为我们而战，这样，我就可以回到我妻子身旁。舒适的家，我们的工作室，杜里昂酒吧的咖啡，我们一起缩在床上的下午，你递给我剥好的橘子……你知道我多想为你倒杯咖啡，看着你梳头吗？你知道我多想看着你在桌子那边开怀大笑，并且明白是我让你这样开心吗？我用这些回忆来安慰自己，来提醒自己为什么要在这儿。

为了我，保重。你知道我一直是爱你的丈夫。

我读着他的信，现在又有了一个新的理由怀疑，以后是不是再也不会听到他的消息了。

当时我正在地窖里换麦酒桶，我听到石板上传来了脚步声。伊莲娜的身影出现在门口，挡住了外面的光线。

"镇长来了，他说德国人要来抓你。"

我的心跳停止了。

她冲到分界墙那儿，开始把墙上疏松的砖头扒下来。"快——如果你快点的话，你还可以从隔壁的门逃出去。"等她差不多扒到一个小木桶大小的时候，她转过身来看着我，然后费劲地把手上的结婚戒指摘下来塞给我，又取下围在肩膀上的围巾。"拿着这个，现在就走。我会拖住他们的。但是要快，苏菲，他们马上要穿过广场了。"

我低头看着自己手中的戒指。"我不能走。"我说。

"为什么？"

"如果他遵守约定了呢？"

"指挥官先生？约定？他怎么可能遵守约定？他们马上就要来抓你了，苏菲！他们马上要来惩罚你，把你关进集中营了。你彻底惹怒了他！他们马上要来把你送走了！"

"可是你想一想啊，伊莲娜，要是他想惩罚我的话，他早就可以一枪毙了我或者抓我去游街了。他会像处理莉莉安·贝蒂讷那样处理我。"

"你疯了吗？"

"没有。"我的思绪渐渐清晰起来，"他肯定是花时间反省了一下自己的脾气，现在他是要送我去见爱德华，我知道的。"

她把我朝洞口推去。"你根本不知道自己在说什么，苏菲。你缺乏睡眠，你太害怕了，你现在有点急躁……你很快就会恢复理智的，但现在你必须走。镇长说让你去普瓦兰太太家，这样你今天晚上可以待在她家谷仓的假底上。晚一点我会想办法给你送消息的。"

我甩开她的胳膊。"不……不是。你还不明白吗？指挥官不可能把爱德华带到这里来，他没有办法不着痕迹地把他带回来。但是如果他把我送走，送到爱德华那儿，他就可以把我们俩都放了。"

"苏菲，你现在什么都不要说了！"

"我遵守了约定。"

"看在上帝的分上，快走！"

"不，"我们在几乎漆黑的地窖中互相盯着，"我不走。"我拉住她的手把戒指放到她手里，用她的手指包住。我再次小声重复了一遍："我不走。"

伊莲娜一脸绝望。"你不能让他们带你走，苏菲。他们要把你送去监狱集中营！你听到我说的话了吗？集中营！就是你说爱德华会丧命的地方！"

但是她的话我几乎一句也没听进去。我挺直身子，长长地舒了一口气。我突然有种奇怪的、如释重负的感觉。如果他们只是来找我的，那伊莲娜和孩子们就安全了。

"我对他的看法一直都是正确的，我确定。白天的时候他一直都在想这件事，不管怎样，他知道我已经尽力遵守约定了。他是一个值得尊敬的人，他说过我们是朋友。"

姐姐现在已经哭起来了。"求求你，苏菲，求求你，你根本不知道自己在想什么。你还有时间——"她试图堵住我的路，但我把她推开，开始沿着楼梯往上走。

我上来的时候他们已经走到酒吧门口了，是两个穿军装的人。酒吧里静悄悄的，二十双眼睛全盯着我。我能看见老勒内放在桌子边缘的手颤抖着，路维亚太太和杜兰特太太小声咬着耳朵。镇长跟其中一个军官在一起，他胡乱地比画着，试图说服他们改变主意，说一定是有什么误会。

"这是指挥官的命令。"那个军官说。

"可是她什么也没有做啊！这太可笑了！"

"勇敢，苏菲。"有人喊道。

我觉得自己像是在做梦。时间似乎慢慢稀释了周围的声音。

其中一个军官示意我往前走，我走出去，淡淡的阳光洒满了整个广场。有人站在街上，等着看酒吧这边发生了什么骚动。我停下来站了一会儿，凝望着四周，刚从黑暗的地窖里爬上来，阳光刺得我睁不开眼睛。

所有的东西突然间全成了透明的，变成了一幅比平常更美、更明亮的画，像是要刻进我的记忆里。

牧师站在邮局外，看到他们派来送我走的汽车后，在自己胸前画了一个十字。我意识到，这正是那辆运送那些女人去兵营的车。

那个晚上好像是上一辈子的事了。

镇长在大声喊着："我们不允许这样！我要提交官方申诉！这是在挑战我们的极限！我要跟指挥官谈谈，否则我不会让你们把这个女孩带走的！"

"这就是他的命令。"

一小拨老人开始围住那两个人，像是形成了一道壁垒。

"你们不能迫害无辜的妇女！"路维亚太太大声说，"你们占领了她的家，让她给你们当用人，现在你们又要把她送到监狱里去关起来，而且没有任何理由。"

"苏菲，给。"姐姐出现在我身后，"至少把你的东西带上。"她把一个帆布包塞给我。里面全是她匆忙塞进去的东西，装得满满的。"一定要保重。你听到我说的话了吗？保重，要回来找我们。"

人群小声地抗议着。抗议声越来越高、越来越激愤，抗议的人也越来越多。我用余光瞥了一眼，正好看到奥雷利恩，他一脸愤怒，脸涨得通红，跟苏埃尔先生一起站在人行道上。我不想让他卷进来，要是他现在跟德国人打起来的话，那就麻烦了。接下来几个月必须有人跟伊莲娜并肩作战，这一点很重要。我艰难地朝他走过去。"奥雷利恩，你是家里的男子汉，我走了以后你一定要照顾好家里所有的人。"

我开口道，但他打断了我。

"这都是你自己的错！"他脱口而出，"我知道你干了什么！我知道你跟那个德国人干了什么！"

一切都停止了。我看着弟弟，看着他脸上痛苦和愤怒纠结在一起样子。

"我听到你跟伊莲娜说话了，你那天晚上回来的时候我看见了！"

我注意到周围的人都交换了一下眼神。*奥雷利恩·贝塞特刚刚真的说了我听到的那些话吗？*

"不是你——"我开口道，但他已经转身冲进了酒吧。

一阵新的沉默压下来。

奥雷利恩的指控被小声地一遍遍重复给那些没听到的人。我注意到周围那些面孔上的震惊，还有伊莲娜担忧地看向别处的目光。现在我变成莉莉安·贝蒂讷了，只是少了反抗的过程。周遭的气氛明显地凝重起来。伊莲娜伸出手来抓住我的手。"你应该逃走的，"她用嘶哑的声音小声说，"你应该逃走的，苏菲……"她的样子像是要抓住我，但被人拉开了。

其中一个德国人抓住我的胳膊，把我推到卡车后车厢上。有人在远处喊了一句什么，但我听不清到底是在对德国人表示抗议还是在骂我。后来我听见"妈的！妈的"，不由得缩了缩。当我觉得自己的心快要从胸口跳出来时，我对自己说，*他要送我去见爱德华，我知道他是这么打算的。*

我必须相信他。

这时我听到了她的声音,那声音划破了寂静。"苏菲!"那是一个孩子极具穿透力的、痛苦的声音。"苏菲!苏菲!"伊迪丝突然冲过聚集的人群,趴到我身边抱住我的腿,"不要走!你说过你不会走的!"

这是她跟我们住在一起后大声说出来的最完整的话。我吞了吞口水,泪水涌出眼眶。我弯下腰抱住她。**我怎么能离开她呢?** 我的思绪开始变得模糊,渐渐地,我只能感觉到她的小手。

然后,我抬起头来,看到那些德国士兵在看她,那目光若有所思。我伸出手来理了理她的头发。"伊迪丝,你必须跟伊莲娜待在一起,还有,要勇敢。你妈妈和我都会回来找你的。我保证。"

她根本不相信我的话。她的眼睛瞪得大大的,满是恐惧。

"不会有什么不好的事情发生在我身上的,我保证。我是去见我丈夫。"为了让她相信,我尽量让自己的声音保持坚定。

"不,"她说,她手上抓得更紧了,"不,求求你不要离开我。"

我的心都碎了。我默默地恳求姐姐,求她把伊迪丝带走,不要让她看到我这样。伊莲娜用力把她的手指从我身上撬开,她现在也哭了。"求求你们,不要带走我妹妹。"她一边把伊迪丝拉开,一边对那两个士兵说,"她根本不知道自己在干什么,求求你们,不要带走我妹妹。她不应该被这样对待。"镇长一只胳膊搂着她的肩膀,脸上的表情很迷茫,奥雷利恩的话让他很挣扎。

"我不会有事的,伊迪丝,坚强点。"我的声音盖过一片噪声,朝她喊道。然后有人朝我吐了一口痰,我看到了,是那种令人恶心的稀痰的痕迹，就在我袖子上。人群中传出嘲笑声，恐慌包围了我。"伊莲娜，"我喊道，"伊莲娜。"

德国人的手粗暴地把我推进卡车车厢里。在黑漆漆的车厢中，我发现自己坐在了一张木凳上。一个士兵坐在我对面，来复枪靠在他的胳膊肘上。防水布落了下来，汽车引擎发动了。噪声越来越大，人群的声音也越来越高，好像这一举动刺激了那些想骂我的人，让他们终于彻底发泄出来。有一瞬间，我想，不知道能不能从那条小缝里把自己扔出去，这时我却听到一声："婊子！"接着是伊迪丝无力地哀号了一声。一块石头砸到卡车边上，咔地裂开了，惹得那个士兵冲外面大喊着警告他们。又有一块石头砸在我坐的地方身后，我缩了一下。那个德国人平静地看着我，他脸上一丝轻蔑的表情让我明白我犯了多么严重的错误。

我坐在那里，双手按住我的包，开始颤抖起来。卡车慢慢开走了，我没有试着拉起防水布看看外面。我不想体会那种全镇人的目光都落在我身上的感觉，不想听到他们对我的判决。我坐在轮子拱起的地方，慢慢地把头埋进两只手里，小声地自言自语着"爱德华，爱德华，爱德华"，还有"对不起"。我也不知道自己到底是在跟谁道歉。

一直走到镇子郊外的时候，我才敢抬起头来。透过防水布飘动的缝隙，我只能看到红公鸡的红色牌子在冬日的阳光下闪着光，还有人群边缘伊迪丝那湖蓝色的裙子。

蓝点越来越小，越来越小，直到最后和小镇一起消失不见了。

第二部分

Chapter 4
离开的话，让我失忆多好

—— · ————————— · ——

　　以死亡为界，曾经爱有多浓烈，活着就有多艰难。

　　"他去世了。"丽芙这样对莫说。四年过去了，说出这些话还是会条件反射般地感到一阵刺痛。

　　丽芙渐渐意识到，大卫给她的家、她的天堂将要背弃她，这让她感到极度恐慌。

　　她没法儿一个人呆在屋里，尤其是今晚。

▶ *1*

2006 年，伦敦

因为没有人来打扰，丽芙在安静的小隔间里呆了很久，听着几个女人走进来，聊着发型和美妆，还有八卦。她查了查空空的邮箱，用手机玩了一会儿 Scrabble 拼字游戏①，直到拼出"flux"这个词才站起来冲了水，洗洗手，异常满意地盯着镜子里的自己。一只眼睛下面的妆花了，她对着镜子补好妆，心里却在想，何必这么麻烦呢，反正等下还是要坐在罗杰旁边。

她看看手表。什么时候说自己明天一大早要开会，所以得早点回家比较好呢？运气好的话，等她回去的时候罗杰可能已经喝醉了，压根就忘了她的存在。

丽芙最后朝镜子里望了一眼，把脸上的头发撩开，对着镜子做了个鬼脸。有意义么？然后她推开了门。

---

① Scrabble 是西方流行的英语文字图版游戏，在一块 15×15 方格的图版上，2 至 4 名参加者拼出词汇而得分。

"丽芙，丽芙，快过来！我有事跟你说！"罗杰站在那里，使劲挥着手说。他的脸更红了，头发直直地立在一边。她不由自主地将他与鸵鸟联系在了一起。想到还要再跟他一起待半个小时，丽芙突然感到一阵恐慌。她早就习惯了这种强烈的欲望：离开这里，一个人跑到黑漆漆的街上，不必装成任何人。

她小心翼翼地坐在那里，像个随时准备冲刺的人，又喝了半杯酒。"我真的该走了。"她说。桌上的其他人抗议地挥了挥手，好像这冒犯了他们似的。没办法，她还是留了下来，咧着嘴苦笑着，观察那些夫妻。随着酒一杯杯下肚，家庭的裂缝也逐渐清晰。那个人不喜欢她丈夫，他每说一句话，她都要翻个白眼。那个男人对谁都没兴趣，也可能只是对他妻子没兴趣，一直在桌子底下偷偷看手机。她抬头看了看表，木然地朝正在气愤地、滔滔不绝地讲述婚姻不公的罗杰点点头。然后又偷偷玩起了手机游戏，突然有人拍了她肩膀一下。

"抱歉打扰了，有个电话找您。"

丽芙转过身来，是一个女服务员，她的皮肤很白，头发又黑又长，像半掩的窗帘遮在脸上。她正拿着记事本向自己招手，丽芙觉得她有点眼熟。

"什么？"

"有个紧急电话。我想可能是你家里打来的。"

丽芙犹豫了一下。家里？"哦。"她说，"哦，好。"

"需要我带您去电话那儿吗？"

"紧急电话。"她朝克里斯汀比了个口形，指指那个女服务员，她正指着厨房那边。

克里斯汀的脸上露出夸张的担忧表情，俯身跟罗杰说了什么，罗杰转过身子看向身后，伸出一只手像是要打断她。丽芙已经跟着那个女孩穿过了餐厅，经过酒吧，沿着木板走廊朝下走去。

走过昏暗的座位区，厨房的灯光刺得人睁不开眼。散发着暗淡光泽的不锈钢表面把光反射到房间另一边，两个穿着白大褂的人直接无视她，把锅子放到餐具洗涤区。厨房的一个角落里，有人正在煎什么东西，嘶嘶地响着，还有油点溅出来；还有人在说西班牙语，语速很快。那女孩示意她穿过几扇双开门，走进另一个后厅，那是衣帽间。

"电话在哪儿？"她们停下后，丽芙问道。

女孩从围裙里拿出一包香烟，抽出一根点上。"什么电话？"她一脸茫然地问。

"你说有个电话找我的。"

"哦，那个啊，没有电话。我只不过是看你需要救助。"她吸了一口烟，吐出一个长长的烟圈，等了一会儿。"你不认识我了，是不是？我是莫，莫·斯图尔特。"见丽芙皱眉，她叹了一口气，"我上大学的时候上过你的课。文艺复兴和意大利绘画，还有人体素描。"

丽芙突然想起来了：那个坐在角落的小哥特女孩，几乎每堂课都不怎么说话，她脸上的表情总是被小心翼翼地掩饰起来，指甲总是涂成艳丽的、闪闪发光的紫色。"哇哦，你还真是一点没变。"这是真心话。丽芙说出这句话的时候，不确定莫是否感觉到这是夸赞。

"你倒是，"莫打量着她说，"你看上去……我不知道，有点讨厌……"

"讨厌?"

"或许不是讨厌,不是那种讨厌,就是很累。提醒你一下,我可不认为坐在既善良又糊涂的中年男人旁边会很好玩。怎么回事?单身派对?"

"显然只有我是。"

"天哪!我出去告诉他们你有事先走了。就说你姑姥姥突然中风了,很严重,或者其他更狠的?艾滋病?埃博拉病毒[①]?你想说得多厉害?她会不会想跟你 AA 制?"

"哦,你说得对。"丽芙连忙从包里掏出钱包,即将到来的自由突然让她觉得有些头晕。

莫拿过钱,仔细点了点。"我的小费呢?"她一脸认真地问,不像是在开玩笑。

丽芙眨眨眼,随即又掏出一张 5 英镑的纸币递给她。"多谢。"莫把钱塞到围裙口袋里说。"我是不是看起来挺惨的?"她的表情有些冷漠,接着,像是明白了自己没法做出担忧的表情,转身消失在走廊深处。

丽芙不知道自己是该直接走还是等那个女孩回来。她在后厅里看看四周,看看衣架上廉价的外套、肮脏的木桶和拖把,最后还是在一个木凳上坐下来,直到听到脚步声她才站起来。不是莫,是一个顶着

---

① 又译作伊波拉病毒。是一种能引起人类和灵长类动物产生埃博拉出血热的烈性传染病病毒,有很高的死亡率,在 50% 至 90% 之间,致死原因主要为中风、心肌梗死、低血容量休克或多发性器官衰竭。

地中海头的男人。手里拿着一杯琥珀色的液体。"给。"他把杯子递给她说。见她不肯接受，又加了一句："给你压压惊。"说完便眨了眨眼离开了。

丽芙坐在那儿抿了几口酒。远处，掺杂着厨房嘈杂的声音，她能听到罗杰在大声抗议，还有椅子在地上刮擦的声音。再看手表，已经11点15分了。厨师们从厨房走过来，从衣架上拿下自己的外套就走了，经过她身边的时候还朝她微微点头，好像一个顾客捧着一杯白兰地在员工通道里待上二十分钟并不是什么稀罕事。

莫再次出现的时候没有穿围裙。她拿着一串钥匙，从丽芙旁边走过去锁上防火门。"他们已经走了。"她把黑发拢到后面盘起来说，"你那位约会对象还说什么想安慰你来着。你得把你的手机关一会儿。"

"谢谢。"丽芙说，"真的很谢谢你。"

"别客气。喝咖啡吗？"

餐厅里已经没人了。莫弄好咖啡机，招呼她过去坐下。丽芙真的很想回家，但也明白自由是要付出代价的，而这个代价很可能就是简短、略带敷衍地回忆一下美好的往昔。

"我真不敢相信他们竟然突然一下子全走光了。"当莫又点上一根烟的时候，丽芙说。

"哦，有人在一台黑莓手机上看到了一条不该看的信息，然后就开始了。"莫说，"我想工作午餐一般不该跟乳头夹扯上关系。"

"你听到了？"

"在这儿什么都能听到。大部分顾客不会因为服务员在旁边就停止交谈。"她打开牛奶起泡器，又补充道，"戴上围裙你就拥有了超能力。实际上，它甚至让你变成了隐形人。"

丽芙并没有注意到莫来到她身边，她正想着什么，显得有点不安。莫微笑着看着她，似乎听到了她的想法。"没关系的，我已经习惯当'不被注意大帝'了。"

"那，"丽芙接过一杯咖啡说，"你都在做什么？"

"过去这将近十年的时间里？嗯，这也做做，那也做做。当服务生很适合我，我没有去酒吧工作的野心。"她面无表情地说，"你呢？"

"哦，就做做自由职业者，给自己打工。我不适合在办公室里工作。"丽芙笑着说。

莫深吸了一口烟。"我很惊讶，"她说，"你以前一直都是那种很讨人喜欢的女孩。"

"讨人喜欢的女孩？"

"哦，你还有那一帮有着黄褐色皮肤的姑娘们，要腿有腿，要头发有头发，男人都像卫星似的围着你们转，就像是司各特·菲茨杰拉德小说里的人物。我以为你会……我不知道，上电视，或者出现在媒体上，或者当演员什么的。"

如果这些话丽芙是在纸上读到的，她可能会觉得很尖刻，但莫的声音里没有任何敌意。"没有。"她看着自己的衬衣边说。

丽芙喝完了自己的咖啡，现在是差15分钟12点。"你要锁门吗？你走哪条路？"

"我哪儿也不去。就住这儿。"

"你在这儿有公寓？"

"没有，但迪诺不会介意的。"莫灭了烟蒂，站起来把烟灰缸倒掉，"实际上，迪诺不知道。他只是以为我工作很认真，每天晚上都是最后一个离开。'为什么其他人不能多向你学习一下呢？'"她突然竖起一根大拇指指着身后，"我的衣柜里有个睡袋，我闹钟设的是5点半。最近房子方面出了点问题，就是，我住不起任何房子。"

丽芙瞪大了眼睛。

"不必这么惊讶。我可以跟你保证，那条长凳子比我租过的一些房子舒服多了。"

后来，丽芙也不知道自己为什么会那么说。她极少让人进她家，更不用说是她多年未见的人。但她来不及细想自己在干什么就已经脱口而出："你可以住我那儿。"

"就今晚。"当她意识到自己说了什么时，又加了一句，"我家有个空房间，里面有热水器。"考虑到自己这么说有点施舍的味道，她又补充道："我们可以叙叙旧，应该挺有意思的。"

莫的脸上没有任何表情，后来她做了个鬼脸，倒像是她帮了丽芙一个忙似的。"如果你这么说的话，那好吧。"她说着起身去拿外套。

丽芙隔着大老远就能看到自己家的房子：旧砂糖仓库上面的淡蓝色玻璃墙特别显眼，像是来自外星球的什么东西降落在屋顶上。以前大卫很喜欢这样。他喜欢跟朋友或者潜在客户一起走回家的时候能一下子指出这栋房子；他喜欢这房子跟维多利亚时期的深棕色砖瓦仓库所形成的鲜明对比，喜欢它的采光以及反射出的下面的水影。他很享受这幢建筑已经成为伦敦湖畔一大特色风景。他以前常说，这就是他的长期广告。

这栋房子已经建了差不多十年了，墙面玻璃用可以调节温度的复杂材料制作而成，生态、环保。卫生间是这幢房子里唯一不透明的房间。当初丽芙劝了他很多次才让他放弃了透明卫生间的想法。大卫常说，建筑物最关键的就是透明，应该彰显其用途以及结构。这是典型的大卫式风格，他不会考虑到你临着街景上厕所是什么感觉的。

她的朋友曾羡慕她拥有这样一套房子——地理位置优越，时不时地出现在高档装修杂志上——但她知道，他们肯定也会偷偷地告诉彼此，这么精简的设计会把人逼疯的。大卫骨子里就是爱干净，爱清理。房间里的每一样东西都要经过他威廉·莫里斯①式的衡量：有没有用？漂不漂亮？还有，是不是真的没它不行？他们俩刚在一起的时候，她简直要抓狂了。当她把衣服丢在卧室的地板上，在厨房里放满了从市场上买来的廉价花和小饰品时，大卫都会不满地咬嘴唇。现在，她很庆幸家里的精简，庆幸这种过分的禁欲主义。

"真是酷毙了！"当她们从吱吱呀呀的电梯里出来，走进玻璃房时，莫一反常态地活跃起来，"这是你的房子？真的吗？你居然住在这种地方？"

"这是我丈夫建的。"她穿过客厅，小心翼翼地把钥匙挂到唯一

---

① 19世纪英国设计师、诗人、早期社会主义活动家。宣扬工匠主观能动性的天然美学作用。

的一个银挂钩上，一边走一边打开屋里的灯。

"你前夫？天哪，他把房子留给你了？"

"不完全是。"丽芙按下一个按钮，看着屋顶的百叶窗静静地缩回，让厨房暴露在星空下，"他去世了。"她站在那里，刻意地仰着脸，强忍着涌上心头的感伤。直到现在说这句话还是没让她觉得轻松。四年过去了，这些话还是会条件反射般地给她一阵刺痛，好像大卫的离去仍然是深藏在她心底的一道伤。

过了好长时间，莫才说："真是令人难过。"再无其他。

"嗯。"丽芙微微舒了一口气说，"确实是。"

丽芙听着广播里的新闻，客卫里传来的声音，让她隐约感到微微的刺痛。只要有人在这个房子里时，这种感觉就会袭来。

她轻拂过花岗岩工作台，用一块软布把它擦得锃亮，扫了扫没有任何碎屑的地面，最后，穿过玻璃和木板走廊，沿着悬浮的木板和有机玻璃楼梯走进自己房间。没有任何标记的伸缩橱柜门闪着微光，完全看不出来里面放着几件衣服。又大又空的床放在屋子中间，两张最后期限通知单放在被子上，那是她今天早上放在那儿的。她坐下来，把通知单叠得整整齐齐地放回信封里，然后直直地盯着前方那幅《留下的女孩》。在一片灰色的房间中，镶着金边的画栩栩如生，上面的女孩仿佛随时会顺着水流漂远。

她很像你。

她一点也不像我。

她曾经乐呵呵地笑他，那时初生的爱情还会让她羞红脸，她还随时准备接受他对她的看法。

你就是那样，当你——

那个"被时光留下的女孩"微笑着。

丽芙闭上眼睛之后把灯关上，这样她就不必再看到那幅画。

▶ 2

有些人更喜欢有规律的生活，丽芙·候司顿就是其中之一。每个工作日的早晨，她都会在七点半起床，穿上运动鞋，抓起 iPod，在可以思考自己干什么之前，她就已经低着头，睡眼惺忪地上了吱吱呀呀的电梯，准备去沿着河跑半个小时。在她穿过表情异常坚定的上班族，绕过送货车的某一时刻，她会突然清醒，大脑开始随着耳朵里的音乐和脚底的摩擦声慢慢武装起来。

她再次从一个仍然心有余悸的时刻走了出来。

刚刚睡醒的那几分钟，她的脆弱表明，失去仍然可以打击她。她之所以跑步是因为她意识到自己可以利用忙乱的世界、耳朵里的噪音和自己的动作让自己从那个脆弱的时刻解脱出来。

现在跑步已经成了她的一个习惯，准确地说，应该是一种逃离。我不必去想，不必去想，不必去想。尤其是今天。

她放慢速度，愉快地散着步，买了一杯咖啡，乘电梯回到玻璃房子。她的眼睛被汗水腌得生疼，T 恤衫上湿得一块一块的，很难看。她冲了个澡，换好衣服，喝了咖啡，吃了两片涂了柠檬酱的吐司面包。她家里几乎什么吃的也没有，她的理由是：满满一冰箱的东西太扎眼了，仿若大声提醒她要做饭，要吃饭，不能吃饼干和奶酪。

满满一冰箱的食物是对她这种独居状态的谴责。

之后，她坐在桌子旁查邮件，看看是否有昨晚从 copywritersperhour.com 发来的工作邮件。虽然，大多数时候，收件箱显示的都是 0。

"莫，我把咖啡放在你门外了。"她站起来，伸着脖子，等着听到一点声音，证明里边还有个活人。现在是 8 点 15 分，把客人叫醒会不会太早？已经太久没有人住在她家里了，她也不知道自己该做什么，怎么做。她尴尬地等着，希望里面给个模糊的回应，哪怕是懊恼地哼哼一声也行，这样她就知道莫还在睡觉，毕竟她可是工作了一整晚的。丽芙悄悄把杯子放在门外，又去洗了个澡。

收件箱里有四封邮件，难得。

候司顿女士，您好：

我从 copywritersperhour.com 上看到了您的邮箱地址。我是一名个体文具经销商，我有个小册子要重写。我注意到您的费用是每千字 100 英镑，不知道您能否把价格稍微降低一点？我们的预算很紧张，目前小册子的字数大约在 1250 字左右。

祝好。

特伦斯·布兰克先生

丽芙宝贝儿：

我是爸爸。卡洛琳离开我了，我又成了孤家寡人。我已经决定了，以后再也不会跟女人有任何瓜葛。有空给我打电话。

丽芙，你好：

周四没问题吧？孩子们都翘首企盼那一天早点到来呢。目前为止大概有 20 个人要来，不过你知道，这个数字总在变化。如果你需要什么东西的话一定要告诉我。

祝好。

阿比奥拉

候司顿女士，您好：

我们给您打了好几次电话，但是都没有打通。请联系我们安排一个时间，以便讨论一下您的透支情况。如果您未能联系我们，我们将收取额外费用。

另外，请确保我们有您最新的联系方式。

祝好。

达米安·瓦特

西敏寺银行个人账户经理

她回了第一封信。

布兰克先生，您好：

我也很想降低价格来满足您的要求，但不幸的是，作为一个人，我也要吃饭。祝您的小册子好运。

她知道，肯定有人愿意以更便宜的价格来做这份工作，那些人不太注重语法和标点符号，也不会注意到小册子里"there"写成"their"的错误有 22 处。丽芙厌倦了将自己本就不高的价格继续往下降。

爸爸：

我晚点再给您打电话。要是卡洛琳凑巧在这期间回来了，请保证穿好衣服。帕特尔先生说你上周又光着身子去给海葵浇水了。

丽芙

上次卡洛琳消失时，她跑去安慰爸爸。他竟然穿着一件女人的东方丝绸长袍来给她开门，袍子前面还敞开着。她还没来得及抗议，他就很夸张地裹上来给了她一个拥抱。后来她说他的时候，他总是嘟囔着说："看在上帝的分上，我是你爸爸。"虽然已经快十年没演过什么像样的角色了，但她的爸爸，迈克尔·沃辛一直都像个孩子似的毫无禁忌，总是因为那些被他称为"包装"的衣服而生气。小时候起她就不带朋友回家了，因为她的同学萨曼塔·豪克罗夫特曾跑回家对她妈妈说，沃辛先生"晃荡着那个东西"到处溜达。她还告诉学校里所有人，丽芙爸爸的那个东西就像一根巨型香肠似的。

卡洛琳，他那个留着火红头发、在一起快 15 年的女友，丝毫不介意他的暴露癖。实际上，她自己也很喜欢半裸着到处溜达。丽芙有时会想，比起她自己的身体，她更熟悉那两个苍白、肌肉松弛的老人的。

卡洛琳是爸爸的激情所在，每隔几个月她就会扎着一根巨大的皮带离家出走，数落他的无能、不会挣钱还有与其他女人的风流韵事。

丽芙永远都想不通，她们看上了爸爸的什么。

"对生活的欲望，宝贝儿！激情！"他会大喊着，"要是什么都没有，那跟死了有什么两样。"

丽芙私底下想，自己应该让父亲很失望吧，尽管她是他的女儿。

她大口喝下最后一点咖啡，给阿比奥拉回了一封邮件。

阿比奥拉，你好：

下午两点我们在康纳基大楼外见。我已经把所有的工作都处理好了。他们虽然有点紧张，但肯定已经准备好了。愿你一切顺利。

祝好。

丽芙

她把邮件发送出去，然后盯着银行经理的那封信。打了几个字，然后又按下了删除键。

她身体里某个敏感的部分知道，不能这样继续下去了。

信封里叠得整整齐齐的通知单正远远地发出威胁声，像是侵略军敲响了战鼓。终有一刻她将再也关不住它们，再也无法置之不理。她穷得跟教堂里的老鼠似的，她很少买东西，很少交际，但即使这样也还是捉襟见肘。她的现金卡和信用卡总是有从自动取款机里吐出来的倾向。去年市政委员会的人来她家，说要对当地的市政建设费纳税人资格重新进行评估。有个女人在玻璃房子里转了转，她看丽芙的眼神就好像在说丽芙有什么事情骗了他们。她，一个实实在在的女孩，一个人住在这个房子里是种侮辱。

丽芙不怪她。自从大卫去世后，她住在这里总觉得自己像个骗子。她像一个博物馆馆长一样，保护着大卫的记忆，按他的标准打理着一切。

现在，丽芙跟那些年薪百万英镑的银行家以及分红拿得盆满钵满的金融家一样，交着最高的市政建设费。有些月份，这笔费用甚至占到了她收入的一半还多。

她已经不再开银行对账单，因为没有意义。她能一字不落、完全准确地想象到他们会怎么说。

"都是我的错。"爸爸突然把头埋进双手间说。一绺绺稀疏的白发从他指间露出来。在他周围，厨房里散落着锅碗瓢盆，暗示有一顿晚餐被打断了：半块帕尔马干酪、一碗凝固的意大利面，就像是因家庭矛盾被舍弃的玛丽·赛勒斯特号[1]。"我知道我不应该靠近她的。可是，哦，我就像只扑火的飞蛾。那是怎样的一团火啊！那么热！那么热！"他真像是迷晕了头。

丽芙理解地点点头，试图将这个史诗般的爱情灾难片跟珍，本地那个五十几岁、一天抽四十根烟、穿着一条超短裤、露出两片牛肚似的灰色脚踝的花店老板娘联系起来。

丽芙把水壶放上去。等她开始擦工作台的时候，爸爸已经把杯里剩下的酒喝完了。

"现在喝酒太早了。"

---

[1] 1872 年被神秘丢弃的船。

"什么时候喝酒都不会太早。酒是上帝的花蜜，是对我的安慰。"

"你的人生就是一段长长的安慰。"

"我怎么会养了你这么一个冷酷无情、极力想跟我划清界限的女儿？"

"因为你没有养我，是妈妈把我带大的。"

丽芙偶尔会想起六年前母亲去世那天，那天起，父亲不知为何突然对两人之间短暂、破碎的婚姻有了改观。他眼中那个偏执、轻佻、挑唆自己唯一的孩子跟他作对的女子突然间变成了圣女一般的存在。她对此不以为意，她自己也是这样。失去母亲后，她也逐渐把她想象成一个极其完美的形象：有个女人曾给她许多温柔的吻，宠溺的话语，令人安心的拥抱。

"失去让你变得铁石心肠。"

"我只是没有刚好爱上每个卖给我番茄饭的异性。"

她打开抽屉找咖啡过滤纸。父亲家里乱七八糟的，不像她家那样整洁。

"有天晚上我看到茉莉了。"他突然活跃起来，"那姑娘真是太漂亮了，她还问起你。你们俩怎么不见面了？以前你们不是很要好的朋友吗？"

她耸了耸肩。"人总会慢慢分开的。"她没法告诉他，这只是其中一个原因。关于失去丈夫的经验，有些事是没有人告诉过你的。除了乏力得只想睡觉、有时候单单起床这个动作都会让你的眼皮再次打架、度过每一天都需要巨大的勇气外——你会很没有逻辑地，恨你的朋友。每次有人到你家来或是穿过街道过来抱抱你，告诉你他们真的真的很为你难过时，你看看她、看看她的丈夫和小孩，会被自己愤怒的嫉妒吓到。为什么他们活着，大卫却死了？为什么惹人讨厌、游手好闲、跟一群狐朋狗友一起鬼混、每周末都去打高尔夫、洋洋自得、对外面的一切都没有任何兴趣的理查德活着，聪明可爱、慷慨大方、充满激情的大卫却死了？为什么愁眉苦脸的提姆又生了好多无趣的小提姆，而大卫，他出众的头脑、他的善良、他的吻却永远地消失了？

丽芙还记得自己在卫生间里偷偷呐喊，一言不发地冲出热闹的房间。她知道这样做很没礼貌，但她就是控制不了自己。过了好多年后她才学会坦然地看着别人的幸福，同时不悼念自己所失去的。

现在，那种愤怒已经没有了，但她还是更喜欢在一群不太认识的人当中，远远地看着别人的家庭，好像对她来说，幸福只是一个科学概念，而她仅仅是很高兴看到它被证实。

她早就不见那时的朋友了，什么樱桃、茉莉，全都断了联系。那些女人会记得她曾经的样子。跟她们解释起来太麻烦了，而且，她不太喜欢那些关于自己的议论。

"哦，我觉得你应该在她走之前见她一面。我以前很喜欢看着你俩一起出去玩，那会儿你们真是一对小仙女。"

"你什么时候给卡洛琳打电话？"她收拾完条纹松木餐桌上的碎屑，擦着一个红酒瓶颈说。

"她不会跟我说话的。我昨晚往她手机上发了 14 条短信。"

"爸爸，你不能再跟别的女人上床了。"

"我知道。"

"还有，你得去挣点钱。"

"我知道。"

"还有，你得穿衣服。如果我是她的话，一回家看到你穿成这样，我会直接扭头就走。"

"我穿的是她的睡袍。"

"我猜也是。"

"上面还有她的香气呢。要是她不回来了我该怎么办？"

丽芙定住了，脸上的表情瞬间僵住。她怀疑爸爸是不是完全忘了今天是什么日子。然后，她看着眼前这个穿着女人睡袍、饱经风霜的男人，盯着他干皱的皮肤上暴出来的青色血管，转身走开去洗餐具。

"知道吗，爸爸？这种事你真不该问我。"

▶ 3

老人十分小心地坐到椅子上，叹了口气，好像穿过这个房间也需要很大力气似的。他的儿子用手托着他的胳膊肘，焦急地看着。

保罗打开他的文件，两手放在桌子上，觉察到诺维茨基先生的眼睛正在盯着他，赶忙说："哦，我今天叫您过来是因为我收到一些消息。您第一次来找我的时候我提醒过您，这个案子会很棘手，因为你们这边说不出作品的来源。如您所知，很多美术馆都不愿把作品交出来，除非有特别确凿的证据证明——"

"那幅画我记得很清楚。"老人举起一只手。

"我知道。但您也知道，案件涉及的那家美术馆并不愿意跟我们合作，尽管他们给出的来源也漏洞百出。而且现在涉案的作品价格飞涨，使得案子变得更加复杂。你们又没有可用的照片，这就难上加难了。"

"那我为什么一定要把一幅画描述得这么清楚？被家里轰出来那年我十岁——十岁。你能告诉我你十岁时父母房间墙上挂的是什么吗？"

"不能，诺维茨基先生，我说不出。"

"我们当时怎么会知道，从那以后我们就永远不能回自己家了！这个制度太荒谬了。我为什么要证明东西是从我们这儿被偷走的呢？我们经历了那么多……"

"爸爸，那些都过去了……"他的儿子一只手放在他父亲的小臂上说。老人不情愿地紧紧抿着嘴，似乎已经习惯了被打断。

"这正是我想跟您谈的。"保罗说，"我们一月份见面的时候，您说了一些关于您母亲跟一位名叫亚瑟·伯曼的邻居交好的事，后来他去了美国。我成功地找到了他的后人，他们现在在得梅因[①]。他的孙女安妮·玛丽在翻看家族相册的时候发现其中一本相册中藏着这

———————————
① 美国的一个城市。

个。"保罗从文件夹中抽出一张纸，推到桌子另一边的诺维茨基先生面前。

尽管复印得不是很清楚，但那张黑白照片清晰可见。一家人呆板地抱在一起，坐在一张紧凑的软垫沙发上。一个女人谨慎地微笑着，大腿上抱着一个有着琉璃般盈亮眼睛的小宝宝。一个留着大胡子的男人斜着身子，一只胳膊沿着沙发背伸展开。一个笑得很灿烂的小男孩，缺了一颗牙。他们身后的墙上，挂着一幅少女独舞的画。

"就是这个。"诺维茨基先生小声说，一只患了关节炎的手举到嘴边，"德加的画。"

"我在图库里查过，也跟埃德加·德加基金会确认过了。我已经把这张照片寄给他们的律师，同时还附上了亚瑟·伯曼的女儿的证词，证明她也记得曾在你父母家里见过这幅画，而且还听到你父亲说过是怎么买下它的。"

他顿了一下。"但是安妮·玛丽记得的还不止这些。她说你父母逃走后，亚瑟·伯曼有天晚上曾去过那栋公寓，想搜罗一下你们家里留下的值钱东西。他要走的时候才发现那幅画不见了。"

"是德里施勒先生，是他告诉他们的。我一直都知道是他告诉他们的。他竟然还说他是我父亲的朋友！"他的双手在膝盖上颤抖着。

"嗯，对，我们查过德里施勒先生的记录，他跟德国人有很多不明确的交易——其中一项只是简单地记了个德加，但日期没错。再加上当时你那一地区没有多少德加，这一点对于你的争辩非常有利。"

他慢慢转过身去看着他儿子，脸上的表情似乎在说：看到没？

"哦，诺维茨基先生，我昨晚收到美术馆的一封回信，需要我给您读一下吗？"

"好。"

"麦考夫迪先生，您好：鉴于出现的新证据且我方未能证明其来源，加上我们了解到诺维茨基先生及其家人所蒙受的磨难，我们决定放弃对德加作品《跳舞女郎》的所有权。美术馆的受托人也已经指示其律师团不再跟进此案，我们静候您关于如何交接实物的进一步指示。"

保罗等待着。

老人似乎陷入了自己的思绪中，最后他终于抬起头来。"他们要把画还回来？"

保罗点点头，他无法掩饰脸上的微笑。这是一个漫长而又充满考验的案子，最后解决的速度却出奇地让人满意。

"他们真的要把画还给我们？"

"您只需要通知他们把画送到哪儿就行了。"

屋子里很长时间的一阵沉默。詹森·诺维茨基抬起两只手，用手掌根抹掉眼中的泪水。

"不好意思。"他说，"我也不知道为什么……"

"没什么。"保罗从桌子底下拿出一盒纸巾递给他说，"这些案子总是让人很激动。这不只是一幅画的事。"

"我们等这一天等了很久了。那幅画的丢失时刻提醒我们，我父亲、我祖父在战争中经历了什么。而且，我不确定你……"他敲着腮帮子说，"真是太棒了，竟然想到追查那个人的家人。他们都说你很棒，但是——"

他和詹森看着那位老人，他还在盯着那幅画的照片。他的身子似乎缩小了，仿佛这件几十年前的事分量太重，把他压垮了。两人脑袋里同时闪过那个念头。

"你还好吗，爸爸？"

"诺维茨基先生？"

他稍微直了直身子，像是刚刚记起他们也在这儿，然后一只手放在照片上。

保罗朝椅子上靠了靠，钢笔搭在两只手中间。"好了，那幅画要回来了。我可以为您推荐一家专业的艺术品运输公司，同时我建议您在画运到之前购买保险。不用我告诉您，这样的一幅画真的——"

"你认识拍卖行的人吗？"

"什么？"

诺维茨基先生脸上恢复了血色。"你认识哪个拍卖行的什么人吗？我前段时间跟一个拍卖行的人谈过，但他们要价太高了。我记得好像是20%，还要加税。这价格太高了。"

"您……是想在买保险之前给它估个价？"

"不，我想把它卖掉。"他头也不抬地打开自己的旧皮夹，把那张照片放了进去，"显然现在是出手的好时机，外国人什么都买……"他不屑地摆了摆手。

詹森一直盯着他。"可是，爸爸……"

"现在什么都很贵，我们还有好多账要还。"

"可是你说过——"

诺维茨基先生转过身不去看儿子。"你能帮我查查吗？我想你这边的费用你应该会开票给我的。"

保罗吞了吞口水，尽量让自己的声音保持平静。"我会照办的。"

屋子里又是一阵长时间的沉默。最后，老人从座位上站了起来。

"哦，这是个很好的消息。"他终于开口说道，同时勉强朝保罗一笑，"真的是个很好的消息。非常感谢你，麦考夫迪先生。"

"不客气。"他回答道。

他们离开后，保罗·麦考夫迪坐在自己的椅子上，合上文件夹，闭上了眼睛。

"别太在意。"珍妮说。

"我知道。只是——"

"这不关我们的事。我们只负责找回来就行了。"

"我知道。只是诺维茨基先生之前一直说，这幅画对他们家来说多么特别，它代表着他们失去的一切，还有——"

"别想了，保罗。"

"在警察局的时候从来没发生过这种事。"他站起来在珍妮狭小的办公室里踱着步。他在窗边停下，凝视着窗外。"你把别人的东西找回来了，他们很高兴，就这样。"

"你不想再回警察局吧。"

"我知道，我只是说说而已。每次碰上这种案子我都觉得很难理解。"

"哦，你从一个我不确定能否成功的案子中赚到了钱，这些钱全都是你准备用来搬家的，对不对？所以我们俩都应该高兴。给你这个。"珍妮把一个文件夹从桌子那边推过来，"这个应该能让你振作起来。是昨天晚上来的，看上去很简单。"

保罗从文件夹中拿起文件。是一幅女人的画像，1916年丢失，10年前该画家的后人在核查他的作品时才发现这幅画被盗。第二张纸上是一张照片，前面提到的那幅画正挂在一面极简单的墙上，十分显眼。是几年前出版的一本图片杂志。

"第一次世界大战？"

"显然已经过了诉讼时效了。这案子看上去似乎非常清楚明了，他们说有证据证明是德国人在战时偷走了这幅画，之后就再也没有人见过。几年前家里有人无意中翻阅了一本旧图画杂志，你猜中间跨页的图片上是什么？"

"他们确定这是原作？"

"这幅画从来就没有被复制过。"

保罗摇摇头，暂时忘了早上的事，因为兴奋瞬间感到一种条件反射式的刺痛。"原来如此。近百年之后，这幅画赫然挂在了某对富人夫妇家的墙上。"

"这种风格只能说明是伦敦中心，所有理想之家的风格都是这样。他们可不想把具体地址说出来去招贼。不过我觉得找到他们应该不会很难——不管怎样，上面给出了那对夫妇的姓。"

保罗合上文件夹。他眼前一直浮现着诺维茨基先生紧紧闭着的嘴巴，还有他儿子看他的那种眼神，好像从来不认识他似的。

珍妮一只手轻轻地放在他胳膊上。"房子找得怎么样了？"

"不太顺利，好像所有好点的都被现金买家抢完了。"

"哦，你想高兴些的话，我们可以去吃点东西。我今晚什么事也没有。"

保罗露出一个微笑。他试图忽略珍妮的手放到头发上的样子，忽略她笑容中痛苦的期望。他抬脚走开，说道："我要工作到很晚，有几个案子我不想耽误进度。不过，还是谢谢你。我明天一早就处理这个新案子。"

丽芙给爸爸做了饭，把他家一楼打扫了一番，卡洛琳很少打扫房间。五点钟她回到自己家。温暖的晚夏，周围的城市都是沸腾的，汽车噪音仿佛变成了某种虚化的气体，带着一股汽油味从被太阳炙烤的马路上飘进来。

"嘿，弗兰。"她走进大门的时候说道。

叫做弗兰的女人朝她点点头，虽然天气很热，她还是硬把一顶羊毛帽盖在头上。她正扒拉着一个塑料袋。她收集的塑料袋数不胜数，或是用绳子系着，或是装在另一个塑料袋里，并不厌其烦地把它们分类、整理，分类、整理。今天她搬了两个盒子，上面盖着一件蓝色的防水衣，放在看门人的小屋子那儿。之前的看门人忍了弗兰好多年，甚至还把她当成非官方的包裹站。但新的看门人，她说，一直威胁说要赶走她。有住户抱怨说她在这里太煞风景了。"他一直搬我的箱子。哦，对了，你有客人。"

"她什么时候走的？"丽芙没有留条也没有留钥匙。她想着自己等下是不是应该去下餐馆，好确定莫没事。虽然这么想，但她知道自己是不会去的。想到安静、空荡荡的房子，她隐隐觉得松了一口气。

弗兰耸耸肩。

"要喝点什么吗？"丽芙开了门，问。

"最好是茶。"弗兰补充道，"三块糖，谢谢。"说得好像丽芙以前没给她倒过似的。想到自己还有很多事情要做，没空站在这儿聊天，她就又去弄她的袋子了。

丽芙一开门就闻到一股烟味。莫盘着腿坐在玻璃咖啡桌旁的地上，一只手拿着一本平装书，另一只手夹着一根烟靠在一个白碟上。

"嗨！"她头也没抬地说道。

丽芙盯着她，手里拿着自己的钥匙。"我……我以为你已经走了。弗兰说你走了。"

"哦，楼下那个女人？对，我刚回来。"

"从哪儿回来？"

"刚下白班。"

"你还上白班？"

"在养老院，希望今天早上没有吵到你。我已经尽量悄悄地走了。我想可能是我翻抽屉的时候吵醒你了。早上六点起床真是把'欢迎来我家做客'的气氛完全破坏了。"

"翻抽屉？"

"你没留钥匙。"

丽芙皱了皱眉，她觉得自己说话好像总是慢两拍。莫放下书，慢慢开口道："我到处翻了翻才在你的桌子抽屉里找到那把备用钥匙。"

"你翻我桌子抽屉了？"

"那儿似乎是最有可能的地方了。"她翻了一页书说，"别担心，我已经放回去了。"她又小声嘟囔了一句："伙计，你还真是不喜欢一点多余的东西。"

她转过身去继续看书。丽芙看了看书脊，发现那是大卫的书。是一本旧的《现代建筑简介》，企鹅出版社出版的，大卫最喜欢的书之一。她仍然能回想起大卫躺在沙发上看这本书的样子。现在看到书在别人手里，她觉得自己的胃被焦虑紧紧裹住了。丽芙放下包，朝厨房走去。

花岗岩工作台上撒满了面包屑，桌子上放着两个杯子，棕色的圆环形咖啡渍把杯子内部分成鲜明的两部分。一包半开的切片白面包软塌塌地靠在面包机上。一个用过的茶包蹲在水槽边上，一把刀从一块没加盐的黄油上露出来，像是被谋杀的人露出的胸口。

丽芙站了一会儿，开始收拾。她把碎屑扔进厨房的垃圾桶里，把杯子和盘子放进洗碟机里。按下按钮把屋顶的百叶窗打开，待百叶窗完全打开后，她又按下打开玻璃屋顶的按钮，挥着手把萦绕在屋里的烟味扇出去。

她转过身，发现莫正站在门口。"你不能在这儿抽烟，绝对不能。"她说，她的声音里带着一种诡异的恐慌。

"哦，好。我忘了你家还有个露台了。"

"不行，露台上也不行。求你了，别在这儿抽烟。"

莫看看工作台，看着洁癖的丽芙。"嘿，那个，我走之前会收拾的，真的。"

"没关系。"

"显然有关系，不然你就不会跟心脏病发作似的了。听着，停。我自己弄的自己收拾，真的。"

丽芙停了下来。她知道自己的反应有点过激，但她就是忍不住。她只想让莫走。"我得去给弗兰倒杯茶。"她说。

走到一楼的那段路上，她听到自己耳朵里血液沸腾的声音。

她回来的时候厨房已经收拾干净了。莫轻手轻脚地到处忙着。"我可能有点懒，不愿意弄完马上收拾。"丽芙走进来的时候，她说，"因为这种工作做得太多了。老人啊，餐厅里的客人啊……白天的时候干得太多了，所以晚上回家就想任性一点。"

丽芙努力不让自己因为她的用词而发飙。这时她突然闻到一股味道，不是烟味。烤箱的灯亮了。

她弯腰看了一下，发现她的酷彩①盘子正放在里面，表面有奶酪似的东西在冒泡。

---

① 全球知名的法国厨具品牌（法语为 Le Creuset），创立于 1925 年，以精益求精的品质和时尚前卫的设计而闻名全球。

"我做了点晚饭，烤意大利面。我把商店角落里能找到的东西都混在一起了。再过十分钟差不多就好了。本来我打算晚点再吃的，不过看你这个样子……"

丽芙已经不记得她上次用烤箱是什么时候了。

"哦，"莫说着，伸手去拿烤箱手套，"市委会的人打电话来了。"

"什么？"

"对，是关于市政建设费的事。"

丽芙的内心立刻化作了一汪水。

"我说我就是你，所以他就告诉我你欠了多少多少钱。还真是一大笔钱。"莫递给她一张纸，上面潦草地写着一个数字。

丽芙正要开口抗议，她接着说："哦，我再三确认过他没有找错人，我觉得他肯定弄错了。"

丽芙大概知道是多少，但是看到纸上的那个数字还是吃了一惊。她感觉到莫一直盯着她，这一反常态的沉默让她明白，莫已经猜到是怎么回事了。

"嘿，坐下，吃饱了肚子什么事都好说。"她感觉到有人把自己带到了椅子旁。莫碰了一下烤箱门，烤箱打开了，厨房里顿时被久违的做饭的香味充满了。"实在不行的话，呃，我知道有一张特别舒服的长凳。"

饭很好吃。丽芙吃光了满满一盘，然后一只手摸着肚子坐在那儿，奇怪自己为何对莫会做饭这事儿如此惊讶。"谢谢。"莫吃完最后一口时，她说道，"真的很好吃。我都不记得上次吃这么多是什么时候了。"

"不客气。"

现在你该走了。过去二十个小时里，这句话一直在嘴边，此刻她却说不出来。她就是不想让莫走，不想独自面对那些催市政建设费的人、那些最后通知以及自己完全不受控制的思绪；她突然觉得很庆幸今晚有个人可以说说话——有个人跟她一起度过这一天。

"那……丽芙·沃辛，你丈夫去世的事——"

丽芙把自己的刀叉放到一起。"我不想谈这个。"

她感觉到莫的眼睛注视着她。"好吧，不谈去世的丈夫，那聊聊男朋友，怎么样？"

"没有。"

莫从烤碟旁边拿起一片奶酪。

"艳遇？"

"没有。"

莫猛地抬起头来。"一次也没有？多久了？"

"四年。"丽芙小声嘟囔着。

她在说谎。其实有过一次，三年前，好心的朋友们坚持说她应该让生活"继续下去"，说得好像大卫是块绊脚石似的。她把自己灌得半醉，努力让自己忘了自己在干什么，事后却悔恨交加，哭得一把鼻涕一把泪，觉得自己很恶心。那个男人——她都不记得他叫什么名字——在他说要回家的时候她松了口气。直到现在，一想起这件事她还是会羞愧得浑身一激灵。

"四年什么都没有？你……多大来着？三十二？这算怎么回事，为亡夫守贞么？你在干吗，沃辛？难道你一辈子都要为你的那位亡夫守身如玉吗？"

"我是候司顿，丽芙·候司顿。还有……我只是……没有遇到……我想要的人。"丽芙决定转移话题，"好了，那你呢？身边有没有不错的有自残倾向的家伙？"为了维护自己，她的声音有些尖刻。

莫的手指朝香烟那儿伸了伸，最后还是收了回来。

"我还好。"

丽芙等着她继续说。

"我有安排。"

"安排？"

"跟拉尼奇，一个斟酒的服务生。每隔几个星期我们就会一起度过一个技巧娴熟却索然无味的夜晚。刚开始的时候他很粗鲁，但后来慢慢开窍了。"她又吃了一片奶酪，"不过还是能看出来他看了很多黄片。能看出来的。"

"没有认真交往的对象吗？"

"我爸妈已经对在世纪之交的时候抱上外孙不抱任何希望了。"

"哦，天哪！你正好提醒了我，我答应要给爸爸打电话的。"丽芙突然冒出一个想法，她站起来去拿包。"嘿，我去下面的商店里买瓶酒怎么样？"不会有事的，她对自己说。我们会聊聊父母和那些我不记得的人、大学、莫的工作，我要把她从性的话题上引回来，然后不知不觉的，明天就到了，家里会恢复正常，今天的小聚就像是发生在一年前一样。

莫把椅子往桌边一推。"别给我买了。"她拿起自己的盘子说，"我得换衣服赶紧走了。"

"赶紧走？"

"上班。"

丽芙的手停在钱包上。"可是，你刚刚不是说才下班吗。"

"那是白班，现在我要去上夜班了。哦，还有二十分钟左右。"她把头发盘起来别好，"你收拾一下行吗？还有，我拿走那把钥匙可以吗？"

晚餐带来的短暂满足感像泡沫一样瞬间蒸发了。她坐在半空的桌子旁，听着莫哼着跑调的小曲儿，听着她在客卫里刷牙洗脸，轻轻地关上卧室的门。

莫再次出现在走廊上时，穿了一条黑裙子、短夹克，胳膊底下夹着一条围裙。"一会儿见，伙计。"她喊道，"不过要是今晚兴致不错，就不回来了。"

她走了，下了楼，消失在鲜活的世界里。她留下的回声逐渐从房子里退去，寂静涨进来（对，那感觉就像潮退潮涨一般），玻璃房子变回冷酷、压抑的模样。丽芙渐渐意识到，她的家、她的天堂将要背弃她，这让她感到极度恐慌。

她知道，今晚她没法儿一个人呆在屋里。

Chapter 5
他打开我的心，然后给我一洞空虚

————— · —————

"我没有办法不想你。"保罗喃喃地说。

他们吻在一起，丽芙觉得为了完成这个吻她已经等了好多年，这个吻一直在她脑子里，没有画上句号。

终于，可以继续向前了。丽芙这样想。

谁想，凌晨时分，保罗像无头苍蝇一般落荒而逃。重生的幸福感甚至没有超过 24 小时……

▸ *1*

如果你是女性，最好不要一个人跑去以下地方喝酒。

1. 巴祖卡。以前叫白马，是一个安静的酒吧，位于咖啡店对面的角落里，里面塞满了下沉的毛绒凳子，偶尔也有几件黄铜马饰，因为油漆年久脱落，酒吧的牌子有一半已经模糊不清了。现在，这里是霓虹灯闪烁的脱衣舞酒吧。商人们姗姗来迟，化着艳妆、面容精致的女孩儿们穿着松糕鞋，后半夜才离开，她们使劲抽着烟，抱怨客人给的小费太少。

2. 迪诺。本地酒吧，整个九十年代一直在包装，最终变成了一个白天专售美味热狗的肮脏破败的小餐馆，晚上八点后偶尔会举行速配交友会。其余时间，除周五外，从大落地窗可以看到里面萧条得让人难过。

3. 泰晤士河边后街的老酒吧。那些酒吧吸引了不少三五成群、心怀怨恨的居民和抽着自己卷的雪茄烟、随身跟着目光呆滞的比特斗牛犬的男人。他们看到独自出现在酒吧的女人，会露出某种复杂而隐忍的表情，仿佛看到穿着比基尼的女人招摇过市。

4. 泰晤士河附近新装修的酒吧。那些酒吧里全是比你年轻的人，大部分都是一群群背着双肩电脑包、戴着厚厚的墨镜谈笑的朋友，这些人会让你觉得比自己待在家里更寂寞。

丽芙一直在想要不要买瓶酒带回家，但每次一想到独自一人坐在那空荡荡的玻璃房中，心里就莫名地恐惧。她不想自己不知多少次地站在那幅《留下的女孩》前，回忆当初他们一起买下它的情景，回忆曾从女孩的表情中感到的爱和满足。她不想又翻出与大卫的合照，意识到她虽然清楚地记得他微微皱起的眼角、手指握住杯子的样子，却再也想不起这些片段是如何联结在一起的。

她不想让自己再有哪怕一丝丝拨打他手机的冲动。在他去世的头一年里，她曾像着了魔似的不停地打他的手机，因为这样就可以从应答服务里再次听到他的声音。现在，他的离去已经成了她身体里的一部分，一个背负在她身上、别人都看不见的沉重包袱，但这个包袱却在日复一日地悄悄改变她生活的轨迹。但今天，在他忌日的这一天，一切都该有个了断。

这时她突然想起昨晚吃饭的时候有个女人这样说：*我妹妹想出去疯但又不想被骚扰，所以她就去了一个同性恋酒吧，真是太好笑了。* 从这儿走不到十分钟就有一个同性恋酒吧。丽芙从酒吧门前经过了不下百次，但从未试图想知道窗户后面是怎样一番情景。

同性恋酒吧里不会有人骚扰她。

丽芙伸手去拿自己的外套、包和钥匙，出了门。

"哦，那真是太尴尬了。"

"就一次，都过去好几个月了，但我总觉得她一直都记着。"

"那是因为你真的太棒了。"格瑞格一边擦着杯子，一边笑着说。

"不是……哦，好吧，显然是这样。"保罗说，"说真的，格瑞格，每次她看我的时候我都觉得很愧疚。就好像……好像我给了她承诺却没兑现似的。"

"我们的黄金法则是什么来着，老兄？兔子不吃窝边草。"

"我喝醉了。就是利奥妮告诉我，她要和杰克搬去跟米奇一起住的那天晚上。我当时……"

"你放松了警惕。"格瑞格模仿脱口秀主持人的口气说道，"你同事趁你不备搞定了你，把你灌醉，现在你觉得自己被利用了……"他还要演绎下去的时候，有客人打断了他。周四晚上酒吧里特别忙，一张空桌子也没有，人们三五成群伴着音乐愉快地小声聊着天。本来下班后他准备直接回家的，但他鲜有机会能抓到他弟弟，况且偶尔喝点小酒也不错。当然在这个酒吧里，你得注意避免跟 70% 的顾客有目光接触。

格瑞格收了些钱又回到保罗面前。

"听着，我知道你怎么想，可她是个不错的女人，而且老是对她退避三舍也是件很可怕的事。"

"真庆幸我不是你。"

"说得好像你真明白似的。"

格瑞格又把一个杯子放在架子上。"听着，为什么不干脆让她坐下来，告诉她，她确实很可爱，等等，但她不是你喜欢的类型。"

"因为会很尴尬。我们所有的工作都要一起完成。"

"那这就不尴尬了？'哦，保罗，你做完这个案子之后想不想快点来一次。'"格瑞格的注意力转移到了吧台的另一端，"啊哦，锁定目标。"

一晚上保罗都隐约感觉到那个女孩的存在。

她进来的时候异常镇定，而且他猜她是在等人。现在她正想重新坐到吧台凳上去。她试了两次，第二次笨拙地朝后仰了一下，差点摔倒。她把头发从眼前拨开，盯着吧台，好像那是珠穆朗玛峰。她用力往上爬，坐到凳子上后，伸出两只手稳住自己，使劲眨着眼，似乎过了几秒钟才相信自己真的坐上来了。她抬起头，看着格瑞格说："不好意思，能再给我来杯酒吗？"她举起空杯子问。

格瑞格的目光里含着笑和疲惫，看向保罗，随即又移开了。"我们还有十分钟就关门了。"他拨弄着肩上的抹布说。他酒量很好，保罗从来没见格瑞格喝醉过。母亲总是说，他们外表相似，但性格截然不同。

"所以我还有十分钟的时间喝完？"她说，脸上的笑容微微荡漾。

"宝贝儿，我这么说是为了你好，如果你还要再喝一杯的话我就要替你担心了。我真的真的很讨厌下班的时候还要替顾客担心。"

"就一小杯。"她说，她的笑容令人心痛，"我平常不太喝酒的。"

"对，就是这样我才担心。"

"今天……"她的目光有些不自然，"今天我很难过，真的很难过。求求你了，能不能再给我一杯？然后你可以帮我找一家值得信赖的公司，叫一辆值得信赖的出租车送我回家，然后我就什么也不知道了，你也可以不用担心我，我自己可以回家去。"

他朝保罗看看，叹了口气：瞧瞧我遇上的都是什么事？"一小杯。"他说，"很小的一小杯。"

她的笑容消失了，眼睛半闭着，她伸手越过晃着的双脚去拿包。保罗转身对着吧台，检查手机信息。明天晚上该轮到他照看杰克了，虽然现在他和利奥妮之间已经可以友好相处了，但还是有些担心她会找个理由把这事取消。

"我的包！"

他抬起头来。

"我的包没了！"那个女人从凳子上滑下来，一只手抓着吧台，目光在周围的地上搜寻着。她抬起头来的时候，脸上毫无血色。

"你有没有带去洗手间？"格瑞格趴在吧台上问。

"没有。"她说，目光迅速掠过吧台周围，"我把包塞在凳子底下的。"

"你把包塞在凳子底下？"格瑞格喷了一声，说道，"你没看到牌子上写的什么吗？"

酒吧里到处都挂着牌子，上面写着："请注意保管好您的包：店内有小偷。"

她没有看牌子。

"真的很抱歉，可是我心情不太好。"女人的目光在他们两人之间闪烁，虽然她喝醉了，但保罗能看出她猜到了他们在想什么：一个喝醉酒的蠢女孩。

保罗伸手去拿手机。"我报警。"

"告诉他们我蠢死了，竟然把包放在凳子底下？"她两手捂住脸，"哦，天哪！我刚取了两百英镑准备付市政建设费。我真不敢相信。两！百！英！镑！"

"这周已经发生过两次了。"格瑞格说，"我们正准备装摄像头，但这种事太多了，真的很抱歉。"

她抬起头来抹了抹脸，颤抖着、长长地呼了一口气，只能竭力忍住不让自己失声痛哭，还没碰过的那杯酒放在吧台上。"真的很抱歉，但我想我付不起酒钱了。"

"别想这个了。"格瑞格说，"过来，保罗，你报警，我去给她弄杯咖啡。好了，到点了，女士们先生们，请……"

附近的警察才不会因为谁丢了包就赶过来。那个女人名字叫丽芙，警察给了她一个报案号码，承诺寄一封受害人援助的信，并且告诉她，如果有任何线索的话一定会通知她。显然大家都清楚不可能接到什么通知。

她挂掉电话的时候，酒吧里早就没人了。格瑞格开了门放他们出去，丽芙伸手去拿自己的外套。"有个客人住在我家，她那儿有把备用钥匙。"

"你要给她打电话吗？"保罗把手机递过去说。

她茫然地看着他。"我不知道她的电话,但我知道她在哪儿上班。"

保罗等着。

"在一家餐馆,从这儿大概要走十分钟。在黑修士桥那边。"

现在是半夜。保罗盯着表,他很累了,而且明天 7:30 儿子就要送过来了。但他不能让一个喝醉的女人、一个整晚都在努力忍住不哭的女人,大半夜的独自一人穿过南岸的小巷。

"我跟你一起去。"他说。

他看到了她警惕的目光、她准备拒绝的样子。格瑞格碰碰她的胳膊。"亲爱的,没关系的,他以前当过警察。"

保罗觉得自己被重新评估了一下。女人一只眼睛下面的妆全花了,他努力忍住想帮她擦一下的冲动。

"我可以为他的人格担保,他骨子里就是做这个的,有点像是化为人形的圣伯纳德犬。"①

"对,谢谢你,格瑞格。"

她穿上外套。"如果你不介意的话,真是太谢谢你了。"

"我明天给你打电话,保罗。祝你好运,丽芙小姐,希望一切顺利解决。"格瑞格一直等到他们沿着路走了一段才把门锁上。

开始下雨了,保罗将两只手深深地插在口袋里,脖子缩在衣领里。

---

① 一种来自意大利和瑞士阿尔卑斯山的狗,体型庞大,常用于救援。

他们走得很快，脚步声响亮地在空旷的鹅卵石街道上奏起，又从四周沉默的建筑物上反射回来。经过两个穿卫衣的年轻人时，他感觉到她朝他这边稍微靠了靠。

"你银行卡挂失了吗？"他问。

"哦，没有。"清新的空气重重地击打着她，她看上去垂头丧气的，不时地被绊一下。他本来想让她扶着自己的胳膊，但又觉得她不会接受。"我没想到。"

"你记得有什么卡吗？"

"一张万事达卡、一张巴克莱银行卡。"

"等一下，我知道谁能帮忙了。"他拨了一个号码，"雪莉？……你好，我是麦考夫迪……嗯，很好，谢谢。一切都好，你呢？"他等着，"听着，你能不能帮我个忙？刚刚有个朋友的包被偷了……对……万事达卡和巴克莱银行卡。谢谢你，雪莉。替我向兄弟们问好……嗯，对，再见。"

他又拨一个号码，然后把电话递给她。"警察。"他说，"世界真小。"然后就悄悄走开了，留她一个人在那里跟话务员解释细节。

"谢谢你。"她把电话还给他说。

"不客气。"

"不管怎样，要是有人能从那两张卡里取出钱来我倒真该惊讶了。"丽芙凄凉地一笑。

他们到了餐馆，是一家西班牙餐厅。灯关了，门也锁了。他从门门钻进去，她透过玻璃往里面看，希望能看到一点有人在的迹象。

保罗看了一下表。"12 点 15 了，他们可能已经关门了。"

丽芙咬着嘴唇站起来，转过身来看着他。"或许她已经回我家了。拜托，能再借用一下你的电话吗？"他把电话递给她，她拿着电话举到钠光灯下好看清屏幕。他看着她输入一个号码，然后转过身去，一只手不自觉地摩挲着头发。她看看身后，朝他露出一个迅速、不安的笑容，随即又转过身去。她又输入一个号码，然后是第三个。

"你还可以打给其他人吗？"

"我爸爸。我刚试过了，也没有人接。不过他很可能是睡着了，他睡起来跟死人一样。"她一副完全不知所措的样子。

"听着……要不，我给你在酒店订个房间？钱可以等你把卡找回来了再还我。"

她咬着嘴唇站在那里。两百英镑。他想起了她说这个时绝望的样子，这不是一个住得起伦敦市中心酒店的人。

雨越下越大，雨点打在他们腿上，雨水顺着前面的排水沟哗哗地流。他想都没想就脱口而出："你知道吗？现在已经很晚了，我住的地方离这儿大概有二十分钟的路程，你考虑下要不要去我那儿，如果你愿意的话，我们可以在我家把事情理一下。"

她把手机还给他。他看到她内心有一瞬间的挣扎，随后，她有点拘谨地笑了笑，朝他这边走了几步。"谢谢你，抱歉，现在这么晚，我……我也不想再打扰别人了。"

他们距离保罗的公寓越来越近，丽芙越来越安静。他猜她现在已经逐渐清醒了，她心里某个敏感的部分肯定在努力回想刚才答应了什么。他不知道现在是不是有个女朋友在什么地方等着她。她很漂亮，但她的漂亮是那种不想引起男人注意的漂亮：她妆容很淡，头发在后面随意地扎成一个马尾。因为她是同性恋吗？她的皮肤很好，应该不经常喝酒。她腿上的肌肉很紧实，步子很大，说明她经常锻炼。但她走路的时候也是一副防御姿态，两只胳膊抱在胸前。

他们到了，一家咖啡馆上面的两层小公寓。保罗开了门，站在她身后。

他开了灯，直接走到咖啡桌旁，把桌子上的报纸和早上的杯子收拾了一下，然后以一个陌生人的角度看着这个公寓：太小了，参考书、照片和家具塞得拥挤不堪。幸运的是，没有到处乱扔的袜子和脏衣服。他走进厨房，烧上水，给她拿了条毛巾擦头发，然后看着她在屋里小心翼翼地走来走去，满满的书架和餐具柜上的照片显然让她更加安心了：照片上的他穿着警服，和杰克手拉着手，开心地笑着。

"这是你儿子？"

"对。"

"长得很像你。"她拿起一张他、杰克和利奥妮的合影，那是杰克四岁的时候拍的。她的另一只胳膊仍然抱着肚子。他想给她拿件T恤，但又不想让她觉得他是想让她脱衣服。

"这是他妈妈？"

"嗯。"

"那，你……不是同性恋？"

保罗瞬间无语了，然后说了句："不是！哦，那是我弟弟的酒吧。"

"哦。"

他指着那张穿警服的照片说："那个，不是临时扮的，我真的当过警察。"

她大笑起来，一直笑到眼泪都出来了。随后，她擦擦眼睛，尴尬地冲他一笑。"对不起，今天真的太糟糕了。没丢包之前就已经很糟糕了。"

她真的很漂亮，他突然想。她所有的情绪都一目了然，不带隐藏。她转过头来看他，他赶紧移开视线。

"保罗，你这儿有喝的吗？不要咖啡。我知道你可能觉得我是个酒鬼，但我现在真的真的需要喝点酒。"

他把水壶拿开，给两人各倒了一杯酒端到客厅里。她坐在沙发边缘，两个胳膊肘抵在膝间。

"想聊聊吗？当过警察的人一般都听过很多故事。"他递给她一杯酒，"很多故事都比你的更惨。我敢打赌。"

"不见得。"她喝了一大口酒，"实际上，对，四年前的今天，我丈夫去世了。他死了。他死的时候很多人都不敢说这三个字，他们一直劝我继续生活。可我不知道该怎么继续生活。现在，有个很粗鲁的人住在我家里，我甚至连她姓什么都不知道。我欠所有人钱。我今晚去同性恋酒吧是因为我没法一个人待在家里。我从信用卡里透支了两百英镑准备交市政建设费，结果却被偷了。你问我有没有其他人可以打电话时，我能想到的唯一一个可能给我提供一张床的人只有弗兰，那个住在我们楼底下的纸箱子里的女人。"

他忙着消化她说的"丈夫"这个词，所以剩下的几乎都没听到。

"哦，我也可以给你提供一张床。"

她又露出了警惕的目光。

"是我儿子的床。它不是世界上最舒服的床，我的意思是，我弟弟跟他上个男朋友分手后曾一起睡过，他说他睡完了都得去看正骨医生。不过好歹是张床。"他顿了一下，"可能比睡纸箱好点。"

她瞥了他一眼。

"好吧，是好那么一点。"她苦笑着端起杯子，"不管怎样，我也不会去问弗兰。她从来没让我进过她的破纸箱。"

"哦，你还真粗鲁。不管怎么说，我可一点也不想去她家。坐一会儿，我去给你找个牙刷。"

有时候，丽芙想，平行空间真的存在。表面上看来，丽芙糟透了：丢了包，丢了钱，还死了丈夫，生活完全偏离正轨。再看看现在她坐在一个有着湛蓝色眼睛、顺滑头发的美国人的小公寓里。现在差不多是凌晨三点，他还在逗她笑，舒心地笑，好像这世上根本没有什么好担心的。

她喝了很多酒。从她来到这儿开始至少已经喝了三杯了，在酒吧的时候喝得更多，但她达到了那种罕见的、愉快的酒精平衡状态。她还没有醉到想吐或是头晕。她只是很开心地停留、漂浮在这个欢乐的时刻，在这间没有承载任何回忆的、拥挤的小公寓里，听着一个陌生男人爽朗的笑声。他们一直聊啊聊啊，声音越来越高、越来越急。在震惊和酒精的作用下，她把一切都告诉了他，而且她想着他就是个陌生人，他们很可能以后都不会再见面了。

他告诉她他可怕的离婚、警局的明争暗斗以及他为什么不适合当警察，他十分想念纽约，但在儿子长大成人之前却不能回去。她向他倾诉自己的悲痛、愤怒，她如何看着别人成双入对，自己却不认为再尝试一次有任何意义。因为那些人没有一个是真实、正派、开心的。一个也没有。

"好吧，魔鬼的代言人在此。"保罗放下酒杯说，"这些话都出自一个彻底断送了自己爱情的人之口。不过你结婚四年，对不对？"

"对。"

"我不想让你觉得我愤世嫉俗，但你不觉得你之所以认为你回忆里的一切那么完美，其中一个原因是因为他死了吗？戛然而止的东西总是让人觉得更完美，电影中那么多经典的死亡人物已经证明了这一点。"

"所以你是说，如果他还活着，我们也会像其他人一样吵架、彼此厌倦？"

"也不一定。但随着彼此越来越熟悉，育儿、工作的压力和日常生活的琐事肯定会让浪漫越来越少。"

"真是过来人的口气啊。"

"大概吧。"

"不过，不会那样的。"她坚定地摇摇头，屋子似乎有点旋转。

"你肯定也有对他感到厌倦的时候。每个人都会。比如他抱怨你老花钱，在床上放屁或是不盖牙膏盖。"

丽芙再次摇了摇头。"为什么每个人都这样？为什么每个人都要这么坚定地削弱我们拥有的东西？你知道吗？我们在一起就是很开心。我们不吵架，不会因为牙膏呀，放屁呀什么的吵架。我们就是喜欢对方，真的很喜欢对方。我们很……幸福。"她咬着嘴唇，扭头望着窗户，努力不让眼泪流下来。她今晚不会哭的，不哭。

屋子里一阵很长时间的沉默。同性恋，她想。

"那你们是幸运的。"他在她身后说道。

她转过身来，保罗·麦考夫迪正从瓶里倒出最后一点酒。

"幸运？"

"很多人都没这么走运，即使是四年。你应该心存感激。"

感激？他说的话让她觉得很有道理。

"对。"过了一会儿，她说，"对，我是应该感激。"

"其实，你们的故事让我看到了希望。"

她笑了笑。"很高兴听到你这么说。"

"我说的是实话。敬……他叫什么来着？"保罗举起酒杯。

"大卫。"

"敬大卫，敬这位好小伙。"

她笑了，笑得很灿烂、让人很意外。她注意到他微微惊讶的神情。"对，"她说，"敬大卫。"

保罗喝了一小口。"知道吗，这是我第一次邀请女孩来我家，然后还是为她丈夫干杯。"

之后又是熟悉的一幕：真心的笑容在她，这位不速之客的脸上绽开。

他转过来看着她。"知道吗，我今晚上一直想这么做。"他俯身靠过来，她还来不及发愣，他已经伸出一个大拇指，轻轻在她左眼下面擦了擦。"你的妆，"他把大拇指举得高高的，说道，"我不确定你知道。"

丽芙盯着他，突然有一股莫名的电流令她浑身一颤。她看着他有力、长着斑点的双手，他衣领贴在脖子上的样子，突然觉得大脑一片空白。她放下酒杯，俯身上前，他还没来得及说什么，她已经做了她现在唯一想做的事：把自己的唇贴在了他的唇上。身体的接触令她有一瞬间的震惊，但随后便感觉到他贴在她皮肤上的呼吸，他一只手抬起来摸着她的腰，回应着她的吻。他的唇柔软而温暖，有一丝酒的余味。她任自己融进他的身体里，她的呼吸变得急促，酒精和欲望，还有被拥抱的那种单纯的甜蜜让她感觉轻飘飘。哦，上帝啊，可是这个男人……她闭着眼睛，脑袋里嗡嗡直响，他的吻很温柔、很甜蜜。

突然他抽身退后。她愣了几秒钟才意识到，连忙也退后，和他只隔了几英寸的距离，一口气憋在胸前。

你是谁？

他直直地看着她的眼睛，眨了眨眼。"你知道……我真的觉得你很可爱，但在这种事情上我是有原则的。"

她觉得自己的嘴唇肿了。"你……有女朋友？"

"没有，我只是……"他一只手摸着头，紧紧咬着牙关说，"丽芙，你看上去不像是……"

"我喝醉了。"

"对，对，你是喝醉了。"

她叹了口气。"我以前喝完酒之后做爱很棒的。"

"你现在不能说话了。我真的在竭力保持自己的风度。"

她一屁股坐下，重新靠在沙发靠垫上。"真的，有些女人喝醉了之后很垃圾，但我不是。"

"丽芙——"

"你……很好吃。"

他的下巴上有胡楂，似乎在警告他们天马上要亮了。她想用手指摸摸那些胡楂，感受一下它们扎在皮肤上的感觉。她伸出一只手，他却躲开了。

"呃，我要走了，好了，对，我要走了。"他站起来做了个深呼吸，没有看她，"啊，我儿子的房间在那边。要是你想喝水什么的，那边有个水龙头。呃，里面是水。"

他拿起一本杂志又放下，又拿起一本最后还是放下了。"还有杂志。要是你想看书的话，有很多……"

不能就这样结束。她迫切地渴望拥有他，好像她的整个身体都在散发着这个讯息。可是现在，她也不能求他。她还能感觉到他的手留在她腰上的温度，他嘴唇的味道。他们互相盯着看了一会儿。*你难道感觉不到吗？不要走。*她默默向他祈祷着，*不要离开我。*

"晚安，丽芙。"他说。

他又盯着她看了一会儿，然后穿过过道走进自己的卧室，轻轻关上了身后的门。

四个小时后，丽芙在一间储藏室里醒来，身上盖着一床印有阿森纳①标志的羽绒被，头痛异常，必须伸出手去确认一下才知道自己没有被攻击。她眨眨眼，睡眼惺忪地看着对面墙上的日本动漫人物，脑袋里慢慢把昨晚的信息拼凑在一起。

包被偷了，她闭上眼睛，哦，不。

陌生的床，她没有钥匙。哦，天哪，她没有钥匙，没有钱。她想动一下，但脑袋一阵剧痛，差点叫出来。

这时她想起了那个男人。彼得？保罗？她回想起自己凌晨时走在偏僻的街道上，然后又想起自己侧着身子去吻他，而他礼貌地避开了。你……很好吃。（你尝起来……很棒。）"哦，不。"她轻声说，随即两手捂住眼睛，"哦，我没有……"

她坐起来挪到床边，发现右脚边有一个黄色的小塑料车。然后她听到门开了，隔壁有人在洗澡。丽芙一把抓起自己的鞋和外套，冲出公寓，跑到了嘈杂的阳光下。

---

① 阿森纳足球俱乐部（Arsenal Football Club），简称阿森纳队。

▶ 2

"感觉有点像是被入侵了。"CEO往后一站，只穿着衬衣的胳膊抱在胸前，拘谨地笑着说，"大家……大家是不是也这么觉得？"

"哦，是的。"她说。这样的回答并不意外。

在她周围，大约有15个少年正迅速穿过康纳齐证券的休息大厅，其中两个正在沿着玻璃墙的栏杆跳来跳去，另外一些人已经进了中央大厅，在笔直的走道边缘一边大笑，一边摇摇晃晃地走着、尖叫着，看到在大厅一角处的水池中平静地游来游去的大锦鲤时还朝下指了指。

"他们一直都是……这么吵吗？"CEO问。

站在丽芙旁边的青年工作者阿比奥拉说："对，我们通常给他们十分钟的时间来适应场地，然后你就会发现他们的速度快得出奇。"

"那……从来没有弄坏过什么东西？"

"一次也没有。"丽芙看着卡姆轻松地沿着一段木制浮雕扶手跑过去,在最边上跳起来踮起脚。"在我交给您我们曾去过的公司名单中，我们连一块地板砖都没动过。"她看到了他怀疑的神色。"您应该知道，普通英国儿童所住房屋的占地面积平均不到76平方米。"她点点头。"这些孩子很可能在更小的空间里长大。所以当他们被放在一个新的地方时，不可避免地会探索一番。不过您看着吧，周围的场地都会正常工作的。"

每个月，索伯格·候司顿建筑师协会下属的大卫·候司顿基金会都会组织贫困孩子参观一幢具有独特风格的建筑。大卫一直相信，青少年不仅应该知道自己周围的建筑环境，更应该置身于这一环境中。他一直希望他们能享受这个活动。她仍然记得第一次看到他跟一群来自白教堂区的孟加拉小孩讨论的情景。

　　"你们进来的时候这扇门告诉了你们什么？"他指着巨大的门框问。

　　"有钱。"一个小孩说。大家都笑起来。

　　"这……"大卫笑着说，"这正是它要向大家说明的。这是一家股票经纪公司，这扇门，还有这巨大的大理石门柱和烫金大字，就是在说：'把你的钱给我们吧，我们可以给你赚更多钱。'他们在用最夸张的方式说：'我们了解钱。'"

　　"所以，尼基尔，你们家的门只有三英尺高。"一个男孩捅了另一个男孩一下，两人都大笑起来。

　　但他成功了，那时候她就已经看出来他成功了。"他们应该看到，他们住的那些小屋子也可以是别的样子。"他说，"他们应该明白，他们的环境影响了他们的感受。"

　　他去世以后，在斯文的照顾下，丽芙代替了大卫，到处见公司主管，游说他们开展这项有意义的活动。这帮她度过了最初的几个月，让她觉得活在这个世上还有点意义。现在，这已经成了她每个月翘首以盼的事。

　　"小姐，我们能摸摸鱼吗？"

"不，恐怕不能摸。大家都到齐了吗？"她等着阿比奥拉点了一遍人。

"好，我们要开始了。我只希望你们乖乖地在这儿站十秒钟，告诉我这里给你们什么感觉。"

"平静。"笑声停止后，一个声音说道。

"为什么？"

"不知道，因为有水，还有那个瀑布的声音，让人觉得很平静。"

"还有什么东西让你们觉得平静？"

"天空，这里没有屋顶，对不对？"

"说得对。你觉得这个地方为什么没有屋顶？"

"因为他们没钱了。"又是一阵笑声。

"等你们出去，要做的第一件事情是什么？不，迪恩，不准说那个。"

"深呼吸，呼吸。"

"我们那儿的空气总是一股臭味，这里的空气可能是从过滤器之类的东西里抽出来的。"

"这里跟外面是相通的，他们没法过滤。"

"不过，我确实要呼吸，好好地深呼吸一下，我讨厌被关在小地方。我的卧室里没有窗户，所以我睡觉的时候都得开着门，不然就好像躺在棺材里一样。"

"我哥哥的房间里没有窗户，所以我妈妈就给他弄了一张带窗户的海报。"

他们开始比较各自的卧室。她喜欢这些孩子，却也为他们担忧。

这一点善举算不得什么。这让她有机会觉得大卫的人生似乎并没有终止，他的思想得到了延续。有时会冒出聪明的孩子——可以立刻抓住大卫想法的孩子——她就会试图用某种方式帮助他们，跟他们的老师聊聊，或是筹集奖学金，有几次她甚至见了他们的父母。大卫早期资助的一名学生现在正在攻读建筑学学位，他的学费由基金会承担。

但对于他们大多数人来说，这只是一扇窗户，让他们看到了一个截然不同的世界，有那么一两个小时可以在别人家的台阶、栏杆和大理石休息室里练习跑酷技巧，有个机会可以看看什么是真正的有钱人，尽管也要忍受那些被丽芙说服放他们进来的富人困惑的目光。

"几年前有人做了一项研究，这项研究表明，如果每个儿童的空间从 25 平方英尺减少到 15 平方英尺，他们就会变得更激进，更不愿与人互动。你们怎么想？"

卡姆正围着最后面的一根扶手旋转。"我只能跟弟弟住一间卧室，有一半的时间我都很想揍他，他总是把东西扔到我那边。"

"那什么样的地方会让你们觉得很好？这个地方你们觉得好吗？"

"这里让我觉得什么也不用担心。"

"我喜欢那些植物，那些大叶子的植物。"

"哦，伙计。我就坐在这儿看着那条鱼，这个地方很惬意。"

大家都嘟囔着表示同意。

"以后我可以抓一条，让妈妈炸点薯条喂给它吃，对不对？"

大家都大笑起来。丽芙看着阿比奥拉，自己也不由得哈哈大笑起来。

"一切顺利吗？"斯文从办公桌旁站起来迎接她。她亲亲他的面颊，坐在他对面的白色皮椅上。现在已经成了惯例，每次出去后她都会来索伯格·候司顿协会，喝杯咖啡，汇报一下情况。她总是比自己当初想的累。

"很好。我想康纳齐先生意识到他们不会潜入中庭的水池后，很受鼓舞，到处转着跟他们说话。我甚至认为可以说服他提供一些资助。"

"很好，真是个好消息。坐下，我去弄点咖啡。你怎么样？还有你那个病得很严重的亲戚？"

她茫然地看着他。

"你婶婶？"

她一下红到了脖子根。"哦，哦，对，还好，多谢。好多了。"

斯文递给她一杯咖啡，眼睛盯着她看了好一会儿。他坐下去的时候椅子轻轻响了一下。"你得原谅克里斯汀，她只是太激动了。我已经明确告诉她了，我觉得那个男人就是个蠢货。"

"哦。"她脸上的肌肉抽搐了一下，"有那么明显吗？"

"也就克里斯汀看不出来。她都不知道一般来说，埃博拉病通过手术是治不好的。"然后，丽芙抱怨了一声，他笑了。"别想那事了。罗杰·福尔兹就是个混蛋。要是没别的事，我很高兴看到你出来。"他摘下眼镜，"真的，你应该多出来走走。"

"好吧，嗯，我最近出来得比较多。"

她想起了跟保罗·麦考夫迪一起度过的那一夜，不由得脸红了。她发现打那之后，她总是不自觉地回忆、担心那天晚上发生的事，生怕一不小心表露了心迹。她怎么会有那样的表现？他是怎么看她的？还有那反复无常的颤抖，那个吻！尴尬让她感到有些发冷，却逐渐融化了残留在她嘴唇上的痕迹。她觉得自己某个遥远的部分好像又复活了，有点令人不安。

"那，戈德斯坦怎么样了？"

"很快就能搞定了。关于新建筑的规则我们还有一些问题，但基本上快解决了。不管怎样，戈德斯坦兄弟都很高兴。"

"你这儿有照片吗？"

完成戈德斯坦大楼一直是大卫的梦想：伦敦边缘的一个广场半圈是由巨大的有机玻璃结构围绕而成。他们结婚后有两年他一直在做这个项目，说服富有的戈德斯坦兄弟接受他的大胆设想，建一座与周围有棱有角的混凝土城堡截然不同的建筑，他死的时候也还在做这个项目。后来，斯文接管了设计蓝图，并在规划阶段全程监督，如今正在进行实体建设。这座建筑一直磨难重重，来自中国的材料运输过程被耽搁、玻璃不对、地基中伦敦黏土不足。但现在，终于还是严格按照原定计划建起来了，每一扇玻璃板都像巨蟒的鳞片一样闪闪发光。

斯文翻了翻桌上的文件，拿起一张照片递给她。她盯着那被蓝色广告牌环绕的巨大建筑，不知为何，却无法确定这就是大卫的作品了。"一定会很壮观的。"她只能笑笑。

"我想告诉你，他们同意在大厅里放一块牌匾来纪念他。"

"真的吗？"她的喉咙上下打着结。

"真的，杰瑞·戈德斯坦上周跟我说的，他们觉得应该以某种方式纪念一下大卫。他们很喜欢他。"

她平复了一下自己的情绪。"那真是……真是太好了。"

"我也这么觉得。开业的时候你会去吗？"

"我很乐意去。"

"很好，其他事情怎么样？"

她饮了一口咖啡。跟斯文讲述自己的生活总让她觉得有点不自在，好像她毫无章法的生活只会让人失望。"呃，我好像有了一个室友。这事……挺有趣的。我还在坚持跑步，工作有点惨淡。"

"多惨淡？"

她努力挤出一丝微笑。"可能还不如我进孟加拉人的血汗工厂挣得多。"

斯文低头看着自己的双手。"你……难道没有想过换点其他事情做做吗？"

"别的我还真不太会。"她早就知道结婚后辞掉工作跟着大卫到处流浪并不是最明智的举动。在她的朋友为事业拼搏，一天 12 个小时待在办公室里时，她只是跟着大卫到巴黎、悉尼、巴塞罗那。他不需要她工作，总是不在他身边的话似乎很愚蠢。后来她就一直没怎么好好工作过，很久都没有了。

"去年我不得不申请了房贷，现在我已经还不起了。"她像个忙悔的罪人一样，把最后一点也说完了。

但斯文似乎一点也不觉得意外。"你知道……如果你愿意把房子卖掉的话，我可以很容易帮你找到买家。"

"卖掉？"

"那房子太大了，而且……我不知道，你住在里面显得特别孤单，丽芙。对于大卫来说，这确实是一件伟大的处女作，是你们俩温馨的避风港，但你不觉得自己应该重新回到那种被各种东西包围的状态，回到一个热闹点的地方吗？比如诺丁山或克勒肯维尔中心一套舒适的公寓？"

"我不能把大卫的房子卖了。"

"为什么不能卖？"

"因为这样做不对。"

他没有说那些明摆着的事。他也不必说：他往椅子上靠靠，闭着嘴巴欲言又止的样子就已经说明一切了。

"好吧，"他俯身靠在办公桌上说，"我只是告诉你这个想法。"

"孩子们怎么样？"她突然问。而斯文，作为她多年的旧相识，顺着她改变了话题。

月会开到一半的时候，保罗才注意到米里亚姆——他和珍妮共同的秘书——正坐在两大箱文件，而不是椅子上。她坐得很别扭，两条腿扭在一起，试图让裙子保持在一个得体的长度，背后还靠着更多的箱子。

90 年代中期左右，被盗艺术品的返还成了一项大业务，"追踪与返还合伙公司"的人似乎都没有预料到这一点。因此，几年后，大家在珍妮日益拥挤的办公室里开会，胳膊肘蹭着一堆堆摇摇欲坠的文件夹，或是一箱箱传真和照片复印件。如果客户来的话，只能到楼下的咖啡店。

"米里亚姆？"保罗站起来，把自己的椅子递给她，但她拒绝了。

"我没事。"她说，"真的。"她一直点头，似乎在说服自己。

"你这属于 1996 年规定的未解决争端。"他说。他还想加一句：*我能看到你裙子再往上一半的地方。*

律师肖恩开始查看接下来的行程安排：去西班牙政府将一件委拉斯开兹的作品还给一位私人收藏家。保罗靠在椅子上，把笔放在记事本上。

珍妮在那里，可怜地笑着。她突然爆发出一阵笑声，眼角细细的皱纹中散发出淡淡的忧伤。

我喝完酒之后做爱很棒的。真的，我真的很棒。

他不愿承认，那天早上，当他从浴室出来，发现她已经走了时，是多么沮丧。儿子的羽绒已经拉平了，只是那个女孩待过的地方总让人觉得少了点什么。没有匆匆写下的字条，没有电话号码，什么也没有。

"她经常去吗？"那天晚上，他在电话中用随意的口气问格瑞格。

"不，以前从来没见过她。很抱歉就那样把她扔给你了，老兄。"

"没关系。"他说。他没有跟格瑞格说留意一下她会不会再来，冥冥中，他知道她不会再去了。

"保罗？"

他把思绪拉回到面前的 A4 纸上。"呃……正如你们所知道的，我们把诺维茨基家的画找回来了,这幅画正准备拍卖,显然——呃——会收获颇丰。"他无视珍妮警告的眼神，"本月，我参加了一个有关宝龙拍卖行的雕像收藏品的会议，为了追踪一件从埃尔郡一户显赫人家偷走的劳里的作品。还有……"他翻看着手中的文件说，"这幅一战期间被抢走、现在却出现在伦敦某个设计师家中的作品。考虑到这幅画的价值，不经历一场恶战我想他们是不会轻易放手的。不过这个案子很清楚，只要我们能证明它最初确实是被偷走的就行了。肖恩，你可以找找那些关于一战物品的司法先例，以防万一。"

肖恩迅速记了下来。

"除此之外，我上个月还接到一些其他的案子，现在正在跟进。也在跟一些保险公司讨论我们要不要看看一件新登记的纯艺术品。"

"又一件？"珍妮问。

"因为美术和古董部门的警力正在逐渐减少，"保罗说，"保险公司越来越紧张了。"

"但这对于我们来说可能是个好消息。斯塔布斯的事情处理得怎么样了？"

他敲着笔头说："陷入僵局了。"

"肖恩？"

"这个案子很棘手。我一直在查找之前的先例，但很可能要上法庭。"

珍妮点点头。这时保罗的手机响了，她抬头看了他一眼。"不好意思。"保罗费劲地从口袋里掏出手机说。他盯着屏幕上的名字，"实在不好意思，但这个电话我得去接一下。雪莉，嗨。"

　　他小心翼翼地跨过同事的腿走进自己的办公室，感觉到珍妮火辣辣的目光射在他背后。他进去关上门。"真的？……她的名字？丽芙。不，我就知道这些……就在那儿？你能给我描述一下吗？……对——听起来像是她。棕色头发，也可能是金色，披肩长发。扎着马尾？……手机、钱包，不知道还有没有别的。没有地址？……不，我不知道。当然——雪莉，我能去拿吗？"

　　他望着窗外。

　　"对，对，我知道。我只是意识到，我已经想到怎么还给她了。"

　　"你好？"

　　"是丽芙吗？"

　　"不是。"

　　他顿了一下。"呃……那丽芙在吗？"

　　"你是法警吗？"

　　"不是。"

　　"哦，她不在。"

　　"你知道她什么时候回来吗？"

　　"你确定你不是法警？"

　　"我当然不是法警。她的包在我这儿。"

"你是偷包贼？要是你想敲诈她的话，真对不起，你这是在浪费时间。"

"我不是偷包贼，也不是法警。我只是一个找到了她的包想还给她的人。"他拉了拉衣领。

很长一阵沉默。

"你是怎么找到这个电话的？"

"我手机上有，她借我的手机给家里打过电话。"

"你当时跟她在一起？"

他感觉到一丝兴奋，犹豫了一下，努力不让自己显得很急切。"为什么这么问？她提到我了？"

"没有。"水烧开的声音传来，"我就是多管闲事而已。听着，她现在正在进行每年一次的旅行，不在家。如果你四点钟左右过来的话，她应该就回来了。要是她没回来的话我就替她收了。"

"请问你是？"

一阵长长的、可疑的沉默。

"我是负责帮丽芙接收被偷的包的人。"

"好吧。那地址是哪里？"

"你不知道？"又是一阵沉默，"嗯，你听着，到奥德利街和派克斯巷交界的拐角处，会有人去那里接你——"

"我不是偷包贼。"

"你是这么说的。等你到了那儿再打电话。"他可以听到她在思考，"要是没人接，就把包交给后门纸箱堆里那个女人，她的名字叫弗兰。要是我们决定见你的话……说真的，我们有枪的。"

他还没来得及多说什么，那边电话已经挂了。他坐在自己的办公桌前，盯着手机。

珍妮没有敲门就直接走了进来。她这种做法让他开始觉得有点烦了，就好像她是想在他干什么事的时候逮他个正着。"勒菲弗那幅画，公开许可证发了吗？"

"没有，我还在查这幅画到底有没有展出过。"

"查到拥有者的地址了吗？"

"杂志上没有写，不过没关系，我会通过他的公司送过去。如果他是一名设计师的话，应该不难找，公司很有可能就是以他的名字命名的。"

"很好，我刚收到消息说委托人几星期后就会来伦敦，并且想跟我们见一面。如果到时候我们能找到一些线索的话就好了。你能给我个期限吗？"

"可以。"

尽管只有屏幕保护程序，他仍旧使劲盯着电脑屏幕，直到珍妮明白他的暗示后离开。

莫在家。她是一个奇怪的、不引人注目的存在，虽然她的头发和衣服都是黑漆漆的。有时丽芙六点钟突然醒来，会听到她走来走去，准备去养老院上早班。她发现这房子里有另一个人存在让她觉得有种莫名的安慰。

莫每天都做饭，要不就从餐厅带饭回来。她把饭菜用箔纸盖好放在冰箱里，在餐桌上写上各种小提示。"180度加热40分钟，意思是'打开烤箱'。""要是明天才弄完，它会从容器里爬出来杀了我们。"屋子里已经闻不到烟味了。丽芙怀疑莫现在会时不时地偷偷溜到露台上抽一根，不过她没有问。

她们在很多方面都达成了默契。丽芙还像之前一样，起床、去外面的混凝土人行道上跑步，脚下是咚咚的跑步声，脑袋里是各种嘈杂的声音。她给弗兰沏茶、吃吐司面包、坐在自己的办公桌前，尽量不为没有工作担心。但现在，她发现自己有点期待三点钟钥匙插进锁眼里的声音，那是莫回来了。莫没有主动提过付房租的事——她也不确定两人是不是愿意把这种安排正式定下来——但那天她听说丽芙的包被偷了之后，餐桌上就出现了一沓皱巴巴的钞票。"应急市政建设费，"旁边的纸条上写着，"不要因为这个觉得别扭。"

丽芙一点儿也不觉得别扭，因为她没有选择。

电话响的时候，她们正在一边喝茶，一边读一份伦敦的赠阅报纸。莫抬起头来，像只猎犬似的在空气中嗅了嗅，看了看表说："哦，我知道是谁打来的。"丽芙接着低头看报纸。"是那个找到你包的人。"

丽芙的杯子停在半空。"什么？"

"我忘了告诉你了，他之前打过电话，我告诉他在拐角那儿等着，我们会下去。"

"是个什么样的人？"

"不知道，我只是确认了一下他不是法警。"

"哦，天哪！包真的在他那儿？你觉得他会要报酬吗？"她在几个口袋里翻了翻，找到了4英镑的硬币和一些铜币，她把这些全拿出来放在面前。

"看起来不是很多，是不是？"

"就差以身相许了，这已经是你全部的家当了。"

"4英镑。"

丽芙紧紧攥着那点钱，两人一起朝电梯走去。莫一直在傻笑。

"怎么了？"

"我只是在想，要是我们把他的包偷来的话就太好玩了。你知道的，劫了他。女子抢劫犯。"她窃笑着，"我可是有前科的，有一次我从一家邮局偷了些粉笔。"

丽芙被吓到了。

"怎么了？"莫一脸忧郁地说，"那时我只有七岁。"

她们默默地站在那儿看着电梯到了底下。电梯门打开时，莫说："我们可以顺利逃跑，他都不知道你到底住在哪儿。"

"莫——"她开口道，一走出大门她就看到了拐角处的那个男人，他头发的颜色、一只手在头顶上摩挲的样子。她猛地回头，两个脸颊涨得通红。

"怎么了？你去哪儿？"

"我不能去那儿。"

"为什么？我都看到你的包了。他看上去还好啊，我觉得他不像是抢劫的。他穿着鞋呢，抢劫的都不穿鞋的。"

"你去帮我拿行吗？真的，我不能跟他说话。"

"为什么？"莫审视着她，"你的脸怎么那么红？"

"听着，我在他家过过夜。太尴尬了。"

"哦，天哪！你跟那个男的干那个事儿了？"

"我没有！"

"你有，"莫斜眼看着她，"要不就是你想有来着，你想有。你真是太堕落了。"

"莫……你能帮我把包拿过来吗，求你了？就跟他说我不在家。求你了行不行？"莫还没来得及多说，她已经跑回电梯那儿按下按钮准备回顶层了。她脑袋嗡嗡作响，到达玻璃房子后，她把额头靠在门上，听着自己怦怦的心跳声。

我已经32岁了，她对自己说。

身后的电梯门开了。

"哦，上帝啊，谢谢你，莫。我——"

保罗·麦考夫迪正站在她面前。

"莫去哪儿了？"她愚蠢地问道。

"那个是你的室友吗？她……挺有意思的。"

她说不出话来，舌头堵住了嘴巴，一只手抬起来摸着头——她这才想起来没洗头。

"不管怎样，"他说，"你好。"

"你好。"

他伸出一只手。"你的包。对不对？"

"真不敢相信你竟然找到了。"

"我最擅长找东西了。我的工作就是这个。"

"哦对，你之前当过警察。呃，谢谢你，真的。"

"也许你有兴趣知道，包是在一个垃圾桶里找到的，一起找到的还有另外两个包，是在高校图书馆外面。管理员发现了它们，把它们一起交了上来。恐怕你的卡和手机都已经没了……好消息是现金还在。"

"什么？"

"对，很神奇吧。两百英镑，我确认过了。"

她浑身一阵轻松，像是洗了个热水澡。"真的吗？他们竟然把现金留下了？我不明白。"

"我也不明白。我猜可能是他们打开你钱包的时候钱掉了出来。"

她接过包，到处翻了一下。两百英镑飘在包底下，还有她的梳子、那天早上读的平装书和一支口红。

"从来没听说过这种事。不过，这还是有用的，哈？又少了一件让你担心的事。"

他笑着说。他的笑容不是那种同情的，似乎在说"哦，你这个可怜的、曾想把我放倒的醉女人"式的笑容，而是真心地为她感到高兴。

她发现自己也冲他笑了笑。"这真是太……神奇了。"

"那我可以得到我的 4 英镑报酬吗？"她朝他眨眨眼。"是莫告诉我的。开玩笑的，真的。"他哈哈大笑起来，"不过……"他盯着自己的脚看了一会儿，"丽芙——你愿意出去走走吗？"见她没有立刻回答，他又加了句："不要紧张。我们不会喝醉的，也不会去同性恋酒吧。我们只是四处走走，拿好自己的钥匙，别让人把包偷了。"

"好。"她慢慢地说，她发现自己又笑了，"我愿意。"

乘着吱吱呀呀、晃晃悠悠的电梯下楼的过程中，保罗·麦考夫迪都吹着口哨。到楼下后，他从口袋里掏出自动取款机的收据，团成一个小球扔进了最近的垃圾桶里。

▶ 3

他们一起出去过四次。第一次是去吃比萨，她坚持只喝矿泉水，直到确定他真的没把她当酒鬼，才允许自己喝了一杯金汤力。那是她喝过的最好喝的金汤力。他走路送她回家，然后似乎要离开，有点尴尬的一瞬间后，他亲了亲她的脸颊，两人一起哈哈大笑起来，似乎都知道有点尴尬。她想也没想，俯身上前好好地亲了他一下，虽然很短，却很专注。这个吻暴露了她的一些想法，让她有点呼吸急促。他走进身后的电梯，门关上的时候脸上还挂着笑容。

她喜欢他。

第二次他们去看他弟弟推荐的一个乐队的现场演出，她觉得很差劲。二十分钟后，她意识到，他也觉得很差劲，这让她觉得很轻松。

当他问她想不想走的时候，发现两人的手已经牵在一起了，所以他们从拥挤的酒吧挤出来时没有走散。不知为何，他们俩一直手牵着手走到他的公寓。在公寓里，他们聊起各自的童年、喜欢的乐队、各种狗，还有可怕的倭瓜，然后就在沙发上接吻，直到她两腿有点发软。之后整整两天，她的下巴都是绯红的。

又过了一段时间，有一天中午吃饭时他打来电话，说正好路过附近一家咖啡馆，问她想不想出来仓促地喝杯咖啡。"你真的是路过吗？"在他们将咖啡和蛋糕时间在他合理的午餐时间内尽可能地延长后，她问。

"当然。"他说。随即，她开心地发现，他的耳朵红了。他看到她的神情，抬起一只手摸着左耳。"啊，伙计，我真是不会撒谎。"

第四次他们去了一家餐厅。布丁上来之前，她爸爸打来电话说卡洛琳又离开他了。他在电话里哭得很大声，真的把桌子那边的保罗吓了一大跳。"我得走了。"她拒绝了他的帮助。她还没做好让这两个男人见面的准备，更何况她爸爸很可能没穿裤子。

一个半小时后，她到了爸爸家，卡洛琳已经回来了。

"我忘了她今天晚上有写生课了。"他不好意思地说。

保罗没有试图更进一步。有时候，她怀疑是不是她讲大卫讲得太多、太过了，但后来又想他可能只是比较绅士而已。还有一些时候，她几乎有些愤慨地想，大卫就是她的一部分，如果保罗想跟她在一起的话，就必须接受这一点。她已经想象着就这个问题跟他谈了好几次，还吵了两回架。

她一醒来就想他，想他倾听时俯着身子的样子，似乎下定决心不错过她说的每一个字，想他两边太阳穴处过早变白的头发，还有他那湛蓝湛蓝的眼睛。她早就忘了一觉醒来想着一个人是什么感觉了，那种想跟他靠得更近一些的欲望让她觉得有点陌生却很温暖。他的体味会让她有点眩晕，让她心里痒痒的。有时中午的时候他会给她发个信息，然后她就想象着一个美国口音把它读出来。

她发现在保罗·麦考夫迪身上很难找到莫对男人的那些论断：肤浅低级、听天由命、自私自利、沉迷于色情的大懒虫。他很坦率，自然。所以，他不适合在纽约警察局的专业小组里往上爬，他说。"你爬得越高，本来黑白分明的东西就会变成灰色。"他现在为一家搜寻被窃珍宝的公司工作。关于这个他不愿多说，这更说明他天生谨慎。他唯一一次看上去有点动摇、言语迟疑的时候就是说到他儿子的时候。

"离婚，是件很糟糕的事。"他说，"我们都对自己说，孩子没事，这样总比两个不开心的人天天冲着对方大吼大叫强，但我们却从来都不敢问他真相。"

"真相？"

"他想要什么。因为我们知道答案，那个答案会让我们心碎。"他的目光飘向远处，过了几秒，他的脸上又露出了微笑，"不过，杰克很好。他真的很好，比我们俩小时候都好。"

她喜欢他身上的美国元素，这让他有点与众不同，跟大卫完全不一样。他天生温文尔雅，是那种会本能地为女士开门的人，而且他这么做并不是因为这样很有骑士范儿，而是因为他从来没想过有人要过去却不给她开门。他有一种隐约的威严：走在街上的时候大家甚至会给他让路，而他似乎根本没有察觉。

"哦，天哪，你真是太差劲了。"莫说。

"怎么了？我正要说呢，跟他在一起真的很开心，他看上去……"

莫哼哼着说："你这周就可以把他搞定了。"

这么久以来，丽芙从没有邀请他来自己和大卫的玻璃房子。莫觉察到了她的犹豫。"好吧，长发公主，如果你还要继续待在这座孤塔里，那就应该让这位难得的王子摸摸你的头发。"

"我不知道……"

"所以我一直在考虑，"莫说，"我们应该把屋里的东西挪一挪，让这里稍微改变一下，否则你会一直觉得大卫的房子被侵犯了。"

丽芙对此表示怀疑，不管家具怎么挪，那种感觉都会围绕着她。但她还是照搬。某个周二的下午莫下班后，他们把床搬到了卧室的另一边，靠着那面整栋建筑的脊梁一般、横穿过房子中间的墙。要是非得挑毛病的话，就是那里不是通常会放床的地方，但丽芙不得不承认，看到一切焕然一新，确实让人觉得神清气爽。

"现在，"莫抬头看着那幅《留下的女孩》说，"你得把这个挂到别的地方去。"

"不行，就挂那儿。"

"可是你说这是大卫买给你的，而且这意味着——"

"我不在乎！把她留在那儿，而且……"丽芙眯眼看着画框里那个女人，"我觉得要是挂在客厅里的话怪怪的。她太……亲昵了。"

"亲昵？"

"她很……性感，你不觉得吗？"

莫眯眼看着那幅画像。"我看不出来。个人意见，如果这是我的卧室的话，我会在那儿挂一台超大的平板电视。"

莫走了，丽芙一直盯着那幅画，只有这一次，她没有感觉到那种揪心的痛。她告诉过他她姓沃辛，那是她出嫁前的名字。你怎么想？她问那个女孩，到了该将生活继续下去的时候了吗？

丽芙盯着镜中的自己。已经三年没有男人看过她的身体了，大卫离开的这四年里，没有哪个男人曾在她清醒、介意的时候认真欣赏她的身体。她听从莫的建议，把身上的体毛尽可能地刮干净，仔细地洗了脸，吹了头发。她在内衣抽屉里扒拉了半天才找到一件低调、性感且没有因为时间太长而变灰的内衣。她没有简单粗暴地用剪刀把脚指甲和手指甲剪掉，而是全都涂上了指甲油。

大卫从来不关心这些东西，而且，大卫已经不在了。

她打开衣柜，在一堆黑灰色衣服中翻了又翻，里面全是不起眼的黑牛仔裤和套衫。她不得不承认，这样确实很功利。最后她终于选定了一条黑色的铅笔裙和一件 V 领套衫。她配了一双带蝴蝶结的红色鱼嘴高跟鞋，这双鞋买了之后她只穿着参加过一次婚礼，之后就再也没穿过。

"哇哦！瞧瞧！"莫站在门口，穿着外套，肩上背着一个帆布包，正准备去上班。

"是不是太过了？"她迟疑地伸出一只脚。

"你看上去棒极了。你没穿那条奶奶级的短裤吧，啊？"

丽芙吸了一口气。"没有，我没穿奶奶级的短裤，我也没有义务向整个区的人报告我现在选了什么内衣。"

"那就去吧，别想太多。我答应做的鸡给你留那儿了，冰箱里还有一个沙拉，再加点调料就行了。我今晚去拉尼奇那儿，所以别担心我会碍手碍脚的。这里是你们的了。"她意味深长地朝丽芙笑笑，随即便朝楼梯走去。

丽芙又转过身去看看镜子。镜子里，一个穿着裙子、浓妆艳抹的女人回望着她。她在屋里四处走了走，因为鞋子穿着不习惯，她走得有点不稳，她努力想搞明白为什么自己心里会这么不平衡。裙子非常合身，得益于经常跑步的习惯她的双腿有着迷人的线条，像是刻出来的。鞋子的颜色跟衣服形成了恰到好处的撞色，内衣漂亮而不放荡。她抱着两只胳膊坐在床边。还有一个小时他就要敲门了。

她抬头看看那幅《留下的女孩》。我想知道你怎么看，她默默地对画中的女孩说。

只有这一次，她没从那笑容中看出任何回应。画中女孩似乎在嘲笑她。

她似乎在说：没门。

丽芙闭上眼睛待了一会儿。然后，她踢掉鞋子，拿起手机给保罗发了一条信息。

计划有变。要是我们换个地方喝一杯，你会介意吗？

"这么……讨厌做饭？如果是那样的话我可以带外卖过去。"

保罗靠在椅子上，目光迅速掠过一群尖叫的上班族，从他们醉醺醺地互相调情的样子就可以看出，他们已经在这儿待了整整一下午了。他觉得他们很好笑，那些东倒西歪的女人，还有那个坐在角落里打盹的会计员。

"我……只是需要离开房子。"

"哦，对，在家工作的事情哈，我忘了这会让你抓狂了。我弟弟刚搬来这里的时候，有好几个星期一直都蹲在我家里写求职信。以前我一下班回家，他能拉着我滔滔不绝地说上一个小时。"

"你们俩一起从美国过来的？"

"他是在我离婚后跑来安慰我的，我那会儿状况有点糟糕，后来他就留下来了。"保罗是十年前来英国的。他的英国妻子一直很痛苦、很想家，特别是杰克小的时候，于是为了让她开心起来，他离开了纽约警察局，来到了英国。

"等我们到了这儿才发现，有问题的不是在什么地方，而是我们。嘿，瞧，'蓝西服男人'要对那个头发很漂亮的女孩有所行动了。"

丽芙抿了一口酒。"那头发不是真的。"

他眯着眼睛看了看。"什么，你开玩笑吧？那是假发？"

"接的，能看出来。"

"我看不出来。现在你要告诉我那胸也是假的，对不对？"

"不，这个是真的。她穿的是超宽文胸。"

"超宽文胸？"

"普通文胸太小了，会让她看起来像是有四个乳房。"

保罗笑得忍不住咳嗽起来。她也朝他笑笑，似乎有些勉强。她今晚一直有点不对劲，感觉反应老是慢半拍。

他好不容易控制住自己。"你看他们会怎么样？"他努力让她放松，"那超宽文胸女孩会喜欢这个吗？"

"或许她还得再喝一杯。我还不十分肯定她真的喜欢他。"

"对，她跟他说话的时候一直在看他身后。我想她是喜欢那个穿灰鞋子的。"

"没有女人喜欢那种鞋子的，相信我。"

保罗挑挑眉毛，放下酒杯。"你看到了，这就是为什么男人觉得分解分子和入侵其他国家比猜女人想什么容易多了。"

"噗，如果你走运的话，哪天我让你偷偷看看指导手册。"他看着她，她脸一红，觉得自己可能说得太多了，两人之间突然有种莫名的尴尬。她盯着自己的酒杯。"你想念纽约吗？"

"我喜欢偶尔回去。现在我回去的时候，他们都嘲笑我的口音。"

她似乎只听进去一半。

"你不用表现得这么担心。"他说，"我在这儿很开心，真的。"

"哦，不是，对不起。我不是那个意思……"她话到嘴边又停住了，之后便是一阵长时间的沉默。后来，她抬头看着他又开始说，一根手指摸着酒杯的边缘。"保罗……我本来想让你今晚跟我回家的。

我本来想我们俩可以……但是我……我却……太快了。我做不到，我真的做不到，所以我才取消了晚餐。"这些话落在空气中，红色在她的脸上晕染开，一直延伸到了头发根。

他张了张嘴，想要说什么，最终却还是闭上了。他俯身过来，小声说："说句'我不饿'就好了。"

她瞪大了眼睛，然后有些丧气地往桌子上一趴。"哦，天哪！我真是个糟糕的约会对象，对吧？"

"或许只是有点太过诚实了。"

她抱怨了一声。"对不起，我不知道我这么……"

他俯下身子，轻轻碰了碰她的手。他不想让她再这么紧张。"丽芙，"他平静地说，"我喜欢你，我觉得你很棒，不过我完全明白，你在你自己的空间里待得太久了。我不是……我没有……"他一时语塞。现在谈这些似乎有点太快了，更糟糕的是，他下意识地感到失望。"啊，该死，你想来个比萨吗？我快饿死了。我们吃点东西，换个地方接着彼此尴尬吧。"

他可以感觉到她的膝盖靠在他的膝盖上。

"知道吗，其实我真的在家里准备了吃的。"

他哈哈大笑起来，突然又停住了。"好吧，呃，现在我也不知道该说什么了。"

"就说'那真是太好了'，然后你可以再加一句'现在请你闭嘴，丽芙，不要让事情变得更复杂了'。"

"好吧，那真是太好了。"保罗说。他帮她拿起外套，她身子一缩，穿上外套，两人一起走出了酒吧。

这次他们一起走的时候并没有一声不吭，两人之间似乎有什么东西放开了，或许是因为他的话，或许是她突然觉得放松了。他们在人流中来回穿梭，呼吸急促地挤进一辆出租车，他坐在后座上，伸出一只胳膊扶她进来，她依偎在他怀里，呼吸着他身上干净的男人味，突然降临的好运让她感觉有点眩晕。

秋天快到了，空气凉爽，他们匆匆跑进闷热的休息厅里寻求温暖。她现在觉得自己有点傻。不知为何，她可以看出，在过去的四十八个小时里，保罗·麦考夫迪已经不是一个人，而是变成了一种意念，变成了她继续生活的象征。这样全新的东西让她觉得压力很大。

她听到莫的声音在耳朵里响起：哇哦，太太，你想太多了。

之后，随着保罗使劲把身后的电梯门关上，两人陷入沉默。电梯像往常一样，咔哒咔哒地响着，灯光忽明忽暗。电梯经过一楼，他们可以听到远处有人爬楼梯的回声，还有另一栋楼几个酒吧里拉大提琴的声音。

在封闭的空间里，丽芙更加敏锐地感觉到他的存在、他浓浓的柑橘味须后水的香味和他搭在她肩膀上的胳膊的重量。她低下头，突然好希望自己没有换回这条过时的裙子和这双平底鞋，好希望自己脚上穿的是那双有蝴蝶结的红色鞋子。

她抬起头来，发现他正在看着她。他没有笑，而是伸出一只手让她抓住，把她从电梯那边往这边慢慢拉过来两步，低下头看着她。两人之间只隔着几英寸，但他没有吻她。

他蓝色的眼睛在她脸上细细打量着：眼睛、睫毛、眉毛、嘴唇，直到她感到一种被看穿的诡异。她能感觉到他的呼吸贴着她的皮肤，两个人的嘴靠得那么近，她一踮脚就能轻轻地咬到他。

但他还是没有吻她。

欲望让她开始颤抖。

"我没有办法不想你。"他喃喃地说。

"很好。"

他用鼻子抵着她的鼻子，两人的鼻尖碰在一起，她能感觉到他的重量朝她压过来。她觉得自己的腿开始发抖了。"嗯，很好，我的意思是，我吓了一跳，不过是受宠若惊，我……我觉得我……"

"别说话。"他喃喃着。她感到他的话语摩擦着她的嘴唇，他的指尖从她脖子一边划过，她说不出话来了。

然后他们就吻在一起，到了顶层。他费劲地打开电梯门，两人磕磕绊绊地走出去。因为身子仍然贴在一起，所以只能螺旋似的转着走。她一只手伸到他衬衫里摸着他的背，吸收着他皮肤的温度，另一只手伸到身后，摸索着开了门。

两人摔进屋里。她没有开灯，踉踉跄跄地向后退着，他覆在她嘴上的唇，搂在她腰上的手让她迷乱，她的双腿已经发软了。原来她是如此渴望拥有他。她撞在墙上，听见他小声骂着。

"这儿，"她小声说，"现在。"

他紧贴着她的身体变硬了。他们进了厨房，一轮明月悬挂在天窗上，在屋里洒下一片冰冷的蓝光。有什么危险的东西进入了这个房间，是一种黑暗、鲜活而美味的东西。她稍稍犹豫了一下，就把套衫从头上脱了下来。她变回了她所熟悉的、很久之前的那个自己，那个无所畏惧、贪婪的自己。她抬起手来，紧紧盯着他的眼睛，解开了衬衣扣子。一颗、两颗、三颗，扣子一颗颗地解开，衬衫从她肩上滑下，她腰部以上的部分都露了出来，冰冷的空气让她裸露的皮肤一紧。他的眼睛自上而下打量着她的身体，她不由得呼吸加速。

一切都静止了。

屋子里一片寂静，只能听到两人的呼吸声。丽芙觉得自己完全被迷住了。她俯身向前，就在这短暂的一瞬间，产生了一种强烈、美好的东西，他们又吻在了一起。她觉得为了完成这个吻她已经等待了好多年，这个吻一直在她脑子里，没有画上句号。她闻着他须后水的香味，大脑里嗡嗡转着，一片空白，忘了他们身处何方。他轻轻地抽出身来，看着她笑。

"怎么了？"她目光呆滞，呼吸急促。

"你……"他不知道该怎么说了。她脸上浮现出一个灿烂的笑容，然后笑着吻了他，直到自己迷失、晕眩，直到耳朵里渗出各种理由，她只能听到一个声音越来越大、越来越坚定，那是她的渴望。此时，此刻。他的胳膊紧紧抱住她，嘴唇吻着她的锁骨。她伸手去抓他，呼吸声变成了低低的吼叫，她的心跳越来越快，身体越来越敏感，当他的手指在她皮肤上划过时，颤抖止不住地袭来。他从头上扒下衬衫，笨拙地把她放到工作台上，她用两条腿缠住他。他弯下腰，把她的衬衫拉到腰部，她弓起身子往后退了退，皮肤贴到冰冷的花岗岩上，抬起头来凝望着玻璃屋顶，两只手交缠在他的头发里。她周围的百叶窗是开着的，玻璃墙成了一扇通往夜空的窗户。她抬头看着这一片被刺破的黑暗，用她尚可以思考的某一部分几乎有些得意地想：*我还活着。*

然后她闭上眼睛，干脆什么也不想了。

他低沉的声音从她身上传过来。"丽芙？"

他抱着她，她能听到自己的呼吸声。

"丽芙？"

她不由得又是一抖。

"你还好吗？对不起，呃，这个……时间真的太长了。"

他用胳膊紧紧抱着她，无声地回应着。又是一阵沉默。

"你冷吗？"

她调整了一下呼吸才回答："快冻死了。"

他把她抱下来，伸手从地上拿起自己的衬衫，慢慢裹在她身上。他们在近乎一片漆黑中互相凝视着。

"呃……那个……"她想开个玩笑，说点什么显得自己没那么在乎的话，但她说不出来。她害怕放他走，好像只有他才能带她重新回到真实的生活。

真实的世界逐渐逼近。她能听到楼下的汽车声，感觉到光着的脚下踩着的冰冷大理石地砖，不知为何总觉得楼下的声音太吵了。她好像丢了一只鞋。"我想我们忘了关前门了。"她望着走廊那头说。

"呃……忘了那扇门吧。你知道你家屋顶没了吗？"

她抬头看了看。她不记得屋顶是什么时候打开的，肯定是两人跌进厨房的时候她不小心碰到了开关。秋天的空气在他们周围落下来，她裸露的皮肤上起了一层鸡皮疙瘩，就好像这皮肤也是刚刚意识到发生了什么。莫的黑色帽子搭在一把椅子背上，像是栖息的秃鹰张开了翅膀。

"等一下。"她说着走到厨房那边按下按钮，听着屋顶嗖嗖地关上。保罗抬头看看那扇巨型天窗，又回过头来看看她，然后慢慢地转了 360 度，同时眨着眼睛适应暗下来的灯光，打量着周围。"哦，这个……这跟我想的不一样。"

"为什么这么说？你想的是什么样？"

"不知道……你那个市政建设费的事……"他又抬头看看打开的天花板，"我以为会是个乱七八糟的小地方，就像我家那样的，但这个……"

"这是大卫的房子，他造的。"

他脸上的表情闪烁了一下。

"哦，我是不是说了不该说的？"

"没有。"保罗打量着四周，看看客厅，鼓着腮帮子说，"你有这个权利，他……呃……听上去是个很不错的家伙。"

丽芙给两人各倒了一杯水，穿衣服的时候努力不让自己觉得害羞。他们互相看看对方，半笑着，穿上衣服之后又突然觉得不好意思了。

"那……现在怎么办？要给你留点空间吗？"他又加了一句，"我必须得提醒你……如果你想赶我走的话，得等我的腿不抖了才行。"

她看着保罗·麦考夫迪，看着他的身形，他早就渗入到她的每一块骨头里。她不想让他走。她想躺在他身边，被他抱在怀里，头靠在他的胸膛上。她希望早上一醒来不会有一种可怕的冲动，想要逃离的冲动。是该珍惜眼前人了，她不只是被大卫留下的女孩。

她没有开灯，而是伸出手去抓住保罗的手，带着他穿过黑暗的房子，一直上楼进了自己的房间。

他们打了个盹。那几个小时在一种极其灿烂、朦胧的气氛中度过，他们的四肢纠缠在一起，耳畔是喃喃的低语。她早就忘了被另一个身体裹住、无法挣脱是一种怎样的快乐。她觉得自己好像重新充满了电，似乎在飘渺的宇宙中又找到了一个新的位置。

早上六点，黎明清冷的曙光开始照进屋里。

"这个地方真是太神奇了。"他望着窗外，嘟囔着说。他们的腿还缠在一起，她身上全是他的吻痕。丽芙快乐得快要飘起了，就像嗑了药后的眩晕。

"确实。不过，我其实住不起这里。"半明半暗中，她偷偷瞧着他，"我的生活有点乱，我是说财务上，有人跟我说我应该把这个房子卖了。"

"但你不想卖。"

"那样感觉……像是背叛。"

"哦，我明白你为什么不想走。"他说，"这里太美了，而且很安静。"他又抬起头来，"哇哦，只要你乐意，随时都可以把屋顶收起来，单这一点……"她扭着身子从他怀里退出来一点，这样就可以转身看着长长的窗户，她的头枕着他的臂弯。"有时候，我喜欢早上看着那些游艇一直朝塔桥开去。瞧，如果光线够好的话，河水就会变成金色。"

"一条金色的河流，哈。"

两人同时陷入了沉默，在他们看向外面的时候，房间里逐渐清晰起来。她看着下面的河逐渐亮起来，就像一条牵引着她走向未来的线。这样可以吗？她问，我可以再次这样幸福快乐吗？

保罗很安静。

她怀疑他是不是又迷迷糊糊地睡着了，但当她转过身来时，发现他正看着床对面的墙，盯着那幅《留下的女孩》，因为现在天亮了，所以能看清楚了。她转过去侧身躺下看着他。他目不转睛地看着，虽然光线越来越强，但他的眼睛却始终没有离开那幅画。他看到她了，她想，她觉得要是有人能给她一刀的话，可能会很痛快。

"你喜欢她？"

他似乎没有听到。

她又钻进他怀里，脸靠在他肩膀上。"再过几分钟，你就能把它的颜色看得更清楚了。这幅画的名字叫《留下的女孩》，或者说至少我们……我……认为是这样。画框后面写着的。它是……这个房子里我最喜欢的东西。其实，它是这个世界上我最喜欢的东西。"她顿了一下，"是我们度蜜月的时候大卫送给我的。"

保罗沉默着。她用一只手划过他的胳膊。"我知道这么说好像很傻，但他死了之后，我不想成为任何东西的一部分。我一连好几个星期地坐在这里，我……我不想见任何人。即使是最糟糕的日子里，她脸上的表情也总有种……我说不上来，她的脸是我唯一敢看的。她好像在提醒我，熬过去。"她长长地舒了一口气，"后来你出现了，我突然意识到，其实她是在提醒我另外一些事，提醒我，我过去是个怎样的女孩。她提醒我，有个女孩总是无忧无虑，知道怎么享受生活，我想重新做回那个女孩。"

他还是一声不吭。

她说了很多话，她只想让保罗低头看看她，再次感受到他的重量压在她身上。

但他没有说话。她等了一会儿，为了打破沉默，又说道："我想这可能听上去很傻……如此迷恋一幅画……"

他转过脸来的时候，表情很奇怪：紧张而又扭曲。即使是在光线不那么亮的情况下她依然看得很清楚。他吞了吞口水。"丽芙……你结婚后姓什么来着？"

她眨眨眼。"候司顿，怎么了……"她不明白这是怎么了，她不想让他再看那幅画。她突然意识到，那种轻松的气氛已经荡然无存，取而代之的是一种奇怪的感觉。

他一只手举到头上。"呃……丽芙，要是我现在离开的话你会介意吗？我……我有点工作上的事情要处理。"

丽芙突然觉得有点喘不过气来，过了一会儿她才能开口说话，而在她开口时，她的声音特别尖，完全不像她。"早上六点钟？"

"嗯，对不起。"

"哦，"她眨眨眼，"哦，好吧。"

他开始起床穿衣服。她茫然地看着他拽过裤子匆匆穿上，迅速地套上衬衫。穿好衣服后，他转过身来，犹豫了一下，俯下身子在她脸上落下一个吻。她不自觉地把被子拉到了下巴底下。

"你确定不要吃早饭吗？"

"不吃了，对……对不起。"他没有笑。

"哦。"

他走得不够快，一种耻辱感已经开始偷偷涌上她的心头，就像一剂毒药在她的血液里沸腾。他根本不敢直视她的眼睛，还像赶苍蝇似的摇摇头。"呃……听着，我……我会给你打电话的。"

"好。"她努力让自己的声音显得轻快，"怎么样都行。"

他身后的门关上的一刹那，她往前倾了倾身子说："希望你工作一切……"

丽芙难以置信地盯着他刚才躺过的地方，她伪装的欢快话语在寂静的房间里回响。保罗·麦考夫迪在她心里打开了一个地方，然后注入一洞空虚。

Chapter 6
大卫留下的那个女孩

— · —————— · —

　　丽芙怎么也没想到，那个几乎让她以为终于可以开始新生活的男人，竟将她引入了另一种绝境。

　　原来，那种久违的快感、安全感，全是错觉。

　　现在他就坐在她对面，目的是要抢走她最珍贵的礼物。

▶ *1*

办公室里空无一人。头顶的旧日光灯吱吱啦啦地亮了，他从门口钻进去，径直朝自己的工位走去，一进去就把桌上的一堆堆文件和文件夹翻了个遍，文件掉到地上也不管，直到找到了自己要找的东西。然后他打开台灯，把那份影印文件放在面前，用手掌抚平。

"希望我是错的。"他嘟囔着说，"就让我错一回吧。"

玻璃房子的墙壁只能看到一部分，因为画像被放大到占满了整页纸，但那幅画肯定是《留下的女孩》没错。在她右边，是丽芙给他看过的从地板到天花板的大窗户，窗户的视角一直延伸到蒂尔伯里。

他仔细看了一下文字介绍。

此房间为候司顿设计，住在这里，每天会被清晨的阳光叫醒。"起初我准备安装一个针对夏日光照时长的筛选系统，"他说，"但实际上当你自然醒时，你会发现并没有那么累，所以那套系统我根本就没装。"

主卧室旁边是日式风格的。

文章到这里就被影音图像截断了。保罗盯着文件看了一会儿，然后打开电脑，输入"大卫·候司顿"开始搜索。他一边用手指头敲打着桌子，一边等页面加载。

　　昨日举行了纪念现代主义设计师大卫·候司顿的活动，38岁的大卫·候司顿在里斯本突然去世。最初的报道指出，大卫是死于突发的心脏衰竭。当地警方也不认为他的死有何可疑之处。

　　他结婚四年的妻子奥利维亚·候司顿，现年28岁，当时与他在一起，现在家人正在安慰她。里斯本英国领事馆的一位官员呼吁，希望能让他的家人私下哀悼。

　　候司顿的死令他蒸蒸日上的事业戛然而止，他以对玻璃的创造性使用而闻名。昨日，设计师同行排队哀悼这位……

　　保罗慢慢地坐进椅子里，翻看着剩下的文件，又读了一遍勒菲弗家律师的来信。

　　一个很清楚的案子。考虑到当时的环境，不太可能被认为已过诉讼时效……1917年左右从佩罗讷的一家旅馆中被盗，就在画家的妻子被占领此地的德国军队抓走后不久……

　　我们希望TARP能就这个案子尽快给我们一个令人满意的结果。我们会对现在的拥有者做出一些补偿，但肯定不会高于拍卖价。

　　他敢打赌，她肯定不知道这幅画是谁画的。他想起她的声音，带着羞涩和一种奇怪的主权意识："它是这个房子里我最喜欢的东西。其实，它是这个世界上我最喜欢的东西。"

　　保罗把头埋进手里，又在那儿坐了一会儿。

阳光从伦敦东部的平原上升起，在卧室里洒下一层淡淡的金光，白色的墙面映上一层淡淡的光。换作往常，丽芙可能会抱怨一声，紧紧闭上眼睛，把头埋进被子里，但现在，大早上的，她一动不动地躺在巨大的床上，脖子后面垫着一个大枕头，眼睛直直地、茫然地盯着外面的天空。

　　她一直都会错意了。

　　她眼前浮现着他的脸，耳朵里是他小心翼翼地、有礼貌地拒绝她。*要是我现在走的话你会介意吗？*

　　她已经在床上躺了快两个小时，她手里拿着手机，不知道该不该给他发个短信。

　　我们还好吗？你突然间好像……

　　如果我谈论大卫太多的话，对不起。我总是忘记不是每一个人……

　　昨天晚上能见到你真的很好，希望你工作顺利。要是你星期天有空的话，我想……

　　我哪里做错了？

　　她一条也没发出去。她小心翼翼地、一遍又一遍地回想所有的对话，每一个短语、每一个句子都不放过，像是筛选骨头的考古学家一样。是不是他改变主意了？她是不是做了什么？她做爱的时候是不是有什么小毛病，自己却不知道？是因为在玻璃房子里吗？这个房子里虽然已经没有大卫的任何东西，但还是太有大卫的风格了，就好像每一面墙上都是他的签名？每次想到这些可能失策的地方，她就焦虑地胃疼。

我喜欢他，她想，我真的很喜欢他。

最后，她知道自己肯定睡不着了，就爬下床下楼去了厨房。她的眼睛因为疲惫肿了起来，身体被掏空了般。她煮了咖啡，坐在餐桌上吹凉，这时前门开了。

"忘了拿门禁卡了，这回没卡进不去养老院了。不好意思……我本来想偷偷溜进来，不想打扰你们的。"莫停下来瞄着丽芙身后，似乎在找什么人，"呃……怎么样？你搞定他了吗？"

"他回家了。"

莫把手伸到柜子里，摸索着找到自己的门禁卡装进口袋。

"你知道，你必须跨过这道坎。四年太长了，没有——"

"我不想让他走的，"丽芙吞了吞口水，"他突然就说要走。"

莫哈哈大笑起来，又突然停住了，因为她意识到丽芙是认真的。

"他真的从卧室里跑了。"就算自己听起来很可怜她也不在乎，她觉得自己已经糟糕得不能再糟糕了。

"在你跟他上床之前还是之后？"

丽芙喝了一小口咖啡。"你猜。"

"哎哟，要不要那么差劲啊？"

"不是，我们感觉很好。好吧，我感觉很好。不过我得承认，我很久没经验了。"

莫盯着她打量了一番，似乎在寻找什么线索。"你把大卫的照片都收起来了吗？"

"当然。"

"那你有没有做一些扫兴的事，比如，在关键时刻喊出大卫的名字？"

"没有。"她想起了保罗抱着她的样子，"我跟他说，他改变了我对自己的看法。"

莫悲痛地摇了摇头。"啊，丽芙，你输了。你遇到了一个'有毒的单身汉'。"

"什么？"

"他是男人的楷模。他坦诚、体贴、对你上心。他一直表现得很强大，直到他意识到你也喜欢他，然后就开始逃跑。他是那些可怜的脆弱的女人，也就是像你这样的女人的克星。"莫皱了皱眉，"不过，你还真是让我惊讶。说实话，我本不觉得他是那种人。"

丽芙低头看看自己的杯子，然后略带一丝防御地说："我确实说了一些关于大卫的话，就是给他看那幅画的时候。"

莫瞪大了眼睛，然后仰头看天。

"好吧，我以为我对他可以完全地坦诚。他知道我的情况，我以为没关系的。"丽芙能听到自己怒气冲冲的声音，"他亲口说过，自己不介意的。"

莫站起来朝烤箱走去，伸手拿了一片面包出来，折成两半咬了一口。"丽芙，你不能对男人太坦诚。没有哪个男人愿意听女人称赞前任，即使他已经死了。"

"我没办法假装大卫已经成了我生命里的过去式。"

"是，但他也没必要成为你现在的全部。"见丽芙盯着她，莫又说，"说实话吗？你好像陷入了一个怪圈，我的感觉是，就算你没有说他，肯定也在想怎么说起他。"

这话放在几周前，丽芙可能会承认，但现在不一样了。丽芙想要继续前进。她本来想跟保罗一起继续前进的。莫名地落空，特别的尴尬。"呃，其实并不重要，不是吗？我搞砸了。我想他不会回来了。"她喝了一口咖啡，咖啡把她的舌头烫疼了，"我太蠢了，根本就不该抱什么希望。"

莫一只手放在她肩膀上。"男人都很奇怪。我不是说你的生活还不够糟……该死！要迟到了。听着，你赶紧出去跟以前一样疯狂地跑个步。我三点钟回来，然后我会打电话去餐厅说我病了，我们可以一块抱怨抱怨，想想怎么用中世纪的方法来惩罚那些自以为很聪明、摇摆不定的男人。我楼上有一些雕塑用的黏土，那是我用来做巫毒娃娃的。你能准备一些小牙签吗？或者竹签子也成？我都用完了。"

莫一把抓起备用钥匙，拿着折成两半的面包，不等丽芙回答就出了门。

过去五年中，TARP 成功地帮失主或他们的后人找回了 240 多件作品。保罗听到了很多战争期间发生的残酷故事，那些故事比他在纽约警察局工作时遇到的任何事情都可怕。这些故事在一遍遍的回忆和讲述中，变得越来越清晰，好像它们不曾经历岁月，就发生在昨天。他看到苦难像一种宝贵的基因代代相传，赫然写在那些存活下来的人脸上。

听了那么多关于战争和背叛，死亡和离别的故事，知道有些人时至今日仍然每天遭受着不公正的待遇，保罗一直都很乐意能给他们些许安慰和补偿。只是这次，他遇到了前所未有的麻烦。

"该死，"格瑞格说，"真是太麻烦了。"

他和格瑞格一起出来遛狗，是两只很活泼的小狗。那天早上出奇地冷，保罗真希望自己再多穿一件套衫。

"我真不敢相信，那幅画就直勾勾地盯着我的脸。"

"你怎么说的？"

保罗把围巾拉起来围住脖子。"我什么也没说，我想不出该说什么。我就……直接走了。"

"你跑了？"

"我需要时间好好想想这件事。"

小海盗，格瑞格的两条狗中比较小的那条，像个导弹似的冲过树丛。两个人停下来等着，想看看它的最终目标到底是什么。

"千万别是一只猫，千万别是一只猫。哦，还好，是金杰。"远处，小海盗欢快地扑向一条史宾格犬，两只狗急躁地在草坪上互相追赶，圈子越跑越大。"这是什么时候的事？昨晚？"

"已经过去两个晚上了。我知道我应该给她打电话，但我就是不知道该说什么。"

"我觉得'把你那幅该死的画给我'肯定不是最好的台词。"格瑞格把大一点的那条狗喊到脚边，一只手抬到眉毛那儿，想看看小海盗在干吗，"老兄，我觉得你必须得接受现实，命运把这次特别的约会彻底搞砸了。"

保罗使劲把两只手插进口袋里。"我喜欢她。"

格瑞格瞥了他一眼。"什么？你是真的喜欢她？"

"对，她……她让我刻骨铭心。"

弟弟打量着他的脸。"好吧，真是越来越有趣了……小海盗，过来！哦，伙计，那条维希拉猎犬过来了。我讨厌那条狗。你跟你老板说过这事了吗？"

"当然没有，虽然珍妮肯定很想跟我聊聊其他女人。我只是跟我们公司的律师确认了一下案子的情况，他好像觉得我们肯定会赢。"这类案子没有丧失诉讼时效一说，律师说这话的时候头都没怎么抬。

"那你打算怎么做？"格瑞格给狗拴好缰绳，站在那儿等着。

"我做不了什么。那幅画必须回到它合法的主人那里去。我不确定她能不能接受。"

"她可能没事，你又不知道。"格瑞格大步跨过草坪，朝正在跑来跑去、狂叫的小海盗走去，"嘿，要是她破产了，其中又牵扯到一大笔钱的话，或许你可以帮帮她。"他开始跑起来，最后几句话从他肩上飘散在微风中，"而且她可能对你也是同样的感觉，其他的一切她根本就不在乎。你必须记住，老兄，归根结底，那只是一幅画而已。"

保罗望着弟弟的背影想，那从来都不只是一幅画。

那个周末特别长，沉默更加让人不自在。莫回来又走了。她对保罗的新评价是："'离了婚的有毒单身汉'，所有单身汉中最糟糕的那种。"她给丽芙做了一个他的小泥人，并催她往上扎东西。

丽芙不得不承认，那个小保罗的头发非常逼真。"你觉得这样他会肚子疼？"

"我不确定，不过这样确实可以让你好受一点。"

丽芙拿起一根牙签，轻轻地在小保罗肚子上画了颗纽扣，但一种罪恶感促使她马上用大拇指抹平。她还不能完全把这个小泥人跟她认识的那个保罗联系起来，但她的理性明确地告诉她，有些事情不值得自己牵肠挂肚，所以她听从了莫的建议出去跑步，一直跑到不能再迈一步。她把玻璃房子从上到下打扫得干干净净，扔掉了那双有蝴蝶结的鞋子。她看了四次手机，意识到自己还在等待保罗的消息，丽芙关掉了手机。

"真是太弱了，你都没戳它的脚指头。要我替你吗？"周一早上，莫看着那个小泥人说。

"不用，我没事，真的。"

"你太温柔了。等我回来我们就把它揉成球，捏成一个烟灰缸。"丽芙再回到厨房的时候，莫已经在它头顶上插了 15 根火柴棍。

周一有两件工作找上门。一件是某个直销公司的产品目录，乱七八糟的全是拼写和语法错误。到六点的时候，丽芙已经改了很多，基本上相当于自己整个重写了一遍。单词的错误率高得吓人，但她毫不介意。工作让她觉得很放松，她根本不会去想自己可能免费为他们重新写了一份产品目录。

门铃响了，可能是莫把钥匙落在上班的地方了。她从桌前站起来，伸伸四肢，朝对讲电话走去。

"你又忘记带钥匙了？"

"是我，保罗。"

她僵住了。"哦，嗨。"

"我能上来吗？"

"你真的不用这样的，我——"

"求你了？我们得谈一谈。"

没有时间整理自己的妆容、头发了。她站在那儿，一只手放在开门按钮上，犹豫着。她按下按钮，赶紧往后退，紧张得像是在等待一场爆炸。

电梯咔哒咔哒地上来了，随着声音越来越响，她感觉到自己的胃缩成了一团。然后他出现了，透过电梯的围栏直直地盯着她。他穿着一件浅棕色夹克，眼神一反常态地谨慎，看上去似乎十分疲惫。

"嘿。"

他走出电梯，在走廊里等着。她站在那儿，两只胳膊防御性地交叉在一起。

"你好。"

"我能……进去吗？"

她往后退了两步。"要喝点什么吗？我的意思是……你要在这儿待会儿吗？"

他注意到了她居高临下的口气。"那太好了，谢谢。"

她穿过屋子走进厨房，背挺得笔直，他跟在她身后。她沏了两杯茶，发现他的目光一直盯着她。她把其中一杯茶递给他的时候，他正若有所思地揉着太阳穴。发现她在看他，他似乎有些抱歉。"头疼。"

丽芙抬头看看冰箱上的小泥人，突然充满了愧疚，经过的时候故意把它撞到了冰箱后面。

保罗把杯子放在桌子上。"好吧，这真的很难，我本来想早点过来的，但我儿子来了，而且我必须想好我要怎么做。听着，我过来只是为了向你解释一下整件事，不过我觉得或许你应该先坐下。"

她盯着他。"哦，天哪！你结婚了。"

"我没有结婚。要是那样的话……还简单了。求你了，丽芙。先坐下。"

她还是站在那里。他从口袋里掏出一封信递给她。

"这是什么？"

"你先看一下，然后我会尽量给你解释。"

TARP

伦敦 W1 区

格兰森大街 115 号 6 号套房

2006 年 10 月 15 日

候司顿夫人，您好：

我们是"追踪与返还合伙公司"的代理商，本公司致力于为那些在战争中因劫掠或被迫出售而失去个人文物的人寻回所失物品。

我们知道您是法国画家爱德华·勒菲弗名为《留下的女孩》这幅作

品现在的主人。我们收到勒菲弗先生后人的书面证明，证实这幅画归画家的夫人私人所有，是被迫或被强制出售的。权利要求人也都是法国国籍，他们希望能将此作品归还画家的家人。根据《日内瓦条约》和《海牙公约》中《发生武装冲突时保护文化财产的规定》，我们希望借此通知您，我们将代表他们主张这一权利。

很多情况下这类作品只需极少的法律干涉即可归还他们的合法拥有者。因此，我们欢迎您与我们取得联系，以便安排您与勒菲弗家人的代表会面，以便我们开启归还程序。

我们明白收到此通知会让您很惊讶，但我们必须提醒您，因战时犯罪行为而丢失的艺术作品的归还，具有明确的法律先例支持，我还要补充一点，对于您的损失可能会有一笔数目不确定的赔偿。

我们衷心希望这幅作品能像其他类似的作品一样，回到它的合法所有人手中，让那些经受磨难的人得到一些安慰，这样我们也会觉得安慰。

如果您想进一步讨论这个案子，请立刻联系我们。

TARP 主管：

保罗·麦考夫迪

珍妮·迪金森

她盯着页面最下方的那个名字，整个房间似乎都消失了。她又读了一遍那封信，想着这肯定是在开玩笑。不，这一定是另外一个保罗·麦考夫迪，跟眼前这个完全不是一个人。一定有好几百个保罗·麦考夫迪，这个名字太普通了。随后，她想起了三天前他看那幅画时奇怪的样子，那之后他就一直不敢看她的眼睛。她重重地坐回椅子上，说：

"这是在开玩笑吗？"

"我也希望是。"

"TARP到底是个什么东西？"

"我们追踪遗失的艺术作品，并负责将它们送回最初的主人手中。"

"我们？"她盯着那封信，"这……这跟我有什么关系？"

"《留下的女孩》就是这次要求返还的物品。这幅画的作者是一位名叫爱德华·勒菲弗的艺术家，他的家人想把这幅画要回去。"

"可是……这太荒谬了。这幅画已经在我这里好多年了，都快十年了。"

他把手伸到口袋里，掏出另一封信，上面有一张影印的照片。"这是几个星期前送到我们办公室的，之前一直放在我的公文篮里。我一直在忙其他的事，所以没有把这两件事情联系起来。后来，你邀请我上来的那天晚上，我一眼就认出了那幅画。"

她扫了一眼，看着那幅影印图。彩色的纸页上，自己的那幅画正盯着她，因为是复印的，上面的颜色有点模糊。"《建筑精选》？"

"对，我想应该是。"

"我们刚结婚的时候，他们来做过玻璃房子的报道。"她抬起一只手捂住嘴巴，"大卫觉得这对于他的事业来说是个很好的宣传。"

"勒菲弗一家人对爱德华·勒菲弗的所有作品做了一次核查，在这个过程中他们发现有几件作品不见了，其中一件就是《留下的女孩》。1917年之后就查不到这幅画的任何档案资料了。你能告诉我你是从

_263

哪儿得到这幅画的吗？”

"真是要疯了，这幅画是……大卫从一个美国女人那里买来的。在巴塞罗那。”

"画廊老板？你们有收据吗？”

"应该有吧，不过没多少钱，她当时正打算把它扔掉，那幅画就放在路边。”

保罗一只手摸了摸脸。"你知道那个女人是谁吗？”

丽芙摇了摇头。"那是好几年前的事了。”

"丽芙，你必须好好想想，这很重要。”

她怒吼了一声："我想不起来！你不能跑到我家里来，然后告诉我我必须证明我自己的那幅画确实是我的，就因为在某个地方有些人断定这幅画在一百万年前是属于他们的！这算怎么回事？”她沿着餐桌走了一圈，"我……我脑袋里什么也想不起来。”

保罗把脸埋在两手间，然后又抬起头来看着她。"丽芙，真的很抱歉，这是我处理过的最棘手的案子。”

"案子？”

"我就是做这个的。我追付被盗的艺术作品，然后把它们物归原主。”

她听出了他声音中陌生的执拗。"可是这不是偷来的，是大卫买来的，光明正大地买来的，然后他把它送给了我。它是我的。”

"是被偷的，丽芙。差不多一百年前，但它确实是被偷。听着，好消息是他们愿意提供一些经济上的补偿。”

"补偿？你以为这是钱的事吗？"

"我只是说——"

她站在那里，双手扶额。"知道吗，我觉得你现在最好离开。"

"我知道那幅画对你意义重大，但你必须明白——"

"真的，我希望你立刻走。"

他们互相盯着对方，她觉得自己全身都散发着怒气，她不知道自己以前是否也这么气愤过。

"听着，我会努力想办法，让我们好好地解决——"

"再见，保罗。"

她把他推了出去，砰的一声关上门，过大的声音让门剧烈地震动着，她能感觉到下面的整个仓库都在晃。

▶ 2

他们的蜜月，呃，可以算是蜜月吧，大卫一直忙着弄巴塞罗那的新会议中心，一座浑然一体的建筑，可以反射蓝天和波光粼粼的大海。她还记得当他飙出一口流利的西班牙语时她的惊讶，既惊讶于她所知道的他，也惊讶于她所不了解的他。每天下午，他们都会闲适地躺在酒店的床上，之后再沿着哥特区和波恩区的中世纪街道散步，躲在阴凉处，偶尔停下来去喝杯莫吉扎，然后慵懒地彼此依偎在一起，在酷暑中紧贴在一起。她还记得他的手放在她大腿上时的样子，他有一双灵巧的手，他的两只手会稍稍倾斜，仿佛手里一直抓着一本隐形的计划书似的。

当时他们正在加泰罗尼亚广场①后面散步，然后那个美国女人的声音传了过来，她正在朝三个面无表情的男人大喊。见他们穿过一扇格子门、满地翻倒的家具、家庭用品和小玩意走到公寓前，那个女人都快哭了。"你们不能这么做！"她大喊着。

大卫松开丽芙的手走上前去。屋子前面的一把椅子被踢翻了，那个女人——一个头发金黄、身形瘦削、年纪不大的中年女人——发出一阵略带沮丧的"哦哦哦"的声音。一小群游客停下来围观。

"你还好吗？"大卫一只手扶着她的胳膊肘说。

"是房东。他要把我母亲的东西全扔出去，我一直跟他说我没有地方放这些东西。"

"你母亲呢？"

"她死了。我过来就是要处理这件事，他说必须在今天之内把这些东西全搬出去。这些人就直接把东西扔到街上了，我不知道自己该怎么办。"

丽芙还记得当时大卫挺身而出，让她把那个女人带到对面的咖啡馆里，他用西班牙语向那些人表示抗议，而那个美国女人，她的名字叫玛丽安·约翰逊，则一边坐在那儿喝着一杯冰水，一边焦急地望着

---

① 西班牙巴塞罗那市中心旧城区的一个大型广场，数条重要街道交汇于此，是城市购物、娱乐和交通中心。

街对面。她承认，她只能想起那天早上的事，她发誓她连玛丽安是刚去还是要离开都不知道。

"抱歉，你母亲什么时候去世的？"

"哦，三个月之前。我知道我应该早点处理的，可是我不会说西班牙语，所以事情很难办，而且我还得把她的遗体空运回家办葬礼……我刚离婚，所以这些事全都要我一个人做……"她的手指关节又白又凸出，上面戴了一排塑料戒指，晃得人眼花。她的发带有蓝绿色的佩里斯花纹，她一直伸手摸发带，好像在寻求某种安慰。

大卫在跟一个男人说话，那个人可能是房东。他起初似乎心存戒备，但后来，大概十分钟后，两人已经热情地握起手来。大卫来到她们桌前，告诉玛丽安说，她应该把自己想留下的东西整理出来，他知道一家搬运公司的电话，可以帮她把那些东西打包并且空运回老家。房东已经允许她在明天之前把那些东西放在那里，余下的可以给那些搬运工一点小费，让他们带走处理。"你钱上没问题吧？"他小声问。他就是这种人。

玛丽安·约翰逊感动得差点哭了。他们帮她搬了东西，根据要不要留把东西分左右两边堆好。他们站在那儿，那个女人指着一样样东西，小心翼翼地把它们搬到一边，这时丽芙才有机会看清楚人行道上的那些东西。一台科罗纳打字机、好几大捆包皮边的褪色的新闻用纸。"我母亲是一名记者，"女人小心翼翼地把这些东西放到一个石台阶上说，"她的名字叫卢安妮·贝克。我到现在都还记得小时候看她用这台打字机打字的样子。"

"那是什么？"丽芙指着一件棕色的小东西问。虽然她不能走近进一步确定里面是什么，但有个什么东西的内脏令她不寒而栗，她还能看到牙齿样的东西。

"哦，那个啊，那是我母亲的缩头鬼（shrunken heads）[1]，她以前总是收集各种各样的东西，应该还有一顶纳粹头盔。你觉得博物馆会收这些东西吗？"

"你要是带着这些东西过海关的话肯定会很好玩。"

"哦，天哪！我可以直接把它们扔在街上然后自己跑掉。"她停下来擦了擦额头，"太热了！我都快热死了。"

这时，丽芙看到了那幅画。它靠在一把安乐椅上，虽然周围的一切如此喧嚣，但不知为何，那张脸却特别引人注目。她弯下腰，小心翼翼地把画转过来面朝自己。破旧的镀金画框中，一个女孩正看着她，目光中有一丝挑衅。一头浓密的金红色头发披在肩上，脸上挂着一丝骄傲，但又似乎更亲密的微笑。一种很性感的微笑。

"她跟你很像，"大卫站在她身边，小声嘟囔着说，"你就是这个样子。"丽芙的头发是金黄色的，不是红色，也不是短发，但她立刻就意识到了。她们彼此交换的那一个眼神令整条街都黯然失色。

大卫转过身对玛丽安·约翰逊说："这个你不要了吗？"

她直起身来，眯眼看着他。"哦，不要，我不想要了。"

大卫压低了声音说："你愿意卖给我吗？"

"卖给你？你可以直接拿走。你们拯救了我该死的生活，这是我

---

① 一种类似人头形状的摆件，多用作奖杯，或某种仪式。

唯一能给的一点回报。"

但他拒绝了。他们站在人行道上，奇怪地反向讨价还价起来，大卫坚持要在她出的价格上多加点钱。最后，当丽芙把一个衣架上掉下来的衣服重新叠好，转过身来看时，发现他们已经达成了一致，握手成交。

"我很愿意把这幅画给你。"大卫数钱的时候，玛丽安说，"跟你说实话吧，我一直都不怎么喜欢那幅画。我小的时候总觉得她在嘲笑我，她看上去总有点傲慢。"

黄昏时，他们把大卫的电话留给玛丽安，便同她道别。空荡荡的公寓前，人行道已经清理干净了，玛丽安·约翰逊收拾好自己的东西回酒店去了。因为太热，他们是分开走的。大卫欣喜不已，像是得了什么不得了的宝贝似的，虔诚地抱着那幅画，就像之后那天晚上他抱着丽芙那样。"这就当作你的新婚礼物吧。"他说，"好像我还从来没送过你什么东西呢。"

"我还以为你不想让任何东西破坏你那干净的墙壁呢。"她嘲笑他说。

他们在热闹的街上停下来，举起那幅画看了又看。丽芙还记得她后脖颈那儿的皮肤绷得紧紧的，晒得黝黑，胳膊上的灰尘熠熠生辉。燥热的巴塞罗那街头，午后的阳光从他眼中反射出来。"我想为了我们喜欢的东西，有时候可以打破一下规矩。"

"所以你和大卫诚心诚意地买下了那幅画，是不是？"克里斯汀问。她停下来，打了小孩的手一下——小孩正在冰箱里翻来翻去。"不行，不准吃巧克力慕斯，不然你就吃不下晚饭了。"

"对，我甚至还把收据翻出来了。"她把收据放进了包里：一张破破烂烂的纸，是从一本日记本上撕下来的。*出售画像，名字可能是《留下的女孩》，300 法郎，谢谢。——玛丽安·贝克（女士）*

"所以它是你的，你买来的，你有收据，这件事肯定就到此为止了。塔丝琳？你可以去叫下乔治，让他十分钟后来吃晚饭吗？"

"你是这么想。卖这幅画的那个女人说，她妈妈拥有这幅画已经五十年了。她根本都没打算卖给我们——她想直接送给我们，是大卫坚持要付给她钱的。"

"哦，整件事情都很荒谬。"克里斯汀停下来拌了拌沙拉，举起双手说，"我的意思是，要怎么样才能结束？如果你买了一套房子，但这块地是中世纪土地掠夺的时候某些人偷来的，难道说某一天还会有人要求你把房子还回去？我们是不是得把我的钻石戒指还回去，因为它可能是从非洲什么地方非法弄来的？看在上帝的分上，那可是第一次世界大战的事，已经过去快一百年了。法律系统管得也太远了。"

那天下午，丽芙震惊得浑身颤抖，给斯文打了电话，他让她晚上过来。她告诉他那封信的事后，斯文过分的平静，让她感觉到十分安慰，他读信的时候甚至不屑地耸了耸肩。"很可能是一种新的损害赔偿，一切听上去都很不可思议。我会确认的，但我一点也不担心，你有收据，这是合法买来的，所以我猜他这些东西在法庭上站不住脚。"

克里斯汀把一碗沙拉放在桌子上。"话说回来，那个画家到底是谁？你喜欢吃橄榄吗？"

"他的名字叫爱德华·勒菲弗，但画上没有他的签名。我喜欢吃，谢谢。"

"我本来想告诉你……就是上次我们说完话之后，"克里斯汀抬头看看女儿，把她赶出门口，"出去，塔丝琳，妈妈需要一点私人时间。"

丽芙在那里等着，看着塔丝琳不高兴地回头看了一眼，大步跑了出去。"是罗杰的事。"

"谁？"

"我有个不好的消息，"她眨眨眼，趴到桌子上说，"你知道，他确实觉得你人很好，但恐怕你不是……呃……他说你不是他要找的类型。"

"哦？"

"他其实想找一个……年轻点的。我很抱歉。"

斯文进来的时候，丽芙正努力掩饰自己的表情。他手里拿着一张写满笔记的纸。"我刚跟一个苏富比拍卖行的朋友通了电话，所以……坏消息是 TARP 是一个饱受赞誉的公司，他们追踪被盗的作品，但他们的目标对象越来越棘手，也就是战时遗失的作品。过去几年中他们已经追回了一些备受瞩目的作品，有些还是国家收藏品，这似乎是一个正在发展的领域。"

"可是《留下的女孩》并不是什么备受瞩目的艺术作品啊，她只是我们度蜜月时凑巧碰到的一幅小油画。"

"呃……这么说在一定程度上也对。丽芙，你收到信后有没有查过这个叫勒菲弗的人？"

这是她第一时间做的事。上世纪末一个不出名的印象派画家，网上有一张发黄的照片，上面是一个高大的男人，一双深棕色的眼睛，深棕色的头发一直到领口，他曾在马蒂斯学院工作过一小段时间。

"我开始明白为什么他的作品——如果这确实是他的作品的话——会成为被要求归还的物品了。"

"接着说。"丽芙拿起一颗橄榄扔进嘴里。克里斯汀站在她旁边，手里拿着洗碗布。

"当然，我没有告诉他有人要求归还这幅画的事，他看不到那幅画也无法估测它的价值，但根据他们出售的上一件勒菲弗的作品来看，再加上它的来源，他们估计这幅画卖个200万到300万英镑完全没问题。"

"什么？"她弱弱地说。

"对，事实证明，大卫小小的结婚礼物是一项回报颇丰的投资。最少200万英镑，这是他的原话。实际上，他建议你马上去给它上保险。显然，我们说的勒菲弗在艺术市场上是个人物。俄国有一件关于他的什么东西，已经被抬到了天价。"

橄榄果被丽芙囫囵吞下，她开始咳嗽起来。克里斯汀使劲拍打着她的背，给她倒了一杯水。她喝了一小口，脑袋里一直回响着刚才斯文所说的话。这些似乎都没有什么意义。

"所以我想，有人突然冒出来试图分一杯羹也就没什么好惊讶的了。我让达娜在办公室里找了几份案例用电子邮件发过来——这些要求归还的人，他们稍微挖掘一点家族历史就主张画作的所有权，说那幅画对他们的祖父母来说多么多么重要，失去那幅画的时候他们多么多么伤心难过……然后他们追回来了，你猜怎么着？"

"我们知道什么？"克里斯汀问。

"他们把画卖了。然后他们就变得比自己想象的还要富有。"

厨房里陷入了沉默。

"200万到300万英镑？可是……可是我们只给了她300法郎。"

"这就像《鉴宝》节目一样。"克里斯汀开心地说。

"那可是大卫，他总是有点石成金的能力。"斯文给自己倒了一杯酒说，"遗憾的是他们知道那幅画在你家。我猜，如果没有确凿证据的话，他们可能没法证明你真的拥有这幅画。他们确定那幅画在你家吗？"

想到保罗，她的胃往下一坠。"嗯，"她说，"他们知道画在我这儿。"

"好吧，不管知不知道，"他坐在丽芙身边，一只手放在她肩膀上说，"我们都需要帮你找一位厉害的法律代表，要尽快。"

之后两天丽芙都像在梦游一样，脑袋里嗡嗡直响，心如鼓风一般直跳。她去看了牙医，买了面包和牛奶，在截止日期前完成了工作，倒了几杯茶下楼给弗兰，然后在弗兰抱怨她忘了放糖之后又拿回来。

她几乎什么也不记得。她一直想着保罗吻她的样子，两人的第一次邂逅，他非同寻常的慷慨相助。

是不是从一开始他就设计好了一切？考虑到那幅画的价值，她是不是已经成了别人的目标猎物？她在谷歌上搜索了一下保罗·麦考夫迪，看了他在纽约警察局艺术分队时的推荐信，上面说他"熟谙犯罪心理"，具有"战略性思维"。她对他所有的信任瞬间蒸发得无影无踪。有两次她都觉得恶心得不得了，只能离开桌子往脸上浇冷水，把脸靠在衣帽间冰冷的瓷器上。

去年11月，TARP帮一个俄国犹太家庭追回了一件塞尚的小作品。据说那幅画的价值约为1500万英镑。在TARP的网站上，"公司简介"一栏写着公司业务在收取佣金的基础上进行。

他给她发了三次短信："我们能谈一谈吗？我知道这很难，但求你了……我们能不能讨论一下？"他的口气听起来很通情达理，真的很像一个值得信赖的人。她断断续续地睡去又醒来，挣扎着起来吃东西。

莫看着这一切，只有这一次，她什么也没说。

丽芙又去跑步了，从南华克区的后街过桥，跑到伦敦闪闪发光的户外走廊上，一边跑，一边避开那些西装革履的银行家和拿着咖啡的白领。她每天早上跑，有时候晚上也跑。跑步可以让她不必思考，不必吃饭，有时甚至不必睡觉。她一直跑，一直跑，跑到肺部有要爆炸的感觉。

周五六点的时候，她正准备出去。那是个清凉而又美丽的夜晚，整个伦敦仿佛是一部浪漫爱情电影的背景。外面没有风，她能看到自己呼出的白气，她将一顶小圆帽戴在头上，帽子拉得很低，走上滑铁卢桥之前，她会把帽子摘掉。远处，伦敦金融城的灯光在天际闪烁，公交车沿着河堤慢慢向前爬，大街上一片喧嚣。丽芙戴上耳机，关上公寓楼大门，揣着钥匙，迅速出发。震耳欲聋的节奏声充斥她整个大脑，像野兽一般在驱逐她的思考。

"丽芙。"

他挡在她面前，丽芙绊了一跤，猛地伸出一只手去，但当意识到是谁，又像被烧到似的立马缩了回来。

"丽芙，我们必须谈一谈。"

他穿着那件褐色夹克，立起领子，胳膊下夹着一沓文件，眼睛直直地望着她。

趁自己还没来得及有什么感觉，丽芙转身就走，她的心怦怦直跳。他就在她身后。她没有回头，但他的声音透过音乐声传过来。她把声音调大，可仍旧摆脱不了，她甚至能感觉到他踩在人行道上发出的振动。

"丽芙。"他伸出一只手来抓她的胳膊，她几乎是本能地挥出右手，重重的一拳落在他的脸上。两人都非常震惊，同时跟跄着后退了几步，他用一只手捂着鼻子。

她拽下耳机。"别碰我！"站稳后，大吼道，"赶紧给我滚。"

"我想跟你谈谈。"血顺着他的手指流下来。他放下文件，挣扎着用另一只手伸进口袋，拿出一条很大的棉布手绢按住鼻子，另一只手则举起来做投降状。"丽芙，我知道你现在很生我的气，但是你——"

"生你的气？生你的气？我现在对你的看法可不只是这样。你想方设法找到我家，说什么找到了我的包，花言巧语地骗我上床，然后——哦，真是大大的惊喜——你竟然恰巧看到了你正在寻找的那幅画。把这幅画拿回去你就可以得到一笔丰厚的佣金。"

"什么？"因为捂着手绢，他的声音变得闷闷的，"你说什么？你以为是我偷了你的包？你以为这一切都是我设计好的？你疯了吗？"

"离我远点儿。"她的声音颤抖着，耳朵里嗡嗡直响。她朝后面的马路退去，离他越来越远，路人也停下来看着他们。

他朝着她走去。"不，你听着，就一分钟。我以前当过警察，我不是偷包的，或者更准确地说，我也不是专门给人送包的。我遇到你，然后喜欢上了你，但命运弄人，你正好拥有我受雇寻找的那幅画。相信我，如果可以把这件工作交给其他人的话，我一定会那么做的。我真的很抱歉，但你必须听一听。"

他把手绢从脸上拿下来，嘴唇上也沾染了血迹。

"那幅画是偷来的，丽芙。相关文件我已经查阅了无数次，那幅画画的是苏菲·勒菲弗，那位画家的妻子，她被德国人抓走了，之后那幅画就失踪了。那幅画是被偷走的。"

"那是一百年前的事了。"

"你觉得这样就合法了吗？你知道自己心爱的东西被夺走的感觉吗？"

"真是好笑，"她啐了一口说，"我最清楚不过了。"

"丽芙，我知道你是个好人，我知道这件事对你来说打击很大，但如果你能好好想想的话，你会做出正确的决定的。时间并不能让错误的变成正确的。你的那幅画是从那个可怜的女孩家里偷走的，那是她留下的最后一件东西，是属于她的家人的，把它还回去才是正确的选择。"他的声音很温柔，她都快被打动了，"如果你知道在她身上发生了什么事，你对苏菲·勒菲弗的看法会完全不一样。"

"哦，收起你那些虚伪虔诚的狗屁理论吧。"

"什么？"

"你以为我不知道那幅画值多少钱吗？"

他盯着她。

"你以为我没有查过你和你的公司？查你们是怎么运作的吗？我知道这是怎么回事，保罗，这根本就不是什么正确或错误的事。"她做了个鬼脸，却一脸悲哀，"天哪，你一定以为我这个人真是太好搞定了。一个愚蠢的女孩，住在空荡荡的房子里，到现在还在为她去世的丈夫伤心难过，整天坐在那儿，却连自己鼻子底下的东西都一无所知。不就是钱的事吗，保罗？你和你的雇主想要回这幅画就是因为它很值钱吗？哦，对我来说这可不是钱的事。我是不会被收买的——她也不会。现在你可以走了。"

他还没来得及多说什么，她已经转身跑走了。

震耳欲聋的心跳声充斥在耳朵里，淹没了其他一切声音。丽芙一直跑到南岸区才慢慢停下来，转身。他已经不见了，消失在伦敦街头匆匆往家赶的人群中。等她回到家门口的时候，泪水已经沸腾了她的双眼。苏菲·勒菲弗。那是她留下的最后一件东西，把它还回去才是正确的选择。丽芙满脑子想的都是保罗刚刚说过的话。"去你的。"她小声骂道，使劲摇摇头想忘记他的话。去你的！去你的！去你的！

"丽芙！"

那个男人从她家门口出来的时候把她吓了一跳。是她爸爸，头上胡乱戴着一顶黑色贝雷帽，脖子上围着一条彩虹围巾，旧花呢大衣已经掉到了膝盖那儿。他的脸在灯光下闪着金光，他张开双臂想拥抱她，正好露出了里面那件褪色的性手枪乐队的 T 恤衫。

"你终于回来了！自从上次劲爆的伟大约会之后我们就一直没收到你的消息，所以我想应该过来看看你！"

▶ 3

"您要喝咖啡吗？"

丽芙抬头看看那位秘书。"好的，谢谢。"她一动不动地坐在那把豪华皮椅上，茫然地望着 15 分钟前自己拿起来假装要读的报纸。

她穿了一套西装，这也是她唯一的一套西装，或许不够时尚，但她今天要让自己显得精神、有内涵。她第一次去律师办公室的时候就觉得自己完全是菜鸟一只，现在她要让自己看上去比实际更大胆一点。

"亨利去接待室等他们了，应该不会太久。"那个女人朝她露出一个职业的微笑，便转身蹬着她的高跟鞋走了。

咖啡不错。那么高昂的律师费，咖啡不好喝才怪。斯文曾坚持说，如果没有强有力的证据，那她打这场官司没有任何意义。他问过他拍卖行的朋友和他在酒吧的熟人，谁最有可能打赢这场官司，让对方撤回归还请求。不幸的是，他说，越大的律师，收费就越高。每次她一看到亨利·菲利普，看着他精致的发型、漂亮的定制鞋子、享受昂贵的假期后肥脸上所散发的光彩，她满脑子就只想着一件事：都是我这样的人把你养得如此神采奕奕。

一听到大厅外有脚步声和说话声，她立马站起来，理了理裙子，掩饰好脸上的表情。他来了，戴着一条蓝色羊毛围巾，胳膊下夹着一个文件夹，跟在亨利身后，还有另外两个她不认识的人。他看了她一眼，她迅速别过脸去，感觉脖子上的汗毛刺得自己生疼。

"丽芙？人都到齐了。你愿意换到会议室去吗？我会让人把你的咖啡端进来的。"

她定定地看着亨利，他经过她身边，为另一个女人打开门让她进去。她感觉到保罗的存在，他好像会发热似的，热得她浑身发烫。他就在那儿，在她旁边。他穿着牛仔裤，好像这种会议对他来说根本没什么意义，他完全可以出去散个步。

"最近有没有骗其他女人把它们的宝贝交出来啊？"她小声说，她的声音小到只有他能听到。

"没有。我最近忙着偷包，勾引脆弱的妇女，没空。"

她猛地抬起头来，他的眼睛正直直地盯看她。她震惊地发现，他跟她一样愤怒。会议室里用的是木隔板，座位很沉，都包着皮，一面墙上摆满了皮革封面的书。这里暗示着多年来所有合理合法的调解，充满了庄严的智慧。她跟着亨利走进去，很快大家都在桌子两边按顺序坐好了。

她看看自己手里的一沓纸，看看手，看看咖啡，反正就是不看保罗。

"好，"亨利等咖啡倒好，两手的指尖碰在一起说，"我们今天坐在这里，是为了公正地探讨 TARP 组织针对候司顿夫人的权利主张，并且试图确定大家有没有可能达成和解而不必诉诸法律。"

她盯着坐在对面的那些人。那个女人大概刚过四十，黑黑的鬈发落在脸蛋四周，一脸紧张，正在记事本上匆匆记着什么。坐在她旁边的那个男人是个法国人，浓眉大眼的。丽芙以前一直以为不太可能区分开不同国家人的面孔，更不用说他们还没开口说话，难以用口音辨别，但那个人身上的法国特征实在是太明显了，他可能也抽高卢烟，身上带着一串洋葱。

然后就是保罗。

"我想我们最好先自我介绍一下。我是亨利·菲利普，候司顿夫人的律师，这位是肖恩·弗莱厄蒂，TARP 的律师，保罗·麦考夫迪、珍妮·迪金森，公司主管。这位是安德烈·勒菲弗先生，来自勒菲弗家族，他和 TARP 联合提出了权利声明。候司顿夫人，TARP 这个组织是一个专门致力于搜寻及归还——"

"这个我知道。"丽芙说。

哦，他离她太近了。就在桌子正对面，她可以看到他手上的每一条血管，看到他的胳膊在袖口里滑动。他穿着那天晚上他们相遇时穿的那件衬衫，如果她把放在桌子底下的脚伸出去，就会碰到他的脚。她把两只脚利落地蜷在自己的椅子底下，伸手去拿咖啡。

"保罗，或许你可以向候司顿夫人解释一下这项主张。"

"对，"她冷冰冰地说，"我是很想听听。"

她慢慢抬起头来，保罗正直直地看着她，她不知道他有没有发现她抖得多厉害。她觉得大家肯定都发现了：她每一次呼吸都是暴露自己。

"呃……我想先以一个道歉开始。"他说，"我知道这件事是一个沉重的打击，是不幸的，但可悲的是，这种事情没有办法两全其美地解决。"

他依旧直直地看着她，她能感觉到他在等她认同他的话，给出什么提示。桌子底下，她紧紧抓着自己的膝盖，指甲嵌进肉里，好让自己集中精力。

"没有人会想把属于别人的合法物品抢走，我们也不是干这个的，但现在的事实是，在战争期间，一个错误已经产生了。爱德华·勒菲弗创作的一幅名为《留下的女孩》的画，原本归他妻子所有并深受她喜爱，却被盗走送到了德国。"

"这你都知道。"丽芙说。

"丽芙。"亨利的声音中隐含警告。

"我们找到了一份证明文件以及勒菲弗夫人的邻居的日记，上面的记录证明画家妻子的一幅画像被当时的一名德国指挥官偷走或抢走了。现在这件案子的特别之处在于，我们接触的作品大都是在二战期间丢失的，但这一件我们认为它第一次被偷应该是在一战期间。不过，《海牙公约》对本案来说同样适用。"

"那为什么是现在？"她说，"在距离你所说的被偷时间的一百年以后。你可以直接说因为勒菲弗夫人现在正好值钱了，对不对？"

"它的价值不是关键。"

"很好，如果价值不是关键，那我可以补偿你，立刻，马上。你想让我按我们当时买的价格赔偿你吗？因为我还留着收据呢。你愿不愿意拿着那笔钱走，以后别再来烦我？"

屋子里陷入沉默。

亨利伸过手来拍拍她的胳膊，她握着钢笔的地方手指关节已经白了。"我可以插一句吗？"他平静地说道，"这次会面的目的是为这个问题提供各种解决方案，然后看看其中有没有大家都可以接受的。"

珍妮·迪金森跟安德烈·勒菲弗小声交流了几句，她有一种小学老师的沉着学究范儿。"我必须说一句，按照勒菲弗家族的意愿，他们唯一能接受的方案就是归还那幅画。"她说。

"也不管那幅画是不是他们的。"丽芙说。

"根据《海牙公约》，那就是他们的。"珍妮平静地说。

"放屁！"

"这是法律规定的。"

丽芙抬起头来，保罗正盯着她。他脸上的表情没有任何变化，但他的目光中隐含着歉意。为什么抱歉？为了这场隔着上漆的红木桌的争吵？为了被偷去的一夜？为了一幅被偷的画？她也不确定。不准看我，她默默对他说。

"或许……"肖恩·弗莱厄蒂说，"或许，就像亨利说的，我们至少可以把一些可能的解决方案都列出来。"

"哦，那你列吧。"丽芙说。

"这类案子有许多先例，一种是候司顿夫人有权使这项请求无效，意思就是说，候司顿夫人，你按照这幅画的价值补偿勒菲弗家，然后这幅画就归你所有。"

看着记事本的珍妮头都没抬。"就像我之前说的，勒菲弗家对钱不感兴趣，他们只想要回那幅画。"

"哦，很好，"丽芙说，"你是不是觉得我以前没参加过谈判啊？我不知道什么是开场白？"

"丽芙，"亨利又开口了，"如果我们可以……"

"我知道这是怎么回事。'哦，不，我们不要钱。'除非能达到中个大乐透那么多。然后呢，莫名其妙地，大家受伤的心灵都得到了安慰。"

"丽芙……"亨利小声说。

她舒了一口气，放在桌子下面的两只手在发抖。

"也有一些情况下双方达成协议共同享有一幅画。像本案的这幅画，我们称之为不可分割资产，在这种情况下，说实话，比较复杂。不过也有一些例子，双方同意，如果你愿意的话，从时间上来分享一幅艺术作品，或者双方同意共同拥有这件作品，但允许其在某个大画廊展出。当然，这样的话同时也会让参观者知道，这幅画以前是被抢走的，它过去的主人是多么慷慨。"

丽芙默默地摇了摇头。

"也可以把它卖了再分，这样我们——"

"不行。"丽芙和勒菲弗异口同声地说。

"候司顿女士。"

"候司顿夫人。"她纠正说。

"候司顿夫人，"保罗的声音变得冷酷起来，"我有义务告诉你，本案对我们来说非常有利。我们有许多证据支持归还，还有许多有利于我们的先例。为了你自己好，我建议你好好想想该怎么解决。"

屋子里陷入了沉默。"你这是在威胁我吗？"丽芙问。

"不。"他缓慢地说，"不过事实如此，我想提醒你，这件事和平解决对大家都有好处。这件事不会就这么算了的，我——我们也不会就这么算了的。"

她突然想起他的样子，他的胳膊搂着她裸露的腰，他乱蓬蓬的棕色头发靠在她左胸上。她想起他的眼，在半明半暗中含着笑。

她微微扬了扬下巴。"你们拿不走那幅画的，"她说，"我们法庭上见。"

坐在亨利的办公室里，丽芙喝了一大杯威士忌。她从来没有在白天喝过威士忌，但亨利给她倒了一杯，好像本该如此似的。他等了一会儿，看着她喝了几口。

"我必须警告你，打这场官司会很贵。"他靠在自己的椅子上说。

"要多少钱？"

"一般来说，人们都得在打完官司后把艺术品卖掉，才能付得起律师费。最近有个人追回了一件价值2200万英镑的艺术品，但光是他们欠的律师费就已经超过1000万了。考虑到这幅画的历史，我们得花钱请专家，特别是法国的法律专家。而且，丽芙，这种案子会拖很长时间。"

"但是如果我们赢了的话这些费用就由他们承担，对不对？"

"也不一定。"

她揣摩着这句话的另一层意思。"哦，那我们这个案子要多少——五位数？"

"我估计得六位数，还要看他们的实力。不过他们那边没有先例。"亨利耸了耸肩，"我们可以证明你拥有有效的所有权，不过，这幅画的历史看起来确实存在漏洞，在这种情况下，如果他们有证据证明这幅画是战时被运走的，那……"

"六位数？"她站起来，在屋里踱着步，"真不敢相信。我从没有想过有人会突然闯入我的生活，还理直气壮地说要拿走属于我的东西。一直都属于我的东西。"

"这个案子远没有达到无懈可击的程度，不过我必须提醒你，目前来说，政治局势对你很不利。索斯比拍卖行去年拍卖了38件这样的作品，十年前还一件也卖不出去呢。"

丽芙觉得有一股电流击中了自己，所有的神经末梢都因这电流碰撞在一起，一片混乱。"他——他们抢不走它的。"她说。

"但是钱怎么办？你已经捉襟见肘了。"

"我会转抵押借款。"她说，"我能不能做些什么让价格低一点？"

亨利往桌子上一趴。"如果你决定打这场官司，那你可以做的有很多。最重要的就是，关于这幅画的出处，你发掘的信息越多，对我们就越有利。不然的话我就得雇人去做，然后按小时收费。我的建议是，如果你可以去做这件事的话，我们可以根据我们的处境，再去请一位法庭律师。"

"我马上开始调查。"

她耳边一直回响着他们坚定的声音：本案对我们来说非常有利……我们……有许多于我们有利的先例。她眼前浮现出保罗那张假装关心的脸：这件事……和平解决对大家都有好处。

她喝了一口威士忌，轻轻打了个嗝，突然间觉得自己好孤独。

"亨利，你会怎么做？我的意思是，如果这事发生在你身上的话。"

亨利两手指尖碰在一起，然后又放到鼻子上。"我觉得你的处境非常糟糕。不过，丽芙，换做是我，我会三思而后行。这件案子可能会……很难看。你真的应该再考虑考虑，也许还有什么其他方法可以解决。"

保罗的脸一直在她眼前。"不行，"她大声说，"不能让他拿走。"

"即使——"

"不行。"

收拾东西离开那个房间的时候，她感觉到亨利的目光一直盯着她。

第四次了，保罗的手指头停在拨号盘上，准备拨打那个号码。犹豫，犹豫，最终却只是把手机塞到后兜里。

"去吃午饭吗？"珍妮在门口问，"我订了一点半的位子。"

她肯定擦了香水。随着她的出现，一股刺鼻的香味飘来，保罗在桌子那边都能闻到。"你真的要让我去？"他没心情闲聊，他不想装出一副好像很有魅力的样子，详细地向别人介绍公司追回物品的辉煌纪录。他不想坐在珍妮旁边，看着她做作的笑，然后故意把身体贴向自己。更重要的是，他不喜欢安德烈·勒菲弗，一想到他那怀疑的眼神和瘪嘴的样子，保罗就本能地觉得讨厌。

"我能问一下你们第一次发现画失踪了是什么时候吗？"他问。

"某次核查的时候发现的。"

"所以不是从你手里丢的？"

"我手里？"听到保罗的措辞，他耸耸肩，"那幅作品本来就该归我们所有，其他人凭什么从中获利？"

"你不想去？为什么？"珍妮问，"你还有别的事吗？"

"我想我有些文件需要赶紧处理。"

珍妮继续看着他。她涂了口红，还穿了高跟鞋。她的腿确实挺好看，他心不在焉地想。

"我们需要这个案子，保罗。我们需要给安德烈信心，让他确信我们一定会赢。"

"如果是这样的话，我觉得我最好还是多花点时间做做功课，而不是陪他吃午饭。"他没有看她。他的下巴似乎透露出一股执拗，这个星期他对所有人都有点刻薄。"带上米里亚姆吧。"他说，"她真该吃顿好点的午餐。"

"我不认为我们的预算足够让秘书也能有这样的待遇，而且我们也不想。"珍妮明显有些不高兴，但还是问道，"保罗，一切都还好吗？"

"都挺好的。"

"好吧。"她无法掩饰声音里的尖锐，"我知道我不能说服你，我期待你在这个案子上有新发现，我相信一定会有决定性意义的。"她又在那儿站了一会儿，才离开。

保罗能听到她和勒菲弗走出办公室时用法语交谈的声音。

丽芙把那幅画从墙上摘下来，用手指轻轻抚摸着油彩表面，感受着像刻度似的螺旋和笔迹，想着那位画家当初是如何凝视着这个女人，又是如何小心翼翼地描画她的每寸肌肤的。镶金画框有好几个地方都剥落了，可恰恰是斑驳才是岁月最吸引人的地方。丽芙一直很喜欢带有岁月痕迹的装饰和玻璃房子干净清爽的线条形成的鲜明对比，仿佛生命在某个平行空间绽放出了另一种色彩。

在大卫留下的这栋玻璃房子里，《留下的女孩》是唯一有色彩的东西，它古老而珍贵，像一件小珠宝在她的床头熠熠生辉。丽芙喜欢这样。

只是现在这个"女孩"已经不再纯粹了，她代表的不再只是一段旧光阴，别人的一段记忆，也不再是一对夫妻间的小玩笑。她现在有了身份，一位著名画家的妻子，她失踪了，也可能被杀害了；她是在集中营找到丈夫的最后线索；她是一幅失踪的画，法律诉讼的标物，未来各种调查的焦点。对于女孩的这个复杂的新版本，丽芙不知道该如何接受，她只知道有些东西正在从女孩和自己身上流失。

这幅画……几经转手，曾为德国的某人所有。

安德烈·勒菲弗一副明显的随时准备战斗的样子，可他甚至都没有看一眼苏菲的画像。还有麦考夫迪。每次想起保罗·麦考夫迪那天在会议室的样子，丽芙就气得脑袋嗡嗡响。有时她觉得自己着了火，愤愤难平。

她怎么能把苏菲就这样交出去？

4

1917 年 2 月

亲爱的妹妹：

你已经走了三个星期零四天了。我不知道这封信能不能到你手中，或者说，之前的信有没有到你手中。镇长建立了一条新的通讯线，并且承诺说一旦确认这条线路安全，他就立刻把这封信送出去。所以我等待着，祈祷着。

雨已经下了14天，原来的路都变成了泥，把马蹄上的马掌都拽掉了。除了去广场，我们几乎不出门：外面太冷了，也太困难，而且说实话，我不愿意离开孩子们，哪怕只有几分钟。你走了以后，伊迪丝在窗边坐了整整三天，说什么也不肯挪地方，直到我怕她生病，硬把她拉到桌前，然后又把她拉到床上。她不肯说话。我没有什么时间去安慰她。

现在晚上过来的德国人少了，但我每天晚上还是要忙到半夜，给他们做饭，再等他们走了收拾干净。

奥雷利恩失踪了。你走之后不久他也走了。我听路维亚太太说他还在佩罗讷，跟雅克·阿列日一起在卖香烟的小店里，但说实话，我一点儿也不想见到他。在出卖你这一点上，他跟指挥官一样可恶。

你一直坚信人性本善，可是我无法相信，如果指挥官先生真的是为你好，他怎么能用这种方式把你从我们的身边夺走。这样一来，整个镇子的人都会知道你那些所谓的罪行。从他们俩的所作所为中，我看不出一点人性的影子。

我就是看不出。

苏菲，我为你祈祷。早上醒来的时候，你的脸总是浮现在我眼前。我还不习惯你的离开，每次翻身的时候，总是忍不住吓一跳，因为旁边的枕头上没有你。没有你梳的粗辫子，没有你逗我笑，没有人再给我描绘想象中的那些食物。在酒吧里，我会习惯性地转身叫你，可是，本该有你的地方却只是一片寂静。咪咪爬到你的卧室偷偷往里看，好像她也希望能找到你，看到你坐在办公桌前，或是在写字，或是盯着不远处。

你的脑袋里总是充满各种幻想。还记得以前我们经常站在窗前，想象着窗外的景象吗？还记得我们幻想着仙女和王子，幻想着贵人来拯救我们吗？我真想知道，我的童心在如今这样的境地里该如何自处？这里的道路坑坑洼洼，这里的人都是衣衫褴褛的幽灵，这里的孩子都忍饥挨饿。

你离开以后，镇上变得特别安静。路维亚太太来了以后，总是留到最后一个。只要有人愿意听，她就会滔滔不绝地一直讲。她时常提起你。

晚上来吃饭的那群德国兵里没有指挥官先生。我相信他肯定是不敢正视我的目光，或许他知道我早就想用那把上好的削皮刀刺穿他了，所以决定乖乖离我远远的。

消息还是会零零碎碎地传来。有人把一张报纸塞到我们家门底下，上面说里尔附近暴发了流行性感冒，一支同盟国的队伍在杜埃附近被捕，比利时边境上开始把马杀了吃肉。可是，没有让－米歇尔的消息，没有你的消息。

有时候我觉得自己好像是被埋在一个矿井里，只能听到远方某处传来的回声，所有我爱的人，除了孩子们，全都离我而去，我已经不知道你们是生是死。有时候我会突然特别地特别地担心你，通常是我在搅拌汤或是放桌子的时候，这种担心会让我失去力气般。我只能强迫自己呼吸，告诉自己：为了孩子们，我必须坚强，我必须心怀希望。我知道，如果换做是你，你一定会这样做，这样坚信。

拜托，亲爱的妹妹，一定要保重。不要再惹怒那些德国人了，虽然是他们抓了你。不管在多么冲动的情况下都不要冒险。最最重要的就是你能平安地回到我们身边，你、让－米歇尔还有你深爱的爱德华。

我对自己说，这封信一定会送到你手里的。我对自己说，或许，只是或许，你们俩正在一起，而且不是以我最担心的那种方式。我告诉自己，上帝一定是公正的，不管他怎样玩弄着我们的未来。

保重，苏菲。

爱你的姐姐

伊莲娜

保罗放下这封信，这是他从一堆一战期间被特工截下的信中找到的，这是他找到的关于苏菲·勒菲弗家庭的唯一证据。显然，跟其他信一样，这封信没有送到苏菲手中。

《留下的女孩》现在是保罗的首要工作。他梳理了一下常规的消息来源：博物馆、档案保管员、拍卖行、国际艺术品案件专家。他还私下里找到了一些非常规的消息来源：伦敦警察厅的老朋友，参与艺术品犯罪的人，一个因近乎精确地记录欧洲所有被盗艺术品的地下交易而闻名的罗马尼亚人。

他发现了这样一个事实：爱德华·勒菲弗一直是马蒂斯学院最不出名的画家。目前仅有的两位专门研究他作品的学者，他们对《留下的女孩》这幅画的了解并不比保罗多。

勒菲弗家族得到的一张照片和一些手写的日记表明，这幅画曾被显眼地挂在佩罗讷一家名为"红公鸡"的旅馆里。佩罗讷是一座一战期间被德国人占领的小镇。苏菲·勒菲弗被逮捕后不久，这幅画就莫名其妙地失踪了。

大约三十年后，这幅画落到了一个名叫卢安妮·贝克的人手中，她把这幅画放在美国的家中，一放就是三十年，直到卢安妮·贝克搬到西班牙并且死在了那里。之后就到了现在，大卫·候司顿买下了这幅画，丽芙拥有它。

中间的那段时间究竟发生了什么事？这幅画真的是被抢走的吗？它被带到哪里去了？苏菲·勒菲弗身上发生了什么事？为什么她好像直接从历史中蒸发了？这些事实像拼图的小碎片，但它们最终会连成什么样的画面却不清楚，记录苏菲本人的文字相比于记录苏菲画像的文字太少了。

二战期间，几百万件艺术作品被军队高效掠走，其中少不了一些肆无忌惮的商人和专家的帮助。这并不是战争中个别士兵的个别行径：这些掠夺是系统的，有组织、有纪律、有记录的。劫掠来的珍宝因藏在德国的地下金库中而得以妥善保存。

不过关于一战中被掠夺财物的文件记录留存下来的非常少，尤其是法国北部。因此，如珍妮所说，这个案子有点棘手。她说这话的时候带着一种自豪感，因为事实是，这个案子对他们公司来说至关重要。他们这个行业竞争很激烈，类似 TARP 的组织不胜枚举，大家追根溯源，全都在追踪一些死者亲属找了几十年的作品。还有一些号称不成功不要钱的公司来抢客户，不停地向那些为了找回心爱的物品什么都敢相信的人吹嘘。

肖恩报告说，丽芙的律师已经尝试了各种法律途径想阻止立案，他声称这个案子已经过了诉讼时效，玛丽安·贝克将画卖给大卫时"并不知情"，但因为一系列复杂的原因，他的这些诉求都失败了。肖恩还说："我们会开开心心地上法庭。估计是下周，主审法官是伯杰。在这类案件中，他一直是偏向原告的。看起来前途一片光明！"

"很好。"保罗说。

他办公室里贴了一张《留下的女孩》的 A4 复印件，掺在其他一些丢失的画作或要求归还的物品中间。保罗每一次抬头的时候都避免看到丽芙·候司顿看向他的眼神。保罗将注意力转移到面前的文件上。"这样的一幅画不应该出现在一家偏僻的乡下小旅馆里。"指挥官写给他妻子的一封信中说，"实际上，我的目光都无法从它上面移开。"

它？保罗想，还是她？

几英里之外，丽芙也在忙碌着。她七点起床，穿上跑步鞋出门，沿着河边一阵冲刺，耳朵里夹杂着音乐声、心跳声和脚步声。莫去上班后她就回家、洗澡，给自己做早饭，和弗兰一起喝杯茶。不过现在她会离开玻璃房子，整天整天地待在专业艺术图书馆里，待在闷热的画廊档案馆里，上网、搜集线索。她每天都跟亨利联系，不管什么时候他说要见面解释一下法国的合法证词的重要性、寻找专家证人的难度，她都会立刻出现。"所以总的来说，"她说，"你希望我找到一些关于这幅画的切实证据，而这幅画中的女人，没有关于她的任何记录，好像她从来就没有存在过。"

亨利拘谨地朝她笑笑，这种事他见得多了。

她的生活全在那幅画上，对于即将到来的圣诞节和爸爸没完没了的伤心她都熟视无睹。亨利把另一边得到的文件资料——苏菲和她丈夫之间往来信件的复印件，全都交给了她，上面提到了那幅画和那个小镇。

她读了几百篇学术论文和政治文章，以及关于归还主张的新闻报道，很多家庭不惜钱财和生命，寻找着战时丢失的艺术品。几乎所有的文章都在同情、支持那些不惜一切代价、历尽千难万险寻回故人遗物的家庭，然后在他们寻回失物后，跟他们一起欢呼。文章里，段段都有"不公平"一词，却极少有人提到那些善意买下物品又失去的人。

这些文章没有一篇是公平的。她发誓，绝不会让保罗把她的画抢走。

丽芙站起来伸伸懒腰，在书房里转个弯，盯着她。《留下的女孩》已经挪到了一个书架上，这样丽芙就可以随时从中找到灵感了。或许，正是不知何时会降临的离别作祟，才让丽芙不由自主地想去看她。开庭的日子越来越近，一个声音如响彻远方的战鼓一样，悬在那里，刺激着丽芙紧绷的神经。

告诉我答案，苏菲，该死，至少，给我点提示。

"嘿。"莫叼着一罐酸奶，出现在门口。已经六个星期了，她还是住在玻璃房子里。

丽芙很感激她还在。她伸伸腰，看了一眼手表。"已经三点了吗？天哪。我今天几乎哪儿也没去。"

"你可能想看看这个。"莫从胳肢下拿出一份《伦敦晚报》递给她，"第三页。"

丽芙打开报纸。

标题写着"著名设计师遗孀陷入德国掠夺的价值百万的艺术品争夺大战"。下面半页是一张几年前她和大卫一起参加慈善活动时的照片，她穿着一条钢青色的裙子，手里高高举着一杯香槟，好像是在朝镜头致意。旁边插入了一张《留下的女孩》的小图，标题写着"'被德国人偷走的'价值百万的印象派画作"。

"裙子挺漂亮的。"莫说。

顿时，丽芙的脸失了血色。她没认出照片上那个笑靥如花的美人，那个跟她完全不同的女人。"哦，天哪……"她觉得好像有人冲进了她的家、她的卧室。

"我猜他们很有兴趣把你打造成一个上流社会的妖女，这样他们就可以尽情编造他们那些'可怜的法国受害者'的台词了。"

丽芙闭上眼睛。如果一直闭着眼睛，这一切或许就会消失。

"这明显是历史错误。我的意思是，一战的时候根本没有纳粹，我怀疑有没有人会注意到。我是说，我才不会担心什么呢。"屋子里很长一阵沉默。"而且我也不认为谁能把你认出来。你现在的样子可是截然不同，你看上去……"她想了半天词儿，"太穷了，而且有点老。"

丽芙睁开眼睛看照片。她就在那里，站在大卫旁边，一个富裕、无忧无虑的她。

莫从嘴里拿出勺子仔细看着。"别去看网上的版本，有些读者的评论有点……过激。"

丽芙抬起头来。

"哦，你知道，现在随便谁都有自己的看法。全是屁话。"莫走到厨房把水壶放好，"嘿，要是拉尼奇周末过来的话你介意吗？他大概有15个室友，你想象不到，在电视机前面伸个腿都能碰巧踢到别人屁股的生活有多糟糕。"

丽芙一整晚都在看那篇新闻报道：标题、那个举着香槟杯的女人，并试图压制自己日益增加的焦虑。她给亨利打了电话，亨利告诉她不必理会，这是意料之中的事。她发现自己听起来像是在跟他辩论，想验证他是不是像听上去那么有信心。

"听着，丽芙，这是件大案子，他们肯定会耍手段的，你得做好思想准备。"他给她介绍了一位法庭律师，他说出那个人名字的时候，就好像丽芙早就认识他似的。她问了一下那个人的价钱，就听到亨利在沙沙地翻文件。听到价格的时候，她觉得自己肺里的空气一下子被抽空了。

电话响了三次。一次是她爸爸，告诉她他在一个叫"奔向你妻子"的小旅游项目里找了一份工作。她心不在焉地对他说，她替他感到高兴，只是劝他不要奔向别人的妻子。"你说的话跟卡洛琳一模一样！"他大叫着挂了电话。

第二次是克里斯汀。"哦，天哪，"她连"喂"都没说就直奔主题，"我刚看到报纸了。"

"嗯，不太适合当下午的消遣读物。"

她听到克里斯汀用手捂住话筒，小声跟别人说了什么："斯文说不要再跟别人说了。一个字也别说。"

"不是我说的。"

"那他们是从哪里搞来那些可怕的东西的？"

"亨利说可能是 TARP 那儿泄露出去的。泄漏消息，让这个案子听上去越糟糕越好，这样对他们就有利。"

"要我过去吗？我现在没什么事。"

"你真是太贴心了，克里斯汀，不过我没事。"她不想跟任何人说话。

"呃，如果你愿意，我可以陪你出庭。或者如果你需要我把你这边的情况报道一下的话，我也认识几个人，比如《你好》杂志？"

"这个——不用了，谢谢。"丽芙放下电话。现在应该已经传遍大街小巷了，跟晚报相比，克里斯汀传播消息的速度要逊色多了。丽芙已经预料到自己将不得不跟朋友、熟人解释。从某种意义上来说，那幅画已经不是她的了，它已经成为一项公开的记录、一场讨论的焦点、一个错误的象征。

她刚把电话放下，电话就又响了起来，吓了她一跳。

"克里斯汀，我——"

"请问是奥利维亚·候司顿吗？"

是一个男人的声音。

她犹豫了一下。"你是？"

"我叫罗伯特·席勒，是《泰晤士报》的文艺记者。很抱歉在这个时候打扰您，我整合了一下关于您那幅画的背景资料，不知道您能不能——"

"不，不用了，谢谢。"她砰的一声把电话挂掉，怀疑地盯着电话看了看，然后把话筒从电话座架上拿开，生怕它再响起来。她把话筒往座架上放了三次，每次都是一放下就立刻响起来。各种记者留下了他们的名字和电话，他们听上去都很友好，刻意地讨好你。他们都承诺会公平报道，为占用她的时间而道歉。她坐在空荡荡的屋子里，听着自己怦怦的心跳声。

凌晨 1 点多一点，莫回来了，当时丽芙正在给所有尚且健在的 19 世纪末 20 世纪初的法国艺术专家发邮件。*我不知道您是否知道任何关于……我正试图了解……这段历史……如果您有什么资料，或是知道什么——任何内容……*

"要喝茶吗？"莫脱下外套说。

"多谢。"丽芙头也不抬地说。她的眼睛很痛，她知道自己已经到了这样一种状态：盲目地翻看网页，一遍又一遍地查看邮箱，根本停不下来。必须做些什么，不管是有意义的，还是显然没有意义的，丽芙这样强迫自己。若要无事可做，她的生活真的会轰然崩塌。

莫走进厨房，在她对面坐下，把一个杯子推过来。"你看上去很糟糕。"

"多谢关心。"

莫看着她无精打采地打字，端起茶杯喝了一小口，然后拉了把椅子坐到丽芙旁边。"好吧，现在让我这个艺术史名誉文学学士看看。你查过博物馆的档案、拍卖行的目录，还有交易商了？"

丽芙合上电脑，说："这些我全都查过了。"

"你说那幅画是大卫从一个美国女人手里得到的，那你不能问问她，她母亲是从哪儿得到的？"

她翻了翻文件。"那个……那边已经问过她了，她不知道。那幅画本属于卢安妮·贝克，后来被我们买下了。她就知道这些。她只需要知道这些就够了。"

她盯着那份晚报，它暗示她和大卫是错的，他们有道德缺陷，根本不配拥有那幅画。她眼前浮现出保罗的脸，在律师的办公室里，他在看她。

莫一反常态地压低了声音："你还好吗？"

"嗯，不好，我爱这幅画，莫。我真的很爱它。我知道这样说听上去很蠢，但一想到要失去它……我就觉得像是失去了自己的一部分。"

莫挑了一下眉毛。

"对不起，只是……出现在报纸上，成为头号人民公敌，这种心情……哦，真他妈见鬼，莫，我都不知道自己到底在做什么。我跟一个以此为生的男人争，到处搜集零零碎碎的消息，而且我连一点该死的线索也没有。"她羞愧地意识到，她快要哭出来了。

莫把文件夹拉到自己那边。"出去透透气吧。"她说，"去露台上盯着天空看十分钟，同时提醒自己，我们的存在最终都是渺小而毫无意义的，我们这个小星球很可能会被黑洞吞没，所以，这些说到底没有任何意义。我看看有没有什么可以帮上忙的。"

丽芙吸了吸鼻子。"可是你一定很累了。"

"没有，我下班之后要放松一下，这样才能睡得更好。快去吧。"她开始翻阅桌子上的文件夹。

丽芙搓了搓眼睛，套上一件毛衣，上了外面的露台。在露台上，在茫茫的黑夜中，她突然感到一阵莫名的放松。她凝望着脚下这个大都市，呼吸着冰冷的空气。她舒展四肢，感觉到自己紧绷的肩膀和脖子。在心底的什么地方，她总有种正在失去什么的感觉，许多秘密都飘到了视线之外。

十分钟后，她回到了厨房，莫正在记事簿上匆匆记着什么。"你还记得钱伯斯先生吗？"

"钱伯斯？"

"中世纪绘画。我确定你上过那个课的。我突然想起他说过的一句话，心里一直在琢磨——这也是我唯一能记起的一句话。他说，有时候，一幅画的历史不仅限于一幅画，它同样是一部家族史，包含了一个家族的所有秘密和不轨行径。"莫用钢笔敲着桌子说，"呃，我只能理解到这里了。不过我好奇的是，那幅画失踪的时候她是否跟他们住在一起的？他们似乎对此都守口如瓶，为什么任何地方都找不到关于苏菲家人的任何线索呢？"

丽芙一直坐在那里到深夜，她翻阅了厚厚的文件，一次次反复确认。她戴上眼镜，在网上浏览着，直到最后终于找到了她要找的东西，此时刚过凌晨五点。她感谢上帝让法国保留了十分详尽的公民记录。随后，她就靠在椅子上等着莫醒来。

"有没有什么方法可以阻止你这周末去找拉尼奇？"丽芙问。莫睡眼惺忪地出现在门口，乌黑的头发披在肩上。没有了浓黑的眼线，她的脸呈现出异常的粉红和脆弱。

"我不想跟你去跑步，谢谢。不行，任何流汗的事情都不行。"

"你以前法语说得挺流利的，对不对？你愿意陪我去巴黎吗？"

莫去弄烧水壶。"你是用这种方式告诉我你已经转移到另一边去了吗？虽然我很喜欢巴黎，但我还没太准备好去风流快活。"

"不是，我是用这种方式告诉你，我需要你运用你优异的能力，用法语跟一个 80 岁的老人聊聊天。"

"这真是我最喜欢的度过周末的方式。"

"我还可以额外奉送一晚一星级酒店的住宿。白天或许还可以在巴黎老佛爷百货逛逛，当然，是逛逛橱窗。"

莫转过身来朝她眨眨眼。"这叫我如何拒绝？我们什么时候出发？"

Chapter 7
一段刻意抹去的记忆

　　"明天就开庭了。"他站在那儿,等待着。

　　她的表情很紧张,眼睛一闪一闪的,像是有千言万语,他却不知道。

　　"我知道这么说可能没什么意义,但我们能不能先把案子的事搁一边。就今晚?"她的声音太虚弱了,"我们能不能只是作为两个普通人?"

　　她略带哽咽的声音让他放弃了抵抗。他一把把她拉过来,两只胳膊紧紧抱住她,站在那儿,直到周围的世界都消失。

▶ *1*

下午 5:30，丽芙和莫在圣潘克拉斯火车站会合。

莫站在一家咖啡厅外，朝丽芙轻轻地摆手，另一只手里夹着一根烟。丽芙一想到未来的两天是只有她和莫的日子，就莫名地感觉到轻松。远离玻璃房子里死一般的寂静，远离那部电话（丽芙真的认为那部电话有强辐射——已经有 14 个记者在答录机里留下了各种各样表达善意的信息），远离保罗，他的存在总是让她想起自己做错的一切……真是太清净了。

意识到自己竟然如此期待逃离，丽芙想到了可耻二字。

昨晚她告诉斯文自己的计划，斯文立马问道："你能负担得起吗？"

"我什么也负担不起。我把房子进行了再抵押。"

斯文的沉默，仿佛镁光灯一般刺激丽芙，叫人迫不及待想要打破。

"我只能这样做，律师事务所要求先交保证金。"

法务费几乎耗光了丽芙的所有。只是那个法庭律师就要 500 英镑一小时，而他甚至都还没站到法庭上。"等到那幅画重新归我的时候就好了。"她简短地说。可是，具体到什么时候，丽芙真的不确定！

"我们要见的那个人是谁？他跟你的案子有什么关系？"莫问。

菲利普·贝塞特是苏菲·勒菲弗的弟弟奥雷利恩·贝塞特的儿子，丽芙对莫解释说，那个小镇被德军占领期间，奥雷利恩一直住在红公鸡。苏菲被带走的时候他也在场，之后他又在镇上生活了很多年。"在所有的人当中，他最有可能知道那幅画是怎么消失的。我跟他所在养老院的女主管说过了，她说他现在大脑还很清楚，所以谈谈话应该没问题，不过我得亲自去一趟，因为他耳朵聋得很厉害，没法打电话。"

"哦，很高兴能帮你。"

"谢谢。"

"不过，你知道我其实不怎么会说法语的吧。"

丽芙猛地扭过头来，莫正把一小瓶红色的酒倒进两个塑料杯里。"什么？"

"我不会说法语，不过，我很擅长理解一般老人说的那些含糊不清的话。我能猜出一些。"

丽芙一屁股坐到座位上。

"我开玩笑的，天啊，你真是好骗。"莫两手抱着酒杯，喝了一大口，"有时候我都替你担心，真的。"

之后在火车上的旅程她就记不太清了。她们喝完那瓶酒后又喝了两小瓶，路上一直在聊天。

几个星期以来，这算是丽芙真正意义上的一次外宿。

莫跟她讲了些自己的事情：她父母之间的关系有些疏远，他们不能理解她为什么没有野心，不理解她为什么要去养老院，可这正是她喜欢的。"哦，我知道我们是底层中的底层，护工，可是那些老人都很好。他们中有些人真的很聪明，还有一些人很有趣。跟同龄人相比，我更喜欢他们。"

丽芙等着她说"你除外"，但一直没等到，她努力不让自己生气。

最后，她还是把保罗的事情告诉了莫，莫沉默了一会儿。说："你都没去谷歌上搜一下他的名字就跟他上床了？哦，天哪，你说你长期没有约会的时候，我从来没想过……你不能不调查一下对方的背景就跟他上床。上帝啊！"

她往座位上靠了靠，又把杯子满上。只过了一会儿，她又变得异常兴奋起来。"哇哦，我刚刚才意识到：你，丽芙·候司顿，经历的可能是史上最贵的一次一夜情。"

晚上，她们住在巴黎郊区一家便宜的旅馆里。旅馆的浴室是用一片黄色的塑料布围起来的，洗发水的颜色和气味跟洗洁精一模一样。她们吃了一块又硬又油的新月形面包，喝了一杯咖啡，而后便打电话给养老院。丽芙把两人的东西打包收拾好，胃里像打了结，又紧张又期待。

"哦，还是把包打开吧。"莫挂上电话说。

"怎么了？"

"他不太舒服，今天见不了客。"

正在化妆的丽芙震惊地看着她。"你告诉他们我们是从伦敦千里迢迢赶过来的吗？"

"我告诉她我们是从悉尼过来的。但那个女人说他身体很虚弱，就算我们过去也只能看他睡觉。我把我的手机号码告诉她了，她答应说如果他好起来，马上给我们打电话。"

"要是他死了怎么办？"

"只是感冒而已，丽芙。"

"可是他那么大年纪了。"

"别这样，我们去酒吧喝一杯，看看那些我们买不起的衣服。等她打电话来，我们就直接过去。"

整个上午她们都在那看不到尽头的大商场里逛，商场里装饰着彩条和各种小饰物，挤满了为圣诞节采购的人。丽芙很想转移一下自己的注意力，享受这里的不同，但她却对每件商品的价格异常敏感。一条牛仔裤要 200 英镑难道是很合理的价格吗？100 英镑的润肤霜真的能去除皱纹吗？她发现自己刚拿起一件衣服又赶紧把它挂了回去。

"真的有那么糟糕吗？"

"那个法庭律师要 500 英镑一小时。"

莫等了一会儿，以为她会开句玩笑，但没有等到。"哦，我希望那幅画值得。"

"亨利似乎认为我们的辩护理由很充分。他说他们光说不干。"

"那就别担心了，丽芙，看在上帝的分上，你就放松点儿吧。快点——这个周末可是你改变一切的时刻。"

但丽芙没法放松。她来这儿是为了找一个80岁的老人搜集信息，而他能不能跟她说话还是个问题。庭审下周一就要开始了，她需要获得更有力的武器去迎战。

"莫。"

"嗯？"莫正拿着一条黑丝裙，还一直略带紧张地抬头看着监视器。

"我们能去别的地方吗？"

"当然可以，你想去哪儿？巴黎皇家宫殿？玛莱区？或者我们可以找个酒吧，你可以跳跳舞，要是你想找回自己的话。"

她从包里拿出一张地图打开。"不，我想去佩罗讷。"

她们雇了一辆车从巴黎出发朝北驶去，莫不会开车，所以丽芙就当起了司机，她一直强迫自己记住要靠右行驶。她已经好几年没开过车，越靠近佩罗讷，她就越觉得像是远处有战鼓在敲响。郊区逐渐变成了农田和巨大的工业区，差不多两小时后，她们终于踏上了东北部的平原。她们跟着路标走，偶尔走错了又原路返回，最后，快四点的时候，她们终于缓缓地开上了小镇的主街。镇上很安静，不多的几个摊位已经收工了，灰石广场上只有几个人。

"我有点喘不上气来了，你知道最近的酒吧在哪儿吗？"

她们把车停在路边，抬头望着广场上那家旅馆。丽芙摇下窗户，盯着砖砌的房子正面。"就是它。"

"是什么？"

"红公鸡。那就是他们所有人住的旅馆。"

丽芙慢慢地爬下车，眯眼看着牌子。那牌子看上去像是上个世纪初做的，窗户漆得很亮，花箱里全是盛开的红色的花。一个牌子挂在铁架子上旋转，一扇拱门通往铺满碎石的院子。透过拱门，丽芙看到里面有几辆价值不菲的汽车。她的心像被什么东西抓住了，到底是紧张还是期待，她也分不清楚。

"是米其林星级的，太棒了。"

丽芙盯着她。

"哎，大家都知道米其林星级餐厅的员工最好看了。"

"呃……拉尼奇？"

"这是外国的规矩。大家都知道要是换个国家就不算数了。"

莫穿过门口走进酒吧。一个穿着笔挺的围裙，特别帅气的年轻小伙子接待了她。丽芙站在旁边看莫跟他用法语交谈。

丽芙闻着饭菜、蜂蜡、花瓶里玫瑰的香味，凝视着周围的墙壁。她的画曾挂在这里。差不多一百年前，《留下的女孩》跟画上的主人公一起住在这里。她心里某个奇怪的部分甚至有点期待那幅画能出现在她面前的某一面墙上。

她转身对莫说："问问他这地方的老板还是贝塞特吗？"

"贝塞特？不是。"

"不是，这里显然属于一个拉脱维亚人，他开了许多连锁酒店。"

丽芙有点失望。她想象着这个酒吧里全是德国人的样了，一个红头发的女孩在吧台后面忙碌着，眼中闪过仇恨。

"他了解这个酒吧的历史吗？"她从包里拿出复印的照片，莫用流利的法语重复了一遍。酒吧间的男服务员俯下身子看看，耸了耸肩。"他是八月份才来这里工作的，他说他什么也不知道。"

男服务员又开口了，莫说："他说这个女孩很漂亮。"丽芙直接翻了个白眼。

"他还说你是第二个问这些问题的人。"

"什么？"

"他就是这么说的。"

"问问他那人长什么样？"

"年近四十的样子，身高大约6英尺，短发，有零星的白头发。像是个警察。他留了名片。"男服务员说着，把名片递给丽芙。

保罗·麦考夫迪。TARP主管。

她感觉自己整个儿由内而外地燃烧起来，又是这样？你连来这儿也比我抢先一步？她觉得自己被嘲弄了。"这个能给我吗？"她说。

"当然可以。"男服务员耸耸肩说，"女士们，我帮你们找张桌子吧？"

丽芙的脸一下子红了。*我们没钱。*

正在研究菜单的莫却点了点头。"好，今天是圣诞节，我们好好大吃一顿。"

"可是……"

"我请客。我这一辈子都在伺候别人用餐，如果要我奢侈一次的话，我情愿选择这里，在一家米其林星级餐厅里，周围全是让－皮埃尔那样的大帅哥。这是我应得的。快点，我欠你一顿。"

她们一起在餐厅里吃饭。莫一直喋喋不休地说话，跟那些服务员调情，每道菜上来的时候都异常兴奋地大喊大叫，兴高采烈地在高高的白蜡烛上把保罗的名片烧了。

丽芙努力让自己融入其中。

食物很美味；服务生很得体、很有见识；这里是美食天堂，正如莫一直说的那样。但她坐在热闹的餐厅里，却感觉到有什么奇怪的事情正在发生：她无法将这里当作一间简单的餐厅。她眼前浮现出苏菲·勒菲弗在吧台后的样子，耳朵里充斥着德国人的军靴踏在古老的榆木地板上发出的重重的回音。她仿佛能看到壁炉里的圆木正在燃烧，听到部队正在前进，还有远处轰鸣的枪炮声。她看到外面的人行道上，一个女人被拽进一辆军用卡车，她的姐姐哭泣着，头就埋在这个吧台上，痛苦地趴在那里。

"那只是一幅画而已。"当丽芙拒绝了巧克力软糖，向莫坦陈这一切时，莫有点不耐烦地说。

"我知道。"丽芙说。

最后，她们终于回到了旅馆，丽芙把文件夹拿到那间塑料浴室里。莫睡着了，她就借着昏暗的长条灯光一直看啊看，希望能发现自己错过了什么。

周日早上，丽芙把自己所有的指甲咬了个遍，只剩最后 个了，这时养老院的女主管打来电话。她给了她们一个地址，是市区东北部的一个地方。她们开着租来的小车，沿着不熟悉的道路和拥堵的城市大街艰难前行。莫前一天晚上喝了差不多两瓶葡萄酒，现在她有些力不从心，很烦躁。丽芙也很沉默，因为没有睡觉，她现在很累，但脑子里却想着无数个问题。

在丽芙的想象中，她们奔向的是很沉闷的地方：20世纪70年代左右的盒子似的建筑、深红色的砖墙、塑料窗户、井然有序的停车场。可事实上她们停车的地方让人惊喜，两扇熟铁大门里，曲径通幽。一幢四层楼房，优雅的窗户上安着百叶窗，常春藤覆盖着整面墙壁。房子周围还有干净整洁、用心打理过的小花园。

丽芙按了按门铃，莫则在一旁补口红。

在接待室里等了一会儿才有人来招呼她们。透过通往左边走道的玻璃门，传来渐渐高昂的、震颤的歌声，一个留着短发的年轻女子在演奏电风琴。在一间小办公室里，两个中年女性正在忙着填表。

其中一个终于转过身来。"您好。"

"您好。"莫说，"我们来这儿找谁来着？"

"贝塞特先生。"

莫用流利的法语告诉那个女人。

女人点点头。"会说英语吗？"

"嗯。"

"麻烦这里登记，洗手，然后这边。"

她们在一个本子上写下名字，那女人朝一瓶消毒液指了指，她们装模作样地好好搓了搓手。

"这地方不错。"莫像个行家似的嘟囔着说。之后，两人跟着那个女人快步穿过一段迷宫似的走廊，最后到达一扇半掩的门前。

"先生，您有客人来了。"

那个女人走进去，噼里啪啦地像是跟谁在激烈地讨论了一番之后又出来了。丽芙和莫尴尬地等在门口。"你们可以进去了。"她说，随即又加了一句，"我希望你们给他带了东西。"

"女主管说我应该给他带点马卡龙。"

那女人看了看丽芙从包里拿出来的包装精美的盒子。

"啊，对。"她微微一笑，"他就喜欢这个。"

"五点之前他们都在办公室。"那女人走的时候，莫小声说。

菲利普·贝塞特坐在一张靠背椅上，凝望着外面的小院子，院子里有个喷泉。一辆小推车上放着一个氧气罐，跟插在他鼻孔里的小管子相连。他脸色发灰，满脸皱纹，像是塌了下去；他的皮肤许多地方是半透明的，露出底下复杂的血管。他一头浓密的白头发，眼睛不停地转动，说明他比周围的环境敏锐得多。

她们一直走到椅子前面对着他，莫弯下腰，尽可能拉近两人的距离。她看上去自在多了，丽芙想，好像这些都是她照顾过的老人似的。

"您好。"莫用法语说着，向他自我介绍。他们握了握手，丽芙把马卡龙送给他。他盯着她们打量了一会儿，然后敲了敲盒子盖。丽芙赶紧打开盒子，把盘子递给他。他先朝她指了指，见她摇头，又慢慢地选了一个等着。

"他可能想让你送到他嘴里。"莫小声说。

丽芙犹豫了一下，照做了。贝塞特像只小鸟似的张开嘴巴，然后闭上嘴巴，闭着眼睛，似乎细细品味马卡龙逐渐变得软糯的甜味。

"告诉他我们想问他几个关于爱德华·勒菲弗家族的问题。"

贝塞特听着，大声地叹了口气。"我会说英语。"他说。

"您认识爱德华·勒菲弗吗？"

"我从来没见过他。"他的语速很慢，好像只是说话都很困难。

"那您的父亲，奥雷利恩，认识他对不对？"

"我父亲见过他几次。"

"您父亲住在佩罗讷？"

"我们全家人都住在佩罗讷，直到我11岁。我姑姑伊莲娜住在旅馆，我父亲在烟草店。"

"昨晚我们去了那家旅馆。"丽芙说着，等待他的回应。但他似乎没听懂。丽芙打开一张照片，"您父亲有没有提到过这幅画？"

他注视着画上那个女孩。

"苏菲。"他终于开口道。

"对。"丽芙激动地点点头，"苏菲。"她觉得有一丝兴奋。

他的目光注视着那幅画，眼睛陷了下去，不知为何，他眼中似乎承载了一个世纪以来全部的欢乐与哀伤，望不穿。他眨眨眼，长满皱纹的眼睑慢慢闭上，像是看到了什么史前怪物。最后，他终于抬起头来。"我不能告诉你。我们不能谈论她。"

丽芙望着莫。

"什么？"

"苏菲的名字……在我们家里不能提。"

丽芙眨眨眼。"可是，她是你的姑姑，不是吗？她嫁给了一位伟大的画家。"

"我父亲从来不提这件事。"

"我不明白。"

"一个家里并不是所有的事情都可以解释的。"

屋子里陷入了沉默，莫看起来有些尴尬，丽芙试图转移话题。"那……您对勒菲弗先生了解多少？"

"不了解。苏菲走了以后，巴黎的一位商人送了一些画到旅馆里，那时候我还没有出生。因为苏菲不在，所以伊莲娜留下两幅，给了我父亲两幅。我父亲告诉她他不想要，但他去世后，我却在我们家阁楼上发现了那两幅画。我在这儿的费用就是用卖那两幅画的钱付的。这儿……是个很不错的地方，所以……我觉得，不管发生过什么事，我和苏菲姑姑的关系还算不错。"

他脸上的表情突然变得柔和。

丽芙往前倾了倾身子。"不管发生过什么事？"

老人脸上的表情令人捉摸不透，有一瞬间，她怀疑他点了点头，不过随后他又开口说："佩罗讷有一些传言……谣言……说我姑姑通敌。这也是为什么我父亲不允许我们讨论她的原因。最好表现得像她从来不存在一样。在我的成长过程中，不管是我父亲还是我姑姑都从来没有说起过她。"

"通敌？当间谍？"

他过了一会儿才回答。"不是。她跟德国侵略者的关系……不太正确。"他抬头看着她们俩，"这对于我们家来说是件痛苦的事。如果你们不是亲身经历过那个时期，如果你们家不是来自一个小镇，那你们绝对无法理解那对我们来说意味着什么。没有通信，没有画像，没有照片。从她被带走的那一刻起，她就从我父亲的世界里消失了，就像她从来没有存在过一样。他……"他叹了口气，"是个不肯原谅别人的人。不幸的是，她家里的其他人也决定把她从家族的历史中抹去，彻底地抹去……"

"甚至包括她姐姐？"

"甚至包括伊莲娜。"

丽芙惊呆了。长久以来，她一直以为苏菲是生活中的幸运者，她那得意洋洋的表情，脸上写满了丈夫对她的宠溺。她努力将自己心目中的那个苏菲跟这个被人忘却、遭人遗弃的女人联系在一起。

老人那长长的、疲惫的呼吸中包含了太多太多痛苦，丽芙突然觉得很愧疚，后悔自己的到来又让他回忆起这些。"真的很抱歉。"她说。她不知道自己还能说什么。她现在已经明白，她们将一无所获。怪不得保罗·麦考夫迪干脆就没来。

屋里的沉默继续着，莫偷偷吃了一个马卡龙。丽芙抬起头来的时候，贝塞特正盯着她。"谢谢您今天跟我们见面，先生。"她拍拍他的胳膊，"我发现我很难将您说的那个苏菲和我心目中的她联系在一起。我……我有她的画像，我一直都很喜欢她。"

他的头微微抬高了一点，平静地看着她。

"我真的认为，她看上去像是一个自信有人爱她的人。她似乎……"丽芙耸耸肩，"是有灵魂的。"

两个护工出现在门口。她们身后跟着一个推推车的女人，那女人显得有些不耐烦。食物的香味从门口飘进来。

丽芙站起来准备离开，在她起身的时候，贝塞特抬起一只手。"等一下。"他用食指指着一个书架说，"红色封皮那本。"

丽芙用手指在一本本书的书脊上滑过，直到他点头。她从书架上拿下一个破旧的文件夹。

"那些都是苏菲姑姑留下的，她的信。里面有一些讲到了她和爱德华·勒菲弗的关系，是他们从她卧室里的什么地方找出来的。就我能想起来的，好像没有关于你那幅画的内容，不过，这些或许能帮你更清楚地了解她是个什么样的人。在她的名字成为禁忌的那段日子里，这些东西让我看到了……一个很出色的人。"

丽芙小心翼翼地打开文件夹，里面塞满了明信片、脆弱的信纸和小画像。在一张脆弱的纸上，她看到了弯弯绕绕的手写字，还有苏菲的签名。她的心一下子提到了嗓子眼。

"这是我父亲去世后我从他的遗物里找到的。他跟伊莲娜说他把这些都烧了，烧得一干二净。她一直到死都以为跟苏菲有关的所有东西都被毁掉了。我父亲就是这样的人。"

丽芙盯着那些东西，仿佛看到一双手从泛黄的纸页中浮出来，像久别重逢一般抓住了她的视线。"我去把这些东西复印一下，然后就还给你。"她结结巴巴地说。

他淡然地摆了摆手。"我留着这些东西有什么用呢？我已经看不见了。"

"先生——我必须问一下，我不明白，勒菲弗家的人肯定也想过了所有这些东西。"

"对。"

她和莫交换了一个眼神。"那您为什么没有把这些东西给他们呢？"

他的眼前似乎揭下了一层面纱。"那是他们第一次来看我，问我关于那幅画都知道什么，我有没有什么东西可以帮他们的……一直问，一直问……"他摇摇头，声音也高了起来，"他们之前一直对苏菲不闻不问，凭什么现在要利用她发财？爱德华家的人对谁都不关心，除了他们自己。什么都是钱、钱、钱。要是他们输了官司的话我会很开心的。"

他脸上露出执拗的表情，会谈显然到此为止了。护工在门口走来走去，默默地看着手表抗议。丽芙知道她们逗留得太久了，必须赶紧走，但她还得再问一个问题。她伸手去拿外套。

"先生，您知道您的姑姑苏菲离开旅馆之后发生了什么事吗？您有没有查过？"

他低头看看她的图片，一只手放在上面，一声叹息像是来自什么幽深之处。"她被德国人逮捕并送到了集中营。像其他许多人一样，从她离开的那天起，家里人就再没有见到她或听到她的消息。"

2

1917 年

拉牲口的卡车沿着坑坑洼洼的道路颠簸着、呻吟着，不时地转到路边的草坪上，以避开那些跨不过去的大坑。大雨盖过了其他声音，车轮在泥泞的路上打转，汽车引擎轰鸣着表示抗议，车轮挣扎着不断溅起块块泥巴。

我第一次惊讶地看见小镇外的生活——还有破坏——是如此触目惊心。

在离佩罗讷只有几英里的地方，整个村庄和城镇都已经面目全非，被炮火夷为平地，商店和房屋都变成了一堆堆灰石和碎砖。正中央是一个个大火山口，里面积满了水，绿色的水藻和植物说明这些东西由来已久，镇上的居民默默地看着我们经过。我们仅仅经过三个镇子，我竟辨不出我们到底在哪里，却逐渐明白了我们经历的这场战争是多么浩大惨重。

透过扑闪的防水布，我看见一列列整装待发的士兵骑在骨瘦如柴的马上，面色土灰的人费力地拖着担架，身上穿着又黑又湿的军装，摇摇晃晃的卡车上，许多谨慎的面孔望着外面，目光空洞深不可测。

司机会不时地停下车跟另外一个司机交流几句，我真希望自己会点德语，那样我就可以知道自己要去哪里了。因为下雨，影子很淡，不过我们似乎在向东南方向移动。是阿登高地① 的方向，我努力控制住自己的呼吸。为了控制内心深处那种快要让我窒息的恐惧，唯一的办法就是让自己相信，我是去找爱德华，一定会找到的。

实际上，我感觉很麻木。在刚坐进卡车车厢的那几个小时里，如果你问我，我可能连一个完整的句子都说不出来。我坐在那里，镇上人们刺耳的话语犹在耳边，弟弟那厌恶的表情还留在我脑海里，刚刚发生的一切让我的嘴唇干得像一块干掉的水泥。我看到了姐姐，她的脸因痛苦而扭曲，还有伊迪丝试图抓住我时那紧紧不放的小胳膊。

那时候我的恐惧是那么强烈，我以为自己会放弃尊严。恐惧一波波地袭来，我的两条腿在发抖，牙齿在打战。后来，看到那些被毁的城镇，我发现对于很多人来说，最坏的已经发生了。我告诉自己要冷静——这是我回到爱德华身边的必经之路，这是我自己要求的，我必须相信。

恐惧像只食肉的野兽，再次袭上心头。我闭上眼睛，双手合十紧紧按在包上，想着我的丈夫……

爱德华咯咯笑着。

"怎么了？"我两只手搂着他的脖子，让他的话语温柔地落在我的皮肤上。

"我在想昨天晚上，你追着法拉杰先生在他柜台那儿跑的样子。"

---

① 位于比利时东南、卢森堡北部和法国东北部的森林台地。

我们已经负债累累。我曾经拉着爱德华在各个酒吧里转，向那些欠他钱的人讨债，他们不付钱我们就不走。法拉杰当时拒绝还钱，还羞辱我，使得本来性格慢热不怎么爱生气的爱德华突然伸出拳头狠狠揍了他。他还没栽到地上就失去了知觉。酒吧里一阵喧闹，桌子翻了，玻璃杯在我们耳边飞，我们就这样走出了酒吧。我拒绝逃跑，而是拉起裙子，优雅地走了出去，中途还停下来从柜台放钱的抽屉里一分不差地拿走了他欠爱德华的钱。

"你真是无惧无畏啊，小夫人。"

我肯定是打了个盹，卡车颠簸着停了下来，我的头撞在车顶的柱子上。卫兵在车子下面跟另一个士兵聊天。我偷偷往外看了看，揉揉脑袋，舒展冻得僵硬的四肢。我们到了一个小镇上，它的火车站已经换成了德文名字，所以我不认识这到底是哪里。防水布被掀了起来，一个德国士兵的脸突然冒出来。发现车里只有我一个人后，他似乎很惊讶。他喊了一声，示意我下车，见我动作不够快，他就直接过来拽我的胳膊，我绊了一下，包掉到了潮湿的地上。

这是我两年来头一次在一个地方看见这么多人。那个车站有两个站台，乌压压的全是人，我目光所及大部分都是士兵和犯人。那些臂上戴着袖章、衣衫褴褛、肮脏不堪的显然是犯人。他们都低着头。我发现自己在打量他们的脸，在我被推着从他们中间穿过的时候，我一直在找爱德华。但我被推得太快了，根本看不清。

我被推进一节货车车厢里，上车的那边能看到里面黑压压的全是人影。正当我使劲抓着我的包，努力让眼睛适应里面昏暗的光线时，身后的门砰的一声关上了。

车厢两边各有一条窄窄的木凳，几乎每一寸都被人占满了，更多的人则坐在地上。有些人躺在车厢边上，脑袋枕着一小捆衣服样的东西。所有的东西都很脏，所以也看不清到底是什么。空气很浑浊，充满了那些没有洗澡，或者更糟糕的，很长时间没有洗澡的人身上的臭味。

"有人会说法语吗？"我打破了沉默。几张面孔茫然地朝我看了看，我又问了一遍。

"我会。"一个声音从车厢后面传来。我小心地穿过车厢，尽量避免打扰那些正在睡觉的人。我听到有人说话，可能是俄国人。我踩到了谁的头发，那人骂了一声。最后我终于走到了车厢后面。一个光头男子正看着我，他的脸上有疤，像是最近刚发过疹子，颧骨突得很高，好像骷髅似的。

"你会说法语？"他问。

"对。"我答道，"这是什么地方？我们要去哪儿？"

"我们要去哪儿？"他担忧地看着我，然后，见我是认真的，他凄惨地笑了笑。

"图尔斯？亚眠？里尔[①]？我怎么知道？他们一直赶着我们不停地穿越边境，所以没有一个人知道自己在哪儿。"我在他旁边坐了好几个小时，两只胳膊抱着膝盖，大脑因为焦虑而麻木了。不知为何，

---

① 皆为法国城市名。

我们中途停了一下，然后有几个人站起来在车厢来回走了走，好舒展舒展腿脚。

我正打算回到自己原来的地方，突然看到地上的那个身影。那件黑色外套那么眼熟，起初我几乎不敢靠近去看。我往前走了几步，经过一个睡觉的人，跪了下来。"莉莉安？"我能看到她的脸，还是淤青的，埋在所剩无几的头发下面。她睁开一只眼，似乎不敢相信自己的耳朵。"莉莉安！是我，我是苏菲。"

她凝视着我。"苏菲。"她小声说，然后抬起一只手摸着我的手，"伊迪丝呢？"虽然她现在很虚弱，我依然能听出她声音里的恐惧。

"她跟伊莲娜在一起。她很安全。"

她又闭上了眼睛。

"你生病了吗？"这时我才看到那些血迹，已经干掉了，在她裙子上到处都是，她整个人死一般的苍白。

"她这个样子很久了吗？"

旁边的一个男人耸耸肩，似乎莉莉安这样的人他已经见得太多了，所以无法产生同情。那个法国人喊道："我们上车的时候她就在这儿了。"

她的嘴唇裂了，眼睛深陷下去。"有人有水吗？"我喊道。有几个人转过脸来看看我。

那个法国人同情地说："你以为这是餐车吗？"

我又提高声音问了一遍："有没有人有一点点水？"我能看到那些面孔互相看了看。

"这位女士曾冒着生命危险给我们镇上传递消息。如果有人有水的话，求求你们了，就给几滴吧。"车厢里响起一片小声的议论。"求求你们了！看在上帝的分上！"然后，令人惊讶的事情发生了。几分钟后，一个瓷碗传了过来，碗底有半英寸雨水样的东西。我大声喊着道了谢，然后轻轻抬起莉莉安的头，斜起碗把这珍贵的几滴水倒进她嘴里。

法国人似乎突然活跃起来。"下雨的时候，我们应该把杯子、碗和所有能伸出车厢的东西都拿出来。我们都不知道下次发食物或水是什么时候。"

莉莉安痛苦地把水咽下去，我在地上摆好位置，让她靠在我身上。随着一声尖叫和金属在铁轨上剧烈摩擦的声音，火车朝乡下开去。

我没法告诉你我们在那辆火车上待了多久。火车开得很慢，走走停停，也看不出有什么特别的原因。我透过墙板的裂缝看着外面，看着无穷无尽的部队、犯人和平民在我千疮百孔的祖国大地上行进，怀里抱着一直处于昏睡状态的莉莉安。雨越下越大，德国人把收集来的水传给大家喝，人群里爆发出微小的满足声。我很冷，但又喜欢下雨和低温：我无法想象当大家身上的臭味越来越浓时这车厢里会变成怎样一番恶心的景象。

时间不断流逝，我和那个法国人一直在聊天。我问他帽子的号码和夹克上的红布条是什么意思，他告诉我他来自 ZAB——劳工营。那里的犯人干着最苦最累的工作，他们被运到前线，暴露在同盟国的炮火之下。他告诉我，他每周都看到许多火车，上面装满了男孩、女人和年轻的女孩子，他们被送到各个地方去给德国人当奴隶。今晚，他说，我们会在已经没有人的村庄里，那些废弃的兵营、工厂或学校里过夜。他也不知道我们会被送到集中营还是劳工营。

"他们不给我们饭吃，这样我们就没有力气，不会试图逃跑。其实只要能活着，我们大多数人就已经感激不尽了。"他问我包里有没有吃的，我说没有，他很失望。我把伊莲娜装进去的一块手绢给了他，因为我觉得必须送他点什么。他看着洗得干干净净的棉布手绢，仿佛手里捧的是一块绢丝，但随后他又还给了我。"你留着吧，"他欲言又止，"留着给你朋友用。她以前做过什么事？"

当我告诉他莉莉安多么勇敢，在德军封锁下仍给我们镇上带来外部的消息后，他看莉莉安的眼神变了，似乎他看到的不再是一副躯体，而是一个真正的人。我告诉他我在搜集我丈夫的消息，他被送到阿登去了，法国人的脸色立刻沉重起来。"我在那儿待过几个星期。你知道那儿暴发伤寒了吗？我会为你祈祷，祈祷你丈夫还活着。"

我将涌上来的一股恐惧生生地压下去。"你们那里的其他人呢？"我问他，试图转移话题。火车放慢了速度，我们又经过一队正在艰难跋涉的犯人。没有一个人抬头看看旁边经过的火车，似乎所有人都为自己被迫为奴感到羞愧。我一一扫过他们的脸，生怕爱德华会在他们中间。

过了一会儿他才回答："我是唯一活下来的人。"

天黑后又过了几个小时，我们驶入了一条支轨，车门哐啷哐啷地打开了，有人用德语大声喊着让我们下车。一个个身影疲惫地从地上爬起来，手里抓着瓷碗，沿着一条废弃的轨道往前走。沿途穿插着德国步兵，用枪戳着我们走到队伍里。我感觉自己像头被驱赶的畜生，早已没有了人样。我想起在佩罗讷那个不要命逃跑的年轻犯人，突然明白了为什么他明知会失败还要拼命逃跑。

　　我把莉莉安拉在身边，手伸到她胳膊底下搀着她。她走得很慢，有点太慢了。一个德国人走到我们身后踹了她一脚。

　　"放开她！"我抗议道。他举起来复枪托朝我的脑袋砸过来，我踉跄着摔倒在地上。有双手把我拉起来，我又继续往前走，头晕乎乎的，视线也模糊了。我抬起一只手摸了摸太阳穴，太阳穴那里破了，黏糊糊的全是血。

　　我们被轰进一座空荡荡的大工厂里，地上的碎玻璃嘎吱嘎吱响，寒冷的夜风透过窗户呼呼地吹着。我们能听到远处大炮的轰鸣声，甚至能偶尔看到爆炸的光闪过。我偷偷往外看，想知道我们在哪儿，但在夜幕下，只剩一片漆黑。

　　"过来。"一个声音说，法国人走到我们俩之间，扶着我们带我们朝一个角落挪去，"瞧，那儿有吃的。"

　　汤，是别的犯人从一张长桌那儿用两个大缸端来的。从那天凌晨开始我就没吃过东西。汤很稀，里面有些不明物体，但我的胃已经因为期待抽了起来。法国人把自己的瓷碗装满，又把伊莲娜放在我包里的一个杯子装满，就着三片黑面包，我们坐在角落里吃起来，时不时地给莉莉安一小口（她一只手的手指破了，所以没法用手拿），吃完后又用手指仔细地擦着碗，任何一点残渣也不放过。

"吃的可不经常有，或许我们转运了。"法国人说，但连他自己都不相信。他拿着缸朝那张长桌走去，那里早已有一大群人在等着再多来一点。我好恨自己不能跑得快一点，我不敢离开莉莉安，哪怕只是一会儿。几分钟后法国人回来了，碗又装满了。他站在我们旁边，把碗递给我，指了指莉莉安。"给，"他说，"她需要恢复体力。"

莉莉安抬起头，她看他的眼神就好像她早已忘记被别人友好相待的滋味儿了，我不禁热泪盈眶。法国人朝我们点点头，好像我们是在另一个世界，他亲切地祝我们晚安，然后就退到男人们睡觉的地方去了。我坐下来喂莉莉安，一小口一小口地喂，就像在喂一个孩子。喝完第二碗后，她颤抖着叹了口气，头靠在我身上睡着了。

我坐在黑暗中，周围是默默移动的身影，有人在咳嗽，有人在抽泣，耳朵里能听到德国、英国和波兰的口音。我感觉到地上不时传来远处炮弹落在房屋上引发的震动，但其他人似乎都觉得这震动不算什么。我听着其他犯人的喃喃低语，气温逐渐下降，我开始发抖了。我想象着自己的家，伊莲娜睡在我旁边，小伊迪丝的手缠在我的头发里。黑暗中，我偷偷地哭了，到最后，因为太累，我也睡着了。

我醒了，有几秒钟我不知道自己在哪儿。

爱德华一只胳膊搂着我，整个人靠在我身上。时间似乎出现了一个小小的裂缝，一种如释重负的感觉透过裂缝涌进来——他在这儿！——随后我便意识到，压在我身上的不是我丈夫。在夜幕的掩饰下，一只男人的手，偷偷摸摸而又迫切地伸进我的裙子，也许他以为我很害怕，而且筋疲力尽。我僵硬地躺在那儿，当我明白了这个入侵者想从我这儿得到什么时，大脑变得冰冷而又愤怒。我该叫吗？要是我叫的话会有人在意吗？这会不会又给德国人一个惩罚我的机会？我慢慢地把半压在身子底下的胳膊挪出来，手擦过一片玻璃，玻璃又冷又尖，应该是从窗户上炸下来的。我用手指捏住玻璃，然后，几乎来不及细想自己在做什么，就转身侧躺，把玻璃碴按在了那位不知名侵犯者的喉咙上。

"再敢碰我，我就用这个刺穿你。"我小声说。我能闻到他臭烘烘的呼吸，感觉到他的震惊。他没有料到我会反抗。我甚至都不确定他是否听懂了我的话，但那锋利的玻璃他肯定是懂了。他举起双手，表示投降，也可能是表示道歉。我按住玻璃又过了一会儿，让他明白我的意图。在近乎一片漆黑中，有一瞬间，我的视线碰上了他的，我发现他害怕了。他也发现自己身处一个没有规则、没有秩序的世界中，如果在这个世界里他可以攻击一个陌生人，那我也同样可以割破他的喉咙。我手一松，他立刻爬了起来。我只能看到他的身影磕磕绊绊地穿过一个个正在睡觉的人朝工厂另一边走去。

我把玻璃碎片塞进裙子口袋，坐直了，胳膊护住正在睡觉的莉莉安，等待着。

我似乎又睡了几分钟，然后我们就被喊叫声吵醒了。德国卫兵正在屋子里到处走，用枪托打睡觉的人，用靴子踢他们，让他们起来。

我强迫自己直起身子，一阵剧痛传来，我差点叫出声来。透过模糊的视线，我看到有士兵朝我们走来，拉着莉莉安想让她站直，然后好打我们。

在黎明时分刺眼的蓝光中，我终于可以看清周围的环境。工厂很大，处于半废弃状态。屋顶中央有个炸开的大洞，房梁和窗户散落在地上。远处那头，支架桌上摆着咖啡样的东西，还有一大块黑面包。我扶着莉莉安——我得在食物被抢完之前扶着她穿过中间那一大块空地。"我们在哪儿？"她偷偷看着破碎的窗户问。远处传来一声爆炸声，这说明我们肯定在前线附近。

"我不知道。"我说。她现在的身体状况能够支撑她跟我随便聊几句了，这让我很欣慰。

我们把杯子装满咖啡，又往法国人的碗里装了些。我到处找他，担心我们会跟他分开，但一个德国军官已经在给男人们分组了，其中一些人已经开始从工厂里往外走了。莉莉安和我被单独分到一组，组里基本上都是女人，然后就被领着朝一个公用厕所走去。在日光下，我能看到其他女人身上厚厚的泥灰，灰色的虱子在她们头上肆意乱爬。我觉得痒，低头一看，发现我裙子上也有一只。我徒劳地把它扫掉，但我逃不过的，我知道。跟其他人一起待这么长时间，而且靠得这么近，想不被传染是不可能的。

在那个只能容纳 12 个人的地方，估计有三百个女人在等着上厕所、洗手洗脸。等我好不容易把莉莉安拉到厕所的时候，我们俩看了一眼都吐了。我们跟着其他女人，用冷水泵里的水尽可能地把自己沈干净：她们洗的时候基本上都不脱衣服，同时警惕地看着四周，似乎在防备着德国人耍什么花招。"有时候他们会突然冲进来，"莉莉安说，"所以穿着衣服更方便——也更安全。"

趁德国人忙着管男人的时候，我在四周转了转，找到一些小木板和绳子，然后便回来坐在莉莉安旁边。在淡淡的日光下，我把她左手受伤的手指用小木片绑起来。她很勇敢，甚至在我明知道自己弄疼了她的时候，她也没眨一下眼睛。她已经不流血了，但走起路来还是小心翼翼的，似乎很疼。我不敢问她身上到底发生了什么。

"见到你真好，苏菲。"她打量着自己的手说。

我想，在她身上的某个地方，或许还能看到在佩罗讷时的那个女人的影子。"我从来没有因为见到一个人而如此高兴过。"我用自己干净的手绢擦了擦她的脸说。我说的是真心话。

男人们被送去干活。我们能看到他们在远处排着队领铲子和镐，站成几队朝地平线上如地狱般嘈杂的地方走去。我默默祈祷善良的法国人能活下来，然后又像往常一样，为爱德华祈祷。女人们被领着朝一节火车车厢走去。想到接下来漫长、充满恶臭的旅途，我的心不禁一沉，但随即又开始骂自己，可能我离爱德华只有几个小时的路程了，这辆火车可能会把我带到他身边。

我毫无怨言地爬上车厢。这节车厢更小，但德国人似乎打算把三百个女人全装进来。在大家坐下的过程中，传来几声咒骂和小声的争吵。莉莉安和我在凳子上找到一块小空地，我坐在她脚边，包塞在凳子底下。我细心地照看着那个包，像是照看一个小孩。一颗炮弹落在附近，震得火车咔咔直响，有人大叫起来。

"跟我说说伊迪丝吧。"火车开动的时候，莉莉安说。

"她精神很好。"我尽可能地让自己的声音充满信心，"她吃得很好，睡觉也很安稳，她和咪咪现在真是形影不离。她喜欢小宝宝，小宝宝也喜欢她。"我不停地说着，描绘着她女儿在佩罗讷的生活，她听着听着，闭上了眼睛。我不知道她是因为欣慰还是痛苦。

"她快乐吗？"

我小心翼翼地答道："她还是个孩子。她想让妈妈回来，但她知道她在红公鸡是安全的。"这些似乎已经足够了，我无法告诉她更多。我没有告诉她伊迪丝老是做噩梦，没有告诉她好多个晚上她都哭着要找妈妈。莉莉安不是傻子：我怀疑她对这些早就了然于心。等我说完，她盯着窗外看了很久，陷入了沉思。

"那，苏菲，你是怎么落到这步田地的？"最后，她终于转过身来问我。

这个世界上恐怕没有人会比莉莉安更能理解我，我打量着她的脸，已然有些害怕了。但能跟另一个人倾诉我的压力，分享我的负担，这个诱惑对我来说太大了。于是我告诉她指挥官的事，告诉她那天晚上我去了他的军营，还有我跟他做的交易。她盯着我看了很久，没有说我是个笨蛋，或者我不应该相信他，或者我没有如指挥官所愿，我的失败可能会让自己没了命，甚至包括我爱的人。

她什么也没有说。

"我真的相信他会遵守约定，我真的相信他会把我送到爱德华身边去。"我搜集了自己所有的信心说。她伸出那只完好的手捏了捏我的手。

黄昏时分，火车在一个小树林里颤抖着停了下来。我们等着火车再次开动，但这回后面的门却开了，德国人小声地抱怨着，他们很多人刚刚入睡。半睡半醒间，我听到耳边响起莉莉安的声音。"苏菲，醒醒，快醒醒。"

一个德国卫兵站在门口，过了一会儿我才意识到他在叫我的名字。我一下跳起来，还不忘抓起我的包，招呼莉莉安跟我一起走。

"证件。"他用生硬的法语命令道。我和莉莉安拿出身份证，他在一份名单上核对了我们的名字，然后指了指一辆卡车。身后的门关上时，我们听到其他女人失望的嘘声。

莉莉安和我被推着朝卡车走去，我感觉到她走得有点慢。"怎么了？"我问。她脸上一副不信任的表情。

"我不喜欢这样。"她看看身后说。火车已经准备开走了。

"这样挺好。"我坚持说，"我觉得这说明我们被单独挑出来了。我觉得这肯定是指挥官干的。"

"这就是我不喜欢的地方。"她说。

"还有——听——我听不到枪炮声了，我们肯定是要被带到远离前线的地方去。这不是很好吗？"

我们一瘸一拐地走到车厢后面，我扶着莉莉安上了车，然后挠了挠后脖颈。我已经开始觉得痒了，我努力无视它们。"要有信心，"

我捏捏莉莉安的胳膊说，"不管怎样，起码我们还有可以挪动腿的空间。"

一个年轻卫兵爬上车厢，盯着我们。我试图挤出一个微笑，让他放心我不会试图逃跑的，但他却一脸厌恶地看着我，把来复枪放在中间，似乎是在警告我们。这时我才意识到，我身上的气味可能也很难闻，靠得这么近，我的头上很快就会爬满虱子，我连忙检查自己的衣服，把找到的虱子弄出来。

卡车开走了，车子每次颠簸的时候莉莉安都会吓得一缩。没走几英里她又睡着了，她已经痛得筋疲力尽。我的脑袋也突突直跳，让我欣慰的是枪炮声似乎没有了。要有信心，我默默地对我们俩说。

我们在公路上开了近一个小时，冬日的斜阳渐渐落到了远山后面，路边有亮晶晶的冰碴。防水布扑闪了一下，外面的路牌一闪而过。肯定是我看错了，我想。我往前趴下，撩起防水布的一边，这样就不会错过下一块路牌。我眯着眼，迎着光看着。看到了。

曼海姆。

周围的世界似乎都静止了。

"莉莉安，"我把她摇醒，小声说，"莉莉安，快看外面，你看到了什么？"卡车为了绕过几个弹坑放慢了速度，所以她往外看的时候我知道她肯定看见了。

"我们正在往南走。"我说，"阿登南边。"现在我可以看到影子在我们身后，我们正往东走，而且已经走了好一段时间了。"可是爱德华在阿登啊，"我无法抑制声音里的恐慌，"我收到消息说他在那儿，可我们正往阿登南边走。南边。"

莉莉安放下防水布。她说话的时候没有看我，脸上本来就不多的一点血色也不见了。"苏菲，我们听不到枪炮声是因为我们已经穿过了前线。"她郁郁地说，"我们正往德国走。"

▶ **3**

14 号车厢远处的一群女人爆发出一阵阵欢快的笑声，听得人心烦。

坐在对面的那对夫妻，可能是刚结束愉快的圣诞旅行准备回家，打扮得花里胡哨的，行李架上塞满了买回来的东西，空气里有浓浓的当季食物的香味——成熟奶酪、葡萄酒、昂贵的巧克力。但对于莫和丽芙来说，返回英国的旅途却是令人郁闷的。她们坐在车厢里，几乎一言不发。宿醉的莫一整天都没醒。丽芙一遍遍地看着苏菲的信件，用放在搁板上的一本小英法词典一个词一个词地查。

纸页已经泛黄，很脆，她的手印留在上面，变成了水渍。里面有早期爱德华写给苏菲的信：他加入了步兵团；她搬到佩罗讷跟姐姐一起住；爱德华十分想念她。他写道，有些晚上他甚至想她想到无法呼吸。他告诉她，他想象她的样子，在冰冷的空气中描绘她的画像。在苏菲的信中，她说她嫉妒他想象中的那个自己；她为丈夫祈祷，并且责备他；她叫他法国兵。

在苏菲的笔下，他们俩的形象如此生动、如此亲密，虽然丽芙翻译那些法语还很费劲，却依然觉得自己看得心跳加速，呼吸困难。她用手指摸过那褪色的手稿，感叹这些文字竟然都是画上那个女孩写的。苏菲·勒菲弗不再是镀金画框上一个充满谜团的影像，她变成了一个人，一个有生命、会呼吸、立体的生命。一个会聊聊洗衣服、食物匮乏、丈夫的军装是否合身这些事，会诉说她的恐惧和沮丧的女人。

她再次意识到，她绝不能失去苏菲的画像。

丽芙翻了翻两张纸，上面的文字写得更密，中间插入了一张爱德华·勒菲弗有点发黑的穿正装的照片，照片上的爱德华望着不远处。

1914 年 10 月

巴黎北站到处都是士兵和哭泣的女人，空气里弥漫着浓浓的烟味和蒸汽味，以及痛苦的道别声。我知道爱德华不想看到我哭，而且，这只是短暂的别离。所有的报纸上都这么说。

"多给我画几幅素描，"我说，"一定要好好吃饭，别做任何傻事，别喝酒，别打架，别被抓住。我希望你早点回家。"

你让我答应你，我和伊莲娜会小心，如果听到消息说敌人的阵线正朝我们的方向移动，一定要立刻回巴黎。

我一定是没有说话，因为你说："苏菲，不要让我看到你那张谜一样的脸。答应我你会把自己放在第一位，要是我认为你可能有危险的话，我就没法打仗了。"

我让你放心。我还记得那时远处什么地方，一辆火车发出尖锐的汽笛声。蒸汽，这燃烧过的油吐出的臭气，在我们身旁升起，暂时模糊了站台上的人群。我抬起手来帮你理了理蓝色的哔叽军帽，退后一步看着你：我丈夫真的是个很棒的男人！你军装下的肩膀是如此宽阔，比那里所有的人都高出半头。即便是那时，我也不相信你真的要离开了。

前一周你刚完成了一小幅我的水彩肖像画，你拍拍上面的口袋，里面就放着那幅画。"我会把你带在身边的。"

我用手摸着心脏。"你也与我同在。"我私底下有些嫉妒自己没有一幅你的画像。

火车门开了又关，一双双手伸过我们旁边，手指抓紧最后的时间纠缠着。

"我不会看着你走，爱德华，"我对你说，"我会闭上眼睛，记住你站在我面前的样子。"

随后，你猛地把我拉到怀里吻了我，你的唇印在我的唇上，你长长的胳膊紧紧地、紧紧地抱着我。我抱着你，使劲闭上眼睛，呼吸着你的气息，吸收着你的气味，好像在你不在的日子里，我可以一直保留着你这最后的一丝气息，似乎直到那一刻，我才相信你真的要走了。然后，当我再也无法忍受时，我抽身出来，脸上异常平静。

我一直闭着眼睛，紧紧抓着你的手，不想看到你脸上的表情，不管那是什么表情。之后，我突然转过身，径直往后面走，在人群中穿梭着，从你身边走开了。

我不知道自己为什么不想看到你踏上火车的那一刻。那天过后，我一直在为此事后悔。

我一直回到家才摸了摸口袋，结果发现里面有张纸，一定是你抱着我的时候偷偷放进去的：是一张我们俩的小漫画。你是一头穿着军装的大熊，笑眯眯地搂着我，我的腰很细，脸上平静而肃穆，头发利落地梳在脑后。我一直盯着你那弯弯绕绕的潦草字迹看，直到那些字深深地刻进我的脑海里："我从来不知道真正的幸福是什么，直到遇见你。"

丽芙眨眨眼，把那两张纸整齐地放进文件夹里，坐在那里思索着。随后，她打开苏菲·勒菲弗的照片，看着那张笑脸。贝塞特先生说的怎么会是真的呢？一个这么爱她丈夫的女人怎么会背叛他，不只是跟了另一个男人，还是跟了敌人？这太不可思议了。丽芙收起照片，把笔记本放回包里。

莫摘下了耳机。"呃……还有半小时就到站了，你觉得找到你想要的东西了吗？"

她耸了耸肩。她觉得自己喉咙好像被一大块东西堵着，说不出话来。

莫的头发已经褪成了墨黑色的小卷围在脸上，脸颊是乳白色的。"明天的事你紧张吗？"

丽芙吞了吞口水，微微笑了笑。过去的六个星期里，她脑袋里想的几乎全是这个。

"就这件事的代价来看，"莫说，她似乎已经考虑了很久，"我不认为麦考夫迪是故意骗你。"

"什么？"

"我认识很多讨厌、谎话连篇的人。他不是那样的人。"她从大拇指上揪下一片肉刺，说，"我觉得命运开了一个很蹩脚的玩笑，把你们俩扔到了对立面上。"

"可是，他不一定非得跑来追着要我的画。"

莫挑了挑眉毛。"真的吗？"

丽芙望着窗外，火车正朝伦敦驶去，她努力压抑自己再次被堵上的喉咙。

桌子对面，那对打扮得花里胡哨的夫妻互相依偎着睡着了，他们的双手紧紧缠在一起。

后来，她也不是十分确定自己究竟为什么会那样做。

在火车站，莫宣布她要去拉尼奇家，临走之前还不忘叮嘱丽芙不要熬夜上网查那些不清不楚的归还案件，还有求她把那块卡门培尔奶酪放进冰箱里，不要让它跑了味，弄得满屋子都臭烘烘的。丽芙站在熙熙攘攘的人群中，手里拎着一个装着臭奶酪的塑料袋，看着那个黑色的小身影把包随意地往肩上一挂，朝地铁站走去。

莫说到拉尼奇的时候，话语中有一种轻快，又有一种不同以往的认真。

她一直看着莫消失在人群中。下班的人从她身旁匆匆走过，她成了人流中的一块垫脚石。成双成对的人，手挽着手，聊着天，表露着爱意，兴奋地看着对方；如果是一个人，就低着头，一心回家去见自己的爱人。

我从来不知道真正的幸福是什么，直到遇见你。

杰克回到利奥妮那儿去的时候，公寓里的寂静显得很不一样。这寂静既结实又厚重，跟他去朋友家玩几个小时的安静完全不一样。那段时间里，家里静得可怕，保罗有时候会觉得这种静中充满了愧疚，有一种失败感。想到儿子要在那儿呆至少四天，这种静就变得更为沉重。

保罗把厨房收拾干净（杰克曾在那里做巧克力爆米花蛋糕——厨具底下到处都是爆米花），然后就坐在那里盯着一份《星期日泰晤士报》。他习惯每周都拿一份《星期日泰晤士报》回来，但从来没看过。

在利奥妮刚离开的那些日子里，他最害怕的就是清晨。他从来都不知道原来自己那么喜欢杰克那不规则的小脚底板，喜欢看到他，看到他立起的头发、睡眼惺忪地出现在他们房间，要求爬到他们中间去。他冰冷精致的小脚丫，他身上暖暖的气味。有一次儿子钻到他们中间，他打心底里觉得这个世界是如此美好。他们走了之后的头几个月里，他每次都孤独地醒来，感觉每一个早上都不过是预示着他又将在对儿子的思念中度过新的一天。

现在，保罗对早上的适应能力已经好多了，但今天却不是，像感冒突然乘虚而入。杰克回到利奥妮那儿去后的最初几个小时里，保罗手足无措。突然空出来的时间，他不知如何打发。或许应该熨几件衬衫，或许会去健身房，然后冲个澡，吃点东西。晚上有几件事可以很快打发掉时间。可以看几个小时电视，或者顺便翻翻文件，确保案子相关的一切都井然有序，然后就去睡觉。

他刚熨完衬衫，电话就响了。

"喂。"珍妮说，

"你是？"他问，虽然他明知道是谁。

"是我，珍妮。"她努力压抑着声音里的一丝愠怒说，"我只是想确认一下，看我们明天准备得怎么样了。"

"我们都准备好了。"他说，"肖恩已经看过所有的文件了，法庭律师也已经做好准备。我们已经把该做的都做好了。"

"那幅画最初是怎么丢失的有什么新的线索吗？"

"没有，不过我们有足够的第三方通信证明这个问题存在很大的疑问。"

电话那头一阵短暂的沉默。

"布里格与沙士顿正在组建自己的追踪公司。"她说。

"谁？"

"拍卖行。显然这是他们的计划之一，他们也有大赞助商。"

"该死。"保罗盯着办公桌上的一摞文件。

"他们已经开始跟其他公司谈业务了。显然，他们在挖艺术与古董协会以前的成员。"他听出她话里隐含疑问，"和所有有侦查背景的人。"

"哦，他们还没找我。"

又是一阵短暂的沉默，他不知道她是否相信他的话。

"这个案子我们必须赢，保罗。我们要确保走在前面，确保大家在遇到相关案件时，第一时间想到我们。"

"我明白了。"他说。

"我只是……我只是想让你明白，你有多重要。我的意思是，对于公司来说。"

"正如我所说的，珍妮，没有人找我。"

再次短暂的沉默后。

"好。"她又聊了一会儿，跟他聊她的周末，她去看她父母，她受邀去德文郡参加一个婚礼。她说婚礼的事说了好久，保罗都怀疑她是不是想鼓起勇气邀请他，于是他坚定地转移了话题，最后她终于挂了电话。

他刚在浴室里冲完头发就隐约听到门铃声。他嘴里骂着，摸过一条毛巾擦了擦脸。他本来想裹条浴巾就下楼，但又觉得来的很可能是珍妮，他不想让她觉得这是在勾引她。

他下楼的时候已经准备好了借口，他的 T 恤衫就贴在湿湿的皮肤上。

但来的不是珍妮。

丽芙·候司顿站在人行道中央，手里紧紧抓着一个旅行包，在她头顶上，节日的彩灯装点着夜空。她把手提旅行包放在脚边，抬起一张苍白、严肃的脸凝视着他，像是突然忘记了自己想说什么。

"明天就开庭了。"见她还不说话，他说。他无法让自己不看她。

"我知道。"

"我们不应该跟对方说话的。"

"是。"

"这可能会给我们俩带来很多麻烦。"

他站在那儿，等待着。她的表情很紧张，厚厚的黑色外套衣领勾勒出她的脸，她的眼睛一闪一闪的，像是有千言万语，他却不知道。他想道歉，但她却抢先一步开口了。

"听着，我知道这么说可能没什么意义，但我们能不能先把案子的事搁一边。就今晚，就一晚上？"她的声音太虚弱了，"我们能不能只是作为两个普通人？"

她略带哽咽的声音让他放弃了抵抗。丽芙感觉保罗想说什么，最终却只是俯身将她的箱子拉进了走廊里。

趁两人都还没有改变主意，他一把把她拽过来，两只胳膊紧紧抱住她，站在那儿，直到周围的世界都消失。

"嘿，贪睡鬼。"

她直起身子，慢慢想起了自己在哪儿。保罗坐在床上，正往杯子里倒咖啡。他把咖啡递给她，似乎清醒得要命。钟显示现在是凌晨6点32分。"我还给你拿了些吐司面包。我猜你可能想留点时间先回家一趟，然后……"

然后……开庭。

丽芙过了一会儿才接受了这个想法。他看着她揉揉眼睛，然后俯下身子轻轻吻了她一下。她注意到，他已经刷过牙了，想到自己还没刷牙，突然觉得有点不自在。

"我不知道你喜欢在吐司面包上涂什么，希望果酱合你的口味。"他把面包从托盘上拿下来，"杰克喜欢这个，98% 的糖之类的。"

"谢谢。"她看着自己腿上的盘子眨眨眼。她已经不记得上次有人帮她把早饭端到床上是什么时候了。

两人互相凝视着。哦，天哪，她想起了昨晚的情景，其他所有的想法都消失了。保罗似乎能读懂她在想什么，他的眼角皱了起来。

"你……还要进被窝里来吗？"她问。

他转过身来对着她，这样他那温暖而结实的双腿便与她的纠缠在一起了。她挪了挪，好让他用一只胳膊搂着她的肩膀，然后靠在他怀里闭上眼睛，尽情享受着这一刻的感觉。他身上的味道温暖而令人困倦，她只想把自己的脸贴在他的皮肤上，再也不移开。

一阵长时间的沉默。

他们一边听着外面的垃圾车倒车，垃圾箱发出低沉的碰撞声，一边在友善的沉默中吃着吐司面包。

"我想你，丽芙。"他顿了一下，又说道："丽芙——这场官司恐怕会让你破产。"

她盯着自己杯里的咖啡。

"丽芙？"

"我不想谈打官司的事。"

"我不会谈关于这场官司的任何……细节，但我必须告诉你，我很担心。"

她努力想挤出一丝微笑。"哦，别担心，你还没赢呢。"

"即使你赢了，律师费也是一大笔钱。这种情况我已经遇到过好几次了，我很清楚你花了多少钱。"他放下杯子，抓起她的一只手，"听着，上周我私下里跟勒菲弗家族的人谈过了，我的同事，珍妮，都不知道这件事。我跟他们稍微解释了一下你的处境，告诉他们你很喜欢那幅画，不愿意它被人带走。他们已经答应我给你一笔可观的补偿费。一笔非常可观的补偿费，有六位数。这笔钱够支付你到现在为止的律师费了，还有剩余。"

她的好心情一下子全消失了。丽芙盯着两人的手，她握起的手包在他手里。"你……是在说服我放弃吗？"

"不是你想的那样。"

"那你想怎样？"

他凝视着前方。"我找到一些东西。"

她身上某一部分突然静止了，一动不能动。"在法国？"

他紧紧闭着嘴巴，似乎在想应该告诉她多少。"我找到一篇以前的新闻报道，是原来拥有那幅画的那个美国记者写的，上面说了她是如何在一间被盗艺术品仓库里得到那幅画的。"

"所以？"

"所以，那些作品都是偷来的，这在本案中将会使我们的证词更有说服力，那幅画是非法获得并被德国人占有的。"

"这只是一个大胆的假设。"

"这使之后所有的购买行为都蒙上了污点。"

"是你这么说。"

"我的工作我最擅长，丽芙。我们已经完成了一半，如果有进一步的证据，你知道我一定会找出来的。"

她感到自己慢慢僵住了。"我想最关键的是'如果'。"她把自己的手从他手里抽出来。

他转过身来对着她。"好吧，我真是不明白。先抛开道德上的对错不说，我不明白，你是一个聪明绝顶的女人，买那幅画时你几乎没花什么钱，现在知道它的过去有可疑之处，你为什么不肯把画还回去，而且还能换回一大笔钱？一笔比买它花的钱多得多的钱。"

"这不是钱的问题。"

"哦，不是吧，丽芙。我把最明显的问题都摆出来了。如果你继续打这场官司并且输了，你就会丧失几十万英镑，甚至可能包括你的房子，你所有的抵押品。就为了一幅画？真的值得吗？"

"苏菲不属于他们，他们……他们根本不关心她。"

"苏菲·勒菲弗 90 年前就死了。我很确定，画在你这儿还是在别人那儿对她来说根本没有任何区别。"

丽芙滑下床，到处找自己的裤子。"你真的不明白，是不是？"她提上裤子，愤怒地拉上拉链，"上帝啊，你根本不是我想的那种男人。"

"对，让人惊讶的是，我是个不想看到你丢了自己的房子而一无所得的男人。"

"哦，不，我忘了，最早让我摊上这些乱七八糟事的人就是你。"

"你以为其他人就不会接这个工作吗？这个案子简单明了，丽芙。像我们这样的机构遍地都是，他们也会追查那幅画的。"

"说完了吗？"她扣好文胸，套好套衫。

"啊，该死，听着，我只是想让你好好考虑一下。我……我的初衷只是不想让你失去一切。"

"哦，那这一切都是为了我好了？很好。"

他揉揉额头，似乎在克制自己不要发脾气，随后又摇了摇头。"你知道吗？我认为这根本就不是画的问题。我觉得你根本不愿继续前进！放弃那幅画就意味着把大卫留在过去的回忆里。你做不到！"

"我已经前进了！你知道我前进了！不然你以为昨天晚上算怎么回事？"

他盯着她。"你知道吗？我不知道。我真的不知道。"

她一把推开他走了，他没有试图拦她。

Chapter *8*
一个人的战争

———— • ———— • ————

　　因为这场官司，丽芙本来拮据的生活更加捉襟见肘了。

　　可是，比贫穷更可怕的是孤独。"婊子"、"小偷"，丽芙从来没想过，这样的标签有一天会贴在自己身上。

　　她无法说服世界相信苏菲不是什么肮脏的女人，就像她无法让周围的人相信自己争的不只是一幅价值连城的画，更是一线不灭的希望。

▶ *1*

法庭外面有很多人，一小群人在大门口前的台阶上来回转。起初丽芙以为肯定是来参观的游客，但她刚下出租车，亨利就抓住了她的胳膊。"哦，天哪，低头。"他说。

"怎么了？"

她的脚踏上人行道的那一刻，周围全是刺眼的闪光灯，她一瞬间僵住了。亨利用胳膊推着她往前走，蹭着那些到处冲撞的人，她听到有人在喊她的名字。有人往她空着的手里塞了一张纸，当人群似乎要包围她时，她听到亨利的声音里有一丝恐慌。她被围在中间，到处都是黑亮的、深不可测的镜头。"请大家全部往后退，往后退。"她瞥见一个穿着制服的警察，制服上的黄铜闪了一下，她闭上眼睛，感觉自己被推到了一边，亨利紧紧抓着她的胳膊。

之后他们便进入了寂静的法庭，过了安检。她走到另一边，惊讶地朝亨利眨着眼睛。

"到底是怎么回事？"她觉得呼吸困难。

亨利理理头发，转身偷偷看着门外。"报社的。恐怕这个案子已经引起了广泛关注。"

她理平自己的马甲，然后四处看了看，正好瞧见保罗大步穿过安检。他穿着一件发白的蓝 T 恤，一条黑裤子，看上去一点儿也不慌乱。没有人骚扰他。两人四目交会时，她狠狠瞪了他一眼。他的脚步稍稍放缓，脸上的表情却没有变。他看看身后，文件夹在胳膊底下，继续朝 2 号庭走去。

这时她才留意到自己手里的那张纸，小心翼翼地把纸打开。

占有德国人掠走的财物就是犯罪！终结犹太人民的痛苦！归还真正的主人！伸张正义，此时未晚！

"这是什么东西？"亨利从她身后看过来。

"他们为什么要给我这个？原告都不是犹太人！"她喊道。

"我早就警告过你，争取战时掠夺的财物是一个极具煽动性的话题。恐怕你会发现所有的利益集团都会关注这件事，不管他们是否与此直接相关。"

"可是这也太荒谬了，那幅画根本不是我们偷来的！我们拥有那幅画都已经十多年了！"

"走吧，丽芙，我们去 2 号庭吧。我让人给你倒杯水。"

媒体区挤满了人，法官还没进来。她看着记者们一个挨着一个，抱怨着，开着玩笑，翻着当天的报纸，像一群食肉动物，放松而又目标明确地盯着自己的猎物。她扫过凳子，想看看出庭的有没有自己认识的人。她真想站起来朝他们喊一句：这对你们来说就是一场游戏，对不对？只是明天吃炸鱼薯条时的消遣读物。她的心跳开始加速。

法官已经就座。亨利说，这位法官有审理类似案件的经验，非常严谨公正。当她问到这位法官做出的判决有多少次是支持当前拥有者时，亨利一反常态地含糊其辞。

双方都准备了厚厚的几摞文件、专家证人名单、关于法国法律中含糊其辞法律观点的陈述。亨利曾开玩笑说，丽芙现在对专家诉讼这么了解，他可以考虑以后让她去他那儿工作。"或许我真的需要那份工作。"她严肃地说。

"全体起立。"

"开始了。"亨利碰碰她的胳膊肘，给她一个安慰的微笑。

勒菲弗家来了两个老头，跟肖恩·弗莱厄蒂一起坐在凳子上，默默地看着他们的法庭律师克里斯多佛·詹克斯简单陈述案件概况。他们神情严肃，双手叉在胸前，似乎在表达不满。律师向法庭解释道，莫里斯和安德烈·勒菲弗是爱德华·勒菲弗所留下的作品和遗产的受托人。他说，他们的权利是在今后保管他的作品，保护他的遗产。

"以及喂饱自己的荷包。"丽芙小声嘟囔着。亨利摇了摇头。

詹克斯在法庭上走来走去，只是偶尔看一眼笔记，他的陈词都是直接对着法官说。随着近年来勒菲弗逐渐受到关注，他的后人对他留存的作品进行了核查，进而发现了一幅名为《留下的女孩》的画像，这幅画曾为画家的妻子苏菲·勒菲弗所有。

一张照片和一些手写的日记表明，此画曾被挂在佩罗讷一家名为"红公鸡"的酒吧里，十分显眼。佩罗讷是一战期间被德军占领的一个小镇。

据记载，掌管小镇的指挥官，一个名叫弗里德里希·亨肯的人曾多次表示很喜欢这幅画。红公鸡曾被德军私下征用，苏菲·勒菲弗曾对德军的占领表达反抗和不满。

苏菲·勒菲弗于1917年初被逮捕并带离佩罗讷，大约在同一时期，此画消失。

这些，詹克斯称，足以证明这幅备受指挥官喜爱的画是被强制带走的，它的获取途径是"不干净"的。不过，他强调说，能证明这幅画是非法所得的证据还不止这些。

最新获得的证据记载，此画在二战期间曾出现在德国贝希特斯加登一个名为"收集点"的仓库中，此仓库专门用来保存被德国人偷盗和掠夺来的艺术品。他重复了一遍"偷盗和掠夺来的艺术品"，似乎在强调自己的观点。就是在这里，詹克斯说，这幅画不知为何落到了一位名叫卢安妮·贝克的美国记者手中，这位记者曾在收集点待过一天，为美国一家报纸写了一篇关于此处的报道。她当时的报道中提到，她因此收到了一件"礼物"或者叫"纪念品"。经她家人确认，这幅画一直放在她的家中，直到十年前卖给大卫·候司顿，而他转而将此画作为新婚礼物送给了自己的妻子。

丽芙听着自己那幅画的历史在法庭上被大声宣读，突然发现很难将那幅画，那幅安静地挂在自己家卧室墙上的小画，与这些伤痛，这些世界大事联系在一起。

她瞥了一眼媒体区，那些记者似乎听得全神贯注，法官也是。她心不在焉地想，如果不是因为这个案子关系到她的整个未来，她很可能也会全神贯注地听。凳子旁边，保罗向后靠着，两只胳膊杀气腾腾地叉在胸前。

丽芙把视线移到一边，他却直直地看过来。她微微红了脸，扭过头去。她想知道是不是这个案子每次开庭他都会在场，她也忘记了自己之前是否也因为一个人如此生气过。

詹克斯站在他们面前。"尊敬的法官大人，候司顿夫人无意中被卷入一系列历史错误中，这是非常不幸的，但错误就是错误。我们的观点是：这幅画两次被偷走：第一次是从苏菲·勒菲弗家中。第二次是二战期间从她的后人手中，由收集点非法将其赠与他人。因为当时欧洲局势动荡，这一不轨行为没有被记录在案，直到现在才真相大白。但是，《日内瓦公约》及当今的归还法律等都规定，此类错误必须纠正。我们的主张是，这幅画应归还其合法所有者，即勒菲弗家族。谢谢。"

坐在她旁边的亨利脸上没有任何表情。

丽芙望望房间角落里，那里有一张印刷版的《留下的女孩》，跟原作一般大小，放在一个小架子上。弗莱厄蒂曾提出在最后判决下达之前把那幅画交予他人保管，但亨利告诉她，她没有义务表示同意。

但是，看到它出现在这儿，不得其所，仍然让人觉得紧张不安。不知为何，画上女孩的目光似乎在嘲笑面前的这场诉讼。在家里，丽芙发现自己走近它，只是为了看看她，她那强烈的目光更加让丽芙觉得自己可能很快就再也见不到她了。

那是一个漫长的下午，法庭里的空气随着中央供暖系统放缓、扩张。克里斯多佛·詹克斯以一个无聊的外科医生解剖青蛙般的司法效率详细剖析了他们认为这个案子没有丧失时效的理由。丽芙时不时地抬头看看，听到诸如"产权转移"、"不完整来源"之类的词。法官咳嗽一声，检查了一下自己的笔记，保罗跟他公司那个女主管小声说着话。每次他说话的时候，她都微笑着，露出一口整齐、洁白的小牙。

现在克里斯多佛·詹克斯开始读了：

1917 年 1 月 15 日

今天他们带走了苏菲·勒菲弗，那是你从未目睹过的场景。她当时正在红公鸡的地窖里忙自己的事，两个德国兵穿过广场，把她拽上台阶拉了出来，好像她是个罪犯似的。她的姐姐哀求着、哭喊着，还有莉莉安·贝蒂讷留下的那个孤儿。一大群人站起来表示抗议，但德国人却只是像轰苍蝇似的把他们挥开。混乱中，甚至有两位老人被击倒在地。我发誓，我的上帝啊，如果来世有报应的话，德国人必有恶报。

他们把那个女孩架上一辆运牲口的车，镇长试图阻止他们，但他太虚弱了，他女儿的死令他这些天来备受打击，他很可能会跟德国佬一起倒下，他们根本没把他当回事。最后，车子渐渐消失不见，镇长走进红公鸡酒吧，高傲地宣布他会将此事作为最高级别事件，但我们没有一个人听进去。她可怜的姐姐，伊莲娜，抽泣着，头趴在柜台上，她的弟弟奥雷利恩像只被开水烫了的狗一样跑掉了，苏菲之前顺势收养的孩子——

莉莉安·贝蒂讷的孩子——站在角落里，像个惨白的小鬼。

"嗯，伊莲娜会照顾你的。"我对她说，弯下腰把一枚硬币塞到她手里，但她看着那枚硬币，似乎不知道那是什么东西。她看我的时候，眼睛瞪得像碟子一样大。"你不必害怕，孩子。伊莲娜是个好女人，她会照顾你的。"

我知道在苏菲·勒菲弗离开之前，她弟弟曾引起过一阵骚乱，但我耳朵不太好，在一片嘈杂声和吵闹声中，我没有听清是怎么回事。而且，我害怕她被德国人用作了不当用途。我知道，从他们决定占领红公鸡的那一刻起，那个女孩就已经完了，但她一直不肯听我的。她肯定是因为什么惹怒了他们；她总是比较冲动。我也不能为此而责怪她：我怀疑如果德国人在我家里的话，我也会触怒他们的。

对，我和苏菲·勒菲弗是有分歧，但今晚上我的心情很沉重。看到她像个牲口似的被推上那辆牲口车，想到她的未来……这些日子是黑暗的，真没想到我竟然会活着看到这样的场景。有些晚上，真的很难让人相信，我们的小镇没有变成一个疯狂的地方。

詹克斯用他低沉、洪亮的声音结束了朗读。法庭里很安静，只能听到速记员沙沙的写字声。头顶上，一台风扇慵懒地旋转着，根本达不到换气的目的。

"'我知道，从他们决定占领红公鸡的那一刻起，那个女孩就已经完了。'女士们，先生们，我认为通过这篇日记，我们可以得出一个结论：不管苏菲·勒菲弗跟佩罗讷的德国人究竟发生过什么，他们之间的关系肯定不是很愉快。"他像在沙滩上呼吸新鲜空气似的在法庭上信步穿梭，随意翻阅着那些影印文件。"但我们的资料不止这一份。事实证明，这位名为薇薇恩·路维亚的当地居民详细地记录了小镇上的生活。再往前几个月，她写下了下面这些文字：

"'德国人要在红公鸡吃晚餐了。他们让贝塞特姐妹俩给他们做饭，饭菜很丰盛，香味飘满了整个广场，把我们这些人馋得都快发疯了。在面包房，我告诉苏菲·贝塞特——或者现在应该叫她勒菲弗——她父亲是不会赞成这样做的，但她说她也无能为力。'"

他抬起头来。"'她也无能为力。'德国人占领了画家妻子的旅馆，强迫她给他们做饭。敌人都进入她家里了，她却毫无反抗之力，全都是被迫的。但这不是唯一的证据。在勒菲弗的档案中，我们发现了一封苏菲·勒菲弗写给她丈夫的信。这封信显然一直没有送到他手里，但我认为这并不重要。"

他举起一张纸，似乎在努力借着光线看清。

新指挥官先生不像贝克·鲍尔那样愚蠢，但却让我更加不安。他一直盯着你给我画的那幅画像，我想跟他说他没有权利这样做。这幅画超过一切，是属于你和我的。爱德华，你知道最奇怪的事情是什么吗？他竟然欣赏你的作品。他了解艺术，知道马蒂斯学院，知道韦伯和普尔曼。当我发现自己在一个德国指挥官面前极力维护你出色的画作时，那种感觉真的很奇怪。

但不管伊莲娜怎么说，我就是不肯把那幅画摘下来。它让我想起你，想起我们一起度过的快乐时光。它时刻提醒我，人类可以充满爱和美，也可以毁灭。

我祈祷你平安，祈祷你早日凯旋，我最最亲爱的人。

你永远的苏菲

"'这幅画超过一切，是属于你和我的。'"

詹克斯让大家回味着这句话。"因此，在她死后多年发现的这封信表明，这幅画对画家的妻子来说意义重大。同样我们也可以得出结论，有一位德国指挥官看上了它。不止如此，他对整个艺术品市场都非常了解。他是一个，狂热爱好者，如果大家愿意这么称呼的话。"他慢慢地说出这些话，每一个音节都刻意强调，似乎这是他第一次说出那些字似的。

"还有，一战期间的劫掠行径似乎为二战开创了先例。有一些受过教育的德国军官，他们知道自己想要什么，知道什么东西值钱，并且把这些东西做上标记——"

"反对。"丽芙的律师安吉拉·西尔弗站了起来，"有人欣赏一幅画和有人了解画家并且真的拿走了那幅画有天壤之别。对方并没有提供任何证据证明指挥官拿走了那幅画，而只是说他欣赏那幅画，在勒菲弗夫人居住的旅馆里吃晚餐。这些都与本案没有直接关系。"

法官低沉地说："反对有效。"

詹克斯搓了搓眉毛。"我只是想描绘一下1916年佩罗讷镇的生活。如果不了解当时的环境，不了解德国人如何从他们挑选的任意家庭中无条件征用或拿走他们想要的东西，就无法明白一幅画是怎样落入他人之手的。"

"反对。"安吉拉·西尔弗看了一下自己的笔记，"与本案无关。

没有证据表明这幅画被征用。"

"反对有效。詹克斯先生,请紧扣主题。"

"再次声明,我只是想……描绘一下当时的环境,法官大人。"

"把画留在勒菲弗那儿,詹克斯先生,如果你愿意的话。"法庭里发出一阵低沉的笑声。

"我想表达的是,有许多珍贵的物品被德国军队征用而未被记录,正如许多东西没有像当时的德军领导人承诺的那样'付钱'。我提到当时这种行为十分普遍,是因为我们争论的主题——《留下的女孩》——就是这样一件物品。"

"'他一直盯着你给我画的那幅画像看,我想跟他说他没有权利这样做。'尊敬的法官大人,我们的观点是,实际上,指挥官弗里德里希·亨肯觉得自己有权利拿走这幅画像,而且之后这幅画一直在德国待了三十年。"

保罗看看丽芙,她移开视线。

她集中精力看着苏菲·勒菲弗的画像。*笨蛋,*她似乎在说,她那深不可测的目光似乎把这里的每一个人都看在眼里。

*对,*丽芙想着,望了望保罗,*对,我们就是笨蛋。*

三点半的时候休庭了。安吉拉·西尔弗在座位上吃着三明治,她的假发放在旁边的小桌上,办公桌上还放着一杯茶。亨利坐在对面。

他们告诉丽芙,第一天已经过去了,结果不出他们所料,但紧张的气氛久久不散,就像离海岸好几英里的地方仍然能闻到空气中的盐味一样。丽芙整理着一摞影印的翻译文件，亨利转身对着安吉拉。

"丽芙，你是不是说过你们跟苏菲的侄子交谈的时候，他提到她有什么不光彩的事？我不知道这条线索值不值得深挖。"

"我不明白。"丽芙说。两人充满期待地看着她。

西尔弗咽下嘴里的食物才开口。"呃，如果她有什么不光彩的事，那是不是意味着她和指挥官的关系可能是两厢情愿的？是这样的，如果我们能证明这一点，如果我们能表明她跟一个德国军人有婚外情，我们就可以主张那幅画可能是一件礼物。一个陷入爱情苦海中的人把自己的画像作为礼物送给自己的情人也不是不可能。"

"可是苏菲不会那样做的。"丽芙说。

"这我们可不知道。"亨利说，"你跟我说，自从她消失后她家里人就从来都不提起她。如果她没有什么过错的话，他们一定会愿意记住她。可事实刚好相反，她于他们似乎是一种耻辱。"

"我不认为她跟指挥官的关系是两厢情愿的。你们看这张明信片，"丽芙打开自己的文件夹，"'在这个疯狂的世界里，你就是我的北极星。'这是在她被认为做出所谓的通敌行径的三个月之前，爱德华写给她的。这听上去不像是一对不再彼此相爱的夫妻写的，不是吗？"

"丈夫肯定是很爱他的妻子，这一点没错。"亨利说，"但我们不知道她是不是也回应了这份爱。她可能这会儿正疯狂地爱着一个德国军人，她可能太孤独寂寞，或者是误入歧途。不能因为她爱她丈夫，就说她在她丈夫离开的时候不会爱上别人。”

丽芙把脸上的头发捋到后面。“这感觉太可怕了，”她说，“像是在诋毁她的名誉。”

“她的名誉早就被诋毁了。她的家人连她的一句好话都没有说过。”

“我不想用她侄子的话来指控她，”丽芙说，“他好像是唯一一个关心她的人了。我只是——我只是觉得我们还没有了解全部的故事。”

“全部的故事并不重要。”安吉拉·西尔弗把三明治盒子一压，利落地扔进了废纸篓里，“听着，候司顿夫人，如果你能证明她和指挥官有不正当关系的话，这将大大提高你留下这幅画的概率。一旦对方证明画是被偷的或是被强制拿走的，这将对你很不利。”她擦擦手，戴上假发，“这是一场搏杀，我敢打赌，对方肯定不会手软。归根结底一句话：你想留下这幅画的欲望到底有多强？”

丽芙坐在桌旁，她的那份三明治一动没动，两位律师站起来准备离开。她盯着面前的笔记，她不能玷污苏菲的记忆，但也不能失去她的画。更重要的是，她不能让保罗赢。“我会找出在她身上究竟发生了什么。”她说。

2

　　我并不害怕，虽然跟他们在同一个屋檐下，看着他们在这里吃饭、聊天，总的来说他们还是很有礼貌的，甚至可以算是热心。而且我真的相信指挥官先生不会允许他的士兵有任何不轨行为。于是，我们之间艰难的休战开始了……

　　让人觉得别扭的是，指挥官先生是个有文化的人。他连马蒂斯学院都知道！还知道韦伯和普尔曼！你能想象跟一个德国人讨论你的作品多么出色有多奇怪吗？

　　我们今晚吃得很好。指挥官先生来到厨房，命令我们把剩下的鱼吃掉。吃完的时候小让都哭了。我祈祷你也能有足够的食物，无论你身在何方……

　　丽芙一遍遍地读着这些片段，努力猜想她字里行间隐含的意思。很难把它们按时间顺序排列起来——苏菲的这些文字都是写在零碎的报纸上，好多地方的墨水都褪色了——但她和弗里德里希·亨肯的关系肯定是有所缓解。她暗示他们两人之间有很长时间的讨论、偶尔的善意，他还一直给他们食物。如果苏菲认为他是个禽兽，她肯定不会跟他讨论艺术或者接受他的食物的。

　　丽芙读得越多，就觉得自己越接近这些文字的作者。她读了那只小猪崽的故事，把那个故事翻译了两遍，确保自己没有理解错误，最后的结果让她不禁想要为之欢呼。她又回头看了看法庭上提供的文件，路维亚太太对那个女孩的不顺从、她的勇气、她的善良都嗤之以鼻。她的灵魂像是从纸上跳了出来。有一瞬间，丽芙希望自己能把这些告诉保罗。

她小心翼翼地合上文件夹，随后愧疚地看着办公桌边上，那里放着她没有给亨利看的文件。

指挥官的目光是炽烈、精明的，但不知为何却像蒙了一层纱，像是故意要掩饰自己真实的情感。我真怕他看穿我强装的镇定。

另外一部分纸不见了，可能是撕掉了，也可能是时间太久破掉了。

"我陪你跳舞，指挥官先生，"我说，"但仅限在厨房里。"

随后是一片纸，上面的字不是苏菲的笔迹，意思很容易理解："覆水难收。"读到这句话的时候，丽芙感觉自己的心沉到了脚底。

她一遍遍地读着那句话，想象着一个女人偷偷摸摸地投入一个男人的怀抱，而这个男人是她的敌人。之后，她合上文件夹，小心地把它塞到一摞文件底下。

"今天有几封？"

"四封。"她说着，把今天收到的匿名诽谤信递过去。亨利已经告诉过她，任何不认识的人写的东西都不要打开，他的手下会处理的，要是有恐吓信的话要向他报告。对于这个新情况，她努力保持乐观，但实际上，每次看到陌生的来信，想到这些盲目的仇恨就在那儿等着有个目标出现，她都会感到害怕。她已经不敢在搜索引擎里输入"留下的女孩"这几个字了。关于这幅画的历史资料曾经只有两条，但现在全球的网络报纸上都是关于它的报道，一些利益团体将这些报道进一步加工传播，网络聊天室里也都在讨论她和大卫无比自私，固执地不肯接受什么是正确的。那些蹦出来的词一次次地打击着她："掠夺"、"偷"、"抢劫"、"婊子"。

有人把狗屎放进了大厅的信箱里，两次。

这些都是在公开表示对她的不满。正在进行的庭审进展越来越缓慢，邻居们已经不再开心地跟她打招呼了，而是朝她点点头，盯着自己的鞋子匆匆经过。自从报纸上报道了这个案子后，她就再也没有收到任何邀请。没有人邀请她共进晚餐、参加非公开展览或是建筑活动，以前她都是习惯性地被邀请，虽然她通常都会拒绝。起初她以为这一切都是巧合，现在她已经开始觉得惊讶了。

报纸上每天都报道她的衣着，说她是"忧郁的"，有时"很朴素"，头发一直都是"金黄色"。他们对这个案子方方面面的挖掘似乎永无止境，她不知道有没有人曾试图听她说两句：她家里的电话线已经拔了好多天了。

顺着挤满人的长凳，她看着勒菲弗家的人，他们脸上没有任何表情，就像第一天开庭时那样。她不知道当他们听到苏菲被她的家人抛弃、孤孤单单没人爱时是什么感受。现在他们对她的看法有所改变了吗？还是说他们并不认为这个案子的核心在于她这个人，而只是看到了钱？

保罗每天都坐在凳子最远的一端，丽芙虽然看不到，但总能感觉到他的存在就像一束电波。

詹克斯起立发言。他对法官说，他将简单介绍一下能证明《留下的女孩》其实是"不干净"的作品的最新证据。

"画像现在的主人，候司顿夫妇，从一个名叫卢安妮·贝克的人手中购得此画。此人被称为'无惧无畏的贝克小姐'，1945年，她是被选拔出来的为数不多的战地女记者之一。这里有几篇从《纽约纪实》中截取的报道，上面提到她曾在二战末期去过达豪，其中生动地记录了同盟国军队解放达豪集中营时她在场的情景。"

丽芙看着那些男记者专注地匆匆记下。"二战的东西，"他们坐下的时候，亨利小声嘟囔着，"媒体们都喜欢纳粹。"

"其中一篇特别提到，在解放达豪时，贝克女士花了一天时间待在一间名为'收集点'的大仓库里，这个仓库位于慕尼黑附近的前纳粹办公室中，美国军队在此存放流失的艺术品。"他又提到另一位记者的故事，她因为在当时帮助同盟国军队而获赠一幅画，这幅画后来成为另一起法律诉讼的标的物，之后被归还给最初的主人。

亨利微微摇了摇头。

"法官大人，现在我将传阅这篇文章的复印件，日期是1945年11月6日，题目是'我如何变成了贝希特斯加登的统治者'。我们认为，这篇文章证实了卢安妮·贝克，一个普通的记者，是如何通过极端手段获得一幅现代珍品的。"

法庭里一片嘈杂，记者们向前探着身子，笔头已然在笔记本上就位。克里斯多佛·詹克斯开始读了：

战争会让你对许多事情都做好准备，但那天，当我发现自己成了贝希特斯加登的统治者，拥有了戈林偷来的价值百万美元的画时，还是有些手足无措。

那位年轻记者的声音穿越了时光，在耳边回响，勇敢而自信。她与"呼啸之鹰"①一起在奥马哈海滩②上岸，与他们一同在慕尼黑附近扎营。她记录那些从未离开过家乡的年轻士兵的想法，他们抽烟、他们勇敢、他们心里默默渴望。之后，有一天早上，她看到军队出发了，朝几公里外的战俘集中营开拔，她发现自己掌管着两个海军陆战队队员和一辆消防车。她讲述了戈林对艺术的狂热和他多年来系统地将艺术品掳掠至高墙内的证据，以及看到美国军队回来，自己可以卸下重担时的轻松。

克里斯多佛·詹克斯读到这里停了一下。

我离开的时候，中士告诉我可以带走一件纪念品，作为我"爱国"的回报。我照做了，并且直到今天一直保留着——那件小纪念品让我一直记得自己生命中最奇怪的那一天。

他站在那里，抬了抬眉毛。"一件纪念品。"

安吉拉·西尔弗站了起来。"反对。文章中并没有说那件纪念品就是《留下的女孩》。她提到被允许从仓库中拿一件东西绝对是一个巧合。文章中没有一句说那件东西是一幅画，更不用说是我们说的这幅画了。"

---

① 美国陆军第101空中突击师由于其臂章上有一个正在嚎叫的鹰头，被称为"鹰师"、"嚎叫的鹰"、"呼啸之鹰"（啸鹰）。第101师最早创建时是以空降部队的身份成立的，最先出现在第二次世界大战的战场上。
② 奥马哈海滩（英文：Omaha Beach）是第二次世界大战的诺曼底战役中，盟军四个主要登陆地点之一的代号。

"反对有效。"

安吉拉·西尔弗走上律师席。"法官大人，我们查过贝希特斯加登的记录，没有任何书面记录表明这幅画出自名为'收集点'的仓库。这幅画也没有出现在这一时期的任何名单或存货目录中。因此，对方在此所做的联系是值得怀疑的。

"我们已经做过说明，战时经常有东西没被记录。我们已经听取过专家的证词，有些作品从来没有被记载是战时被偷走的，但后来却证实的确是被偷的。

"法官大人，如果对方博学的律师想说明《留下的女孩》这幅画确实是被掠夺至贝希特斯加登的话，那原告首先就有责任提供确凿的证据来证明这幅画确实曾在那里。但现在并没有确凿的证据证明这幅画确实是在那个仓库中。"

詹克斯摇了摇头。"在大卫·候司顿自己的话中，他也说过卢安妮·贝克曾告诉他，她妈妈是 1945 年在德国得到了这幅画。她没有说这幅画的来源，而大卫对于艺术品市场也不够了解，所以也未向她寻根究底。不过，整件事都非比寻常。大家想一下，一幅德国指挥官曾觊觎的画，在法国被德军占领期间失去踪影，然后出现在一个刚从德国回来的女人家中。然后这个女人说她从德国带回了一件珍贵的纪念品，并且自己此生再也不会去那儿了……"

整个法庭陷入了沉默。长凳上，一个穿着灰绿色衣服、黑色头发的女人大声呼出一口气。她身子前倾，两只粗糙的大手放在她前面的椅背上。丽芙觉得自己好像在哪儿见过她。那个女人使劲摇了摇头，公共长凳上有很多老人：他们有多少人亲身经历了那场战争？他们自己丢了多少画？

安吉拉·西尔弗向法官陈词："法官大人，我想再次重申，这些都与本案没有直接关系。这篇文章中并没有特别明确地指出一幅画。文章中说的是一件纪念品，它可能只是一个士兵的徽章或者一块鹅卵石。法庭应该依据证据做出判决。"

安吉拉·西尔弗坐下，问："可以传唤玛丽安·安德鲁斯吗？"

穿灰绿色衣服的女人猛地站起来走到证人席上，发过誓后，便凝视四周，微微眨着眼。她的手紧紧抓着手提包，硕大的手指关节都泛白了。丽芙突然想起在哪儿见过她了，她不禁大吃一惊：巴塞罗那一条被太阳炙烤的小巷里，差不多十年前，那时她的头发是金色的，现在却成了乌黑的：玛丽安·约翰逊。

"安德鲁斯夫人，你是卢安妮·贝克唯一的女儿吗？"

"安德鲁斯女士！我是个寡妇。对，我是。"丽芙想起了那浓重的美国口音。

安吉拉·西尔弗指着那幅画问："安德鲁斯女士，你认识这幅画吗？这是复印件，就在你面前的法庭上？"

"当然认识。小的时候这幅画一直挂在我们家客厅里。名叫《留下的女孩》，是爱德华·勒菲弗的作品。"她发出来的音变成了"勒菲伍"。

"安德鲁斯女士，你母亲有没有跟你说过她文章里提到的纪念品？"

"没有。"

"她从来没说过那是一幅画？"

"没说过。"

"她有没有说过这幅画是哪儿来的？"

"没跟我说过。不过我想说的是，如果我母亲认为那幅画属于集中营的某位遇难者的话，她肯定不会拿的。她不是那种人。"

法官往前倾了倾身子。"安德鲁斯女士，我们只能陈述自己知道的，不能揣测你母亲的动机。"

"哦，可是你们好像都在这么做。"她气呼呼地说，"你们不了解她。她崇尚公平、平等，她留下的那些纪念品都是缩头鬼、旧枪、车牌之类的，全是些别人根本不会在意的东西。"她想了一会儿，又说："好吧，那些缩头鬼以前可能是别人的，但我敢打赌，那些人肯定不想要回去，不是吗？"

法庭里响起一阵笑声。

"达豪发生的一切真的让她很难过，之后好多年她都不愿谈起。我知道如果她觉得可能会再次伤害那些可怜的灵魂，她肯定什么也不会拿的。"

"所以你不相信这幅画是你母亲从贝希特斯加登带回来的？"

"我母亲从来不会随便拿别人的任何东西，她都会用她的方式做出回报。她就是这样的人。"

詹克斯站了起来。"很好，安德鲁斯女士，但正如你所说的，你也不知道你母亲是如何得到这幅画的，对不对？"

"正如我所说的，我知道她不是小偷。"

丽芙看着法官匆匆记着笔记，她看看玛丽安·安德鲁斯。眼见母亲的声誉在自己面前一点点被蹂躏，她一脸痛苦。她看看珍妮·迪金森，她正面对着勒菲弗兄弟，脸上是掩饰不住的胜利的微笑。她看看保罗，他身子前倾着，双手合十放在膝盖上，像是在祈祷。

丽芙把视线从那幅画上移开，突然感觉有一种新的压力像一床毯子一样压在她身上，把所有的光都遮住了。

"嘿。"她一边进屋一边喊着。已经四点半了，但屋里没有一点莫的气息。她走进厨房，拿起餐桌上的一张字条："我去拉尼奇那儿了，明天回来。莫"。

丽芙任字条落下，轻轻叹了口气。她已经习惯了有莫在家里做陶艺——她的脚步声、在远处哼歌的声音、洗澡水哗哗流着的声音，还有炉子里热乎乎的食物的香味。现在屋子里空荡荡的，莫搬来之前她从来没觉得屋子这么空。

这些天莫似乎跟她有些疏远了。丽芙不确定她是否猜到了从巴黎回来之后发生的事情。那些事让她不顾一切地回到保罗身边。

但现在想保罗一点意义也没有。

没有邮件，只有一张厨房的邮购传单和两张账单。

她脱下外套，给自己沏了一杯茶。

为了让屋里显得不那么安静，她放了点音乐，把一些脏衣服放进洗衣机里，然后拿起过去两周自己刻意忽略的那些信封和文件，拉过一张椅子开始翻起来。

她把账单放在中间，最后通知放在右边。所有不是很紧急的东西都放在左边，银行的对账单她没有理会，光是律师的对账单就有一大摞。

她拿来一本很大的记事本，在上面加了一栏数字。她以自己的方式系统地查阅了单子，把金额进行加减记下来，最后把自己算的结果写在边上。她靠在椅子上，整个人笼罩在夜幕中，盯着那些数字看了好久。

她起身走到卧室里，凝视着苏菲·勒菲弗的画像。像往常一样，苏菲的眼睛直直地盯着她，但是，她今天的目光似乎很冷漠、很傲慢。今天，丽芙觉得她可以从她的表情中看到新的东西。

你身上到底发生了什么，苏菲？

几天来，她知道自己将不得不做出这个决定。或许她一直都知道，但真正做了却仍感觉像是一种背叛。

她翻阅着电话簿，拿起话筒拨了号码。"您好？请问是伯林顿房产中介公司吗？"

▶ 3

"那您的画是什么时候不见的？"

"1941年，也可能是1942年。我也说不好，因为所有相关的人都……不在了。"金发女人凄凉地笑了笑。

"对,您说过。您能跟我详细描述一下吗?"

女人将一个文件夹推到桌子对面。"这是我们找到的所有的东西,大部分情况都在我 11 月份写给你的那封信中说过了。"

"你觉得那幅画值多少钱?"

正在看笔记的保罗抬起头来,女人往椅子后面靠了靠。她的脸蛋很漂亮,皮肤白皙干净,没有一点衰老的迹象。但是,他也注意到,她面无表情,像是习惯了隐藏自己的情绪,或者是因为拉过皮。他偷偷瞄了一眼她浓密的头发,知道丽芙一眼就能看出那是不是她自己的头发。

"因为康定斯基的画很值钱,不是吗?这是我丈夫说的。"

保罗小心翼翼地挑选着自己的措辞:"哦,对,如果能证明那幅画确实是你们的。不过这有点跑题了,我们还是回过头来谈谈所有权的问题吧?你们有证据证明这幅画的来源吗?"

"哦,我奶奶跟康定斯基是朋友。"

"好吧,"他饮了一口咖啡,"你们有没有书面证据?"

她一脸茫然。

"照片?信件?能证明他们俩是朋友的证人?"

"哦,没有,但我奶奶以前经常提起。"

"她还健在吗?"

"没有,我在信里已经说过了。"

"抱歉。您爷爷叫什么名字?"

"安东·佩罗夫斯基。"她拼了一下姓，一边说一边指着保罗的笔记。

"家里有没有活着的、可能知道的人？"

"没有。"

"您知不知道这幅画有没有被展览过？"

"不知道。"

他早就知道打广告是个错误，会引来这种奇葩的案子，但珍妮却坚持要这么做。"我们要积极主动，"她说，她的领导腔不免让人误解她的话，"我们要稳定市场份额，增强公司信誉。"她编纂了一份名单，上面列出了其他所有的追踪返还公司，并且暗示应该让米里亚姆假扮成客户去竞争对手那里打探一下他们用什么方法。当保罗告诉她这真是疯了时，她完全不为所动。

"您有没有简单搜索一下它的历史？谷歌？艺术书籍？"

"没有。我认为我付给你们钱，这些就应该是你们去做的。你们是这一行里最好的公司，不是吗？你们找到了勒菲弗的那幅画。"她跷着二郎腿，看了一眼手表，"这种案子要多长时间？"

"哦，这就不一定了。有的很快就能搞定，比如那些有作品历史和来源的相关资料的；否则可能得好几年。相信您一定也听说过，光是走法律程序本身可能就要花很多钱，所以我建议您不要轻易这么做。"

"而且你们也是要收佣金才工作的吧？"

"这个不能一概而论，不过您说得对，我们会按照最终结算的一定比例收取佣金，这个比例一般很低。而且我们拥有自己的法律部门。"

他翻阅着文件夹，试图算一算这个案子是否有利可图。这时她又开口了："我去过那家新公司了，他们说他们收的比你们少一个百分点。"

保罗正在翻文件的手停住了。"您说什么？"

"佣金。他们说追回这幅画他收的佣金比你们少一个百分点。"

保罗过了一会儿才开口："哈考特小姐，我们是一家有信誉的公司。如果您希望我们利用自己多年的技巧、经验和人脉来帮您寻找您家人钟爱的这幅艺术作品并可能进一步将其追回的话，我当然会考虑，并且就其可行性向您提供最佳建议。但我不会坐在这儿跟您讨价还价。"

"哦，这可是一大笔钱。如果这幅康定斯基的画值几百万的话，为了我们自己的利益，我们当然要尽可能地争取做一笔划算的买卖。"

保罗感觉自己在紧咬牙关。"我觉得，考虑到您 18 个月前根本不知道自己跟这幅画有任何关系，如果我们真能把它追回来的话，您怎么着都划算。"

"这就是你拒绝考虑一个更……有竞争性价格的方式吗？"她面无表情地看着他。尽管脸上动不了，却优雅地跷着二郎腿，一只高跟鞋挂在脚上晃着。一个习惯了予取予求，做起来不带一丝情感的女人。

保罗放下笔，把文件夹合上推到她那边。"哈考特小姐，很高兴见到你，但我想我们已经谈完了。"

一阵短暂的沉默。她眨眨眼。"你说什么？"

"我认为你我之间已经没什么好谈的了。"

珍妮正好抱着一盒圣诞巧克力从办公室经过，听到骚乱停了下来。

"你是我见过的最没礼貌的男人。"哈考特小姐朝保罗咆哮着，左胳膊夹着她昂贵的手提包。保罗一边把装着信件的文件夹塞给她，一边把她往门外轰。

"我很怀疑。"

"如果你认为可以这样做生意的话，那你比我之前想的还要愚蠢。"

"那您没有把那幅您如此喜爱的画托付给我去进行史诗般的搜索真是太明智了。"他淡淡地说，拉开门。在一阵昂贵的香水味中，哈考特小姐走了，她一直走到楼梯那儿还在大喊着什么。

"到底是怎么回事？"保罗大步经过珍妮身边准备回办公室的时候，珍妮问道。

"别问，求你别问，行吗？"他说。他砰的一声关上门，坐在自己的办公桌前，两手抱住头。最后，当他终于抬起头的时候，第一眼便看到了那幅《留下的女孩》。

▶ 4

"这边是厨房。正如你们所看到的，厨房三面都可以看到泰晤士河的景色。右边可以看到塔桥，下面是伦敦眼，天气晴朗的时候，您可以按下这里的这个按钮　　我没说错吧，候司顿夫人？——把屋顶打开。"

丽芙看着那对夫妇抬头仰望着。男的是一个五十多岁的商人，戴着一副风格独特的名牌眼镜。他从进来就一直是一张扑克脸，可能他怕如果自己决定买下的话，表露出任何喜悦激动之情都会让他处于不利地位。

但即使是他，在看到屋顶的玻璃收起来的时候也无法掩饰自己的惊讶。随着低低的嗡嗡声，屋顶收了起来，两人抬头凝望着无垠的蓝天。

"我觉得我们还是不要开太久吧，啊？"到目前为止，那个年轻的房产中介一个早上都对这三个方向的风景乐此不疲，现在他已经开始冻得打战了，之后便以几乎不加掩饰的满意态度，看着屋顶麻利地合回去。女的个头很小，是个日本人，脖子上系着一条围巾，围巾打了一个很复杂的结。她悄悄推了推她丈夫，小声在他耳边说了什么。

丽芙一声不吭地站在冰箱旁，她发现自己在咬腮帮子。她一直都知道这不会好受，但她没想到看着这些人在屋里到处转悠，用不带任何感情、挑剔的眼神看着她的东西，会让她这么不舒服，这么内疚。

"所有的家具设备都是一流的，而且一起出售。"房产中介打开冰箱门说。

"特别是那个烤炉，几乎从来没用过。"一个声音从门口传来。莫描了闪闪发光的紫色眼影，宽大的外衣下是"舒适养老院"的长袍。

那个中介有点惊讶。

"我是候司顿夫人的私人护理。"她说，"抱歉我们先失陪一下，她差不多该吃药了。"

房产中介尴尬地笑笑，催着那对夫妇朝中厅走去，莫把丽芙拉到一边。"我们去喝杯咖啡吧。"她说。

"我得留在这儿。"

"不，你不用留在这儿，受虐狂才会留在这儿。快点，拿上你的外套。"

这是丽芙几天来第一次见到莫。她出现的时候，丽芙莫名地舒了一口气。她意识到，她朝思暮想的那个身影变成了面前这个涂着紫色眼影、穿着可擦洗长袍的五英尺的怪人。她的生活已经变得陌生、混乱，每天围着法庭转，看双方律师掐架，不停地暗示、反驳，不停地说着战争、抢劫财物的指挥官。她以前的生活和习惯现在都被一种软禁似的生活所替代，她的新生活就是围绕着高等法院二楼的喷泉、无情的长凳、每次开口前都要习惯性地摸摸鼻子的法官，还有立在那儿的她的那幅画像。

保罗，他坐在千万里之外的原告席上。

"你把房子卖掉真的没关系吗？"莫朝房子的方向点点头问。

丽芙张了张嘴想说什么，但又觉得如果真要说出自己的真实感受的话，她肯定会停不下来。她肯定会在这里滔滔不绝、大哭大叫，说到明年圣诞节都说不完。报纸上每天都有那件案子的相关报道，她的名字也随之一起传播，直到现在她看到自己的名字都不再觉得它有任何意义。每篇报道中都充斥着"偷窃"、"公平"、"犯罪"这些词。她已经不去跑步了；曾有个男人专门躲在楼外面等着，就为了朝她身上吐痰。医生给她开了安眠药，可是她却不敢吃。当她向自己的心理咨询师解释自己的处境时，她怀疑自己在他脸上也看到了不满的神情。

"我没事。"她说。

莫眯了眯眼睛。

"真的。不管怎么说，那不过是个砖头水泥房子罢了。哦，确切地说，是玻璃和混凝土房子。"

"我曾经也有一所公寓。"莫继续搅拌着咖啡说，"卖掉公寓那天，我坐在地板上，哭得像个小孩。"

丽芙端着杯子的手停在半空。

"我结过婚，但过得不好。"莫耸耸肩，开始聊起天气来。

莫好像有点不一样了。并不是因为她总是闪烁其词，而是有一种无形的障碍，像一面玻璃墙一样，立在她们中间。或许是我的错吧，丽芙想，我一直忙着钱和打官司的事，几乎从来没问过莫的生活。

"你知道吗，我一直在想圣诞节要怎么过，"一阵短暂的沉默后，丽芙开口道，"我在想拉尼奇会不会愿意过来一起过平安夜。我这个想法确实很自私。"她笑了笑。"我在想你们俩或许可以帮我准备食物。我以前从来没有真正地准备过一顿圣诞节晚餐，爸爸和卡洛琳厨艺都很不错，所以我不想搞得太糟。"她听着自己一直滔滔不绝地说着，她很想说，*我只是需要一点让自己有所期待的东西。我只是想不用去思考应该调动哪块肌肉就可以开心地笑笑。*

莫低头看着自己的手，一个用蓝色圆珠笔写的号码从她左手大拇指边慢慢露出来。"嗯，这个……"

"我知道你说过他那儿很挤，所以如果他圣诞节那天晚上想留下的话完全没问题。那会儿要打车回家的话真是一场噩梦。"她强迫自己露出一个灿烂的笑容，"我想一定会很好玩的，我想……我想我们大家可以一起做一些有趣的事。"

"丽芙，他不会来的。"

"我不明白。"

莫开口的时候，每一个字都说得很谨慎，似乎在拿捏字眼，避免产生歧义。"拉尼奇是波西尼亚人，他的父母在巴尔干半岛失去了一切。你开庭审理的那件案子——这种破事是真真切切地在他身上发生过的。他……他不愿意到你家里来庆祝。对不起。"

丽芙瞪大眼睛看着她，但莫根本就没看她的眼睛。丽芙在那里等待着，莫又补充道："好吧，呃，如果是我们的话……"她深吸了一口气。"……我并不是说我同意拉尼奇的观点，但我也觉得，你应该把画还回去。"

"什么？"

"听着，我根本不在乎那幅画到底属于谁，但你会失去一切的，丽芙。其他人都明白这一点，只有你还看不清。"

丽芙盯着她。

"我看过报纸了，对你不利的证据越来越多，这场官司如果你继续打下去的话，你会输得一无所有。你这么做是为了什么？就为了旧画布上的那些油墨吗？"

"我不能就这样把它交出去。"

"为什么不能？"

"那些人根本不在乎苏菲，他们眼里只有钱。"

"看在上帝的分上，丽芙，那就是一幅画。"

"那不只是一幅画！她周围所有的人都背叛了她，到最后没有一个人站在她那边！而且她……她是我剩下的唯一的东西了。"

莫平静地看着她。"真的吗？那我还真想像你那样'一无所有'，更'一无所有'一些。"

她们四目相对，然后又移开了视线。一股热血冲上丽芙的脖子。

莫长长地舒了一口气，身子往前倾了倾。"我听说，这件事让你出现了信用问题，所以你必须退一步。要我说实话吗？这些话其他人都不可能跟你说。"

"哦，那谢谢你了。下次我早上开邮箱看到一堆恐吓信，或者再遇到一个陌生人躲在我家附近的时候，我会记得你的话的。"

两个女人对视的目光异常冰冷，这冰冷化作了两人之间的沉默。莫紧紧闭着嘴巴，把要脱口而出的一大堆话咽进肚里。

"好吧。"最后她说，"很好，那我也可以告诉你，以后应该不会再这么尴尬了。我要搬走了。"她俯下身子弄了弄鞋，于是她低沉的声音便从桌面附近传过来，"我要搬去跟拉尼奇一起住了，不是因为那件案子，正如你说过的，我住在你家里毕竟不是长久之计。"

"这就是你想要的？"

"我想这是最好的结果。"

莫喝掉最后一口咖啡，把杯子往前一推。"呃，我想，今天就到此为止吧。"

"好。"

"如果可以的话，我明天就搬。我今晚要上晚班。"

"好。"丽芙努力让自己的声音保持平静，"今天真是让我……很有启发。"她本不想让自己的口气那么充满讽刺的。

莫等了一会儿，等她站起来，便穿上外套，把帆布包背到肩上。

"好好想想，丽芙。我知道我甚至都不认识他，但你说过他那么多事，我一直在想：如果大卫在的话他会怎么做？"

大卫的名字像个小炸弹一样打破了沉默。

"我是说真的。如果你的大卫还活着的话，如果这一切当时就发生了——那幅画的历史、它可能是从哪里来的、那个女孩和她的家人可能遭遇了什么，等等——你觉得他会怎么做？"

留下这个疑问悬在静止的半空中，莫转身走出了咖啡厅。

丽芙刚走出咖啡厅斯文的电话就来了，他的声音听上去很疲惫。"你能来趟我的办公室吗？"

"这个时间不太合适，斯文。"她揉揉眼睛，抬头凝望着玻璃房子，两只手还在发抖。

"我有很重要的事。"她还来不及多说什么，那边电话已经挂掉了。

丽芙从返家的路折回，朝斯文的办公室走去。现在她到哪儿都是走路去，低着头，一顶帽子拉到盖住耳朵，躲避着陌生人的目光。在路上，她两次擦掉眼角偷偷流下的泪水。

"案子怎么样了？"

"不太好。"她说。对于他召唤自己时那种敷衍了事的样子，丽芙有点生气。她脑子里还在想着莫最后留下的那句话：如果大卫在的话他会怎么做？

后来她才注意到斯文的脸色多么苍白，整个人像是快要被掏空了，还有他目不转睛地盯着面前记事本的样子。"一切都还好吗？"她问。她有一瞬间的恐慌，请告诉我克里斯汀很好，孩子们都很好。

"丽芙，我遇到一个麻烦。"

她坐下，包放在膝盖上。

"戈德斯坦兄弟退出了。"

"什么？"

"他们解除了合同。因为你的案子。西蒙·戈德斯坦今天早上给我打了电话，他们一直在看报纸。他说……他说因为纳粹，他们家失去了一切，他和他弟弟不能跟一个觉得那样没什么的人搅和在一起。"

周围的世界静止了，她抬头看着他。"可是——可是他不能那样做，我不是——我不是公司的成员，不是吗？"

"你还是名誉董事，丽芙，而且大卫的名字是你这边在辩护时非常重要的一部分。西蒙正在启用一项附加条款。你不顾所有合理的证据来打这场官司，显然已经损害了公司的声誉。我告诉他这非常不合理，他说我们可以抗议，但他有的是钱。用他的原话说就是：'斯文，你可以起诉我，但赢的肯定是我。'他们会找其他人继续完成这项工作。"

丽芙听得目瞪口呆。戈德斯坦大厦一直被视为大卫毕生作品的典范：那是会让人们记住他的作品。

她望着斯文的侧影，那样坚定地一动不动，看上去像是一尊石像。"他和他弟弟……对于归还作品的问题立场非常坚定。"

"可是——可是这不公平，我们甚至还不知道关于那幅画的全部事实。"

"这不是重点。"

"可是我们——"

"丽芙，我今天一整天都在忙这件事。能让他们继续与我们公司合作的唯一途径就是……"他吸了一口气，"……就是候司顿的名字不再牵扯其中。意思就是，你放弃名誉董事的头衔，并且公司更名。"

她在脑袋里默默重复着这些话，然后才开口，想搞清楚这些话的意思。"你想把大卫的名字去掉。"

"是。"

她盯着自己的膝盖。

"对不起，我知道这很让人震惊，但我们真的没有更好的办法。"

一个想法突然闪过她的脑海。"那我和那些孩子们的工作会怎样？"

他摇了摇头。"对不起。"

她身上最核心的部分似乎也结了冰。一阵长长的沉默后，她才开口，她说得很慢，她的声音在寂静的办公室里显得异常高昂。"所以你们一直认为，因为我不愿意交出多年前大卫合法购买的那幅画，我们肯定是不诚实的。然后你们想把我们从他办的慈善和事业中除名，你们要把大卫的名字从他创作的建筑中去掉。"

"你这样说就太夸张了。"斯文第一次看上去有些尴尬，"丽芙，现在的情况非常棘手，如果我站在你这边的话，全公司所有人都要面临失业的危险。你知道我们有多么依赖戈德斯坦大厦这个项目，如果他们现在退出的话，索伯格·候司顿根本无法生存。"

他身子往前一倾，趴在办公桌上。"这一行身价上亿的客户真的不多，我得替全公司的人着想。"

办公室外有人说了句"再见"，接着传来一阵笑声。办公室里依旧沉默着。

"那如果我把它交出去，他们会在大厦上留下大卫的名字吗？"

"这个我还没跟他们讨论过。可能吧。"

"可能？"丽芙体会着这个词，"那如果我说不呢？"

斯文用笔敲了敲桌子。

"我们会解散公司，再成立一家新公司。"

"戈德斯坦会继续与新公司合作。"

"很可能，是的。"

"所以其实我怎么说并不重要，你只是出于礼貌给我打个电话罢了。"

"对不起，丽芙。这种情况真的没有办法，我真的是左右为难。"

丽芙又在那儿坐了一会儿，然后便一声不吭地站起来走出了斯文的办公室。

现在是凌晨一点。丽芙盯着天花板，听着莫在客房里走来走去的声音，手提旅行包拉链被拉上、砰的一声被重重地放在门口的声音。她听到冲厕所的声音，轻轻的脚步声，之后就是莫睡着后的寂静。她一直躺在那儿考虑要不要穿过走廊去挽留莫，劝她不要走，但她脑袋里那些混乱的话却无法形成任何条理的语言。她想着几英里外那进行了一半的玻璃建筑，设计师的名字将和它的地基一样被深埋。

她伸手拿起床头的手机，在半明半暗的光线中盯着那小小的屏幕。

没有新信息。

孤独像是一个实体一样冲击着她，四周的墙壁仿佛都不堪一击，无法阻挡外面那个充满敌意的世界。这座房子已经不像大卫所希望的那样透明、纯洁。空旷的地方是冷酷无情的，房子整洁的线条和历史纠缠在一起，扭曲的动物内脏让玻璃表面变得模糊。

她努力压制自己心里一阵阵莫名的恐慌。她想着苏菲的那些文件，想着一个被送上火车的囚犯。她知道，如果她把那些文件呈上法庭，她还有机会留下那幅画。

可是，她想，如果我真的那样做了，那苏菲的档案上就会永远记着她是一个跟德国人上床、背叛了自己祖国和丈夫的女人，那我跟镇上那些对她弃之如敝屣的人有什么区别？

"覆水难收。"

▶ 5

　　我已经不会再因为想家掉眼泪了。我不知道我们走了多久，因为白天和黑夜已经交织在一起，我们也时不时地打个小盹儿。我的头开始疼了，随即开始发烧，我一会儿冷得发抖，一会儿又强忍住要把仅剩的几件衣服脱掉的冲动。我们拿到的东西少得可怜：几杯水、几块黑面包，就像用剩饭喂猪一样直接扔到后面的车厢里。莉莉安坐在我身边，用她的裙子帮我擦额头，在车子停下的时候扶着我，一脸紧张的神情。"我很快就会好起来的。"我不停地对她说，同时强迫自己相信这不过是一次小感冒。这几天天气很冷，我又受了惊吓，肯定会感冒的。

　　可是后来，随着我烧得越来越厉害，我已经不怎么在意食物够不够的问题了。胃里的疼痛被其他地方的疼痛掩盖了：我的头、关节，还有脖子。我没有食欲，莉莉安不得不强迫我把水从疼痛的喉咙里吞下，提醒我有东西吃的时候一定要吃，我必须保持体力。她说每一句话的时候都有一种居高临下的感觉，好像她总是比她应该知道的更清楚等待我们的是什么。每次停车的时候，她都焦虑地瞪大眼睛，即使是在被病痛折磨的情况下，我也感受到了她的害怕。

　　莉莉安睡觉的时候，脸上总是因为做噩梦而抽搐。有时，她会两只手在空中撕扯着醒来，嘴里发出模糊不清的痛苦的叫声。如果可以，我会伸出手去碰碰她的胳膊，试图让她平缓地醒来。有时候，望着外面德国的土地，我会怀疑自己为什么要这么做。

自从发现我们不再朝着阿登高地的方向前进后，我自己的信念也开始逐渐瓦解。如今，指挥官和他的承诺似乎在十万八千里之外；我在旅馆的生活、那闪闪发光的红木酒吧、姐姐和我成长的村庄都像是在梦里一般，像是我在很久之前想象出来的。我们面对的现实却是不适、冰冷、疼痛、无时不在的恐惧，这些一直在我脑子里嗡嗡响。我试图集中精力，想回忆起爱德华的脸，还有他的声音，可是却怎么也想不起来。我能想起他身上的一些小细节——他衣领上软软的棕色鬈发、他有力的双手——可是却无法将这些拼凑成一个满意的爱德华。现在，我更熟悉的是莉莉安放在我手里的破掉的手。我看着她的手，淤青的手指上是我自己做的木板，我努力提醒自己记住，这一切都是有目的的：所谓信仰，最重要的一点就是要经受住考验。可是，每前进一英里，都让人更加难以相信这一点。

雨停了。我们停在一个小村子里，年轻士兵生硬地伸展开长长的四肢爬了下去。引擎熄了火，我们听到外面有德国人在说话。有一瞬间，我想着能不能问他们要点水。我的嘴唇干得发裂，四肢虚弱无力。

莉莉安在我对面静静地坐着，像只嗅到了危险气息的小兔子。我努力无视脑袋的抽痛思考着，慢慢明白了外面是一个市场的声音：小贩欢快的叫卖声、女人和摊贩伶牙俐齿的讨价还价声。有那么一瞬间，我闭上眼睛，努力把外面的德语想象成法语，想象成佩罗讷镇上的声音。我能想象出姐姐的样子，她胳膊上挎着提篮，挑拣着西红柿和茄子，掂掂它们的分量，又轻轻地把它们放回去。我几乎可以感受到阳光照在我脸上，闻到粗红肠和干酪店的味道，看到自己慢慢地在摊位间穿梭的样子。防水布被掀了起来，一个女人的脸出现在我们眼前。

我们被吓了一跳，我不由得吸了一口气。她盯着我看了一会儿，有一瞬间我以为她是要给我们吃的——但她却转过身去，一只苍白的手仍然撩着防水布——然后用德语喊了一句什么。莉莉安匆忙从车厢后面爬过来，把我拉到她身边。"抱住头。"她小声说。

"什么？"

她还没来得及多说什么，一块石头便穿过车厢重重地砸在我胳膊上。我不解地朝下面看了看，又有一块石头扔进来，砸在我一边脑袋上。我眨眨眼，又过来三四个女人，她们的脸因仇恨而扭曲着，手上攥满了石头、烂土豆、木片以及所有可以当"炮弹"的东西。

"婊子！"

莉莉安和我抱在一起躲在角落里，努力在这些"炮弹"雨点似的砸向我们时保护好自己的头，我的头和两只手都被砸得生疼。我真想冲她们大喊一句：你们为什么这么做？我们怎么着你们了？可她们脸上的仇恨和她们的声音让我望而却步。这些女人真的很讨厌我们，要是可以的话，她们肯定会把我们大卸八块。恐惧像苦胆一样涌上我的喉咙，直到那一刻我才感受到它对我身体的影响，就像一个怪物动摇了我对自己是谁的信念、冲击了我的思想、让我害怕得肚子生疼。我祈祷着——祈祷着她们赶紧离开，这一切赶紧停止。当我终于敢抬起头来时，我瞥见了之前坐在后面的那个年轻士兵。他正点着一根烟，朝一边走去，平静地审视着市集广场。我顿时觉得怒火中烧。

对我们的攻击又持续了大概几分钟，但那感觉却像是好几个小时。然后，攻击突然停下了。我耳朵里的嗡嗡声停止了，一股热血趁机流进我的眼角。我只能听出外面有人说话，然后引擎就发动了。年轻士兵若无其事地爬上后车厢，汽车歪了一下向前开去。

突然的放松让我想哭。"婊子养的。"我用法语小声说。莉莉安用她那只好手捏捏我的手。心还在怦怦跳，我们颤抖着回到凳子上。最后，我们终于离开了那座小镇，肾上腺素逐渐散去后，我发现自己已经筋疲力尽，疲惫得像个死人。那时候，我害怕睡觉，后来又害怕接下来可能会发生的事，但莉莉安却一直倔强地睁着眼睛，审视着透过防水布看到的一片片小景色。我心里某个自私的部分知道她会替我把风，她不会再睡觉了。我把头靠在凳子上，等我的心跳终于恢复正常后，我闭上眼睛，任自己陷入一片虚无中。

有光。莉莉安盯着我的眼睛，一只手捂住我的嘴巴。我眨眨眼，不由自主地去扒她，她却把一根手指头举到嘴边。她等着我点了头，表示我明白了，才把手拿开。这时，我意识到车子又停下了，我们在一个树林里，一片片的雪斑点似的盖在地上，淹没了所有的动作和声音。

她指指那个卫兵。他躺在凳子上，头靠着自己的工具袋睡着了。他打着鼾，毫无抵抗力，他的手枪皮套也能看到，领子上方有几英寸脖子露出来。我发现自己不由自主地伸手去摸口袋里的碎玻璃。

"跳车。"莉莉安小声说。

"什么？"

"跳车。如果我们沿着那些洼地，就是那些没有雪的地方走，就不会留下脚印。等他们睡醒的时候我们早就跑了好几个小时了。"

"可是我们是在德国啊。"

"我会一点德语。我们会有办法的。"

她很兴奋，语气令人信服。自从离开佩罗讷以后，我从来没见她这么兴奋过。我眨眼看看那个熟睡的士兵，又看看莉莉安，她正在小心翼翼地掀开防水布，看着外面的蓝光。

"可是如果被他们抓到的话会被枪毙。"

"要是我们留下才会被他们枪毙。而且，如果他们没把我们枪毙的话，那就更糟了。快点，这是我们的机会。"她用唇语说出这些话，悄悄地示意我拿包。

我站起来，看着外面的树林，然后停下了。"我不能走。"

她转过来看着我。她还是把那只破了的手放在胸前，像是怕再被什么东西碰到。在日光下，我可以看到她脸上的划痕和淤青，那是昨天那些"炮弹"留下的。

我吞了吞口水。"如果他们是要带我去见爱德华呢？"

莉莉安盯着我。"你疯了吗？"她小声说，"快点，苏菲，快点。这是我们的机会。"

"我不能走。"

她又缩回来，紧张地看看正在熟睡的士兵，然后用她那只好手抓着我的手腕。她一脸愤怒，那口气像是在跟一个蠢得不可救药的孩子讲话。"苏菲，他们不会带你去找爱德华的。"

"可是指挥官说——"

"他是德国人，苏菲！你羞辱了他，揭露了他枉为男人的一面！你还觉得他会以德报怨？"

"我知道，这个希望很渺茫。可是……我只剩下这么一个渺茫的希望了。"她盯着我的时候，我把我的包拽过来。"听着，你跑吧，拿上这个，把能拿的都拿走。你能做到的。"

莉莉安抓着包，看看车厢外面，思索着。她摆好姿势，似乎在算计着往哪里跑最好。我紧张地看着那个卫兵，生怕他醒来。

"跑吧。"

我不明白她为什么没有动。她慢慢地、痛苦地转过身来看着我。"要是我跑了，他们会杀了你的。"

"什么？"

"因为你帮我逃跑，他们会杀了你的。"

"可是你不能留下，你是因为散发反动材料被抓住的。我和你不一样。"

"苏菲，你是唯一一个拿我当人的人。如果你死了，我的良心会一辈子受谴责。"

"我不会有事的。我总能化险为夷。"

莉莉安·贝蒂讷盯着我身上肮脏的衣服和我发着烧的单薄的身体，

此刻我正在清晨的冷风中颤抖。她在那儿站了好久好久，然后便重重地把包丢下，好像已经不在乎被人听到了。我看着她，她却避开我的视线。卡车的引擎重新发动，我们俩都跳了一下，我听到有人喊了一声。卡车慢慢地开动了，经过一个坑的时候剧烈颠簸了一下，我们俩都重重地撞在车厢上。车厢里的士兵喉咙里咕哝了一声，但没有醒。

我伸出手去抓着莉莉安的胳膊，小声说："莉莉安，快跑，趁还有机会。你还有时间，他们不会听到的。"

但她没有理我。她用脚把包推到我这边，然后在睡着的士兵旁边坐下。她靠在车厢上，眼神一片空洞。

卡车从树林里出来，开到了空旷的马路上。之后几英里，我们一直都沉默着。路上我们听到远处的枪声，见到另外几辆军车。经过一支队伍的时候车速变慢了，车子在一堆褴褛的灰色衣衫中艰难前行。他们全都低着头，看上去都不像是真的人，更像一群幽灵。我看到莉莉安看着他们，感觉到她的存在像块大石头一样压着我。要不是因为我，她可能已经成功逃走了。

"莉莉安——"

她摇摇头，似乎不想听我说话。

车子继续前行。天黑了下来，又下起了雨，是那种刺骨的雨夹雪，雨水透过车顶的缝隙，一滴滴地砸在我的皮肤上。我抖得越来越厉害，每次颠簸，我都像是滚落在钉子上一样浑身剧痛无比。我想跟她说对不起，我想告诉她，我知道自己刚才的做法太可怕、太自私了，我不应该剥夺她的生机。她是对的：我一直在愚弄自己，让自己以为指挥官会回报我的付出。

最后，她终于开口说话了："苏菲。"

"嗯？"我迫切地想让她跟我说话，我那充满渴望的声音一定让人觉得很可怜。

她吞了吞口水，两眼盯着自己的鞋。"如果……如果我有什么事，你觉得伊莲娜会照顾伊迪丝吗？我的意思是，真正地、好好地照顾她？爱她？"

"当然了。没有哪个孩子伊莲娜不爱的，就像……我不知道——就像她永远不会与德国佬同流合污。"我努力挤出一丝微笑。我下定决心让自己看起来病得没那么严重，虽然我真的很难受，我努力安慰她说，可能还会有好事发生呢。我在座位上转了个身，努力挺直身子。这么做的时候，我身上的每一根骨头都椎心地疼。"可是你不准那样想。我们会挺过去的，莉莉安，然后你就可以回家，回到你女儿身边了。"

莉莉安的那只好手抬起来，摸着半边脸上一条从眼角一直延伸到脖子上的暗红色疤痕。她似乎陷入了沉思，离我特别遥远。我祈祷着我的坚定能给她带来些许安慰。

"我们一直熬到了现在，不是吗？"我继续说，"我们离开了那辆地狱般的牲口车，我们被带到了一起。这说明老天肯定还是很照顾我们的。"

突然，她提醒我不要忘了过着更黑暗的日子的伊莲娜。我想伸手去拍拍她的胳膊，但我没有力气。能这样直直地坐在木凳上已经是我的极限了。"你要有信心，一切都会好起来的。我知道的。"

"你真的认为我们还能回家？回到佩罗讷？在我们做过那些事情之后？"

士兵开始坐直了身子，揉着眼睛。他似乎很生气，好像我们的谈话把他吵醒了。

"呃……可能不能直接回去。"我结结巴巴地说，"不过我们可以先回法国。总有一天，一切都会……"

"苏菲，你和我，我们俩现在已经到了无人地带。我们已经没有家了。"

这时，莉莉安抬起头来，她的眼睛又大又黑，现在我才发现，她身上已经完全没有我之前见过的，那个从旅馆门前昂首阔步走过的漂亮尤物的影子了。但这不光是因为那些伤疤和淤青让她的面貌发生了改变，她灵魂深处的什么东西似乎已经腐烂变黑了。

"你真的以为被送到德国的俘虏营还能再出来吗？"

"莉莉安，求你不要这样说话。求求你了。你只要……"我的声音渐渐听不到了。

"我最最亲爱的苏菲，怀着你的信念、你对人性的盲目乐观，"她半笑着面对着我，那笑容可怕而凄凉，"你根本不知道他们会对我们做什么。"

说完，我还没来得及说什么，她一把从士兵的手枪皮套里夺过枪，对着自己的脑袋一侧，扣下了扳机。

Chapter *9*
盲目的信仰

———◆——◆———

　　生命中有许多事情比赢更重要，丽芙相信这一点。可是真到输了的那一刻，她有一种奇怪的感觉，如失去亲人一般。

　　仿佛她不是丽芙，而是苏菲，刚刚从过去穿越回来的苏菲。

　　她突然意识到，生活其实就是一种盲目的信仰。哪怕接二连三地遭遇阻碍，也要再一次向前走。

▶ *1*

"我们觉得，下午可以去看场电影。"格瑞格开车技术很差劲，他踩油门的脚显然是伴随着音乐的节奏，所以去舰队街的路上保罗的上身一直以一种奇怪的节奏往前倾。

"我能带上我的任天堂① 吗？"杰克忽闪着眼睛问。

"不行，你不能带你的任天堂，盯着屏幕，你会像上次一样撞到树上去的。"

"我那是在训练怎么走到树上去，就像超级马里奥② 一样。"

"那你干得不错，小家伙。"

"爸爸，你什么时候回来？"

"嗯？"

副驾驶座上，保罗正在浏览报纸。有四篇文章报道了昨天法庭上的情况，大标题暗示 TARP 和勒菲弗家族即将赢得胜利。他从没因

---

① 指的是游戏机。
② 任天堂公司超级马里奥兄弟系列游戏角色。

为确信自己会赢而这么沮丧过。

"爸爸？"

"该死，这些报纸。"他看了看表，往前一趴，摆弄着车载广播的按钮。

"德国集中营的幸存者们已经上书政府，呼吁加快立法，以便战时被掠夺的艺术品尽快归还……"

"仅今年一年，就有七位幸存者在等待家族财产被归还的法定程序间离世。从法律方面看来，这种情况被称为'悲剧'。"

"引发这一呼吁的是高等法院的一起案件，案件涉及一幅据称在一战期间被掠夺的画作——"

保罗往前一趴。"这个怎么把声音调高？"

"你应该试试吃豆人。现在有一款电子游戏。"

"什么？"

"爸爸，几点？"

"等一下，杰克，让我听下这个。"

"——候司顿声称她的前夫出于善意买下了这幅画。这件颇有争议的案件说明，过去十年中由于归还案件日益增多，司法系统面临诸多困难。勒菲弗案已经引起了全世界的关注，有幸存者团体……"

"天哪，可怜的丽芙小姐。"格瑞格摇了摇头。

"什么？"

"我可不想变成她那样。"

"你这句话什么意思？"

"哦，报纸上、广播里那些东西——真是越来越变态了。"

"这只是工作而已。"

格瑞格看了他一眼，好像在看一个要求赊账的顾客。

"这件事很复杂。"保罗说。

"是吗？我以为你要说这种事情都是黑白分明的。"

"你最好收回这句话，格瑞格。或者我应该晚点再过来一下，告诉你应该如何经营你的酒吧，看看你经营得怎么样。"

格瑞格和杰克互相挑了挑眉毛。他这气生得有些莫名其妙。

"高等法院到了。"格瑞格突然停车，所有人都往前一倾。一辆出租车猛地转向避开他们，鸣着喇叭表示抗议。"我不确定我应该在这儿停车。要是我被贴罚单的话你会付钱的，对不对？嘿——那不是她吗？"

"谁啊？"杰克趴到前面来，一脸好奇。

保罗看着马路对面聚集在高等法院外的人群，台阶前面的空地上已经挤满了人。今天来的人比前几天都多，即使是在大雾的遮掩下，他也能感觉到今天与以往有所不同：有一种一触即发的愤怒，那些人脸上是不加掩饰的厌恶。

"啊——哦！"格瑞格喊道，保罗顺着他的视线看过去。

马路对面，丽芙正朝法院门口走去，她两手紧紧抓着包，低着头，似乎陷入了沉思。她抬头看了一眼，待她明白面前这些示威者的意图后，脸上充满了恐惧。有人喊了一声她的名字：候司顿。人群愣了一会儿，她赶紧加快速度，想快速穿过去，但她的名字一遍遍地被人喊着，从小声的嘟囔逐渐变成了大声的指责。

隐隐约约可以看到亨利在入口的另一边，他迅速穿过人行道朝她走去，似乎已经看到发生了什么事。丽芙踌躇地往前走着，亨利向前跑去，但人群涌动着，推着她走，暂时把她隔离了，像个巨大的怪物一样把她吞没了。

"天哪！"

"到底是……"

保罗丢下文件夹，跳下车朝马路对面冲过去。他用力挤进人群中，挤到中间。中间全是手和横幅，周围的声音震耳欲聋。一面横幅落下去，上面的"小偷"两个字在他面前一闪而过。他看到有相机的闪光灯在闪，瞥见了她的头发，他抓住她的胳膊，听到她惊恐地大叫着。人群继续向前涌，差点把他撞倒。他看到亨利在她另一侧，就使劲往他那边挤，一边还骂着一个抓他外套的男人。穿着反光制服的警察出来把抗议者推开。"分开，后退，后退。"有人使劲捶了他的腰一下，他一口气堵在胸口，然后他们就自由了。他们迅速走上台阶，丽芙像个人偶似的夹在他们中间。警察的对讲机里突然传出一阵噼里啪啦的哨声，他们便被强壮的警察引导着走进去，经过安检区进到了静悄悄、安全的另一边。被挡住的人群在外面大声抗议，声音在墙壁上回响。

丽芙整个人一片惨白。她一声不吭地站在那里，一只手举到脸前，她的脸被抓伤了，马尾辫有一半都掉出来了。

"天哪，你们早干吗去了？"亨利气呼呼地掸平夹克，冲那些警察喊道，"为什么没有安全措施？这种情况你们应该早预见到的！"

那个警察漫不经心地朝他点点头，一只手抬起来，另一只手拿着对讲机放到嘴边发号施令。

"你还好吗？"保罗松开她问。丽芙点点头，茫然地从他身边走开，似乎刚刚意识到他也在这儿。她的双手颤抖着。

"谢谢你，麦考夫迪先生，"亨利整了整衣领说，"谢谢你挤进来。刚才真是……"后面的话他没有说出来。

"我们能给丽芙找点喝的吗？找个地方坐一下？"

"哦，天哪，"丽芙盯着她的衣袖，小声说，"有人朝我吐痰。"

"过来，脱下来，直接脱下来。"保罗帮她把外套从肩上脱下。她一下子看起来好小，肩膀耷拉着，似乎是被外面的愤怒压垮了。

亨利从他手上接过外套。"别担心，丽芙，我会找人把它洗干净的。我们会确保让你从后门离开。"

"是的，女士，我们会让你从后门离开。"那个警察说。

"就像罪犯一样。"她沮丧地说。

"我不会让这种事情再发生在你身上了。"保罗说着，朝她走近一步，"真的，我……我很抱歉。"

她抬头看了他一眼，眯着眼睛往后退了一步。

"我凭什么相信你？"

他还没来得及回答，亨利已经扶着她的胳膊肘和她一起走开了。她被她的法律团队带着穿过走廊进入了法庭。不知为何，黑色夹克下的她似乎特别瘦小，浑然不知她的马尾辫还有一半掉在外面。

保罗慢慢走回马路对面，挺了挺夹克下的肩膀。格瑞格正站在车旁，把他散落的文件和小皮箱递过来。天开始下起雨来。

"你没事吧？"

保罗点点头。

"她呢？"

"呃……"保罗朝法庭那边看看，挠了挠头皮，"算没事吧。听着，我得进去了，我待会儿来找你们俩。"

格瑞格看看他，又看看人群。大家已经散了，脸色也变得温顺起来，晃荡着聊天，似乎刚刚过去的十分钟里什么事也没有发生过。只有保罗脸上的表情异乎寻常地冰冷。

他没再说多余的话，也没再看保罗一眼，直接把车开走了。

杰克苍白的笑脸贴在后窗上，冷漠地看着保罗，直到车子驶出他的视线。

保罗沿着台阶走上法庭的时候，珍妮与他同行。她的头发利落地扎了起来，嘴上涂着鲜红的口红。"真感人。"她说。

他假装没有听到她说话。肖恩·弗莱厄蒂把他的文件夹重重地放在一张凳子上，准备过安检。"这有点不受控制了，以前从来没见过这种情况。"

"对，"保罗摸着自己的下巴说，"好像是……哦，我也不知道该怎么形容，好像是泄露给媒体的那些煽动性的狗屁言论起了作用。"他转身看着珍妮。

"你什么意思？"珍妮冷冰冰地问。

"我的意思就是，不管是谁把消息透露给记者，煽动那些利益集团，她显然根本没有想过这种情况会让人多么难过。"

"是啊，你多有骑士精神。"珍妮平静地看着他。

"珍妮，你跟这次抗议有关系吗？"

那短短一瞬的沉默似乎特别长。

"别犯傻了。"

"我的天啊！"

肖恩的目光在两人之间闪烁，这才发现他们的对话与他完全无关。他嘟囔着说要跟法庭律师介绍一下情况，便借故离开了。长长的石廊上，只剩下保罗和珍妮两个人。

他一只手挠着头，又朝法庭那边看去。"我不喜欢这样，一点儿也不喜欢。"

"这是工作。你以前从来不介意的。"她看了看表，然后又看看窗外。从这儿虽然看不到斯特兰德大街，但仍能听到抗议者的叫喊声，那声音似乎一点儿也没有被这些高楼大厦挡住。她双手叉在胸前。

"不管怎样，我不认为你真的可以愚弄那些无知的人。"

"你什么意思？"

"你想告诉我到底发生了什么事吗？你和候司顿太太之间？"

"什么也没有发生。"

"别侮辱我的智商。"

"好吧，反正不关你的事。"

"如果你跟我们案子的当事人有关系，我想这很关我的事。"

"我跟她没关系。"

珍妮又朝他面前走了几步。"别耍我了，保罗。你背着我偷偷跟勒菲弗家的人接触，想跟他们和解。"

"对，我本来想告诉你这个——"

"我已经知道你的小把戏了，你想替她达成和解，就在开庭前几天？"

"好吧，"保罗脱下夹克，重重地坐在一张凳子上，"好。"

她等着。

"我曾经跟她在一起过，只是很短一段时间，那时候我还不知道她是谁。后来我们发现彼此站在了对立面，这段关系就结束了。就这样。"

珍妮仔细望着穹顶上的什么东西。她再次开口的时候，语气显得很随意。"你还打算跟她在一起吗？等这个案子结束以后？"

"这不关你的事。"

"当然关了，我需要知道，你会竭尽全力为我所用，知道这个案子一定会赢。"

他的声音在空荡荡的房间里爆发出来："我们就要赢了，不是吗？你还想怎样？"

最后一支法律团队正往法庭里走。肖恩的脸出现在沉重的橡木门旁，朝他们做出"进来"的口形。

保罗深吸了一口气，然后用柔和的语调说："听着，抛开个人感情不谈，我真的觉得和解才是最佳解决途径。我们仍然会……"

珍妮伸手拿过自己的文件夹。"我们不会和解的。"

"可是……"

"我们为什么要和解？我们马上就要赢得公司有史以来接手的最受瞩目的案子了。"

"我们正在摧毁别人的生活。"

"从她决定跟我们作对的那天起，她就已经把自己的生活毁了。"

"我们要拿走的是她一直坚信属于她自己的东西，她当然要跟我们作对了。别这样，珍妮，事关公正。"

"这事无关公正，跟公正一毛钱关系都没有。别傻了。"她擤了擤鼻涕，等她转过身来的时候，两眼放着光，"这案子再有两天就审理完了。不出意外，苏菲·勒菲弗之后便会回到她该去的地方了。"

"你就那么确定你知道那个地方吗？"

"是的，我确定，你也应该确定。现在，我提议我们快点进去，免得勒菲弗家的人怀疑我们在干什么不该干的。"

保罗走进法庭，脑袋里嗡嗡响着，完全无视办事员的怒视。他坐下又吸了几口气，试图理清自己的思绪。珍妮心不在焉地忙着跟肖恩说话。待心跳恢复正常后，他想起初到伦敦时曾跟一个退休的侦探聊天。"只有真相最重要，麦考夫迪，"他总说，之后几杯啤酒下肚便开始胡言乱语了，"没有真相，你所判断的不过是人们可笑的想法。"

他从夹克里掏出记事本，匆忙写下几个字，然后认真地把纸折成两半。他朝旁边瞥了一眼，然后拍了拍坐在他前面的那个男人。"能麻烦您把这个递给那位律师吗，谢谢？"他看着那张白色的纸条一直传到前面，沿着凳子传给那位年轻律师，最后到了亨利手中，他瞥了一眼递给了丽芙。

她警惕地望着字条，似乎不愿打开。随后，在她打开后，他看到她突然一僵，好像在仔细琢磨着上面的话。

我会搞定的。

她转过身来，目光在人群中搜索他。看到他的时候，她的下巴微微扬了扬：*我凭什么相信你？*

时间似乎停止了。她移开视线。

"告诉珍妮我得走了。有个紧急会议。"他对肖恩说。

"你是那个弗莱厄蒂先生的同伙之一。"玛丽安·安德鲁斯微微弯着腰，似乎是门框太低了。

"很抱歉上门打扰。我想跟你谈谈，是关于这件案子的事。"

她看上去似乎想拒绝，但随后又抬起一只大手说："哦，你可以先进来。不过我警告你，你们说我妈妈的那些话真的让我很生气，说得好像她是个罪犯似的。那些报纸也不是什么好东西。这两天我接到老家的一些朋友打来的电话，他们看了那些报纸，都觉得我妈妈干了坏事。我刚挂掉一个电话，是我高中时候的老朋友迈拉打来的，我只能告诉她，我妈妈比那些在美国银行里坐了三十年的肥头大耳的男人们有用多了。"

"我相信。"

"哦，你当然要相信，亲爱的。"她迈着坚定而缓慢的步伐招呼他进来，"我妈妈是个社会进步人士，她报道过那些工人和无家可归的孩子们的境况。她在战争中吓坏了，但她绝对不会偷东西的。现在，我猜你想喝点东西？"

他要了一杯健怡可乐，坐在一张矮沙发上。燥热的空气中，窗外飘来远处高峰时间的车鸣声。一只大猫——起初他还以为是个抱枕——伸伸懒腰，跳到他腿上，欣喜地偷偷蹂躏着他的大腿。

玛丽安·安德鲁斯坐下来点了根烟，夸张地吐出一口烟。"听你的口音是布鲁克林区的？"

"新泽西。"

"呵。"她问了他老家在哪里，一边问一边点头，似乎表明她确实对那里很熟悉，"你来这儿很久了？"

"七年。"

"我六年，跟我最好的丈夫唐纳德一起来的。他去年七月份去世了。"随后，她的口气缓和了些，说，"好吧，无所谓了，我能帮你什么吗？我不确定除了法庭上说的那些外我还能帮上什么。"

"我不知道。我想我只是怀疑还有没有什么东西是我们没有想到的。"

"没有了。就像我对弗莱厄蒂先生所说的那样，我不知道那幅画是从哪里来的。说实话，妈妈回忆她当年做记者的时光时，更喜欢聊她和肯尼迪一起被锁在飞机厕所里的经历。而且，你知道，我跟我爸爸对这个都没什么兴趣。相信我，要是你听过一个老记者的故事的话，基本上什么样的故事都能听到。"

保罗扫了一眼公寓，目光再次看她的时候，她仍然在看他。她仔细地打量着他，朝静止的空气中吐出一个烟圈。"麦考夫迪先生，如果法院判定那幅画是被偷走的，你的客户会不会来找我索要赔偿？"

"不会的，他们只想要回那幅画。"

玛丽安·安德鲁斯摇了摇头。"我敢跟你打赌，他们肯定会的。"她分开叉着的腿，脸上抽搐了一下，似乎这个动作让她很不舒服，"我觉得这个案子从头到尾都让人觉得很讨厌。我不喜欢听到我妈妈，或是候司顿先生的名字那样被玷污。他是真的很喜欢那幅画。"

保罗低头看着那只猫。"很有可能候司顿先生当时就很清楚这幅画的真正价值。"

"我不想冒犯你，麦考夫迪先生，但你当时并不在场。如果你想暗示我我被骗了，那你找错人了。"

"你真的不在乎那幅画的价值？"

"我想我们俩对于'价值'这个词的含义理解有所不同。"

猫抬头看着他，那眼神既渴望又有一点抗拒。

玛丽安·安德鲁斯掐灭了烟蒂。"而且我十分同情可怜的候司顿夫人。"

他犹豫了一下，然后轻声说："嗯，我也是。"

她挑了挑眉毛。

他叹了口气。"这个案子……很棘手。"

"还没有棘手到非要把那个可怜的女孩逼到破产吧？"

"我只是在做自己的工作，安德鲁斯女士。"

"对，我想这句话我妈妈应该也听过好多次。"

她说得很温和，但他却羞得满脸通红。

她盯着他看了一会儿，突然大声地"哈"了一声。趴在他腿上的猫吓了一跳，跳了下去。"哦，看在上帝的分上，你想喝点烈的吗？我很能喝的。我相信喝酒的最佳时间还没过呢。"她站起来走到一面鸡尾酒柜前，"波本威士忌？"

"好，谢谢。"

之后他便把一切都告诉她了，他手里拿着波本威士忌，耳朵里充斥着自己的乡音，嘴巴里断断续续地说着，似乎怕那些话打破这份宁静。他从偷包开始讲起，一直说到法庭外那过于仓促的再见。其中又产生了一些新的东西，他都没有意识到。在丽芙周围他就出乎意料地感到快乐，他很愧疚，他一直想发火，坏脾气像树皮一样裹着他，越来越旺。他不知道自己为什么会在这个女人面前卸下一切包袱。他不知道为什么他会希望她，而不是别人，能理解他。

但玛丽安·安德鲁斯静静地听着，高大的她一脸悲悯。"哦，你这真是自找麻烦，麦考夫迪先生。"

"对，我知道。"

她又点了一根烟，骂了那猫一句，它正在开放式厨房里哀怨地叫着要吃的。"亲爱的，我没法回答你。结果要么是你拿走那幅画，伤了她的心，要么是你丢了工作，被她伤心。"

"或者我们可以忘记这一切。"

"然后你们俩都伤心。"

她说出这句耐人寻味的话，两人默默地坐在那里。外面的空气中充斥着几乎挪不动的汽车的声音。

保罗抿了一口酒，思索着。"安德鲁斯女士，你妈妈有笔记吗？采访笔记？"

玛丽安·安德鲁斯抬起头来。"我确实把它们从巴塞罗那带回来了，但恐怕我当时不得不扔了很多。那些笔记基本上都快被白蚁啃光了，有个缩头鬼也是。太不幸了，是我在佛罗里达那次短暂的婚姻过程中发生的。不过……"她站起来，用两只长胳膊撑住，"你让我想起一件事。我可能还有一捆她的旧日记放在大厅的橱柜里。"

"日记？"

"日记。管它是什么，哦，我当时有个疯狂的想法，想着将来有一天可能会有人想给她写传记，她干了那么多有意思的事。或许我的哪个孙子孙女会写吧。我基本上可以确定，那边有一箱她的剪报和日记。我去拿钥匙，咱们过去瞧瞧。"

保罗跟着玛丽安·安德鲁斯走到公共走廊上。她喘着粗气带他下了两层，到了一个楼梯上没有铺地毯，墙边放着一些自行车零件的地方。

他们走到一扇很高的蓝色门前，玛丽安扒拉着手里的一串钥匙，嘴里小声嘟囔着，最终找到了她要找的那把。"来。"她打开灯说。屋里昏暗的灯光下，可以看到一个黑色的长橱柜。橱柜的一面靠着一个金属车库货架，地上堆得满满的，有好多纸盒、好几堆书和一盏旧灯。屋里一股旧报纸和蜂蜡罐的味道。

"我真应该把这些东西都收拾出来。"玛丽安叹了口气，皱了皱鼻子，"但不知为何，总有一些更有意思的事情要做。"

"你想让我搬点东西下来吗？"

玛丽安抱着胳膊。"亲爱的，要是我留你一个人在这儿翻你会介意吗？这些灰尘会加剧我的哮喘。这些东西都没什么用，你就关上门翻吧，要是找到什么的话就叫我一声。哦，对了，要是你找到一个有金扣子的凫蓝色手包，就把它拿出来。我找了好久了，真想知道它到底掉哪儿了。"

保罗在狭窄的橱柜前待了一个小时，借着昏暗的灯光把他认为可能有用的东西都搬到走廊上，堆在墙边。随着橱柜被清空，里面的东西在走廊上堆成了小山——装满旧地图的几个小箱子、一个地球仪、几个帽盒、几件被虫蛀过的皮大衣，还有一个皮革缩头鬼——长着四颗硕大的牙正朝他做鬼脸。他找到几本笔记本，重要的是封皮上都注明了日期：1968 年、1969 年 11 月、1971 年。

他有条不紊地翻着每一个盒子，检查每本书里有没有夹东西，浏览每个文件夹的内容。他把所有的盒子和箱子都打开，把里面的东西堆好，又整齐地放回去。一个老立体音响、两箱旧书、一帽盒的纪念品。时间到了 11 点，12 点，12 点半。他低头看看手表，知道没什么希望了。

真相不管在哪里，肯定不会是在 A40 公路北边这个塞满东西的橱柜里了。这时，他突然发现后面有根旧皮包的带子，带子已经干了，断成两截，像两片薄薄的牛肉干。

他把手伸到货架下面想把包拉出来。

他打了两个喷嚏，揉了揉眼睛，然后打开书包。里面有六本精装的 A4 练习册。他打开其中一本，看到第一页上复杂的铜灰色手写字。他的目光飘到日期上：1941 年。他又打开一本：1944 年。他迅速翻着那些笔记本，匆忙丢下一本又去找下一本——终于，就是它，倒数第二本：1945 年。

他踉跄着走到外面光线更亮一些的大厅里，在橘红色的灯光下一页页地翻着。

1945 年 4 月 30 日

哦，今天跟我原来想的很不一样。四天前，丹尼斯中校告诉我，我可以进入达豪集中营……

保罗往下读了几行，咒骂了两声，心情越来越激动。他一动不动地站着，每过一秒钟，他手里的东西就变得更加沉重。他翻了几页，又骂了一声。

他的大脑迅速思考着。他完全可以把这个东西塞回那个偏僻的橱柜角落里，现在就回到玛丽安·安德鲁斯那儿，跟她说他什么也没找到。他可以赢得这个案子，获得丰厚的报酬。他可以把苏菲·勒菲弗归还她的合法拥有者。

或者……

他眼前出现丽芙低着头，被骂得狗血淋头的样子，那些陌生人尖锐的言辞，还有她迫在眉睫的破产危机。他想到她搂着自己的肩膀，马尾辫斜着，再次走进法庭的样子。

他想到他们第一次接吻时，她脸上慢慢出现的快乐的笑容。

你要是这么做了，就不能回头了。

保罗·麦考夫迪把笔记本和书包扔在夹克旁，开始把盒子放回橱柜里。

保罗把最后几个盒子放好，正拍着身上的尘土、累得一头大汗时，玛丽安出现在了门口。她叼着一根长长的烟斗，像个 20 世纪 20 年代的摩登女郎。"天哪！我都要怀疑你是不是出事了。"

他直起身来，擦了擦额头。"我找到了这个。"他拿起那个凫蓝色手包说。

"你真的找到了？哦，你真是太好了！"她拍了拍手，从他手里拿过包，欣喜地擦了擦，"我真怕把它落在什么地方了。我这个人脑子很不好使。谢谢你，真的太谢谢你了。鬼知道你是怎么从这些乱七八糟的东西里把它翻出来的。"

"我还找到一些其他的东西。"

她抬起头来。

"你介意我借用一下这些东西吗？"他把那些日记举起来说。

"上面写着，"——他吸了一口气，又呼出一口气——"那幅画其实是作为礼物送给你母亲的。"

"我早就告诉过你们！"玛丽安·安德鲁斯欢呼着，"我告诉过你们我妈妈不是小偷！我一直都是这么说的。"

屋子里一阵很长时间的沉默。

"你要把这些东西给候司顿太太。"她慢慢地说。

"我不确定这样做是不是明智。这本日记真的会让我们败诉。"

他一脸愁容。"你这话什么意思？你不把这些日记给她了？"

"我正是这个意思。"

他从口袋里掏出一支笔。"但如果我把它们留在这儿的话，你肯定会把它们送到她手上的，对不对？"他迅速写下一个号码递给她，"这是她的电话。"

他们互相凝视了一分钟。她笑了，似乎确认了什么事情。"我会去的，麦考夫迪先生。"

"安德鲁斯女士。"

"看在上帝的分上，叫我玛丽安。"

"玛丽安，这件事最好只有我们两个人知道。我觉得这可能会惹一些人生气。"

她坚定地点点头。"你从来没来过这儿，年轻人。"她好像突然想到什么，"你甚至不想让我告诉候司顿太太？可是你……"

他摇摇头，把笔放回口袋里。"我想我们可能已经没有机会了，能看到她赢就够了。"他弯下腰亲了亲她的面颊，"最重要的是1945 年 4 月，折了角的那篇日记。"

"1945 年 4 月。"

他拿起外套，掏出橱柜的钥匙准备离开。玛丽安碰碰他的胳膊肘，拦住了他。

"知道吗，作为一个结过五次婚，或者说结过五次婚，还能跟三个还健在的前夫成为朋友的人，我有些话要告诉你，这件案子会让你对爱情了解得很透彻。"保罗想笑，但她还没有说完。她放在他胳膊上的手抓得特别紧。

"但它真正让你明白的是，麦考夫迪先生，生命中有许多事情比赢更重要。"

▶ 2

亨利在法院后门和丽芙会合。他一边嚼着一大块巧克力面包，一边说话。他面上微红，说的话几乎让人听不懂。"她不肯给别人。"

"什么东西？谁不肯？"

"她在前门入口那儿，快点去，快。"

丽芙来不及多问什么，亨利就推着她穿过法院后面，穿过一条条走廊和石阶，到了大门前面的安检区。玛丽安·安德鲁斯就在栅栏那儿等着。她穿了一件紫色外套，戴着一条很宽的格子呢发带。看到丽芙的时候，她使劲舒了一口气。"天哪，你这个女人还真难找，"她抱怨着，拿出一个散发着霉味的书包，"我一直在不停地给你打电话。"

"对不起，"丽芙眨眨眼说，"我早就不接电话了。"

"都在里面了，"玛丽安指着日记说，"所有你需要的东西。1945 年 4 月。"

丽芙盯着她手里的那本旧笔记本，难以置信地抬头看着她。"所有我需要的东西？"

"那幅画，"有点上了年纪的玛丽安不耐烦地说，"看在上帝的分上，孩子。这可不是大虾秋葵汤的菜谱。"

接下来的事情发展得有些迅速。亨利跑到法官席上要求暂时休庭，那些日记被复印了，画了重点，并且按照有关规定将内容传给了勒菲弗的律师团。丽芙和亨利坐在办公室的一个角落里，浏览着那些做了书签的纸页，玛丽安则滔滔不绝、有些自豪地说她一直都知道她妈妈不是小偷，那个可恶的詹克斯先生可以滚一边凉快去了。

一位年轻律师端来了咖啡和三明治，但丽芙太紧张了，根本吃不下。那些东西动都没动，静静地躺在纸袋里。她一直盯着那本日记，不敢相信这本折角的日记可能会解决她的难题。

"你们怎么看？"安吉拉·西尔弗和亨利聊完后，丽芙问。

"我认为这可能是个好消息。"亨利说。虽然他措辞很严谨，却掩饰不住脸上的笑容。

"看起来似乎很清楚，"安吉拉说，"如果我们能证明最后两次交易都是无辜的，且没有确凿的证据证明指挥官是通过强制手段获得了那幅画，那我们，正如他们所说的，就又回到游戏桌上来了。"

"真的很谢谢你。"丽芙说，她还不敢相信事情出现了这样的转机，"谢谢你，安德鲁斯女士。"

"哦，这真是我最开心的时刻。"玛丽安朝空中举了举烟说。没有人有闲心告诉她不能吸烟。她往前一趴，一只瘦削的手放在丽芙膝

_413

盖上。"他还找到了我最喜欢的手包。"

"你说什么?"

老太太脸上的笑容迟疑了一下,就忙着去摆弄她的胸针了。"哦,没什么,不用理我。"

丽芙一直盯着她,直到她脸上淡淡的红色消失。"这些三明治你不吃吗?"玛丽安突然问道。

电话响了。"好,"亨利放下电话说,"大家都准备好了吗?安德鲁斯女士——你准备好在法庭上朗读这些证据中的一部分了吗?"

"我今天在包里放了我最好的老花镜。"

"很好,"亨利深吸了一口气,"那我们该进去了。"

1945 年 4 月 30 日

哦,今天当然跟我原来想的很不一样。四天前,丹尼斯中校告诉我,我可以进入达豪集中营,跟他们一起。丹尼斯不是个坏人。起初他对职业写手有些嗤之以鼻,他们中大多数人都这样,但自从我跟随呼啸之鹰一起在奥马哈海滩登陆后,他明白我不是那种用小甜点收买他的年轻主妇,便收敛了一些。现在,102 空降部队称我是他们的荣誉队员,还说等我戴上臂章,我就可以成为他们的正式成员了。所以,我们商量好的是,我跟他们一起进集中营,写一篇关于关押囚犯的报道,或许还可以采访几个俘虏,问问他们这里的条件如何,然后发表。WRGS 电台也想要短篇报道,所以我备好了录音带,做好了一切准备。

凌晨六点,我已经戴好臂章、收拾得整整齐齐的,随时准备出发,要是他不来敲我们的话我会恨死他的。

"为什么，中尉。"我扎着头发，用开玩笑的口气问，"你从没告诉过我你介意。"我们俩一直这样开玩笑，他说他有一双比我还老的军靴。

"亲爱的，计划有变。"他说。他吸烟了，这不像他的风格。"我不能带你去。"

我两只手停在头上。"你逗我玩呢，是不是？"编辑早就排着队等这篇稿子了，他们已经为我预留了两个不插广告的版面。

"卢安妮，这里……这里的情况非常出乎我们意料。我收到命令，明天之前不允许任何人进入。"

"哦，别这样。"

"我是认真的。"他压低了声音说，"你知道我本来是想带你一起进去的，可是，哦，你不会相信我们昨天在里面看到了什么……我一宿都没睡，我和那些同伴都是。里面有许多老妇人、小孩四处走动，就跟……我说的是很小的小孩……"他摇摇头，不再看我。丹尼斯是个大个子，但我发誓，他那会儿差点跟个婴儿似的哭起来。"外面有一辆火车，那些尸体……几千具尸体……太没人性了，真的太没人性了。卢安妮，今天除了军队和红十字会，不允许任何人进出。我要把所有的手下都带去帮忙。"

"帮什么忙？"

"把那些纳粹抓起来，帮助那些俘虏，阻止我们的人因为所目睹的一切忍不住去杀那些纳粹党卫军的畜生。当年轻的马斯洛维奇看到他们是怎么对待波兰人时，他像个疯了一样，疯狂地大哭大叫，我只能暂时没收他的枪。所以我必须保证严密的防卫，而且，"——他哽咽了一下说——"我们还得想好怎么处理那些尸体。"

"尸体？"

他摇了摇头。"是的，尸体。几千具尸体。堆成了一个大篝火堆。一个大篝火堆！你不会相信……"他长长地舒了一口气，"不说这个了，亲爱的。所以我要你帮我个忙。"

"你需要我帮忙？"

"我要你负责那个仓库。"

我盯着他。

"那边有个仓库，就在贝希特斯加登边上。昨天晚上我们把仓库打开了，里面堆满了各种艺术品。那个纳粹，戈林，掠夺了很多东西，简直令人难以置信。高级长官估算了一下，里面的东西价值上亿，绝大部分都是偷来的。"

"这跟我有什么关系？"

"我需要找个可以信赖的人帮我看着，就今天。我会给你配一个消防小队和两名陆战队员。镇上的情况很乱，我要确保没有任何人出入。那边仓库里有些很重要的物品，亲爱的，我对艺术不太了解，不过好像有——我不知道——《蒙娜丽莎》之类的。"

你知道失望是什么滋味吗？就像被锉下的铁屑掉进冷咖啡里一样。当老丹尼斯把我赶到那个仓库去时，我就是这种感觉。后来我才知道，玛格丽特·希金斯前一天已经进过集中营了，跟准将林登一起。

那里其实并不是个仓库，更像是一座用巨大的灰板盖的市政大楼，像一个大学校或者市政厅之类的。丹尼斯向他的两名陆战队员介绍了我，待他们向我敬了礼，又指指大门口旁边的办公室，那就是我要待的地方。我不得不说，我没法对他说不，但我是很不情愿地接受这个任务的。对于我来说，真正的故事显然正在马路那头上演。那些平日里兴高采烈、生机勃勃的士兵，现在都一脸苍白地挤在一起抽着烟。他们的长官脸上带着震惊、严肃的表情小声交谈着。我想知道他们在那里看到了什么，哪怕可能真的很恐怖。我要进到那里，把那里的故事写出来。而且我很害怕：每过一天，我的请求被高级长官拒绝的可能就更高一些。每过一天，我的竞争对手就又多了一个机会。

我在办公室里坐了两个小时，一直看着窗外。载满士兵的军车轰鸣着在主干道上来来去去，德国士兵两手抱着头，被运往相反的方向。几小群德国妇女和儿童一动不动地站在街角，显然在考虑他们未来的命运会如何（后来我听说他们被叫去帮着掩埋死者）。整个过程中，远处一直传来救护车的鸣笛声，诉说着看不到的恐怖。那是我正在错过的恐怖。

"走吧，格拉博夫斯基，"最后，我开口道，"带我看看这个地方。"

起初，这地方似乎没什么好看的。只有一排排堆砌东西的木架子，上面挂着许多灰色的军用毯子，挡着里面的东西。但后来我开始随意地把一些东西抽出来：中世纪的硬币、印象派的作品、巨幅的文艺复兴油画，边框都很精致，有些还靠在专门定做的板条箱上。我用手指摩挲着一幅毕加索的画，为自己能自由地接触这些我以前只能在杂志或画廊墙上看到的画而震惊不已。

"哦，天哪，格拉博夫斯基，你看到这个了吗？"

他看着那幅画。"呃……看到了，长官。"

"你知道这是什么吗？这是毕加索的画。"

他一脸茫然。

"毕加索，那个很有名的画家。"

"我对艺术不太了解，长官。"

"你觉得你小妹妹画的都比他好，是不是？"

他松了一口气，冲我一笑。"是的，长官。"

"这里所有的房间都是这样吗？"

"楼上还有两个房间放的是雕像和模型还有其他一些除画之外的东西。不过基本上都差不多。有 13 个房间放的都是画，长官，这是最小的一间。"

"哦，我的老天！"我望着自己周围布满灰尘的架子，一排排整齐地一直延伸到远处，然后抽出了一张女孩的画像。画像背面写着"基拉，1922 年"。画上的小女孩严肃地回望着我。知道吗，真正让我惊讶的是，这里的每一幅画都曾属于某个人，每一幅画都曾挂在某个人家里的墙上，是某个人的心爱之物。曾有一个活生生的人做过这幅画的模特，或是为了买它而节衣缩食，或是创作了它，或是希望把它传给自己的子孙后代。这时我突然想到丹尼斯说的处理几英里外的那些尸体的事。想到他饱受折磨的沧桑的面孔，我不由得打了个寒战。

时间从上午到中午又到下午。气温逐渐上升，仓库周围的空气逐渐停滞了。我写了一篇关于这个仓库的专题报道，之后又采访了格拉博夫斯基和罗杰森，写了一篇《女性的家庭伴侣》的小文章，内容主要是写年轻士兵渴望回家的心情。后来我走出办公室去舒展腿脚，同时点了一根烟。我爬上军用吉普车的发动机盖坐在上面，纯棉运动裤下的金属热乎乎的。几条路上几乎都是一片死寂。没有鸟叫，没有任何声音，甚至似乎连警笛声也停止了。这时，我抬起头来，迎着阳光眯眼看到一个女人沿着公路朝我走过来。

她走起路来似乎有些吃力，显然是个瘸子，不过她的年纪看上去肯定不超过六十。虽然天气很暖和，她却依然戴着头巾，腋下夹着一捆东西。看到我之后，她停下来四处望了望。她看到了我的臂章，外出的计划取消后我忘记摘下来。

"英国人？"

"美国人。"

她点点头，似乎觉得可以接受。"这是保存画的地方对不对？"

我什么也没说。她看上去不像是探子，但我不确定我可以向她透露多少。这是一个诡异的年代，一切都显得那么可疑。

她从腋下拽出那捆东西。"求求你，收下这个。"

我向后退了一步。

她盯着我看了一会儿，然后把外面的一层撕了下来。我匆匆瞥了一眼，那是一幅画，一个女人的肖像画。

"求求你了，收下这个吧。把它放到仓库里去。"

"这位女士，你为什么想把自己的画放到那里去呢？"

她朝身后瞥了一眼，似乎站在这儿让她觉得很尴尬。

"求你了，你就收下吧。我不想把它放在我家里。"

我从她手中接过那幅画。上面是一个与我年龄相仿的女孩，有一头略带红色的长发。她不是那种很漂亮的女孩，但她身上有一种很特别的东西，让你无法移开视线，看得欲罢不能。

"这是你的画吗？"

"是我丈夫的。"这时我才发现，她长了一张那种扑了很多粉的老奶奶脸，让人觉得和蔼慈祥，但她看那幅画的时候，嘴巴却微微皱起来，似乎心里满是苦楚。

"可是这幅画很漂亮啊。这么漂亮的东西你为什么不想要了呢？"

"我和我丈夫曾经很快乐，可是她毁了他。在我们的婚姻生活中，我每一天都要忍受那张脸的折磨。现在他已经死了，我不必再每天都被她盯着了。她终于可以哪儿来的回哪儿去了。"

我看到她用一只手背擦了擦眼睛。"你要是不想收下的话，"她恨恨地说，"那就把它烧了吧。"

我收下了那幅画。不然还能怎么办？

我不知道自己为什么没有告诉丹尼斯那幅画的事。我觉得我应该告诉他，可是话说回来，那幅画并不属于那个令人痛恨的仓库。那个德国老女人根本不在乎这幅画会怎么样，只要它别再盯着她就行了。

因为，你知道吗，我私下里觉得能拥有一幅强大到能影响一段婚姻的画是件很让人开心的事。而且，她还挺漂亮，我忍不住想要一直盯着她看。鉴于周围可能正在发生的那些事，能有个漂亮东西看着也是不错的。

法庭里鸦雀无声，玛丽安·安德鲁斯合上面前的日记本。丽芙听得十分认真，甚至觉得有点头晕了。她偷偷瞥了一眼凳子那边，看到保罗双肘撑在膝盖上，头微微向前探着。坐在他旁边的是珍妮·迪金森，她正愤怒地在笔记本上飞快地记着什么。

一个手包。

安吉拉·西尔弗站了起来。"好，现在让我们说得简单一点，安德鲁斯女士，你所知道的那幅名为《留下的女孩》的画，在你母亲接受时，并不在那个仓库里，而且从来没有进过那个仓库。"

"是的，夫人。"

"我们再重申一遍，也就是说，虽然那个仓库里全是掠夺、偷窃来的艺术品，我们所说的这幅送给你母亲的画，并不在仓库里。"

"是的，夫人。是一个德国女人送给她的，就像她日记里写的那样。"

"尊敬的法官大人，这篇由卢安妮·贝克亲笔所写的日记清楚地表明，这幅画根本就不在收集点里。这幅画不过是一个不想要它的女人赠送给别人的。是赠送的。不管是什么原因——对她的性感产生的奇怪的嫉妒也好，历史仇恨也罢，我们都无从知晓。但重要的是，这幅差点被毁了的画，正如我们所听到的那样，是一件礼物。

"尊敬的法官大人，在过去两周里，我们已经很清楚，这幅画的溯源是不完整的，正如经历了几十年动荡幸存下来的许多画一样。不过，现在能够确实证明的是，这幅画最后两次易主是完全合法的。大卫·候司顿于1997年合法地买下这幅画送给他的妻子，她有收据可以证明。卢安妮·贝克，人卫之前画的主人，于1945年被赠予这幅画，我们有她写下的文字可以证明。她素以诚实、准确而著称。因此，我们主张《留下的女孩》应继续归它现在的主人所有。"

安吉拉·西尔弗坐下了。保罗抬头看了看丽芙。有一瞬间，两人的目光在空中交会，丽芙确定她看到了一丝笑容。

午饭后，再次开庭，克里斯多佛·詹克斯站了起来。"安德鲁斯女士，一个很简单的问题。您的母亲有没有问过这位异常慷慨的女士叫什么名字？"

玛丽安·安德鲁斯眨眨眼。"我不知道。"

丽芙无法将自己的视线从保罗身上移开。这是你为我做的？她默默地问他。奇怪的是，他不再看她的眼睛了。他坐在珍妮·迪金森旁边，显得很不自在，不停地看表，望着门口。她不知道自己该跟他说什么。

"不知道对方是谁就接受了这样一件礼物，那可真是太不同寻常了。"

"哦，疯狂的礼物，疯狂的时代。我觉得你得在场才能明白。"

法庭里发出一阵低低的笑声。玛丽安·安德鲁斯微微动了一下。丽芙觉察到台上呼之欲出的陷阱。

"说真的，你有没有看完你母亲所有的日记？"

"哦，我的老天，没有，"她说，"一共有三十年的日记呢。我们——我——是昨天晚上才把它们找出来的。"她的目光往长凳上瞟了一下，"不过我们把最重要的部分找出来了，上面写着那幅画是送给我母亲的，就是我带来的那一本。"她着重强调了一下"送"这个词，同时斜眼瞥了一下丽芙，一边说一边自己点了点头。

"那你是没有看卢安妮·贝克 1948 年的日记了？"

一阵短暂的沉默。丽芙感觉到亨利正在翻自己的文件。

詹克斯伸出一只手，律师递给他一张纸。"尊敬的法官大人，可以请您翻到 1948 年 5 月 11 日那篇名为《搬家》的日记吗？"

"他们要干什么？"丽芙的注意力终于被拉回到案子上来，她朝亨利那边靠过去，他正在翻文件。

"我在看。"他小声说。

"在这篇日记中，卢安妮·贝克描写了她从纽瓦克艾塞克斯郡搬到桑德河。"

"对。"玛丽安说，"桑德河，我就是在那儿长大的。"

"对……您会看到她在这篇日记中描写了一些搬家过程中的细节。她写到试图找到她的炖锅，被没打包的箱子包围，简直就是个噩梦。我相信大家都感同身受。不过，其中跟本案最相关的是，她在新房子里走来走去，试图……"他顿了一下，似乎想确定自己没有漏掉一个字，"……'试图找一个最适合的地方来挂丽莎的画'。"

丽莎。

丽芙看到那些记者在自己的本子上匆匆找着，但伴着一种恶心的感觉，她突然意识到，自己已经知道这是谁的名字了。

"胡说八道。"亨利说。

詹克斯也知道这是谁的名字。肖恩·弗莱厄蒂的人比他们抢先一步，吃午饭的时候他们所有人肯定都在读日记。

"现在，我希望法官大人注意一下一战期间德国军队的记录。那个从 1916 年起驻守佩罗讷的指挥官，那个把军队带入红公鸡酒吧的人，名叫弗里德里希·亨肯。"他停了一下，让大家思索着这句话，"记录中记载，当时驻守在那里的指挥官，那个非常喜欢爱德华·勒菲弗妻子这幅画的指挥官，是一个叫弗里德里希·亨肯的人。

"现在，我要向法庭呈交 1945 年贝希特斯加登周边地区人口普查记录。前指挥官弗里德里希·亨肯退休后一直和他的妻子，丽莎，住在这里。这里与名为'收集点'的仓库只隔几条街。记录中还说，她因为小时候得过小儿麻痹症，所以走路时明显有点瘸。"

他们这边的律师站了起来。"再次反对，这些与本案没有直接关系。"

"法官大人，我们的主张是弗里德里希·亨肯于 1917 年从红公鸡酒吧抢走了这幅画。他将画运回自己家中，似乎是在妻子的反对下，按常理推测，她可能是排斥这样一幅——一幅颇具威胁的另一个女人的画像。画像一直在他家中，直到他去世。后来亨肯夫人急于处理这幅画，将它带到了几条街之外她所知道的一个放了上百万艺术品的地方，一个会将这幅画淹没，她再也不会看到的地方。"

安吉拉·西尔弗坐下了。

詹克斯继续说着——他现在又添了一份自信："安德鲁斯女士，我们再回头来看一下你母亲这一时期的日记。能请你把下面这一段读一下吗？郑重声明，这一段来自同一本日记。在这一段中，卢安妮·贝克显然是找到了她自认为最适合挂这幅她称之为《女孩》的画的地方。"

我把她挂到前厅,她看上去就舒服多了。在那里她不会被阳光直接照到,但朝南的窗户透着温暖的光,让她也熠熠生辉。不管怎样,她似乎很开心!

玛丽安此时读得很慢,显然对她母亲的这些文字并不熟悉。她抬头看看丽芙,目光里带着歉意,似乎已经明白之后会发生什么。

我亲自动手把钉子敲进去——霍华德敲钉子的时候总是会把一块拳头大小的石膏敲下来——可是当我正要把它挂上去的时候,却鬼使神差地把画翻了个面,重新看了一眼背面。这让我想起那个可怜的女人,还有她充满悲伤和怨恨的苍老容颜。我想起一件自从战争结束后我就一直忘记了的事。

我一直觉得这事儿有点像无中生有,不过当时丽莎递给我那幅画的时候,她又迅速抢了回去,似乎是改变了主意。后来她擦着后面的什么东西,好像是要把什么东西擦掉。她像个疯子似的,使劲擦啊擦。她擦得那么用力,我想她肯定把手指都擦破了。

法庭上一片寂静,大家都默默听着。

现在,我看着画像背面,就跟当时一样。就是这件事让我感到怀疑,那个可怜的女人把画给我的时候,脑袋到底是不是清醒的?因为不管你盯着画像背面看多久——除了名字——上面真的什么也没有,只有一点粉笔印。

从一个神志不清的人手里接受一件东西是不是不对?我到现在也没想明白。说实话,那时候整个世界都那么疯狂——集中营里发生的那些事、一群大男人痛哭流涕、我掌管价值上十亿的别人的东西——关节流着血擦着空空如也的画框的老丽莎反而没那么特别了。

"尊敬的法官大人，我想说的是，这个——以及丽莎没有告诉别人她姓什么——非常清楚地证明是有人在刻意掩饰，甚至可以说是毁灭任何可以表明这幅画像出处的线索。哦，当然，她成功了。"

他顿了一下，他们律师团的一名成员穿过法庭递给他一张纸。他看了一下，吸了一口气，目光扫视全场。

"我们刚刚找到德国的人口普查记录，上面显示苏菲·勒菲弗在到达斯托恩集中营后不久便感染了西班牙流感，很快便去世了。"

丽芙感觉自己耳朵里嗡嗡响，话都听不真切了。这些话在她身体里振动着，像是被人揍了一顿的后续反应。

"尊敬的法官大人，正如我们在法庭上所听到的，苏菲受到了非常不公正的待遇，所以她的后人理应获得公正。她的丈夫、尊严、自由，包括最后的生命都被剥夺了、被偷走了。唯一剩下的她的画像——所有的证据显示——正是被那个将这一切不公正加诸她身上的人从她家中夺走的。

"只有一种方式可以纠正这一错误——虽然已经太迟——那就是将画像归还勒菲弗家族。"

剩下的话丽芙几乎都没有听进去。保罗坐在那里，双手扶着额头。她看看珍妮·迪金森，当她们的目光交会时，她突然有点震惊地意识到，对于其他一些参与者来说，这件案子也已经不只是一幅画的事了。

离开法庭的时候，甚至连亨利都有些沮丧。丽芙觉得大家好像全都被一辆卡车碾过似的。

苏菲死在集中营里了。病痛缠身，孤苦伶仃，再也没能见到她的丈夫。

她看着法庭对面满脸笑容的勒菲弗家的人，努力想让自己对他们慷慨一些，想让自己觉得某个巨大的错误马上就要被纠正了，但她想起菲利普·贝塞特的话，以及她的家人禁止提及她名字的事。再一次，她觉得苏菲马上就要被交到敌人手里去了。她有一种奇怪的、像失去亲人一样的感觉。

"听着，谁知道法官会怎么判呢。"亨利把她送到后面的安检区时说，"周末不要老想这个，现在我们什么也做不了了。"

她努力朝他挤出一个微笑。"谢谢你，亨利。"她说，"我会给你打电话的。"

站在那儿的感觉很奇怪，冬日的阳光下，他们似乎在那个沉闷的法庭里待了不止一个下午。她感觉自己像是从 1945 年穿越过来的。亨利给她叫了一辆出租车，然后就跟她道别离开了。这时她才看到他正站在安检大门那儿，看上去像是一直在等她，这会儿正径直朝她走过来。

"对不起。"他一脸严峻地说。

"保罗，不用——"

"我真的以为……我为所有的事情跟你说声对不起。"

他们四目交会，也是最后一次，他转身就走，完全无视从七星酒吧走出来的客人和拉着堆满文件的手推车的律师助理们。她看到他的肩膀垮了，头异乎寻常地低着。就是这样的他，不管之前发生了什么，让她终于有了一种确定感。

"保罗！"路上的汽车声音太大，她喊了两次他才听见，"保罗！"

他转过身来，从她的位置甚至可以看到他眼球边缘的黑色。

"我知道。"他一动不动地站了一分钟。一个高大的男人，有点低落，穿着一套笔挺的西装。"我知道的。谢谢你……尽力了。"

生活就是一系列的阻碍，我们只能一步步地往前走。她突然意识到，生活其实就是一种盲目的信仰。"你……你什么时候有空出去喝一杯？我们上次说好的。"她吞了吞口水，"要不，现在？"

他看着自己的鞋子想了一下，然后又抬起头来看着她。"能等我一分钟吗？"

他走回法院的台阶上。她看到珍妮·迪金森正在跟她的律师聊得火热。保罗碰碰她的胳膊肘，然后两人简单说了两句。她突然觉得很紧张——一个声音一直在心里嘀咕着：他在跟她说什么？——她转身钻进出租车里，试图忘掉这个声音。当她再次抬起头看向窗外的时候，他正迅速走下台阶，围了一下脖子上的围巾。珍妮·迪金森盯着出租车，整个人都呆住了。

保罗上了车，然后砰的一声，关上车门。

"我辞职了。"他说。他舒了一口气，伸出手来握住她的手。"好了，我们去哪儿？"

3

从舰队街走回来的路上，他们有一半时间都默默地拉着手。"我害你丢了工作，"最后，她终于开口道，"还有一大笔奖金，和给你儿子换个大房子的机会。"

他直直地盯着前方说："你没有害我失去任何东西。这都是我自找的。"

格瑞格来开门的时候，脸上没有任何表情。"你好啊，丽芙小姐，又见面了。"他说，似乎她出现在门口完全是意料之中的事。他退到走廊上，保罗替她脱下外套，把冲过来跟她打招呼的狗轰走。"我把意大利炖饭做砸了，不过杰克说没关系，反正他也不喜欢吃蘑菇，所以我们正在想，或许可以去吃比萨。"

"比萨不错，我请客。"保罗说。

格瑞格挑了挑眉毛。"厨房里有瓶红酒从四点半左右就开在那里了。这跟我今天照顾我侄子一点儿关系也没有。是不是，杰克？"

"格瑞格说在这个家里随时都可以喝酒。"一个男孩的声音从另一个房间里传出来。

"别乱嚼舌头。"格瑞格回了一句。然后他又对丽芙说，"哦，不行，我不能让你喝酒。想想上回你在我们俩面前喝醉了之后发生的那些事，你把我聪明睿智的大哥变成了一个成天胡思乱想的忧郁少年。"

"我再次提醒你，注意你的措辞，不要让别人误会。"保罗说着，带着她朝厨房走去，"丽芙，你最好先适应一下，格瑞格对于室内装潢的基本理念就是'再多都不嫌多'。他可不是那种只留下必需品的人。"

"我的小家里到处彰显着我的个性，哦，不，这可不是白板一块。"

"很漂亮。"丽芙看着周围那些彩色墙壁、粗犷的印刷字和小照片说。在这个小小的屋子里，她莫名地感到自在，屋里放着喧闹的音乐，每个架子、每面墙上都塞满了各种让人爱不释手的小物件，还有个小孩躺在一张小毯子上看电视。

"嘿！"保罗走进客厅，小男孩像只小狗似的一下跳到他背上。

"爸爸。"他瞥了丽芙一眼，保罗发现他看到了他们俩牵着手，她努力忍住才没放开保罗的手。"你就是那天早上那个女的？"过了一分钟，杰克问。

"我想应该是，除非还有其他女人。"

"我不这样认为。"杰克说，"我还以为他们会把你挤扁了。"

"嗯，我本来也是那么想的。"

他盯着她打量了一分钟。"我爸爸上次去见你的时候喷了香水。"

"须后水而已。"保罗说着，弯腰去亲他，"别乱嚼舌头。"

所以，这就是迷你版的小保罗了，她想，想到这个，她觉得很开心。

"这是丽芙。丽芙，这是杰克。"

丽芙抬起一只手。"我不太认识你这个年龄的人，所以我很可能会说一些一点儿也不酷的话，不过见到你我真的很高兴。"

"没关系，我已经习惯了。"

格瑞格钻进来递给她一杯红酒，他的目光一直在两人身上瞄来瞄去。"那，现在是什么意思？我们的交战双方达成了友善谅解？你们俩现在是……秘密盟友？"

听到他用的那些词，丽芙眨了眨眼，然后转身看着保罗。

"我根本不在乎那份工作。"他小声说，一只手握住她的手，"我只知道，当你不在我身边的时候，我对一切都很冷酷、愤怒。"

"不是，"她说，她发现自己在笑，"他只是刚刚意识到自己一直站错了队。"

安迪——格瑞格的男朋友——到达埃尔温街之后，小房子里就有五个人了，但一点儿也不觉得拥挤。丽芙坐在一小堆比萨块前面，想着仓库顶上那冷清的玻璃房子，突然觉得它跟这场官司、跟她自己的不幸如此相关，她都不想回家了。

她不想看到苏菲的脸，因为她知道接下来会发生什么。她坐在一群几乎完全陌生的人中间，跟他们玩游戏，听他们讲家庭笑话开怀大笑，享受着这种奇怪的放松的感觉。

还有保罗。保罗因为白天的事情筋疲力尽，似乎失去一切的不是她，而是他。每次他转过来看她的时候，总有什么东西不一样了，好像她的身体已经接受了可以再次快乐的可能性。

你没事吧？他用询问的眼神看着她。

没事。她也用眼神回答。她说的是真的。

"那，周一会发生什么事？"大家围着桌子坐下的时候，格瑞格问。他一直在向大家展示一些样布，准备重新搭配酒吧的色调。桌子上撒满了碎屑，摆满了半空的酒杯。"你必须把画交出去？你肯定会失去那幅画吗？"

丽芙看看保罗。"我想是的。"她说，"我只能努力说服自己……让它去吧。"她突然觉得喉咙被堵住了，她笑笑，希望把这种感觉压下去。

格瑞格伸出一只手拍拍她。"哦，亲爱的，对不起。我不是想惹你伤心的。"

她耸耸肩。"我没事，真的，它已经不属于我了。我老早之前就应该明白这一点。我想我……我就是不愿意面对摆在眼前的现实。"

"至少你还有房子。"格瑞格说，"保罗跟我说那房子棒极了。"他看到保罗警告的眼神，"怎么了？都不能让她知道你老是说起她吗？我们是什么？五年级的小学生吗？"

保罗的眼神瞬间有些怯了。

"啊，"她说，"严格来说没有了。嗯，我没房子了。"

"什么？"

"房子正在卖。"

保罗变得极其安静。

"我必须卖了房子交律师费。"

"那你会有余钱去别的地方再买一套吧，是不是？"

"现在还不知道。"

"可是那个房子——"

"……已经做了最大程度的抵押了，而且显然需要打理。自从大卫去世以后我什么也没弄过。显然具有保温性能的优质进口玻璃不可能用一辈子，虽然大卫觉得可以。"

保罗的下巴越来越紧。他突然把椅子往后一推，起身而去。

丽芙看看格瑞格和安迪，然后又看看门口。

"可能去花园了。"格瑞格挑了挑眉毛说，"那花园就一张小手绢那么大，你肯定不会找不到他的。"她站起来的时候，他嘟囔着，"你这样一直蹂躏我大哥，简直太可爱了。我真希望我十四岁的时候就会这些。"

他站在小院里，院里堆着许多瓦罐，里面散落地生长着一些植物，在严霜下显得格外纤弱。他背对着她，两只手使劲插进口袋里，看上去像是被击垮了。

"所以你真的失去了一切。因为我。"

"正如你说过的那样，就算不是你，也会有其他人来的。"

"我那会儿在想什么？我到底是在想什么？"

"你只是在做自己的工作。"

他抬起一只手扶着下巴。"你知道吗？你真的不用来安慰我。"

"我没事的，真的。"

"怎么能没事？要是我我才不会没事。我会发疯，像个……哦，上帝啊。"他的声音带着沮丧爆发出来。

她等了一下，然后握住他一只手，拉着他走到小桌前。铁块很冰，甚至透过了她的衣服，她把椅子往前拖了拖，膝盖放在他的膝盖中间，等了一会儿，直到确定他在听。

"保罗。"

他一脸严峻。

"保罗，看着我。你必须明白一点，那就是，在我身上可能发生的最坏的事情已经发生了。"

他抬起头来看着她。

她吞吞口水，知道接下来这些话该打住，这些话可能根本就不该说。"四年前，大卫和我像每个普通的晚上一样，刷牙，上床睡觉，看书，聊聊明天要去的餐厅……可是当我第二天早上醒来的时候，他就躺在我身边，浑身冰冷、发紫。我没有……没有觉得他走了。我甚至不想说话……"

一阵短暂的沉默。

"你能想象你爱的人就在你身边快要死了，你却一直在睡觉吗？你知道自己本来或许可以帮他做点什么，也许可以救他的。你不知道他是不是一直看着你，默默地求你……"她说不下去了，她哽咽着，一种熟悉的恐惧感席卷全身。他慢慢伸出两只手去握住她的手，直到她再次开口。

"我那时觉得世界末日真的到了，我觉得再也不会有好事发生了，我觉得要是我不够警惕的话，什么糟糕的事情都有可能发生。我不吃饭，不出门，不想见任何人。但我熬过来了，保罗。虽然我自己也很惊讶，但我真的熬过来了。生活……哦，生活慢慢变得又可以过下去了。"她靠在他身上。"所以这次……画、房子……我听到苏菲的遭遇时确实很震惊。但那些只是东西罢了。说真的，他们可以把所有的东西都拿走。只有人才是最重要的。"她低头看着他的手，声音变得嘶哑了，"只有你爱的人才是最重要的。"

他没有说话，只是低下头靠在她的头上。他们坐在冬日的花园里，呼吸着漆黑的空气，听着远处房子里传来他儿子低低的笑声。她能听到街上城市傍晚特有的声音、远处厨房里锅子叮叮当当的声音、电视打开的声音、一扇车门砰的一声关上的声音、一只狗被什么东西惹恼了不停狂吠的声音。完整的生活就是这样混乱而充满生机。

"我会补偿你的。"他轻声说。

"你已经补偿了。"

"不，我会补偿的。"

两行热泪从脸上滑下，她不知道他们是怎么聊到那儿的。他蓝色的双眸突然平静下来。他双手捧起她的脸吻着她，吻掉她的眼泪，他柔软的唇贴在她的皮肤上，向她允诺着一个未来。他一直吻到两人都笑起来，她的双脚没有了知觉。

"我该回家了，买主明天就来了。"她不情愿地从他怀里抽身出来，说。

城市那头，玻璃房子空荡荡地立在那里。想到要回到那里，丽芙还是有点害怕。她半推半就地等着他反对。"你……你愿意跟我一起回去吗？杰克可以睡客房。我可以给他开房顶关房顶玩。或许能给我加点分呢。"

　　他看着别处。"我不能去。"他直截了当地说，然后又解释道，"我的意思是我很想去，可是……"

　　"我周末能见到你吗？"

　　"我得陪杰克，不过……当然，我们可以想办法。"

　　不知为何，他显得有些心不在焉。她看到他脸上布满了疑云。我们真的可以原谅对彼此造成的伤害吗？她脑中飞快地闪过一个念头，随即感觉一阵发冷，这冰冷与天气无关。

　　"我开车送你回家。"他说。一个机会就这样错过了。

　　丽芙回到家的时候，屋里一片寂静。她锁上门，把钥匙放到一边走进厨房，脚步声在大理石地面上回响。她发现很难相信自己早上才刚离开这里，那感觉像是已经过了一辈子。

　　丽芙听到楼下公寓里远远地传来低音炮的巨响、前门砰的一声关上的声音，以及周五晚上出去放松的人们惯常的欢笑声。这是在提醒她，在其他地方，这个世界是无忧无虑的。

　　夜越来越深。她洗了个澡，洗了个头，把第二天要穿的衣服拿出来，又吃了点饼干和奶酪。

　　但她的心情却无法平复，像有一排空衣架一样不停地当当作响。她累得不行，却还是在房间里踱着步，无法安静地坐着。她一直回味着保罗留在她唇上的味道，还有他在她耳边说的话。有一瞬间，她想给他打电话，可是拿起电话后，手指又僵在按键上。话说回来，她该说什么呢？说我只是想听听你的声音？

她走到客房，客房里一尘不染、空荡荡的，像是从来没有人住过。她在客房里转了一圈，一边走一边轻轻摸摸椅子、抽屉。寂静和空荡已经不再让她觉得舒服了。她想象着莫跟拉尼奇蜷缩在一间到处是人的嘈杂屋子里，就像她刚刚离开的那间那样。

最后，她给自己泡了一杯茶，走回卧室。她坐在床中间，背靠着枕头，仔细打量着镀金画框里的苏菲。

我私下里觉得，能拥有一幅强大到能影响一段婚姻的画是件很让人开心的事。

哦，苏菲，她想，你影响的远远不止是一段婚姻。她盯着那幅她钟爱了近十年的画，最后还是回忆起她和大卫买下这幅画那天的情景：在西班牙的阳光下，他们把它高高举起，画的色彩迎着白白的日光，折射出他们坚信必将共同拥有的未来。她想起两人回来后就把它挂在这个房间里，她盯着这幅画，想知道大卫到底从哪里看到了自己的影子，并且莫名地觉得比他看到的更漂亮。

你跟她很像，就是你——

她想起有一天，是他死后不久的几个星期，她忧郁地从潮湿的枕头上抬起头，发现苏菲好像正直直地看着她。她的表情似乎在说：这，也是可以承受的。你现在可能还不知道，但你会熬过去的。

可惜苏菲没有熬过去。

丽芙努力压抑喉咙被堵住的感觉。"对你的遭遇我真的觉得很难过。"她对着寂静的房间说，"我真希望结局不是这样。"

她突然被悲伤淹没，于是她站起来，走到画像前把她翻过去，这样就看不到了。或许苏菲离开这所房子是件好事，墙上的空地会一直提醒丽芙，自己有多么失败。

　　可是，如果苏菲以这样的形象和方式被定格在历史中，然后又被彻底抹掉，丽芙觉得莫名的奇怪。

　　过去几个星期里，书房已经变得十分混乱，成堆的文件扔得到处都是。她带着新的目的在书房里转了一圈，把文件整齐地堆放起来，放在文件夹里，每个都用橡皮筋绑住。她不知道这场官司结束后她该怎么处理这些文件。最后，她终于找到了菲利普·贝塞特给她的那个红色文件夹。她翻着那些脆弱的纸张，直到找到她要找的那两页。

　　她检查了一遍，便把它们带到了厨房里，点上一根蜡烛，拿着那两页纸，一张张地放在火苗上点着，直到最后只剩一堆灰烬。

　　"瞧，苏菲，"她说，"不说别的，至少在这一点上你比我强。"

　　现在，她想，该为大卫做点什么了。

▶ 4

　　"我还以为你已经走了，杰克看着《美国家庭搞笑录像》睡着了。"格瑞格光着脚丫走进厨房，打着哈欠说，"要我把行军床支起来吗？现在把他拽回家有点太晚了。"

"那太好了。"保罗看着文件，几乎头也没抬地说。他的笔记本电脑放在面前。

"你再把这些东西看一遍想干吗？下周一肯定要宣判了，是不是？还有……呃……你不是刚辞了工作吗？"

"我肯定漏了什么东西。我知道的。"保罗用手指在纸上滑过，不耐烦地翻到下一页，"我得把这些证据再过一遍。"

"保罗。"格瑞格拉过一张椅子，"保罗。"他提高了一点声音再次喊道，"已经结束了，老兄。没事的，她已经原谅你了。你也已经尽力了。我觉得你现在应该顺其自然。"

保罗往后一靠，慢慢地用手捂住眼睛。"你真这么想？"

"说真的，你看上去有点疯狂。"

保罗喝了一口咖啡，咖啡已经凉了。"这会毁了我们。"

"什么？"

"丽芙很喜欢那幅画，格瑞格。是我……从她手上夺走了那幅画，这个事实会让她饱受折磨。或许现在没事，甚至一两年内都没事，但最终肯定会爆发的。"

格瑞格靠在厨具上说："那你工作的事她也可以这么说。"

"我工作的事没关系的。是时候离开那家公司了。"

"丽芙也说了，那幅画她也没关系的。"

"对，可她是被逼到了墙角。"见格瑞格无奈地摇摇头，他趴在文件夹上说，"我知道事情是会改变的，格瑞格，我知道有些东西起初你发誓说肯定不会介意，后来却让它把美好的东西都侵蚀了。"

"可是——"

"而且我更明白，失去挚爱的东西，会像噩梦一样让你无法释怀。我不想有一天丽芙看着我，心里却挣扎着这样一个念头：是你毁了我的生活。"

格瑞格走进厨房把水壶坐上。他冲了三杯咖啡，递给保罗一杯，然后一只手放在哥哥肩膀上，准备把另外两杯端到客厅里。"我的大哥，我知道你喜欢找东西，不过想听听我的想法吗？就这件事来说，你只能指望上帝让一切顺利了。"

保罗没有听到他的话。"拥有者名单。"他自言自语地嘟囔着，"勒菲弗作品目前拥有者名单。"

八小时后，醒来的格瑞格发现有张小男孩的脸趴在自己身上。"我饿了。"那张脸使劲搓着鼻子说，"你说家里有可可米的，可我找不到。"

"最下面的橱柜里。"他醉醺醺地说。他远远地看到，窗帘缝里并没有光透进来。

"也没有牛奶。"

"几点了？"

"差十五分钟七点。"

"啊！"格瑞格一头钻进被子里，"狗都不会起这么早！让你爸爸弄去。"

"他不在。"

格瑞格慢慢睁开眼，盯着窗帘。"什么意思？他不在？"

"他走了。睡袋都没打开过，所以我想他应该没在沙发上睡。路上哪个地方有牛角面包吗？有巧克力的那种？"

"我这就起床。这就起床！起床！"他费劲地直起身子，揉了揉脑袋。

保罗确实不在屋里，不过他在餐桌上留了一张字条。他在一张法庭证据单背面匆匆写完，放在一堆散落的纸上，上面写着：

有事出去一下，拜托照顾杰克。我会打电话。

他一把掏出手机发了一条信息：

要是你此刻正在床上逍遥快活的话，你就欠我一段"美好时光"。

他等了几分钟才把手机塞进口袋里，没有收到回复。

谢天谢地，周六很忙。丽芙等着买主过来验收房子，然后等着他们的施工人员和建筑师进行着无穷无尽的检查工作。她在这些出现在她家里的陌生人中间晃来晃去，试图做好一个卖家的角色，表现出一个卖家应有的热情和友好，同时又不表现出自己真实的想法，否则她肯定会大喊一句："滚！"并且幼稚地朝他们比画。她开始用收拾东西、打扫房间来转移自己的注意力，从这些小家务中寻求安慰。她收拾了两垃圾袋的旧衣服，给几个租房中介打了电话，当他们听到她能付得起的租金数额时，电话那边是一阵长长的、充满轻蔑的沉默。

保罗没有打电话来。

下午她去了爸爸家。"卡洛琳为你准备了极其丰盛的圣诞大餐。"

爸爸大叫着，"你一定会喜欢的。"

"哦，很好。"她说。

午饭他们吃的沙拉和墨西哥菜。卡洛琳一边吃一边哼着歌，丽芙的爸爸则拿起一份车险广告，嘴里不知说着什么。

她努力想集中精力听清他在说什么，但脑子里却一直想着保罗，回忆着昨天发生的一切。他没有打电话来，这让她有点惊讶。哦，天哪，我快变成那种喜欢黏人的女朋友了，可我们都没有正式地在一起待过 24 小时。想到"正式"这个词，她笑了。

因为不愿回玻璃房子，她在爸爸家待的时间比平常久了些。他似乎很高兴，喝了很多酒，还把翻抽屉时找到的一些她的黑白照片拿了出来。翻着这些照片，让人有一种回归真实的感觉：它们让她想起，在打这场官司之前，在苏菲·勒菲弗出现之前，在没有那座她负担不起的房子之前，在法庭上度过噩梦一样可怕的、末日般的一天之前，她还有另一种人生。

"真是个漂亮的小孩。"

照片上那张灿烂的笑脸让她想哭，爸爸一只手搂着她。"周一不要太难过。我知道这件事很折磨人，不过我们都很为你自豪，你知道的。"

"自豪什么？"她擤着鼻涕说，"我失败了，爸爸。大部分人都认为我根本就不该尝试。"

爸爸把她拉到怀里。在他身上，她闻到了红酒和她生活中某一部分的味道，仿佛是许多许多年前。"就因为你坚持下来了，真的。有时候，宝贝女儿，这就是勇敢。"

她给他打电话的时候差不多 4 点半了。差不多过了 24 个小时了，她给自己找了个借口。而且，如果有人为了你放弃了自己一半的人生的话，那普通的约会法则当然不适用。拨号码的时候，她的心跳微微加速，她已经在期待听到他的声音了。她想象着两人晚些时一起蜷在他那间小公寓的沙发上，或许还会跟杰克在小毯子上打牌。但电话响了三声后，转到了语音留言。丽芙赶紧挂掉电话，心里有些不安，随即又骂自己太幼稚。

这样太可笑了，她自言自语道，他会打电话来的。

可是他没有。

8 点半的时候，丽芙知道自己无法在家里度过这个夜晚了，便起身穿上外套，一把抓起钥匙。

走到格瑞格的酒吧并不远，要是穿着运动鞋小跑过去的话就更快了。她推开门，撞到一面嘈杂的人墙。左边的小舞台上，有个打扮成女人样子的男人正和着迪斯科的节奏声音嘶哑地唱着歌，台下的人看得尽兴，大声喝着倒彩。另一头，桌子都堆了起来，中间全是纠缠在一起的各种穿紧身衣的身体。

过了几分钟她才找到格瑞格，他沿着吧台迅速移动着，肩上搭着一块抹布。她挤到前面，从不知道谁的胳膊底下钻过去，大声叫着他的名字。

她喊了好几声他才听见，然后转过身来。她脸上的笑容僵住了，他的表情似乎很不欢迎她。

"哦，来得还真是时候。"

她眨眨眼。"什么？"

"快九点了？你们是在逗我玩么？"

"我不明白你在说什么。"

"我看了他一天了。安迪本来打算今晚上出去的，可是不得不取消计划，只能待在家里看孩子。我可以告诉你他很不高兴。"

酒吧里很吵，丽芙费劲地听着他说话。

"我在找保罗。"她说。

"他没跟你在一起？"

"没有，而且他也不接电话。"

"我知道他不接电话。我以为那是因为他和你——哦，真是疯了，到吧台这边来。"他打开小门让她挤进去，朝那些抱怨着等着点餐的人举起双手，"等我两分钟，伙计们，两分钟。"

在通往厨房的小走廊上，劲爆的音乐透过墙壁传过来，丽芙的脚也跟着不停地振动。"那他去哪儿了？"她说。

"我不知道。"格瑞格的怒气瞬间消失了，"我们早上起来看到他留的一张字条，说他必须出去一下。就这样。昨天晚上你走了以后，他就有点怪怪的。"

"怪怪的？什么意思？"

他目光闪烁，似乎觉得自己说得太多了。

"不是说他自己有问题，他把这件事看得太重了。"他咬着嘴唇说。

"什么事？"

格瑞格看起来很不自在。"呃，他……他说那幅画会毁了你们，让你们没法在一起。"

丽芙盯着他。"你觉得他……"

"我保证他不是那个意思！"

丽芙想挤出一个微笑，"谢谢"两个字停在唇上却没有说出来。她转过身，推开人群朝酒吧外走去。

什么也没有了，周日似乎没有尽头。丽芙坐在寂静的家里，手机沉默着，脑子里闪过千万种想法，等待着世界末日到来。

她又给他打了一次电话，听到语音留言切进来，她猛地挂了电话。

他变得绝情了。

他当然没有。

他花时间好好想清楚了跟我在一起要放弃什么。

你要相信他。我会补偿你的，他说过的。

她真希望莫还在。

夜幕逐渐降临，天空浑浊起来，用一层厚厚的雾压住了整个城市。她看不进电视，做着奇怪的梦，断断续续地睡着，四点的时候醒来，脑子里一团乱麻。五点半的时候她终于放弃了，起来洗了个澡，在浴缸里躺了一会儿，透过天窗抬头望着虚无的黑夜。她仔细地吹干头发，穿了一件灰色衬衫和细条纹裙子，大卫曾说过他喜欢看她这样穿。这让她看起来像个白领。她又配了点假的珍珠饰品，戴上自己的结婚戒指，认真地化了妆。她很感谢有方法可以遮掩她的黑眼圈和她苍白无力的皮肤。

他会来的，她对自己说，你必须得有点可以信赖的东西。

她从衣橱里拿出一床旧毯子，仔细地包住《留下的女孩》。她叠的时候像是在包一件礼物，并且一直让画背对着她，这样就不会看到苏菲的脸。

弗兰抬头看看拿着两个杯子走过来的丽芙，又看看天。她们周围开始落下很大的雨点，声音低沉，天际线一直延伸到河岸边。

"不跑步了？"

"不跑了。"

"这可不像你。"

"显然，没有什么像不像的。"

丽芙递给她一杯咖啡，弗兰喝了一口，开心地咕噜了一声，然后看着她。"别跟个木头似的杵在那儿了，过来坐吧。"

丽芙四处看了看，随后才意识到弗兰正指着一个小牛奶箱。她把箱子拉过来坐在上面。一只鸽子穿过鹅卵石小路朝她走过来，弗兰伸手从一个皱皱的纸袋里掏出一块面包皮扔给它。在这儿听着泰晤士河水轻轻拍打着河岸，远处传来汽车声，让人莫名地觉得很平静。丽芙自嘲地想，要是那些记者看到我这个上流社会的寡妇跟谁一起吃早餐，不知道会怎么写。薄雾中，一艘游船驶来又轻轻地漂走，船上的灯光消失在灰色的黎明中。

"你朋友走了啊。"

"你怎么知道的？"

"在这儿坐的时间长了，什么都知道。你听，是不是？"她拍拍一边脑袋说，"已经没有人愿意听了。大家都知道自己想听到什么，但没有人真正去听。"

她停了一下，像是在想什么事情。"我在报纸上看到你了。"

丽芙吹着咖啡。"我想整个伦敦的人应该都在报纸上见过我了。"

"我留着呢，在我的盒子里。"她朝门口指了指，"就是这个吗？"她指着丽芙胳膊底下夹着的那捆东西问。

"嗯。"她喝了一口咖啡，"对，就是这个。"她等着弗兰也来批判一下她的罪行，列举她从来就不该试着把画留下的原因，但却没有等到。弗兰只是哼了一声，看着外面的河。

"所以我才不愿意有太多东西。我在收容所的时候老有人偷东西。不管你放在哪儿——床底下也好，锁在柜子里也好——他们都会趁你出去的时候把它偷走。因为这个，你都不想出去，就怕自己的东西丢了。想想吧。"

"想什么？"

"你丢了的那些东西。试着不要留太多东西，几件就够了。"

丽芙看着弗兰粗糙的、饱经风霜的面孔，突然觉得很开心，因为她觉得自己不会再错过眼前的生活了。

丽芙沿着灰色的河流望去，不知为何眼睛里忽然充满了泪水。

Chapter *10*
希望，开启生活更多好的可能

希望破灭的那一刻，是最轻松的一刻。有时候，恰恰是希望才让生活难过。

如今希望没有了，丽芙决定放开。"对不起，苏菲。"她说。

跌跌撞撞地走回座位上，丽芙想着怎么会有如此空虚的感觉。然后她听到了：

"对不起，打扰一下。"

▶ *1*

亨利在后门那里等着她。最后一天了，高等法院前门外有电视台的摄像机，还有抗议的人群。他早就警告过她会有这些。她从出租车下来，看到她手里拿的东西后，亨利脸上的笑容变成了苦笑。"这是我……你不必这样做的！如果情况对我们不利，我们会让他们派警车的。我的天哪，丽芙，你不能像拿块面包似的搬着一幅价值好几百万英镑的画到处跑。"

丽芙的两只手紧紧握着画。"保罗来了吗？"

"保罗？"他护着她匆匆忙忙地朝法庭走去，像是一个来接生病的孩子去医院的医生。

"麦考夫迪。"

"麦考夫迪？不知道。"他又看了一眼那幅画，"真该死，丽芙，你应该提前告诉我的。"

她跟着他过了安检，走到走廊上。他把保安叫过来，指指那幅画。

那个保安似乎吃了一惊，点点头，对着对讲机说了句什么。路上的安保措施显然增加了许多，直到他们进了法庭，亨利才松了一口气。他坐在那儿长长地舒了一口气，用两个手掌搓了搓脸，然后转过身来对着丽芙。"你知道吗，案子还没有结束。"他冲那幅画凄惨地一笑，"还没经过信任投票。"

她什么也没说。她扫了一眼法庭，周围的人迅速多了起来。上面的公众旁听席上，那些面孔都低头瞅着她，目光耐人寻味而又冷漠，似乎被审判的是她这个人似的。她努力避开所有人的视线。她看到玛丽安穿着橘黄色的衣服，与塑料耳环搭配得相得益彰，还有一位老太太轻轻挥了挥手，朝她竖起鼓励的大拇指。在千万双麻木的眼睛中，终于出现了一个友好的面孔。她看到珍妮·迪金森坐在远处的一个座位上，跟弗莱厄蒂交谈了几句。屋子里全是踏踏的脚步声、礼貌的交谈声、拉椅子放包的声音。她努力压抑自己内心越来越深的恐惧。现在是9:40。她的目光一次次地飘向门口，搜寻保罗的身影。*要有信心，她想着，他一定会来的。*

9:50，9:52，她用同样的话再次告诫自己。9:58了，马上要十点了，法官走了进来，所有人都站了起来。丽芙突然感到一阵恐慌：*他没有来。最终，他还是没有来。哦，天哪，他不在这儿的话我做不到。*她强迫自己深呼吸，闭上眼睛，努力冷静下来。

亨利正在浏览文件。"你没事吧？"

她嘴里像是塞满了面粉。"亨利，"她小声说，"我能说几句话吗？"

"什么？"

"我能说几句话吗？在法庭上？这很重要。"

"现在？法官马上要宣判了。"

"这很重要。"

"你想说什么？"

"去问问他行不行，求你了。"

他脸上露出不以为然的表情，但她表情中的某些东西还是打动了他。他俯下身子，跟安吉拉·西尔弗小声嘟囔了几句。她回头看看丽芙，皱了皱眉，然后两人又说了几句，她便站起来请求允许她跟法官说几句话。克里斯多佛·詹克斯也被邀请一起过去。

律师们和法官小声交谈的时候，丽芙觉得自己的掌心开始冒汗，皮肤刺痛。她看着挤得满满的法庭，很容易便觉察到空气中那种暗暗的敌对气氛。她抓着画的手又紧了紧。*想象着你就是苏菲，*她对自己说，*她会这样做的。*

最后法官开口了。

"显然，奥利维亚·候司顿夫人有些话想在法庭上说。"他透过眼镜上方看看她，"请吧，候司顿夫人。"

她站起来，走到法庭前面，手里仍然抓着那幅画。她能听到自己落在木地板上的每一步，敏感地意识到所有人的眼睛都在盯着她。亨利或许还是不太放心那幅画，站在离她几英尺的地方。

她深吸了一口气。"关于《留下的女孩》，我有几句话想说。"她停了一下，看看周围那些惊讶的面孔，又继续往下说，她的声音很细，在一片寂静中微微激荡，像是别人的声音。

"苏菲·勒菲弗是一位勇敢、值得尊敬的女性。我想——我希望经过整个审理过程，大家都已经明白了这一点。"她隐隐约约地看到珍妮·迪金森在她的笔记本上匆匆记着，律师们在下面不耐烦地小声嘀咕着。她用手抓住画框，强迫自己继续说下去。

"我的前夫，大卫·候司顿，也是一个好人，一个真正的好人。现在我相信，如果他知道苏菲的画像，这幅他钟爱的画，有这样——这样的历史，他肯定早就把画还回去了。因为我坚持要打这场官司，他的名字被从他视为生命和梦想的建筑中抹掉，这令我万分后悔，因为这座建筑——戈德斯坦大楼——本应成为他的纪念碑。"

她看到那些记者都抬起头来，他们的座席上因为捕捉到感兴趣的东西而泛起一层涟漪。有几个人交流了一下，开始在本子上写起来。

"这场官司——这幅画——极大地破坏了他本应流传下来的东西，就像苏菲一样。从这个角度来说，他们俩都被误解了。"她开始泣不成声，她扫了一眼四周，"因此，我希望在你们记录的时候要写清楚，打这场官司完全是我一个人的决定。如果让你们误会了，我真的非常抱歉。就这样。谢谢。"

她踉跄着往旁边退了两步。她看到那些记者正迅速记着，有一个还在确认戈德斯坦的写法，席上的两名律师急切地交谈着。"做得很好。"亨利凑到她旁边，小声说，"你可以成为一名优秀的律师。"

我做到了，她默默对自己说，现在，大卫已经公开地跟那座大楼联系在一起了，戈德斯坦他们怎么做都没用了。

法官要求大家安静。"候司顿夫人，你对我判决的预先解读结束了吗？"法官不耐烦地问。

丽芙点点头，她的喉咙已经干了。珍妮在跟她的律师悄悄说着什么。

"这就是本案涉及的那幅画，是吗？"

"是。"她还是紧紧抓着那幅画，仿佛那是一面盾牌。

他转身对法庭的办事员说："能找人把这幅画放到安全的地方吗？我不觉得它应该放在那儿。你说呢，候司顿夫人？"

丽芙把画交给法庭办事员。有一瞬间，她的手指不知为何似乎很不愿意放开它，好像她内心里已经决定不理会法官的命令。最终她还是放开了，办事员站在那儿，愣了一下，好像她递给他的东西有放射性辐射似的。过了一会儿，又把毯子还给她。

对不起，苏菲，她说。突然被掀开后，画上的女孩盯着她。

丽芙跌跌撞撞地走回座位，空空的毛毯卷成一个球掖在胳膊下，几乎没有听到周围愈演愈烈的骚动。法官正在与双方律师交谈，有几个人开始朝门口走去，可能是晚报记者，上面，旁听席上正激烈地讨论着。亨利碰碰她的胳膊，小声说她这件事做得很好。

她坐在那里，看着自己的膝盖，看看她的手指在结婚戒指上绕了一圈又一圈，想着怎么会有如此空虚的感觉。

然后她听到了。

"对不起，打扰一下。"

在一片混乱中，这句话喊了两遍才被人家听到。她抬起头来，顺着周围人曲折的目光看去，那儿，在门口站着的，正是保罗·麦考夫迪。

他穿着一件蓝衬衫，下巴上灰灰的，长满了胡楂，脸上的表情让人看不透。他用力把大门推开，慢慢地把一辆轮椅拉进法庭。他四处看看找到了她，突然，天地间似乎只剩下他们彼此。你没事吧？他做出这个嘴形。她点点头，长长地舒了一口气，这才意识到原来自己憋了这么久。

他又喊了一遍，正好盖过屋里的嘈杂声。"对不起，打扰一下，法官大人。"

法官像打枪似的用他的小槌子敲着桌子。法庭上安静下来，珍妮·迪金森站起来转过身，想看看发生了什么。保罗推着一位坐在轮椅上的老太太，沿着法庭中间的过道走过来。她的样子老得吓人，身体弯得像是牧羊人的钩子，两只手放在一个小包上。

还有一个女人穿着整洁的海军蓝衣服，匆匆地跟在保罗身后，小声跟他交谈着。他指指法官。

"关于这件案子，我奶奶有些很重要的信息。"那个女人说。她说话时带着很重的法国口音，当她从中间过道走过来的时候，尴尬地看了看两边的人。

法官抬起两只手。"欢迎之至，"他大声嘟囔着，"大家好像都有话要说，除了我。要不我们问问清洁工是不是也想表达一下她的观点，好不好？"

女人等待着，然后他又恼怒地说："哦，看在上帝的分上，夫人，请到席上来。"

他们交谈了几句，法官把双方律师叫过去，然后一直谈了很久。

"这是怎么回事？"亨利一直在丽芙旁边问，"这到底是怎么回事？"

法庭上一片沉默。

"看来我们应该听听这位女士要说什么。"法官说，他拿起笔，迅速翻了一下笔记，"我很怀疑，这里到底有没有人对最后判决这种无聊的东西感兴趣。"

老太太的轮椅被推过来，最后放在靠近法庭前面的地方，有人给她拿来一个话筒。她说得很慢、支支吾吾的，似乎已经很久没有说英语了。

"在决定这幅画的命运之前，有件事情你们必须知道，那就是：这件案子是建立在一个错误的前提之上。"她停了一下，"《留下的女孩》从来没有被偷过。"

法官微微往前倾了倾身子。"那您是怎么知道的，夫人？"

丽芙抬起头来看着保罗，他的目光坦荡、平静，还有点莫名的得意。

老太太举起一只手，似乎是制止了她孙女。她清清嗓子，缓慢而又清晰地说："因为，把它送给亨肯指挥官的人正是我。我的名字叫伊迪丝·贝蒂讷。"

▶ 2

1917 年

黎明之后的某个时间，车停了。我不知道我们在路上走了多久：我烧得厉害，所以白天黑夜过得很混乱，我已经不知道自己是不是还活着，还是像个幽灵一样在另一个时空进进出出。我闭上眼睛，就看到姐姐拉开酒吧窗户的百叶窗，转过身来微笑地看着我，阳光照在她的头上；我看到咪咪在哈哈大笑；我看到爱德华，他的脸、他的手，听到他的声音在我的耳畔响起，温柔而又甜蜜。我伸出手去摸他，可他却消失了。然后我就在卡车的车厢里醒来，眼睛旁边是一个士兵的靴子，每次经过路上的坑，我的脑袋就被砸得一阵剧痛。

我还看到了莉莉安。

她的尸体被他们一边骂着，一边像丢沙袋似的丢在汉诺威路的某个地方。从那之后，我一直看到她的点点血迹和更糟的东西。我的衣服被血染红了，我把它涂在嘴唇上尝了尝。血渐渐在车厢里凝结，粘在那里，我再也没有力气从车厢里爬起来。我已经感觉不到那些咬我的虱子了，我已经麻木了，我觉得自己像莉莉安的尸体一样没有了气息。

我那时就知道，我肯定会死在那里的，不过说实话，我已经不在乎了。

我疼得浑身发烫；我的皮肤因为发烧疼得厉害，我的关节也痛，脑袋也昏沉沉的。后面的防水布被掀了起来，车厢打开了，一个警卫命令我出来。我几乎动不了，可他像拉一个反抗的小孩似的拉着我的胳膊把我拽了下来。我的身体很轻，差不多是从车厢里飞出去的。

清晨的薄雾还没有散，透过雾气，我看到一面铁丝网，还有一扇很大的门，上面写着"斯托恩"。我知道这是什么地方。

另一名警卫示意我站在原地不要动，然后朝一个岗亭走去。他们交谈了几句，其中一个人探出身子看了看我。我能看到门那边一排排长长的厂房，这是一个萧索、毫无特点的地方，弥漫着一种几乎可以轻易察觉的悲惨、徒劳的气氛。每个角落里都有一座监视塔和桅杆瞭望台，防止犯人逃跑。其实他们不必担心的。

你知道认命是种什么感觉吗？这种感觉几乎可以说是很受欢迎的。再也没有痛苦、没有恐惧、没有渴望。希望破灭的那一刻，正是最轻松的一刻。很快，我就可以抱着爱德华了。我们会在下一世相遇，因为我相信，如果上帝真的仁慈，他绝对不会残忍到剥夺我们这一点小小的慰藉。

我隐约意识到岗亭里发生了激烈的争吵，一个人出来要求看我的身份证。我当时很虚弱，试了三次才从口袋里拿出来。他示意我把身份证举起来。因为我身上爬满了虱子，他根本不想碰我。

他在一份名单上打了个钩，然后用德语朝那个扶着我的士兵大声喊着。他们简短地聊了几句，他们的话断断续续地传进我的耳朵里，我已经分不清到底是他们压低了声音还是我的脑袋出了问题。我现在温驯得像只小羊羔，我已经不愿思考，不愿想象前面还会有怎样的恐怖在等着我。我听到莉莉安的声音在耳边响起，隐约知道既然我还活着，我就应该感到害怕：**你根本不知道他们会对我们做什么。**可不知为何，我就是害怕不起来。要不是那个卫兵站在我旁边扶着我的胳膊，我可能早就摔倒在地上了。

大门开了，一辆车开出来，又关上了。我时不时地处于梦游状态。我闭上眼睛，有一会儿梦到自己坐在巴黎的一家咖啡馆里，头向后歪着，享受着照在脸上的阳光，丈夫就坐在我旁边，他肆意的笑声充斥着我的耳朵，他的一只大手伸过来，握住我放在桌子上的手。

哦，爱德华！我在黎明清冷的空气中颤抖着，默默哭泣，我祈祷你能躲过这种痛苦，我祈祷你过得比我好。

我又被人往前拽了一下，有人在朝我大喊，我差点被自己的裙子绊倒，但还是紧紧抓着我的包。大门又打开了，我被粗鲁地推进前面的集中营里。到达第二个岗哨的时候，卫兵又拦住了我。

赶紧把我扔进棚子里，赶紧让我躺下。

我真的很累。我看到了莉莉安的手，和她准确地、早有预谋地把枪举到自己脑袋一侧的样子。在她生命的最后几秒钟里，她的眼睛一直盯着我。那是两个无底的黑洞，像深渊里的两扇窗口。**她现在什么也感觉不到了**，我自言自语道，我身体里某个还在运行的部分承认，我很羡慕她。

把身份证放进口袋里的时候，我的手碰到了那块锋利的玻璃碎片，心里忽然一动。我可以用它割破喉咙，我知道动脉在哪里，只是不知道该用多大劲。我想起佩罗讷那头被困住的猪：迅速一划，它的眼睛就闭上了，似乎去得很安详。我站在那儿，逐渐坚定了这个想法。我可以在他们明白我要干什么之前就动手，我可以让自己获得解脱。

你根本不知道他们会对我们做什么。

我的手指握住了玻璃片，这时我听到有人在喊：

苏菲。

我知道解脱的时候到了，我让玻璃片落在我的指间。就这样吧，让我丈夫甜蜜的声音带我回家。那一刻我几乎笑了，我感觉如此轻松。我回味着那个声音，身子突然晃了一下。

苏菲。

一只德国人的手把我转了个圈，推着我朝后面的门走去。我不解地一边跟跄踉地往前走，一边看看身后。这时我看到那个卫兵穿过薄雾走了过来，他前面是一个个子很高、有些驼背的男人，手里抓着一包东西放在肚子前。我眯着眼睛看了看，觉得他有些眼熟，可是灯光在他身后，我看不清楚。

苏菲。

我努力集中精力，然后，突然之间，整个世界都静止了，周围的一切都安静了。德国人沉默了，汽车引擎不响了，树也不再窃窃私语。我只看到那个犯人一瘸一拐地朝我走来，他的身形很奇怪，肩膀瘦削，可是步子却很坚定，像是有块磁铁正把他吸过来。我开始不由自主地颤抖起来，似乎我的身体比我先一步认出了他。"爱德华？"我用嘶哑的声音喊着。我无法相信，我不敢相信。

"爱德华？"

现在，他拖着步子，小跑着朝我冲过来，身后的卫兵也加快了步伐。我一动不动地站在那里，生怕这是一个可怕的恶作剧，怕醒来后又会发现自己躺在卡车车厢里，脑袋旁边有一只靴子。*求求你，上帝，你不能这么残忍。*

他停在离我几英尺远的地方。他那么瘦，一脸憔悴，漂亮的头发被剃光了，脸上还有疤。可是，哦，上帝啊，他的脸，他的脸，*这就是我的爱德华！真是太令人激动了！*我的脸朝天一仰，包从手里滑落，我朝地上栽去。与此同时，我感觉到他的双臂抱住了我。

"苏菲，我的苏菲！他们到底对你做了什么？"

寂静的法庭上，伊迪丝·贝蒂讷在轮椅上努力坐稳。一个办事员给她倒了杯水，她点头表示感谢。连记者们也停下了笔：他们坐在那儿，笔一动不动，嘴巴半张着。

"那时候，我们不知道她到底发生了什么事，我以为她死了。我母亲被抓走后几个月，一个新的信息网又建立起来，我们收到消息说，她跟许多人一起死在集中营里了。听到这个消息后，伊莲娜哭了一个星期。

"后来有一天，早上天刚亮的时候，我正好下楼准备当天要用的东西——我在厨房里给伊莲娜帮忙——这时，我看到一封信从红公鸡酒吧的门底下塞了进来。我正要捡起来，但伊莲娜就在我身后，她抢先一步拿走了。

"'你没有看到这封信。'她说。我很惊讶,因为她从来没有对我这么严厉过。她的脸上没有一点血色。'你听见我说的话了吗?你没有看到这封信,伊迪丝。你不能告诉任何人,奥雷利恩也不行。尤其是奥雷利恩。'

"我点点头,却不肯走。我想知道里面的内容。打开那封信的时候,伊莲娜手都抖了。她站在那儿靠着吧台,清晨的阳光照在她脸上。她两只手抖得非常厉害,我都怀疑她是怎么看清上面的字的。后来她一下子垮了,一只手捂住嘴巴,轻声哭起来。'哦,感谢上帝,哦,感谢上帝。'

"他们去了瑞士。他们办了假身份证,凭着'为德国服务'的借口,被送到了靠近瑞士边境的一个森林里。那时候苏菲已经病得很重,爱德华背着她走完了到检查站的最后十五英里路。开车送他们过去的卫兵告诉他们,他们不能跟法国的任何人联系,否则那些帮助过他们的人就会有暴露的危险。信上的署名是'玛丽·勒维尔'。"

她环视整个法庭,丽芙哭出声来,她都不知道原来自己默默藏了这么多眼泪。活着,她默默念着,她还活着,他们找到对方了。

"他们一直待在瑞士,我们知道她再也不能回佩罗讷了,因为德国的侵略让大家情绪高涨,如果她回来的话,肯定会面临很多质疑。而且,当然,那时候我已经知道是谁帮他们一起逃走了。"

"那是谁呢,夫人?"

她噘着嘴,似乎即使是现在也不愿意说。"指挥官弗里德里希·亨肯。"

"请原谅我，"法官说，"这是一个离奇的故事，但我不明白这跟那幅画的丢失有什么关系。"

伊迪丝·贝蒂讷平复了一下心情。"伊莲娜没让我看那封信，但我知道她一直在想那封信。奥雷利恩靠近的时候，她会一下子跳起来，虽然自从苏菲走后，他已经很少待在红公鸡了。他好像无法忍受待在那里。但是之后过了两天，奥雷利恩出去了，两个小家伙在隔壁房间睡觉，伊莲娜把我叫到了她的卧室里。'伊迪丝，我需要你替我办件事。'

"她坐在地板上，一只手扶着苏菲的画像，同时盯着另一只手里的那封信，似乎在确认什么。她轻轻摇了摇头，然后用粉笔在画框后面写了几个字。她坐在脚后跟上，似乎在确认自己没有写错，然后用毯子把画包起来递给我。'指挥官先生今天下午会去树林里打猎，我需要你把这个给他送去。'

"'我才不去。'我恨死那个人了，是他害我失去妈妈的。

"'照我说的做。我需要你把这个给指挥官先生送去。'

"'我不去。'那时我已经不怕他了——他已经对我做了我能想象到的最可怕的事——但我一分钟也不愿意跟他待在一起。

"伊莲娜盯着我，我觉得她能看出我是很认真的。她把我拉到她身边，我从来没见过她那样坚定。'伊迪丝，这幅画是给指挥官的。你和我可能很想他死，可是我们必须遵守……'她犹豫了一下，'……苏菲的意愿。'

"'那你去送吧。'

"'我不能去。要是我去了，整个镇上的人都会说闲话，我们不能冒险，像我妹妹那样毁了名节。而且，奥雷利恩肯定会猜到有什么事情发生了。绝对不能让他知道真相。不能让任何人知道，为了她的安全，也为了我们自己的安全。你愿意去吗？'

"我别无选择。那天下午，看到伊莲娜的信号后，我就把那幅画夹在胳膊底下，沿着小巷和荒地走到了树林里。画很重，画框硌着我内侧的手臂。他和另一名军官一起在树林里。看到他们手里都拿着枪，我的膝盖害怕地磕起来。看到我之后，他把另一个军官打发走了。我慢慢穿过树林，林间冰冷的地面让我的双脚冻得冰凉。我走过去的时候他似乎有点不安，我记得自己当时在想，很好，我希望能让你永远不安。

"'你有话想对我说吗？'他问。

"我不想把画交出去，我不想让他拥有哪怕一件东西，他已经把我生命中最重要的两件东西夺走了，我恨那个男人。我想就是这时候我突然有了一个主意。'伊莲娜婶婶让我把这个交给你。'

"他从我手里接过画打开，瞥了一眼，迟疑了一下，然后把画翻了过来。当他看到画背面写的字后，脸上发生了奇妙的变化。在他的表情缓和的一瞬间，淡蓝色的眼睛似乎湿润了，像是高兴得快哭了。

"他谢了我，然后把画翻过来凝视着苏菲的脸，又翻过去自言自语地念着后面的字。'谢谢。'他轻声说，我也不知道他到底是对我说的，还是对她说的。

"他毁了我所有的幸福，我无法看他那么开心，那么如释重负。我比任何人都更恨那个人，他毁了我的一切。我听到自己清晰的声音，像钟声一样打破了空气中的宁静。'苏菲死了。'我说，'我们收到她让我们把这幅画给你的信后不久她就死了。她得了西班牙流感死在集中营里了。'

"他竟然惊得一下子跳起来。'什么？'

"我也不知道我是怎么编的，我说得很流利，完全不担心会产生什么后果。'她死了，被抓走以后死的，就在她送信来说把这个给你后不久。'

"他问我确定吗，可能有消息误导了我们。

"'非常确定。或许我不应该告诉你，这是个秘密。'

"我站在那儿，心硬得像块石头，看着他脸上慢慢地没有了血色。

"'希望你喜欢那幅画。'我说，然后就回家了。我觉得自己以后什么都不会怕了。

"指挥官先生又在我们小镇上待了九个月，但他再也没有去过红公鸡酒吧。我感觉像打了一场胜仗。"

法庭陷入了沉默，记者们都盯着伊迪丝·贝蒂讷。在这个小小的房间里，历史似乎突然重演了。法官开口了，这一次，口气很温和。

"夫人，您能告诉我们画的背面写了什么吗？这个问题似乎很关键。您还能记清楚吗？"

伊迪丝·贝蒂讷看看周围坐得满满的长凳。"哦，当然，我记得非常清楚，因为我一直不明白那句话是什么意思。上面用粉笔写着'Pour Herr Kommandant, qui comprendra: pas pris, mais donné.'她顿了一下，'致指挥官先生，你一定会明白：不索取，却给予'。"

▶ 3

丽芙听到周围越来越乱，好像有一大群鸟一样。她看到那些记者都围着那位老太太，笔像触角一样到处挥舞着，法官焦急地跟律师说着话，徒劳地敲着他的槌子。她抬头看看旁听席，看着那些激动的面孔，听到了一阵奇怪的、长长的掌声，或许是为那位老太太，或许是为真相：她已经分不清了。

保罗费劲地从人群中挤过来。挤到她跟前后，一把把她搂过来，低着头靠在她的头上，声音传进她的耳朵里。"它是你的了，丽芙。"他说，他浑厚的声音中有一种如释重负的感觉，"它是你的了。"

"她活下来了。"她又哭又笑地说，"他们找到对方了。"她从他的怀抱里看着周围的一片嘈杂，不再害怕人群了。大家都笑着，似乎都觉得这个结局很圆满，似乎她已经不是敌人了。她看到勒菲弗兄弟站起来准备离开，脸上难看得像是抬棺材的，顿时庆幸苏菲不必跟他们一起回法国。她看到珍妮正在慢慢地收拾东西，脸上怔住了，似乎无法相信刚刚发生的一切。

"真是太好了！"亨利一只手拍在她肩膀上，笑得一脸灿烂，"真是太好了！都没有人想听可怜的老伯杰宣判了。"

"走，"保罗一只胳膊保护性地护着她的肩膀说，"我们赶紧离开这儿吧。"

办事员推开人群，开出一条路走了过来。他站在她面前挡住了她的路，这短短的路程让他有点喘不过气来。"给，夫人。"他把画递给她说，"我想这是您的。"

丽芙用手指握住镀金画框，她低头看了一眼苏菲，在法庭暗淡的灯光下，她的头发充满了生机，她的笑容还是像以前一样令人捉摸不透。"我想我们最好还是送你从后门出去。"办事员又说道。一个保安走到他旁边，一边对着对讲机说话，一边推着他们朝门口走去。

保罗正要走，丽芙一只手抓住他的胳膊，拦住了他。"不。"丽芙说，她吸了一口气，挺挺肩膀，这样似乎变高了一点，"这次不行，我们要从前门出去。"

后　记

1917 年至 1922 年，安东和玛丽·勒维尔一直生活在瑞士蒙特勒镇湖畔的一座小屋里。

这对夫妇很安静，不喜欢娱乐，但显然能有彼此陪伴就觉得很满足。勒维尔太太在当地一家餐馆里当服务员。她给人的印象是手脚麻利、很友善，但是不太喜欢讲话。（"这在女人身上可是很少见。"那位业主评论道，同时瞟了一眼他老婆。）

每天晚上九点十五分，人们都会看到安东·勒维尔，那个身材高大、深色头发、步态有些奇怪的男人走十五分钟的路去餐馆，在门口朝经理脱帽致意，然后在那里等他妻子出来。他伸出胳膊，她挽着他，两人一起走回家。有时他们也会放慢脚步，欣赏湖畔的落日或是某个商店装饰得很漂亮的橱窗。据他们的邻居说，这就是他们每个工作日规律的日常生活，他们很少打破这种规律。有时候，勒维尔夫人会往法国北部的一个地方寄包裹、小礼物什么的，但除此之外，他们似乎对外面的世界丝毫不感兴趣。

周末的时候，这对夫妇喜欢待在家里，偶尔会去当地一家咖啡馆，如果天气够好的话，他们会在那里打几个小时牌，或是相互陪伴着默默坐在那里，他的大手握着她的小手。

"我爸爸曾经跟勒维尔先生开玩笑说，就算他松开勒维尔夫人一分钟，这点小风也不会把她吹走的。"在他们隔壁长大的安娜·伯奇茨说，"我爸爸曾经跟我妈妈说，他觉得在公共场合这样黏着自己的老婆有些不妥。"

大家对勒维尔先生自己的事情知之甚少，只知道他好像身体不太好。他自己应该也有收入。有一次他主动提出要给邻居家的两个小孩画像，但因为他奇怪的色彩选择和非常规的画法，他的画并不太受欢迎。

镇上大部分人私下里都觉得，他们更喜欢钟表匠家布卢姆先生那种更整洁、更逼真的画。

邮件是在平安夜发来的。

好吧，我真的很不擅长预测，或许也不擅长交朋友。不过我真的很想见你，如果你没有用我教你的方法做了一个我的人偶的话(这很有可能，因为我最近有时候会头疼得厉害。如果真是你干的，我向你表示敬佩)。

跟拉尼奇的事进展不是很顺利。事实证明，跟 15 个在东欧宾馆工作的男人挤在一个只有两间卧室的公寓里并不怎么开心。可当初谁知道呢。我从加姆特里网站上找了一个新地方，跟一个在研究吸血鬼的会计住在一起。他似乎认为跟我这样的人住在一起会显得他很酷。我想，当他发现我没有在冰箱里塞满在马路上杀死的动物、向他展示具有家族特色的文身时，他会有点失望，不过总的来说还好。他有一台卫星电视，从这里到养老院只有两分钟的路程，所以我再也没有理由缺席文森特太太的手包交换活动（别问）。

不说这些了。我真的很高兴你留住了那幅画，真的。抱歉我不太擅长那些外交辞令。我想你。

莫

"邀请她过来。"保罗从她身后看过来说，"人生苦短，不是吗？"

她想都没想就拨了莫的电话。

"呃，你明天有事吗？"莫还没开口，她就说道。

"你是想要我吗？"

"你想过来吗？"

"错过我父母的年度大战、错误的远程遥控和《广播时代》的圣诞特刊？你是在逗我玩吗？"

"我们希望你十点过来。我显然得给五千个人做饭，我需要找人帮我弄土豆。"

"我会去的。"莫无法掩饰自己的兴奋，"或许我还会给你带个礼物。其实我已经买好了。哦，不过我六点钟左右得走，去给老人们唱歌。"

"你真的很有心。"

"对，最后几串烤肉肯定吃不上了。"

小让·蒙彼利埃在战争最后几个月得了流感死了。伊莲娜·蒙彼利埃深受打击，送葬的人来抬他的小尸体，把他放进土里的时候她都没哭。她还是表现得像往常一样，在指定的时间打开红公鸡酒吧的门，拒绝所有人的帮助，但镇长在他的日记中回忆说，她已经成了一个"对什么都无动于衷的女人"。

伊迪丝·贝蒂讷默默地接过伊莲娜的大部分工作，她回忆说，几个月后的一天下午，一个穿着军装、很瘦、面容疲惫的男人来到门口，他的左胳膊还吊着绷带。当时伊迪丝正在擦杯子，她等着他进来，但他却只是站在台阶上望着屋里，脸上的表情很奇怪。她给他倒了一杯水，然后，他还是没有走进来。她就问他："要不要我去叫蒙彼利埃太太过来？"

"好，孩子。"他低着头回答，他说话的时候声音有些哽咽，"好，麻烦你了。"

她记得伊莲娜迟疑着走进酒吧，脸上浮现出难以置信的表情，她扔掉了笤帚，提起裙子，像个导弹似的扑到他身上。她放声大哭，哭声穿过开着的门，在整个佩罗讷的大街上回响，连那些自己失去亲人，心已经死了的邻居都忍不住放下手中的活抬头看过来，轻轻擦了擦眼睛。

伊迪丝记得自己坐在他们卧室门外的楼梯上，听到他们谈到死去的儿子时低声的抽泣。虽然她很喜欢让，但却一滴泪也没有流。她的口吻中毫无愧疚之意，自从妈妈死后，她说，她再也没有哭过。

根据史料记载，在蒙彼利埃　家人拥有并经营红公鸡酒吧的那些年里，酒吧只关过一次门：1925 年关了三个星期。镇上的人们记得，伊莲娜、让－米歇尔、咪咪和伊迪丝没有告诉任何人他们要出去。他们拉下百叶窗，锁上门就走了，只在门上留了一张"度假"的告示。这在小镇上引发了不小的恐慌，有人向当地报社写了两封投诉信，白浪酒吧平添了许多客人。一家人回来后，当别人问起他们去了哪儿时，伊莲娜回答说他们去瑞士旅行了。

"我们觉得那里的空气对伊莲娜的身体特别有利。"蒙彼利埃先生说。

"哦，确实是。"伊莲娜微笑着说，"特别适合……休养身体。"

据记载，路维亚太太在她的日记中评论说，旅馆老板一时兴起跑去国外，连个"请勿见怪"也没有是一回事，但他们回来后好像全都开心得不得了，那就是另外一回事了。

我一直都不知道苏菲和爱德华到底发生了什么事。我只知道他们在蒙特勒一直生活到 1926 年，和他们保持正常联系的人只有伊莲娜，但她在 1934 年突然去世了。之后我寄出去的信都被退了回来，上面写着"退回寄信人"。

伊迪丝·贝蒂讷和丽芙已经通了四次信，她们交流一直被隐瞒的信息，填补空白。已经有两个出版商来找过丽芙，所以她已经开始着手写一本关于苏菲的书。说实话，这有点吓人，但保罗却说，谁会比她更有资格写这本书呢。

相比她这么大年龄的人来说，老太太的字写得非常用力，字与字之间的间隔很均匀，微微向前倾斜。丽芙凑到床头灯下去看。

我曾给一位邻居写过信，她说她听说爱德华病了，但没有什么证据。多年来，一些这样的消息让我觉得最坏的事情已经发生了：有人记得爱德华病了，还有人记得是苏菲的身体不行了，有人说他们只是消失了。咪咪说，她记得听她妈妈说过，他们搬到更暖和的地方去了。那时候我已经搬了很多次家，苏菲肯定没法联系上我了。

我知道，理智已经告诉我那两个饱受饥饿和牢狱之灾折磨、身体虚弱的人会怎样，但我总是更愿意认为，在战争结束七八年之后，在卸下了对他人的所有责任之后，或许他们终于觉得可以安全地继续前进了，于是便收拾好东西出发了。我更愿意想象他们在某个地方，或许是气候更温暖的地方，快乐地相互陪伴着，就像我们度假时看到的那样幸福。

在她周围，卧室里的东西比平常更少了，她下周就要搬走。她会住在保罗的小公寓里。她也可以自己找个地方，但他们俩似乎都不着急谈这个。

她低头凝视着睡在旁边的他，他的帅气、他的身形、他在身边时那种简单的快乐仍然会让她怦然心动。她想起上次过圣诞节爸爸过来的时候说的一些话。他在厨房里找到她，她洗盘子，他帮着擦干，其他人则在客厅里吵吵嚷嚷地玩着棋盘游戏。她抬起头来，被他不同寻常的沉默吓了一跳。

"知道吗，我觉得大卫可能会很喜欢他。"他没有看她，但手里还在擦盘子。

她擦擦眼睛，想到这里的时候她经常会这样（她现在特别多愁善感），又回去看信。

　　我现在年事已高，所以有生之年可能看不到了，但我相信，有一天会有一大批不知出处的画冒出来，那些画美丽而又怪异，色彩突兀而又丰满。画上是一个红头发的女人，在棕桐树荫下，或许会凝望着金黄的太阳，容颜有些苍老，或许头上还有缕缕白发，但她的笑容却很灿烂，眼睛里满满的都是爱。

　　丽芙抬头看看床对面的画像，淡淡的金色灯光下，年轻的苏菲也回望着她。她又读了一遍那封信，研究着那些字和它们之间的间隔，想起伊迪丝·贝蒂讷的目光：平静，似乎洞察一切。之后，她又读了一遍那封信。

　　"嘿。"保罗迷迷糊糊地翻过身来看着她，伸出一只胳膊把她拉到怀里。他的皮肤很温暖，他的气息很甜。"你在干什么？"

　　"思考。"

　　"听起来很危险啊。"

　　丽芙放下信，钻到被子里面对着他。

　　"保罗。"

　　"丽芙。"

　　她笑了。每次看着他的时候她都会笑。她微微吸了一口气。"你知道你多擅长找东西吗……"

番外

▶ *1*

2002 年

丽芙·候司顿紧紧抓着埃菲尔铁塔的护栏，透过将一块块菱形穿起来的电线俯瞰脚下的整个巴黎。她想，还有谁的蜜月像我的这样多灾多难。

在她周围，有的游客看一眼塔下就尖叫着退了回去，也有人夸张地靠在铁丝网上让朋友拍照，一个保安面无表情地看着一惊一乍的游客。一团阴森森的乌云从西边穿过天空移过来，冷风吹红了丽芙的耳朵。

不知是谁射了一个纸飞机，丽芙看着那个飞机转悠着落下去，被吹过的风带走，直到变成一个小点消失在视线里。下面的某个地方，优雅的奥斯曼大道上，精致的小庭院里、精心设计过的公园里，或是波浪轻柔的塞纳河畔，站着她的新婚丈夫。这位丈夫，在他们蜜月刚过了两天的时候，通知她说，他真的很抱歉，但他早上必须出去见一个人，工作需要。就是在巴黎郊外的时候他一直跟她说的那个建筑项目的负责人。就一个小时。他应该不会去太久。她没问题的，对不对？也是这位丈夫，她曾说要是他走出酒店房间，她会立马消失不见，再也不回来。

大卫以为她在开玩笑，她也以为他在开玩笑。他半笑着说："丽芙——这件事很重要。"

"我们的蜜月也很重要。"她反驳道。那时候他们看彼此的眼神，好像对面是一个从来没见过的陌生人。

"哦，天哪！我觉得我得下去了。"一个美国女人做了个鬼脸，慢慢从她身边挪过去。她腰里系着一个硕大的腰包，头发是那种姜饼色。"我不能爬高。你不觉得很吓人吗？"

"我没有注意。"丽芙说。

"我丈夫就跟你似的，出奇地冷静，他能在那儿站一天。我乘那个可怕的电梯上来都要吓死了。"她看看一个留胡子的男人，他正拿着一台昂贵的相机专心致志地拍照片。她颤抖着朝电梯走去，手一直抓着护栏。

埃菲尔铁塔刷了一层褐色的漆，跟巧克力的颜色一模一样，这么漂亮的建筑配上这种颜色让人觉得怪怪的。她半转过身正准备跟大卫说，突然想起他不在这儿。从大卫说要在巴黎待一个星期的那一刻起，她就曾幻想过和大卫一起站在这上面，两个人互相拥抱着，或许是晚上，一起低头看着脚下这座"光之城"。她肯定会幸福得晕倒。他会像求婚的时候那样看着她，让她觉得自己是这个世界上最幸运的女人。

后来一个星期变成了五天，因为周五大卫要在伦敦参加一场不能错过的会议。而在这五天里，才过了两天，又出现了另一场不容错过的会议。

现在，丽芙独自站在这里直发抖——她穿着夏天的裙子，她买这条裙子是因为它跟她眼影的颜色一模一样，她以为他会注意到——天空逐渐变成灰色，淅淅沥沥地下起了小雨。她不知道自己那中学水平的法语能不能让她顺利地打个车回酒店，或许，鉴于她现在的心情，她也可以冒雨走回去。她加入了排队等电梯的队伍。

"你也打算把你家那位留这儿了？"

"我家什么？"

那个美国女人就在她旁边，她笑笑，朝丽芙闪闪发光的结婚戒指点点头："你丈夫。"

"他——他不在这儿。他……他今天有事。"

"哦，你们来这儿是出差吗？那你们真是太酷了。他去工作，你就有时间四处观光了。"她笑着说，"你们出差地点真是选对了，亲爱的。"

丽芙最后看了一眼香榭丽舍大道，心里空落落的地方被什么东西填满了。"对，"她说，"我不是很幸运吗？"

"闪婚……"她的朋友曾警告过她。他们是用开玩笑的口吻说的，因为她和大卫只认识了 3 个月 11 天他就求婚了。

她从没想过要把婚礼办得很隆重：她母亲不在，这会破坏气氛，让婚礼笼罩一层阴影。所以她和大卫跑去了意大利的罗马。在那里，她从孔多蒂大街一个不太出名但贵得令人咋舌的设计师那里买了一套白色婚纱。在教堂的整个仪式她基本上都没弄明白，直到大卫把一枚戒指戴到她手上。

她知道这样做是对的。从遇到他的那一刻起，她就知道。自己是对的，即使是父亲听到这个消息时看上去有点失落，随即立刻用真心的祝福来掩饰的时候。她愧疚地意识到，虽然她从来没有特别地想象过自己的婚礼，她父亲可能真的想过。当她把自己那点行李搬到大卫家——那座糖厂上面、泰晤士河畔的玻璃房子里时，她知道自己是对的。那是他最早设计并建造的作品之一。在结婚后到蜜月前的六个星期里，每天早上，当她在玻璃房子里、在天空的怀抱中醒来，她凝视着熟睡的丈夫，知道他们在一起是对的。有些激情必须释放。

"你不觉得……我不知道……有点太早吗？"茉莉在厨房水槽上一边往腿上打着蜡一边说。丽芙坐在桌子旁看着她，嘴里抽着一根偷偷藏起来的烟。大卫不喜欢烟味，她跟他说她一年前就戒了。"我的意思是，我不是开玩笑，丽芙，可是你这个人真的很冲动，比如说打个赌就去剪头发，还有为了环游世界辞掉工作。"

"好像就我一个人这么做过似的。"

"可你是我知道的唯一一个在同一天做了这两件事的人。我不知道，丽芙，只是……这一切似乎有点太快了。"

"但感觉很好啊，我们在一起很快乐。我想不到他会做什么事情让我生气或者伤心。他很……"丽芙朝长条灯吐出一个烟圈说，"完美。"

"他确实很可爱。我只是不能相信，你竟然比其他人抢先一步结婚了。你可是我们这些人里头一直发誓说绝不结婚的人。"

"我知道。"

茉莉揭起一张蜡纸，一脸苦相地看着上面吓人的残渣。"啊，疼疼疼……不过，他身材真好，那个房子看起来也酷，比这个小洞强多了。"

"我在他身边醒来的时候，总觉得自己像是在某本光滑的杂志里。所有的一切都无可挑剔，我基本上不用担心自己要带什么东西。上帝啊，他有亚麻床单，真正的亚麻床单。"她又吐出一个烟圈，"用亚麻做的床单。"

"很好，问题是那些亚麻床单最后是谁熨呢？"

"不是我，他有一个清洁工。他说他不用我去做那些事，他早就看出来我绝对不是个好管家了。实际上，他想让我去读研究生。"

"研究生？"

"读文学，或者新闻。他说我这么聪明，不为自己的人生做点什么太可惜了。"

"这才看出来他认识你多久。"茉莉转动着脚踝，找着漏掉的毛说，"那，你准备去读吗？"

"我不知道。现在事儿太多了，搬到他家里去啊，结婚啊什么的，我觉得应该先让自己接受已婚这个事实。"

"一位妻子。"茉莉狡黠地冲她笑着，"哦，天哪！老婆。"

"别这样，我现在还有点紧张呢。"

"老婆。"

"别叫了！"

很明显，茉莉一直喊着，直到丽芙拿起一块抹布朝她狠狠地扔过去。

她回去的时候他已经在酒店里了。

最终她还是决定走回去，因为天降大雨，她全身都湿透了，裙子贴在两条湿漉漉的腿上。走过前台的时候，她发誓服务员看她的那种眼神绝对是在看度蜜月的时候丈夫跑去开会的女人的眼神。

她走进房间的时候，大卫正在打电话。他转过身来看到她，立刻挂了电话。"你去哪儿了？我都担心死了。"

她从肩上脱下湿透的羊毛衫，伸手从衣柜里拿出一个衣架。"我去爬埃菲尔铁塔了，然后走回来的。"

"你都湿透了，我给你洗个澡。"

"我不想洗澡。"但其实她是想的，当她沿着长长的路悲惨地一个人走回来的时候，她一直想洗个澡。

"那我叫点茶水。"

他拿起电话准备叫客房服务，她转身走进浴室关上了门。她能感觉到门关上后，大卫盯着她看了很久。她也不知道自己为什么会这么倔强。为了弥补这一天，她回来的时候本来打算好好表现。不管怎么说，只是开个会而已。从他们第一次约会开始，从他开车带她逛伦敦开始,向她介绍他们路过的那些现代玻璃钢筋结构的背景和设计开始,她就知道他是什么样的人。

但在她闩上房门的那一刻,事情发生了变化。她看到他在打电话,立刻就知道那是工作上的电话,这让她那脆弱的美好愿望瞬间破灭了。你根本就没有担心我,她气愤地想,你在讨论新大楼入口要用多厚的玻璃,要不就是屋顶架构能不能支撑额外的通风井。

她放了一浴缸水,让浴缸里充满高档酒店的泡沫,然后滑了进去。在没入热水中的那一刻,她放松地舒了一口气。

过了几分钟,大卫敲敲门进来了。

"茶来了。"说着,他把杯子放在大理石浴缸旁边。

"谢谢。"

她等着他离开,可他却坐在盖着盖的马桶上,俯下身子看着她。

"我在穹顶咖啡馆订了位子。"

"今天晚上?"

"嗯。我跟你说过的,就是那家有好多壁画的小餐馆,是——"

"大卫,我真的很累了。我走了很长一段路,我觉得我今晚不想出去了。"她说话的时候没有看他。

"我不确定改天晚上能不能订到位子。"

"对不起,我只想叫酒店送餐过来,然后就去睡觉。"

你为什么要这么做?她默默地对自己喊,你为什么要破坏自己的蜜月?

"听着,今天我真的很抱歉。只是,我想跟戈德斯坦兄弟见面已经好几个月了，结果他们正好在巴黎，而且他们终于同意看看我的设计。这是我一直在跟你说的那座大楼，丽芙，很大的那个。我想他们很喜欢我的设计。"

丽芙盯着自己的脚趾，她的脚趾已经成了粉红色，在水里泛着光。"哦，我很高兴一切顺利。"

两人沉默地坐在那里。

"我讨厌这样，我讨厌看到你这么不开心。"

她抬头看看他，看着他蓝色的眼睛、他总是有些凌乱的头发，还有他两手捂着脸的样子。犹豫了一会儿，她伸出一只手去，他抓住了她的手。"别管我，我在犯傻，你是对的。我知道那座大楼对你来说很重要。"

"真的很重要，丽芙。除此之外，我不会因为任何其他原因抛下你。这是我忙了好几个月、好几年的事。要是这个项目能圆满完成，合作的事就搞定了，我的名声就奠定了。"

"我知道。听着，晚餐别取消了，我们去。我现在洗了个澡感觉好多了，而且我们可以计划一下明天的行程。"

他的手指包住了她的，可是肥皂泡太多了，她的手指止不住往下滑。

"呃……是这么回事，他们想让我明天跟他们的项目经理见个面。"

丽芙突然一动不动。"什么？"

"他们专门安排他坐飞机过来的。他们想让我去他们在皇家梦索酒店的套房见面。我想，我去见他们的时候或许你可以去泡泡温泉。应该挺棒的。"

她抬头看着他。"你说的是真的吗？"

"是啊，我听说那里可是被《法国时尚》评选为最佳——"

"我说的不是那个该死的温泉。"

"丽芙——我的意思是，他们真的很感兴趣，我必须抓住这个机会。"

她开口的时候，身上有种奇怪的绞痛感。"五天。我们的蜜月就五天，大卫，连一个星期都不到。你却一直跟我说，他们都不能等72个小时再跟你见面？"

"这可是戈德斯坦兄弟，丽芙。那些亿万富豪行事都是这种风格，你必须配合他们的时间。"

丽芙盯着自己的脚，脚上是她花了大价钱预约做的美甲，她想起自己当时说她这脚美得都可以吃了，说完，她和美甲师哈哈大笑。

"你走吧，大卫。"

"丽芙，我——"

"让我一个人待会儿。"

他从马桶上站起来，她没有看他。他把身后的门关上，丽芙闭上眼，滑到热水底下，直到再也听不见任何声音。

▶ 2

1912 年

"不去特里波利酒吧。"

"不，就去特里波利酒吧。"

有时候，爱德华·勒菲弗这个大男人跟一个知道自己马上要受罚的小孩子简直没什么两样。他低头看着我，鼓着腮帮子，一脸痛苦的表情。"啊——我们今晚先不去行吗，苏菲？我们去其他地方吃饭吧，让我们拥有一个没有经济困扰的夜晚。我们才刚结婚！现在我们还在度蜜月呢！"他不屑地朝酒吧那边挥挥手。

我伸手从大衣口袋里掏出一把欠条，那是我事先叠好放进去的。"我亲爱的老公，我们不能拥有一个没有经济困扰的夜晚，因为我们没有钱吃饭了。一分钱都没有。"

"可是从杜尚画馆挣来的钱——"

"交房租了。从夏天开始你就一直欠着房租，还记得吧。"

"罐子里存的钱呢？"

"两天前花掉了，因为你请马勃艮地的所有人吃了早餐。"

"那是我们的婚礼早餐！我觉得有必要庆祝一下我们重返巴黎。"他想了一会儿，"我那条蓝裤子里的钱呢？"

他拍拍自己的口袋，只找到他的烟袋。他看起来特别沮丧，我差点笑出来。

"勇敢一点，爱德华，没那么糟的。要是你愿意，我可以自己进去跟你的朋友们好好解决一下他们的债务问题，你完全可以置身事外。他们会发现要拒绝一位女士更难。"

"然后我们就走？"

"然后我们就走，"我抬起头亲了亲他的面颊，"我们去吃点东西。"

"我不确定我到时候还想吃东西，"他抱怨着说，"讨论钱的事会让我消化不良。"

"你会想吃东西的，爱德华。"

"我不明白为什么我们非得现在去，我们的蜜月应该有一个月，这一个月应该什么都不想，就好好去爱！我问过我的一位主顾，她对这种事情了如指掌，我确定没有什么关于钱的事……哦，等一下，是洛尔。洛尔，过来见见我妻子！"

在成为爱德华·勒菲弗夫人的这三周里，说实话，甚至是在之前几个月里，我就已经发现，我这位丈夫欠债的本事比他画画的本事还要高。爱德华是那种很慷慨的人——但是，他的财务完全无法支撑他这种慷慨。他轻轻松松就可以把自己的画卖出去，这让他在马蒂斯学院的许多朋友羡慕不已，但他卖出去之后却不愿索取钱之类的令他不愉快的东西，取而代之的是越来越多的欠条。所以杜尚先生、贝尔西和施蒂格勒既拥有了挂在墙上的高雅艺术品，又填饱了肚子，而爱德华则只能好几个星期地吃着面包、奶酪和熟肉酱。

当我发现他这样的财务状况时吓了一跳。不是因为他没有钱——从我遇到爱德华的时候起我就知道他应该不是很富裕——而是因为他那些所谓的朋友对他的那种随意的忽视。他们答应会给他钱，却从来都没给过。他们接受他请客喝酒，接受他的热情好客，却极少回报。爱德华这种人，他会提议请所有人喝一杯、请女士们吃东西、让所有人都尽情享乐，最后结账的时候却发现酒吧里只剩下他一个人。

"对我来说友谊比钱更重要。"我翻阅他账目的时候，他曾说。

"这种观点真是令人万分钦佩，亲爱的。不幸的是，友谊不会把面包放到我们桌子上。"

"我娶了一个女商人！"他骄傲地喊道。我们结婚后的那些天里，我敢说就算我说我是个清洁工，他也一样会为我自豪。

我一直在朝特里波利酒吧的窗户里瞅，想看看谁在里面。当我转过身来的时候，爱德华正在跟那位洛尔夫人聊天。这再正常不过了：第五区和第六区没有一个人是我丈夫不认识的。走不了100英尺，他必定会跟人打招呼、互相递烟、问好。"苏菲！"他说，"过来！我想让你见一下洛尔·勒孔特。"

我只犹豫了一秒钟。从她擦着胭脂的脸蛋和脚上的拖鞋一眼就能看出，这位洛尔·勒孔特其实是个妓女。我们第一次见面的时候他曾告诉过我，他以前经常用她们当模特。她们都是最理想的模特，他说，她们对自己的身体很放得开。他想把我，他的妻子，介绍给其中一位，或许我应该为此感到震惊，但我很快便明白，爱德华对于这些世俗的繁文缛节根本不在乎。我知道他喜欢她们、尊重她们，而我也不想让他看轻我。

"见到您很高兴，小姐。"我说。我伸出一只手，并且，为了表示尊重，用了"您"这个非常正式的词。她的手指柔软得不像话，我检查了一下才确定我真的把它们握住了。

"洛尔给我当过很多次模特。你还记得那个坐在蓝色椅子上的女人吗？就是你很喜欢的那幅？那就是洛尔。她真的是个很棒的模特！"

"您过奖了，先生。"她说。

我热情地微笑着说"我知道那幅画，真的很美。"

那个女人的眉毛微微向上挑了挑，后来我才意识到，她可能不太会经常被其他女人恭维。"我一直觉得那幅画很有王者风范。"

"王者风范，苏菲说得太对了。你在那幅画中就是这样。"爱德华说。

洛尔的目光在我们两人之间闪烁，似乎想弄清楚我是不是在嘲讽她。

"我丈夫第一次给我画像的时候，我看上去像是最丑的老用人，"我说得很快，想让她打消顾虑，"太严肃、太令人望而生畏了。我记得爱德华说我像块木头似的。"

"我从来没这么说过。"

"可是你这么想了。"

"那幅画太糟糕了，"爱德华赞同地说，"不过那完全是我的错。"他看着我，"现在，我发现很难把你画得那么差了。"

迎上他的目光想一点不脸红也很难。随后是一阵短暂的沉默，我别开眼睛。

"祝你们新婚快乐，勒菲弗夫人，你是个非常幸运的女人。不过，或许，你丈夫更幸运。"

她朝我点点头，又朝爱德华点点头，便轻轻拎起裙子，从潮湿的人行道上走了。

"在公共场合不要这样看我。"我们目送她离开后，我生气地说。

"我乐意。"他说。他点上一根烟，似乎特别得意，让人觉得有点好笑。"你脸红的样子真是太可爱了。"

爱德华看到那边烟店里有个人，想过去跟他聊几句，所以我就让他去了，然后自己走到特里波利酒吧，在柜台前站了几分钟，看着迪南先生像往常一样坐在角落里。我要了一杯水喝了，跟吧台服务生聊了几句，然后就走过去，摘下帽子，跟迪南先生打了个招呼。

过了几秒钟他才想起我是谁。我怀疑他是从我的头发认出我来的。"啊，小姐，你好吗？今晚真冷，不是吗？爱德华还好吗？"

"他很好，先生，谢谢你。不过，我想知道能不能给我两分钟，我有些私人的事情想跟您谈谈。"

他朝桌子四周望了望，他右边的女人使劲瞪了他一眼，坐在对面的那个男人正忙着跟自己的同伴聊天，根本没注意。"我不认为我有什么私人的事情可以跟你讨论，小姐。"他一边说，一边看着他的女伴。

"如您所愿，先生，那我们就在这儿谈吧。很简单，就是付一幅画钱的事。爱德华卖给你一幅非常好的油彩画——《格雷诺耶集市》——您答应过付给他，"——我查了一下手上的纸——"5法郎？

如果您可以现在把账结了的话，他会很感谢您的。"

他脸上欢乐的表情消失了。"你是来给他讨债的？"

"我觉得您这么说有点严重了，先生，我只是帮爱德华整理一下他的财务。还有，这笔钱，我相信，已经拖了差不多七个月了。"

"我才不会在我的朋友面前讨论钱的事。"他气冲冲地转过身去不看我，但这种情况跟我预料的差不多。"好吧，先生，这样的话，恐怕我只能站在这儿，一直等到您愿意跟我谈了。"

现在，那张小桌子上所有的目光都落在了我身上，但我却并没有脸红。要想让我尴尬可不容易。我在佩罗讷一家酒吧里长大；从12岁开始就帮我父亲把那些醉汉扔出去、打扫男厕所、听着那些足以让妓女脸红的污言秽语。迪南先生虚张声势的拒绝一点也吓不倒我。

"哦，那你得在那儿站一晚上了，因为我身上没带那么多钱。"

"请原谅，先生，但我进来之前已经在酒吧外面站了半天了。我忍不住注意到，您的钱包可是非常鼓啊。"

听到这里，那个男伴哈哈大笑起来。"迪南，我觉得你碰上能治你的人了。"

但这似乎只是更加激怒了他。

"你是谁啊？你凭什么这么羞辱我？爱德华才不会这样做。他明白什么是绅士的友谊，他才不会这么没有礼貌地跑到这里来，当着别人朋友的面问别人要钱，让他尴尬。"他眯眼看着我，"哈！我想起来了……你是那个售货员，爱德华那个在女子商场的小售货员。你怎么可能明白爱德华的圈子是什么样的？你就是个，"——他冷笑着说——"土包子。"

他知道这话很伤人，我感觉到我从胸口以上慢慢红了起来。"确实，先生，现在说的就是吃饭这件老土的事。而且，如果爱德华的朋友利用他的慷慨，即使是一个售货员也能看出来。"

"我跟他说过我会给他钱的。"

"七个月之前。你七个月之前跟他说会给他钱的。"

"我为什么要回答你？你什么时候成了爱德华的狗腿子了？"这话他竟然是啐在我脸上的。

我愣了一下，随后便听到爱德华的声音在我身后响起，那声音在他胸腔里什么地方振动着："你叫我妻子什么？"

"你妻子？"

我转过身来。我从来没见过我丈夫的脸这么黑。"你现在不光毫无魅力，还聋了是吗，迪南？"

"你跟她结婚了？这个长着一张苦瓜脸的售货员？"

爱德华的拳头突然冲了出去，我几乎没有看见。他的拳头从我右耳边的什么地方冲出来，狠狠地揍在迪南的下巴上，把他揍得从椅子上飘起来一点，直接朝后面飞了过去。他砸倒了一摞椅子，两条腿从头顶荡过去，掀翻了桌子。酒瓶碎了，梅多克葡萄酒溅了他的女伴们一身，吓得她们一阵尖叫。

酒吧里立刻安静了，小提琴的声音也休止在那里，此时的气氛令人心里一颤。迪南眨眨眼，挣扎着站好。

"跟我妻子道歉。一打你都比不上她。"爱德华咆哮着。

迪南吐掉了什么东西，可能是一颗牙齿。他扬起下巴，一条红色的细线把他的下巴平分成了两半，他小声嘟囔着，我以为只有我能听见他说了什么："妈的！"

爱德华咆哮一声，朝他扑了过去。迪南的朋友扑到爱德华身上，朝他的肩膀、脑袋以及宽阔的背上抡着拳头。他们像血吸虫一样从我丈夫身上蹦下来，我只能听到爱德华的声音在喊："你竟敢侮辱我妻子？"

"弗雷瑞斯，你这个混蛋！"我转身看到米歇尔公爵揍了其他人一下。

"别打了，先生们！你们别打了！"

酒吧里一片混乱。爱德华直起身子，把迪南的朋友像外套一样从身上抖下来，然后抡起身后的一张椅子。我感觉到，同时也听到，木头在那个人背上裂开了。酒瓶从我们头顶上飞过，女人们尖叫着，男人们咒骂着，顾客们磕磕绊绊地朝门口冲去，街头少年们则从人流中冲进来加入混战。在这一片混乱中，我发现我的机会来了。我弯下腰，从正在呻吟的迪南的夹克里掏出他的钱包，从钱包里拿出 5 法郎，然后在相同的地方塞了一张手写的纸条。

"我已经写了收条了。"我把嘴凑到他耳边，大声朝他喊道，"要是你选择把爱德华的画卖掉的话，你可能会需要的。不过，说实话，你要是真卖了那就太蠢了。"然后我直起身子。"爱德华！"我四处搜寻着他，喊道，"爱德华！"那里那么乱，我也不确定他有没有听到我在喊他。

我蹲下躲过一个酒瓶，在一片争夺中朝他走去。妓女们在一个角落里大笑着喝倒彩，酒吧老板大喊着，急得两手都是汗，现在混战已经蔓延到了街上，桌子都砸烂了。没有一个人不在挥舞拳头——实际上，他们都特别享受这场激战，我都怀疑这到底是不是打架了。

　　"爱德华！"

　　后来我发现阿雷诺先生躲在钢琴边的角落里。"哦，阿雷诺先生！"我一边喊，一边努力朝他那边走去，手里提着裙子，脚下踩着别人的身体和没有翻的椅子。他正沿着一条人行道溜走，显然是想跑到门口去。"两幅炭笔画！《公园里的女人们》，您还记得吗？"他抬头看了我一眼，我努力做出口形："你欠爱德华两幅炭笔画的钱。"我蹲在那里，一只手抬起来护住头，另一只手从口袋里掏出欠条，一边翻着欠条，一边往下一缩躲过一只鞋子。"上面写着，两件5法郎，没错吧？"

　　在我们身后，一只大啤酒杯砸在窗户上，把玻璃砸碎了，有人尖叫了一声。

　　阿雷诺先生惊恐地瞪大了眼睛。他迅速朝我身后瞥了一眼，然后慌忙从口袋里掏出钱包急匆匆地把钱抽出来给我，之后我发现他给了我两张5法郎。"拿着！"他嘶嘶地叫着，一把把帽子按在头上，朝门口冲去。

　　于是我们有钱了。足够让我们继续生活了。

　　"爱德华。"我扫视了一下屋里，再次喊道。我只能看到他在一个角落里，一个留着姜黄色小胡子的人正徒劳地朝他挥着拳头，爱德华拎着他的两个肩膀。我一只手放在他的胳膊上，我丈夫茫然地看了看我，似乎早就忘了我在那儿。"我拿到钱了，我们该走了。"

他似乎没听见我说话。

"真的，"我说，"我们现在该走了。"他扔下那个人，那人顺着墙滑下去，用一根手指摸着嘴巴，嘟囔了一句牙掉了什么的。此刻，我已经抓着爱德华的袖子拉他朝门口跑去，喧闹声在耳朵里轰鸣，我艰难地从那些从外面涌进来的人中穿过去。我觉得他们根本不知道这场混战是因何而起。

"苏菲！"爱德华猛地把我往后一拉，一张椅子在我脸前划了一道长长的抛物线。椅子离我那么近，我都能感觉到被它搅动的空气。我吓得骂了一句，立刻想到我丈夫也听到了，不由得脸一红。

之后我们便到了外面，夜晚的空气中，围观者正凝视着那些窗户。我们拉着手，耳朵里传来远处的喊叫声和玻璃杯碎掉的声音。我在一些空桌子那儿停了一下，理了理裙子，把上面的玻璃碴清理干净。在我们旁边，有个人流着血坐在一张椅子上，一只手捂着耳朵，另一只手拿着烟，一边沉思一边抽着。

"好了，我们去吃东西吧？"我理了理大衣，抬头看看天说，"我觉得可能还会下雨。"

我丈夫拉了拉衣领，然后用手理了理头发，轻轻地舒了口气。"好，"他说，"好，我现在想去吃东西了。"

"我必须道个歉，我骂人了。这太不淑女了。"

他拍拍我的手。"我什么也没听见。"

我伸手从他大衣肩膀上拽出一块木屑掸掉，然后我吻了他。我们手挽着手，轻快地朝先贤祠走去，宪兵队叮叮当当的钟声在巴黎上空回荡。

　　我是两年前搬来巴黎的，之前跟其他在女子商场上班的售货员一样，一直住在博马舍路的出租屋里。那天我从那儿离开去结婚的时候，所有的女孩都排队站在走廊上，欢呼着，用木勺敲着炖锅。

　　我们是在佩罗讷结的婚，因为我父亲不在，所以是我的姐夫让－米歇尔把我交给他的。爱德华很有魅力而且慷慨大方，婚礼那三天他的表现就是一个完美的新郎倌。但我知道，当他逃离了法国北部乡村的牢笼，迅速回到巴黎时是多么如释重负。

　　我无法告诉你我有多幸福。我从来没想过会爱上别人，更别提结婚了。我永远都不会公开承认，但我对爱德华·勒菲弗的爱是那么强烈，就算他不想娶我，我也愿意待在他身边。实际上，他根本没有时间考虑那些繁文缛节，我原本以为他根本不想要这些，但最后真正说要结婚的人却是他。

　　那时我们在一起还不到三个月，一天下午，汉斯·李普曼来他的工作室拜访（我当时正在洗我们的衣服，因为爱德华忘了预留出洗衣服的钱了）。李普曼算是个花花公子，所以被他看到我穿着家居服让我觉得有点尴尬。他在工作室里四处转了转，称赞着爱德华最近的几幅作品，之后便停在巴士底日那天晚上爱德华给我画的画像前，就是在那天，我和爱德华第一次互相表露了心意。我一直在洗手间里挓着爱德华的衣领，努力不让自己觉得尴尬，虽然我知道李普曼正在看我只穿着内衣的画像。有几分钟，他们的声音压得很低，我听不见他们说了什么。最后，好奇心还是占了上风。我擦干两只手，走到工作室里，却发现他们俩正盯着爱德华给我画的一系列我坐在大窗户边的素描。李普曼先生转过身来，稍微打了个招呼，就问我能不能也给他当模特。不用脱衣服，当然。我脸上的棱角、苍白的皮肤都有一种迷人的东西，他说。爱德华同意吗？为什么不同意？他肯定会同意的——他自己都已经发现了。他笑着说。

可是爱德华不同意。

我正准备说"好"（我喜欢李普曼，他是为数不多的几个对我平等相待的画家之一），却看到爱德华脸上的笑容僵住了。

"不行，恐怕贝塞特小姐太忙了。"

房间里有一瞬间尴尬的沉默。李普曼眼含笑意地看了我们俩一眼。

"为什么不行？爱德华，我们以前也分享过模特，我只是想——"

"不行。"

李普曼看着自己的脚。"要是你这么说就算了，爱德华。很高兴再次见到你，小姐。"他向我行了个脱帽礼就走了。爱德华都没有跟他说再见。

"你真是好笑。"后来我对他说。他躺在浴缸里，我跪在他身后的垫子上给他洗头发。一整个下午他都很安静。"你知道我心里只有你。我完全可以在李普曼先生面前装得跟个修女似的，只要你乐意。"我把一壶水慢慢地从他脑袋后面倒下去，看着肥皂水流下去，"再说，他已经结婚了，他对自己的婚姻很满意。而且，他是位绅士。"

爱德华还是一声不吭。然后，他突然整个人转过来，一圈水珠落在浴缸边上。"我需要知道你是我的。"他说。他一脸焦虑和痛苦，我过了一会儿才开口。

"我是你的啊，傻瓜！"我双手捧起他的脸吻了他，他的皮肤是湿的，"从你第一次来到女子商场，为了见我荒唐地买下15条围巾开始，我就是你的了。"我又吻了吻他，"从密斯丹格苔试图因为我穿了木底鞋而羞辱我，而你却说我拥有全巴黎最漂亮的脚踝的那一刻起，我就是你的了。"我再次吻了他，他闭上眼睛，"从你给我画像，我意识到其他人都不会像你那样看我的那一刻起，我就是你的了。你的眼神好像只看到了最好的我，好像我是一个比我所知道的更了不起的人。"

我拿过一条毛巾，温柔地擦掉他鼻子和眼睛上的水。"所以，你明白了？没有什么好担心的。我是你的，爱德华，完全而彻底。我不敢相信，你竟然会怀疑这一点。"

他看着我，棕色的大眼睛平静而又带着一种坚定。"嫁给我吧。"他说。

"可是你不是总说——"

"明天，下周，越快越好。"

"可是你——"

"嫁给我吧，苏菲。"

」是我就嫁给他了。我从来都无法拒绝爱德华的任何请求。

特里波利酒吧混战过后的第二天早上，我起得很迟。我们因为突然的小富花了眼，暴饮暴食了一顿，直到后半夜都没有睡，迷失在对方的身体里，或者说，迷失在当我们回忆起迪南那暴怒的表情时咯咯的笑声中。我迷迷糊糊地从枕头上抬起头，把脸上的头发扒开。桌子上的一点零钱不见了：爱德华一定是去买面包了。我隐约意识到他的声音从楼下的街上传来，任昨晚的回忆消失褪色，逐渐变成了一种模糊的快乐。后来，听他没有上来的意思，我就拽过一件睡袍包上，走到窗前。

他胳膊下夹着两条长棍面包，正在跟一个很漂亮的金发女郎聊天，她穿着一件修身的深绿色开襟长服，戴着一顶宽檐皮帽。我往下看的时候，她也抬起头来看我，爱德华也沿着她的视线转过身来，举起一只手跟我打招呼。

"下来，宝贝儿，我想让你见个人。"

我不想见任何人。我想让他上楼来，让我用两条腿裹住，一边吃东西，一边吻到他窒息。但我还是叹了口气，拉起睡袍，下楼走到前门那儿。

"苏菲，这位是咪咪·恩斯巴切尔。她是我的老朋友。她买过我的几幅画，还给我的一些人体素描当过模特。"

又来一个？我心不在焉地想。

"新婚快乐！爱德华……都没跟我说。"

她说这话的时候，看我的眼神有点怪怪的，她瞟爱德华的眼神让我觉得有点不自在。

"很高兴认识你，小姐。"说着，我伸出一只手。她握我手的样子好像在弄一条死鱼似的。

我们站在那儿，各自盯着各自的脚下。两个清洁工正在马路对面干活，一前一后地吹着口哨。下水道又满出来了，那股臭味加上我们昨晚喝的酒，让我突然很想吐。

"请原谅我失陪一下，"我退到门口说，"我没打算出来见人。爱德华，我要去开火煮咖啡了。"

"咖啡！"他搓着手，开心地喊道，"哦，真的很高兴见到你，咪咪。我——不好意思，我们很快会去你的新公寓参观的。听起来真的棒极了。"

他上楼的时候还吹起了口哨。

爱德华脱掉外衣，我给他倒了一杯咖啡，又爬回了床上。他在我们俩中间放了一个盘子，掰了一块面包递给我。

"你对她撒谎了？"我说话的时候没有看他。

"谁啊？"

"咪咪·恩斯巴切尔。"

我不知道我为什么会问他这个，我以前从来没做过这种事。

他微微摇了摇头，似乎这根本无足轻重。"我本来可以的。"见我没说话，他睁开一只眼，严肃地看着我，"苏菲，你知道，在我遇到你之前，我并不是一个牧师。"

"我知道。"

"我只是个男人。在我们相遇之前，我有很长一段时间都是孤身一人。"

"这个我也知道。我并没有希望你跟以前有什么不同。"我转过身，轻轻吻了吻他的肩膀。

他伸出手把我拉到怀里，又满足地、长长地叹了一口气。他的呼吸喷在我眼皮上，热乎乎的。他的手指滑进我的头发，微微歪了歪我的头，这样我就正好看着他了。"我亲爱的老婆，你只需要记住一点就足够了：我从来不知道真正的幸福是什么，直到遇见你。"

我为什么要在意咪咪那些人呢？我想。我扔下面包，一条腿搭在他身上，呼吸着他身上的香味，再次占有了他。她们对我来说根本不是威胁。

我差不多已经说服了自己。

第二周周三，我们刚从工作室出来（我冲到邮局去给我姐姐寄了一封信），咪咪·恩斯巴切尔恰好经过，爱德华突然觉得应该跟她一起吃早餐。他为什么要一个人吃饭呢？之后又过了两天，那是 11 月里很冷的一天，爱德华正把我的毡帽往我头上戴，我拉开通往苏弗洛路的橡木大门，一边哈哈大笑，一边拍掉他的手。"快点弄回前面来！爱德华！住手！我这样子跟个疯子似的！"他的一只大手放在我肩膀上，碰到了我的脖子。我喜欢感受到它的重量。

"哦，早上好！"咪咪穿了一件薄荷绿色的无袖外套和皮毛披肩。她的腰勒得特别紧，我都怀疑她那红彤彤的嘴唇其实已经发紫了。"真是个惊喜啊！"

"恩斯巴切尔夫人，这么快我们又见面了，真是太幸运了！"我的帽子突然一斜，滑稽地盖在我头上。

"咪咪！真高兴！"爱德华松开我的肩膀，低头吻了吻她戴手套的手。看到这一幕，我心里暗暗地抗拒，随即又骂自己：别那么幼稚！不管怎么说，爱德华可是选了你。

"今天早上这么冷，你们这是要去哪儿啊？还要去邮局？"她优雅地把包放在面前。是鳄鱼皮的。

"我跟客户约好了在蒙马特区见面。我妻子要去给我们买点食物。"我把帽子在头上转了一圈，突然好希望自己戴的是那顶黑帽子。

"哦，我可能会去，"我说，"要是你表现好的话。"

"看到我成天受什么罪了吧？"爱德华俯身吻了吻我的面颊。

"天哪，她对你管得很严，我确定。"咪咪的笑容令人捉摸不透。

爱德华把围巾围在脖子上，盯着我们俩打量了一会儿。"知道吗，你们俩应该互相了解一下。在这里交个朋友对苏菲来说是件好事。"

"爱德华，我又不是没有朋友。"我抗议道。

"可是你那些售货员朋友白天都很忙，而且他们都住在第九区。我忙的时候你可以找咪咪一起喝咖啡。一想到你一个人我就觉得很讨厌。"

"真的，"我笑着对他说，"我很喜欢这样自己一个人。"

"哦，爱德华说得太对了。不管怎么说，你不想老是缠着爱德华吧，而且你对他的圈子几乎一点儿也不熟。为什么不让我陪陪你呢？就当是帮爱德华的忙了，我很乐意。"

爱德华开心地笑着。"太好了！"他说，"我最喜欢的两位女士要一起出去了，我祝你们俩今天都玩得开心。苏菲，宝贝儿，我会回家吃晚饭的。"

他转身朝圣雅克路的方向走去。

咪咪和我互相看着，有一瞬间，我觉得我觉察到她目光里的一丝冰冷。

"真好，"她说，"我们走走吧？"

▶ 3

2002 年

他们已经计划好了早上怎么过：睡个懒觉，去孚日广场的雨果咖啡厅吃早餐，逛逛那些二手小商店和精品店，或许还会沿着塞纳河散散步，停下来在二手书摊上看看。吃完午饭，大卫就去参加那个可能要持续两个小时的会；他谈业务的时候，丽芙就去享受一下皇家梦索酒店那著名的温泉。下午，他们在酒吧会合，喝杯鸡尾酒，然后在当地的啤酒店轻松地吃顿晚餐。这一天总算补救过来了。她会很温柔，她会体谅他。不管怎么说，婚姻的本质就在于伟大的妥协技巧。醒来后，这话她已经告诫自己好几遍了。

后来，正吃早餐的时候，大卫的电话响了。

"戈德斯坦兄弟吧。"等他终于挂了电话，丽芙说。她的果酱面包片放在面前，还没有动。

"计划有变。他们想今天上午就跟我见面，在他们香榭丽舍大道附近的办公室。"

见她不说话，他一只手放在她的手上，说："真的很抱歉，我最多去两三个小时。"

她说不出话来，咸咸的、圆滚滚的失望的泪珠就要涌出眼眶。

"我明白，我会补偿你的。只是——"

"它对你来说更重要。"

"这是我们的未来，丽芙。"

丽芙看着他，知道自己脸上的失望一定很明显。她觉得很生气，是他把她弄成这个样子的。

他捏捏她的手。"别这样，宝贝儿。你可以做一些我不太喜欢做的事，我会回来找你的。在这里打发两三个小时应该不难，这可是巴黎。"

"当然。我只是没有意识到，我的蜜月是在巴黎待五天，还要想着怎么打发时间。"

他的声音有点尖刻："我很抱歉。只要有工作我就无法拒绝。"

"对，这一点你已经表现得很清楚了。"

昨晚在穹顶咖啡馆也是这样。他们一直努力寻找安全的话题聊，不自然地笑着，但这过于彬彬有礼的交谈下却掩饰着另一场对话。他开口说话的时候，那种明显的不自然让她不由得一缩；而他不说话的时候，她又怀疑他是不是在想工作的事。

回到房间的时候，丽芙躺在床上背对着他，不知为何特别生气，不想让他碰她——可后来见他真的没有想碰她的意思，她躺在那里又有点慌了。

他们在一起的这六个月里，在来巴黎之前，他们好像都没吵过架。蜜月的甜蜜已经渐渐流逝了，她能感觉到。

大卫首先打破了沉默。他不让她把手抽回去，他趴在桌子上，把她脸上的一绺头发温柔地拢到后面。"对不起，但真的只能这样了。就给我几个小时，然后我保证我整个人都是你的了。或许我们可以把假期延长，我会……把这几个小时补上。"他努力挤出一丝微笑。

这时，她转过身来看着他，卸下了防备。她希望他们可以像平常一样，她希望他们可以做回自己。她低头盯着自己被他握住的手，崭新的结婚戒指散发着黄铜色的光芒，她的手指还不太习惯。

过去的 48 个小时让她觉得心理极其不平衡。过去几个月里她所感受到的那种幸福似乎突然变得不堪一击，像是建立在比他们所知道的还要脆弱的基础之上。

她搜寻着他的眼睛。"我真的很爱你，你知道的。"

"我也爱你。"

"我是一个可怕、小气、脾气暴躁的女朋友。"

"妻子。"

她脸上勉强露出一个笑容。"我是一个可怕、小气、脾气暴躁的妻子。"

他笑着吻了她，然后他们就坐在孚日广场边上，听着外面摩托车的轰鸣声和博马舍路上缓慢爬行的汽车声。"幸运的是，我恰恰认为可怕和脾气暴躁是一个女人最吸引人的特质。"

"你忘了说小气。"

"那是我最喜欢的。"

"去吧。"她慢慢从他怀里抽身出来，说，"赶紧走，你这个花言巧语的设计师，别等我反悔，不然我把你拖回酒店的床上，保证让你去不了那个烦死人的会。"

两人之间的气氛突然缓和、放松了。她松了一口气，她都不知道自己一直憋着这口气。

"那你打算做什么？"

她看着他拿起自己的东西：钥匙、钱包、夹克、手机。"可能去看看画吧。"

"我们谈完了我就给你发短信，然后去找你跟你会合。"他抛给她一个飞吻，"到时候我们可以继续讨论这个'钉在床上'的事。"

他走到一半，突然转过身来，举起一只手。"再见，候司顿夫人！"

她笑了，一直笑到他从视线中消失。

前台已经告诫过她，这个时候卢浮宫门前的队得排好几个小时，所以她转而去了奥赛美术馆。大卫告诉过她，这座建筑的设计跟它里面的作品一样令人印象深刻。虽然是卜午十点，但门前排队的人已经前后看不见头和尾了，像条大蛇一样盘在那里。阳光已经很强了，她忘了戴帽子。

"哦，好吧。"她一边排到队尾，一边自言自语道。她都不知道大卫开完会之前她能不能进门。

"应该不会太久，人进得挺快的。"排在她前面的男人转过身来，朝队伍前面点点头，"有时候这里是免费开放的，现在却要排队。"他穿着一件新亚麻夹克，身上透着一股衣食无忧的范儿。

他朝她微笑的时候，她怀疑自己是不是全身都写着：我是英国人。"我不确定这些人都能进去。"

"哦，能进去的。里面就跟飞船一样大。"见她笑了，他伸出一只手，"蒂姆·弗里兰。"

"丽芙·沃辛——候司顿。丽芙·候司顿。"她还不太适应自己名字的改变。

"啊，那边的海报上说里面正在举行盛大的马蒂斯画展，我想这可能就是我们排队的原因。过来，我把伞撑起来，这样你就不会觉得那么晒了。"

他们每次往前挪几步，曲曲折折地朝队伍前面走去。在这期间，他告诉丽芙，他每年都来这里打网球，不打网球的时候，就去他最喜欢的几个地方。与卢浮宫相比，他更喜欢这个美术馆，因为卢浮宫观赏画作的游客太多了。他半笑地说着，显然透露着一种嘲讽。

他个子很高，晒成深褐色的头发向后梳着，丽芙觉得可能他从十几岁的时候起就一直是这个发型。他谈到自己生活的时候，显然没有任何经济困扰。他谈到孩子时的样子以及没有戴结婚戒指的事实说明，他已经离婚很久了。

他很体贴，很有魅力。他们谈到巴黎的餐馆、网球、总是出人意料的巴黎出租车司机。能这样不必带着无言的怨恨、不必担心会有什么陷阱地谈话让她觉得很放松。等他们排到队伍前面的时候，她竟然有些开心。

"哦，有你在，时间过得还真是快。"蒂姆·弗里兰收起伞，伸出一只手，"很高兴认识你，丽芙·候司顿。还有，我刚才向你推荐过顶层的印象派作品，现在你应该去好好看看了，趁着人还不是太多。"

他朝她笑笑，眼睛微微皱起来，然后就走了。他大步走进洞穴似的博物馆里，似乎已经确定了要去哪儿。丽芙知道，即使是在度蜜月，你也可以因为跟一位体贴、潇洒的男士聊了20分钟而感到开心，不管他是不是在跟你调情。她迈着有点轻快的步伐朝电梯走去。

她一点也不着急，慢慢沿着印象派的作品走，认真地研究每一幅画。反正她本来就是来打发时间的。她有些羞愧地算了一下，自从两年前拿到学位后，她就没进过美术馆了。经过再三考虑，她最后确定自己喜欢莫奈和莫里索特的作品，不喜欢雷诺阿的。或许是因为巧克力盒子上用得太多了，以至于很难将这两样东西区别开。

她坐下，又站起来。她真希望大卫在这儿。站在一堆画面前却没有人可以讨论，这种感觉有点怪怪的。她发现自己在偷偷地观察其他人有没有独自一人的，有没有不正常的迹象。她不知道该不该给茉莉打电话，只是为了有个人说说话，但随即意识到这是在公开宣布她的蜜月很失败。不管怎么说，谁会在度蜜月的时候给别人打电话呢？她又有点生大卫的气，然后又默默地说服自己不要生气。

美术馆里，她周围的人稳定地增加着。一位异常投入的馆员领着一队学生经过，他们在《草地上的午餐》前停下，他一边示意学生们坐下，一边开始讲。"瞧！"他用法语高兴地喊着，"他们不等油彩干掉就又涂上一层——他们是最早采用这种方法的画家！——所以他们可以这样移动色彩……"他做了一个很粗犷的姿势，孩子们听得入了迷，一群大人也停下来听。

"这幅画展出的时候引起了巨大的公愤！规模空前！为什么女的没有穿衣服，而男的却穿着衣服？你们怎么想呢，小绅士们？"

她喜欢看那些8岁的法国小孩期待讨论在公众场合裸体这个问题的样子。她喜欢那个馆员对他们的尊重。再一次，她好希望大卫在这儿，因为她知道他也会有同样的感受。

过了几分钟她才意识到有多少人涌入了这几间房间，现在人多得已经让人感觉有点窒息了。她耳朵里一直听到英国口音和美国口音，不知为何，这让她觉得很烦。她发现自己会突然被一些小事激怒。

丽芙急切地想逃走，她猛地穿过一间、两间屋子，穿过一系列风景画，一直到了那些不太受欢迎的画家的作品前，那里的游客很少。她放慢脚步，试图对这些不那么出名的画家也给予跟那些名声远扬的画家一样的关注，虽然这里确实没有那么吸引她眼球。她正想找路出去，突然发现自己站在一幅小油画前，不由得停下了脚步。一个红头发的女人站在一张桌子旁，桌上堆满了吃剩的饭菜，她穿着一袭白裙，可能是一种内衣，丽芙也不知道。她的身体半转过去，但侧脸却非常清晰。她的目光朝画家的方向凝望着，却没有迎上他的视线。她的肩膀因为生气或紧张而朝前耸着。

这幅画的题目是："心情不好的妻子"。

丽芙盯着她，发现她的双眸异常清澈，面颊发红，她的样子似乎透着几乎不加掩饰的愤怒，但又有一种挫败感。丽芙突然想：哦，天哪，这不是我吗？

这个念头一钻进她的脑子里就再也挥不掉了。她想看向别处，却做不到。她感觉快要喘不过气来，好像被人揍了一拳似的。这幅画竟然有如此诡异的亲切感，如此让人心神不定。我 23 岁，她想，我嫁给了一个固执地把我当作生活背景的男人。我会变成这个在厨房里伤心难过、默默生气，却没有人注意的女人。渴望得到他的关注，得不到时就会生气；独自一人行事，并且"努力做到最好"。

她已经看到了她和大卫未来的旅程：她自己翻着当地的旅游指南，努力掩饰当她知道大卫又有一个不能错过的会议时心里的失落。我不能落得跟我妈妈一样的结局。她明白得有点太迟了，她应该记住自己变成别人的妻子、一个家庭主妇前是什么样子的。

奥赛美术馆突然变得特别拥挤、特别吵。她发现自己正努力挤过人群朝楼下走，她在前进的人群中逆流而行，蹭到别人的肩膀、胳膊肘、包就小声说抱歉。她从旁边滑下一段楼梯，沿着走廊一直往前挤，最后却发现，自己没走到出口，而是到了一个大餐厅旁边。那里已经有很多人在排队点餐了。那个该死的出口到底在哪儿？这个地方突然间挤满了人。丽芙艰难地穿过装饰艺术区——大幅大幅怪异的有机家具图案极其艳丽——突然意识到自己走到另一头来了。她哽咽着大声说了句什么，但没有说清楚。

"你没事吧？"

她转过身来。蒂姆·弗里兰正盯着她，手里拿着一本小册子。她连忙抹了一把脸，试图露出一个微笑。"我——我找不到出去的路了。"

他的眼睛在她脸上打量了一下——她真的哭了？——她有些尴尬。"不好意思，我只是——我真的需要离开这儿。"

"人太多，"他小声说，"每年这个时候人都会有点多。走吧。"他扶着她的胳膊肘，带着她穿过博物馆，一直沿着边上暗一些的房间走，那里的人似乎少一些。没过几分钟，他们就走下一段楼梯，到了外面亮堂的广场上，那里等着进去参观的队伍竟然排得更长了。

他们站在稍微远一点的地方，丽芙慢慢调整好了呼吸。"对不起，"她朝后面看看说，"我觉得你可能回不去了。"

他摇了摇头。"我今天已经看够了。如果已经到了除了别人的后脑勺什么也看不见的程度，那可能就真该走了。"

他们在明亮、宽阔的人行道上站了一会儿。汽车沿着河岸爬行，一辆轻便摩托车发出很吵的噪音，从几乎不动的汽车间穿过。阳光照在几幢大楼上，发出蓝白色的光，似乎让这个城市更加特别。

"去喝杯咖啡怎么样？我觉得如果坐下来休息几分钟的话可能是个不错的主意。"

"哦——不行，我得去见——"她低头看看手机，没有信息。她盯着手机，思索着，消化着现在已经比他说的结束时间晚了差不多一个小时这个事实。"呃……能等我一分钟吗？"

她转过身，拨了大卫的电话，同时眯眼看着伏尔泰码头上缓慢爬行的汽车。电话直接进了语音信箱，她犹豫了一下，不知道该跟他说什么，最后还是决定什么也不说。

她关上手机，又转过身来对着蒂姆·弗里兰。"实际上，我很想去喝杯咖啡，谢谢。"

一杯咖啡，大奶油。

虽然她已经很努力地用法国口音说，但那些服务员无一例外地全用英语回答她。不过经历了上午各种各样的羞辱后，这点尴尬已经不算什么了。她喝完一杯咖啡，又点了一杯，呼吸着城市温暖的空气，不让自己想太多。

"你问了很多问题。"蒂姆·弗里兰说道，"要么你是一名记者，要么你上过一所非常好的女子精修学校。"

"要么，我是一名资深间谍，我已经把你的新产品都打听清楚了。"

他哈哈大笑起来。"啊……不幸的是，我这里可没有什么新产品。我已经退休了。"

"真的吗？你看起来不到退休的年龄啊。"

"是不到。九个月前我把我的产业卖掉了，所以我一直在想着该怎么打发时间。"

他说这话的样子表明，他其实并没有很担心这个问题。丽芙想，如果你可以把时间花在在你最喜欢的城市逛逛，欣赏艺术，或是偶尔跟陌生人喝个咖啡上，那又何必担心呢？"那你住哪儿？"

"哦……哪儿都住。夏初的时候我会在这儿待几个月，我在伦敦有房子，有时候我也会去南美——我前妻和我两个最大的孩子住在布宜诺斯艾利斯。"

"听起来好复杂。"

"等你到我这个年纪的时候，生活也会变得一样复杂。"他笑着，似乎早就习惯了复杂，"有一段时间，我就是那种特别偏执的人，认为相爱就肯定要结婚。"

"多绅士啊！"

"哪有。谁说过来着，'每次相爱我都会失去一套房子'？"他搅了搅自己的咖啡，"其实，现在看来，我们之间还是很友好的。我有两个前妻，她们都是很好很好的女人。只是惭愧，我跟她们在一起的时候一直没有意识到。"

他说话很轻，声音抑扬顿挫，字斟句酌，显然是一个习惯了被别人倾听的男人。她注视着他，看着他晒黑的双手、洁白的衬衫袖口，想象着他在第一区有一套酒店式公寓，有一个管家，高档餐厅的老板知道他的名字。蒂姆·弗里兰不是她喜欢的类型，而且至少比她大了25岁，不过，有一瞬间，她还是会想，跟这样一个男人在一起不知道会怎样。她不知道对于一个旁观者来说，他们看上去到底像不像夫妻。

"你做什么工作，奥利维亚？"她做过自我介绍后，他就一直叫她奥利维亚。要是别人这么叫，可能会让人觉得有点做作，但从他嘴里说出来，却让人觉得是一种传统的礼貌。

她已经从自己的幻想中回过神来，意识到自己刚才在想什么，她不禁有点脸红。"我……我现在还在找工作。我毕业之后在办公室里做过一阵，还当过一阵服务员。就是中产阶级的女孩们常做的那些事。我觉得我还没想好要做什么。"她玩弄着自己的头发。

"你有的是时间好好想想。有孩子吗？"他意味深长地看着她的结婚戒指。

"哦，没有，还太早。"她尴尬地笑笑。她连自己都照顾不好，再来个需要她照顾、成天哭的小婴儿那根本没法想象。她能感觉到他在打量她。

"说得很对，这个也不着急。"他的目光依然盯着她的脸，"希望你不要介意，我想说的是，你结婚很早啊。我的意思是，这个时候，这个年纪。"

她不知道该怎么回答，只好喝了一口咖啡。

"我知道不应该问一位女士的年龄，但是你——23岁？24岁？"

"你猜得很准，23岁。"

他点点头。"你骨架不错，我觉得你再过十年也还是23岁的样子。不要脸红，我只是在陈述事实……青梅竹马？"

"不是——更像是一见钟情。"盯着咖啡的她抬起头来，"其实，我——我刚结婚。"

"刚结婚？"他的眼睛微微瞪大了一点，这个问题就那样悬在两人之间，"你在度蜜月？"他说这话的时候语气很平静，但脸上却是一副好笑的表情，就算是迅速换上一脸同情也无法掩饰，这让她无法忍受。她看到那个《心情不好的妻子》挫败地转过身去，一生都生活在别人带来的微微的尴尬中。哦，你结婚了？你丈夫去哪儿了？

她做了什么？

"不好意思，"说着，她低下头，开始从桌上收拾自己的东西，"我得走了。"

"丽芙，别着急走，我——"

她耳朵里血一直在涌。"不是，真的，也许我根本就不该来这儿。很高兴认识你，非常感谢你的咖啡，还有……你知道……"

她没有看他。她朝他的方向挤出一个微笑便逃走了。她半走半跑，沿着塞纳河朝巴黎圣母院跑去。

▶ # 4

1912 年

虽然风很冷，还下着雨，但蒙日集市上全是买东西的人。我跟在咪咪·恩斯巴切尔身后半步远的地方，她在各个摊子间转着，坚定地扭着屁股，从我们进入集市的那一刻起就一直在不停地评论。

"哦，你一定要买点这个，爱德华最喜欢吃西班牙桃子了。瞧，这些桃子熟得多好啊。"

"你给他做过海螯虾吗？哦！那个人怎么能那样吃海螯虾……"

"卷心菜？红洋葱？你确定吗？这些菜都是……乡下人才吃的。知道吗，我觉得他可能更喜欢吃稍微复杂一点的。爱德华可是个伟大的美食家，你知道的。知道吗，有一次我们去'孙子餐厅'吃饭，他把精品菜单上的 14 道菜全吃了个遍。你能想象那种场景吗？花式小点心上来的时候，我都以为他要吐了，但他却很开心……"她摇摇头，似乎沉浸在自己的回忆中，"他这个人胃口太好了……"

我拿起一捆萝卜，仔细检查着，装出一副对它们很感兴趣的样子。后脑勺上什么地方的血管隐约开始突突地跳，我突然觉得有点头疼。

咪咪·恩斯巴切尔站在一个堆满肉制品的摊位前，她跟老板聊了几句，便拿起一个小罐子举到光下看，还从帽子底下偷偷瞄了我一眼。

"哦，你一定不愿意听我提这些往事……索菲娅，不过，我还是要建议你买鹅肝酱。让爱德华好好吃一顿。要是你……经济上不太方便的话，我很愿意买来当作是送给爱德华的一个小礼物。作为一个老朋友送的。我知道他在这方面很不稳定。"

"我们完全可以养活自己，谢谢你。"我从她手里接过罐子扔进篮子里，然后把钱递给老板。我注意到那是我们余下的饭钱的一半，默默生着闷气。

她放慢了步子，所以我只能跟她并肩一起走。"呃……加涅尔告诉我，爱德华已经好几个星期没画什么东西了。真是太可惜了！"

你凭什么跟爱德华的买家说这个？我想问，但忍住了。"我们刚结婚，他有点……分心。"

"他是个伟大的天才，不应该分心的。"

"爱德华说等他准备好了会再画的。"

但她好像没听见我说话，径直走到一个蛋糕摊前，盯着一个覆盆子蛋挞。"覆盆子！这个时候竟然有覆盆子！我无法想象这个世界会变成什么样子。"

求求你，别说还要给爱德华买这个，我默默地说，我连买面包的钱都快没有了。但咪咪脑子里想的是别的事。她买了一小根长棍面包，等老板用纸包好，然后转过身来半对着我，压低了声音。

"你无法想象当我们大家听说他结婚了时有多么惊讶。爱德华那样的男人竟然结婚了。"她小心地把长棍面包穿过篮子把手放进去，"所以我很好奇……是不是该好好庆祝一下？"

我看着她，她脸上露出明媚、空洞的笑容，随即发现她直勾勾地盯着我的腰。

"不！"

过了几分钟我才明白，她是在羞辱我。

我想告诉她：是爱德华求我嫁给他的；是他坚持要结婚的；他连别的男人看我一眼都觉得无法忍受；想到他们可能在我身上看到他所看到的东西，他就无法忍受。

但我不想让她知道我们俩之间的任何事。面对她不怀好意的笑容，我不想把爱德华和我们婚姻的任何细节告诉任何人，这样她就无法窥探、扭曲或是将它比作任何其他东西。我感觉到自己的脸红了。

她站在那里盯着我。"哦，你不必这么敏感，索菲娅。"

"苏菲，我的名字叫苏菲。"

她转过身去。"当然，苏菲。但我说的问题也不是完全没有可能。那些和爱德华相识时间最久的人都会有点认为爱德华是属于她们的，这再正常不过了。不管怎么说，我们对你知之甚少……除了……你是个售货员，是吗？"

"对，我以前是，在嫁给他之前。"

"哦，当然，然后你不得不离开你的……店。真遗憾！你一定非常想念你那些售货员朋友。我再清楚不过了，在自己的社交圈里，跟自己的同类在一起，那种感觉多自在啊！"

"我在爱德华的圈子里很开心。"

"我相信。不过，在其他人都已经相识多年的情况下，要交到好朋友真的很难，你会很难理解别人的笑点，分享他们的经历。"她笑着说，"不过，我相信你做得很好。"

"爱德华和我单独在一起的时候，是我们最幸福的时候。"

"当然了，不过你无法想象他愿意一直这样生活下去，索菲娅。不管怎么说，他可是最喜欢社交的。爱德华那样的男人需要得到最大程度的自由。"

我努力让自己保持冷静。"你这话说的好像我是他的看守似的。我从来没想过要让爱德华做他不开心的事。"

"哦，我相信你没有。而且我也相信，你很清楚自己嫁给这样一个男人真是修了八辈子的福。我只是觉得出于谨慎，我应该给你提些建议。"

见我没有回答，她又说道："可能你觉得我很嚣张，竟然向你提关于你自己丈夫的建议，但你知道，爱德华并不遵守中产阶级的那些规矩，所以我觉得，或许我也可以稍稍逾越正常谈话的范围。"

"我真的很感谢您，夫人。"我不知道我这会儿能不能说忘了跟别人有约，然后扔下她直接转身走掉，显然我已经忍受得够久了。

她压低了声音，往摊子外面走了一步，同时示意我也这么做。"哦，好吧，如果我们坦诚相待的话，我觉得我有义务就其他方面给你一些建议。女人对女人的建议，如果你愿意的话。你将来会发现，爱德华是一个……胃口很大的男人。"她意味深长地看着我，"我相信他现在结婚了确实很开心，但等他重新开始给其他女人画像的时候，你必须准备好……给他一些自由。"

"你说什么？"

"你要我一个字一个字地说出来吗？"

我的下巴绷得紧紧的，"我的名字叫苏菲。还有，对，麻烦你一个字一个字地说出来，夫人。"

"如果有什么不文明的话请你原谅，"她笑得很迷人，"不过……你必须知道，你并不是第一个跟爱德华……发生关系的模特。"

"我不明白。"

她看着我，好像我是个傻子。"他画布上的那些女人……爱德华能画出那些形象，那些优雅、有力的形象，是有原因的，这个原因就是，他能描绘出那种……亲密。"

我想，这会儿我已经知道她要说什么了，但我站在那儿，任那些话落在我周围，任它们把我凌迟。

"爱德华的激情来得很快，而且不可预料。等结婚的新鲜感过去了，索菲娅，他会回归以前的生活方式。如果你是个敏感的女孩，我相信你是，考虑到你的……我们可以说得具体点吗？……我建议你睁一只眼闭一只眼算了。这样的男人是不能被束缚的，这不符合他的艺术精神。"

我吞了吞口水。"夫人，我占用了你太多时间，恐怕我们得在这儿分开了。谢谢你……的建议。"

我转身就走，她的话一直在我耳边回响，我极力忍住想砸什么的冲动，关节都攥白了。我在苏弗洛路上走到一半，才发现我把那个装着洋葱、卷心菜和奶酪的篮子落在摊前的地上了，我不得不回去取。

我到家的时候爱德华还没回来。这没什么好惊讶的：他和他的买家通常会躲在附近的酒吧里，一边喝茴香酒一边谈生意，要是晚了，或许还会喝苦艾酒。我把篮子、钱包和那罐鹅肝酱一起放到厨房，走到脸盆架那儿，用冷水冲了冲发烫的脸。镜子里盯着我的那个女孩那么忧郁，嘴巴生气地抿成了一条细线，苍白的面颊也染上了愠色。我试图笑一下，让自己变回爱德华眼中的那个女人，但就是做不到。我只能看到这个瘦瘦的、警惕的女人，顷刻间，她的幸福像是建造在移动的沙丘上。

我给自己倒了一杯甜酒，迅速喝下，然后又倒了一杯。在这之前，我从来没在白天喝醉过。在父亲身边长大，再加上他一直酗酒，这让我一直对喝酒没什么兴趣，直到遇见爱德华。

我默默地坐在那儿，咪咪的声音一直在我耳边回响。

他会回归以前的生活方式。他画布上的那些女人……爱德华能画出那些形象，是有原因的……

然后，我拿起玻璃杯朝墙上砸去，我痛苦的哭声盖过了玻璃碎掉的声音。

沉浸在无言的痛苦中，我不知道自己在床上躺了多久。我不想起床，不再觉得我的家，爱德华的工作室，是我们的小天堂了。我觉得那里好像被他过去那些模特的幽灵入侵了，那里有他们的谈话、他们的眼神、他们的吻。

你不能这样想，我骂自己，但我的脑袋却像一匹亡命的马一样使劲乱冲，不停地冲到新的、可怕的方向，我根本控制不住。

天开始黑了，我能听到外面点路灯的男人轻声哼着歌。以前我总觉得这个声音让人很舒服。我下了床，模模糊糊地打算趁爱德华没回来之前把打碎的玻璃杯收拾了，但却不知不觉地朝他堆在墙边远处的画布走去。我在画布前犹豫了一下，开始把它们拉出来挨个看。有妓女洛尔·勒孔特，一张身着一条绿色的哔叽裙，另一张全裸着靠在柱子上，像一座希腊雕像，她的两个乳房很小，像两个西班牙桃子一样耸起来；有布朗酒吧的英国女孩埃米琳，光着两条腿，盘腿坐在椅子上，一只胳膊扶着椅背；还有一个不认识的黑发女人靠在一张躺椅上，螺旋似的鬈发披在裸露的肩上，眼眉低垂，像是睡着了。他是不是也跟她上床了？她那微微张开的双唇，画得这么可爱，是不是在等他的唇印上去？

我怎么会认为他能拒绝那光滑裸露的肌肤、那些皱得很有技巧的裙子呢？

哦，上帝啊，我真是个傻子！一个土里土气的傻子！

最后，我终于看到了咪咪·恩斯巴切尔。她靠在一面镜子上，下面的束身衣完美地勾勒出她裸露的背部曲线，倾斜的肩膀透着隐隐的诱惑。这幅画很漂亮，他炭笔的线条很流畅，让人很有共鸣。这幅画还没有完成。他画到这里的时候发生了什么事？他是不是走到她身后，两只大手扶着她的双肩，低下头在她的肩膀和脖子交界的地方吻了一下？那也是一直让她很嫉妒的地方。他是不是轻轻地把她放在床上——我们的床上——口中喃喃低语着，把她的裙子扒下来，直到——

我双手攥成拳头紧紧捂住眼睛，感觉自己有些精神错乱，像个疯子。我以前竟然从来没有注意过这些画。现在它们每一幅似乎都是一次无言的背叛，威胁着我将来的幸福。他是不是跟这些人都上过床？他上一次跟她们上床是什么时候？

我坐在那里盯着她们，我恨她们每一个人，却又无法移开自己的视线。我想象着充满秘密、快乐和背叛的生活，无言地挨个跟她们对话，直到外面的天空变得跟我的脑子一样漆黑一片。

他还没进来我就听到了他的声音，他吹着口哨上了楼。

"老婆！"他开了门，喊道，"这么黑，你坐在那儿干吗呢？"

他把他的大外套扔到床上，在工作室里晃了一圈，点上灯和插在空酒瓶上的蜡烛，把一根烟塞到嘴角，拉了一下窗帘。然后，他走到我面前，两只胳膊搂住我，在半明半暗中眯起眼，想看清我的脸。

"现在才五点，我以为你不会这么早回来。"我觉得自己像是刚从梦中醒来。

"我们结婚才这么两天我就不回来？我不能丢下你一个人太久，而且，我想你了。朱尔斯·加涅尔可取代不了你。"他轻轻地把我的脸捧到面前，温柔地吻了吻我的耳朵，身上带着一股茴香酒味和烟味，"离开你让我觉得无法忍受，我的小售货员。"

"不准这么叫我。"

我站起来从他身边走开，走到厨房里。我感觉到他在我身后的目光，有点得意。其实，我也不知道自己在做什么，那瓶甜酒早就被我喝光了。"你一定饿了吧。"

"我一直都很饿。"

他是一个胃口很大的男人。

"我……我把篮子落在集市上了。"

"哈！没事，我今天早上大部分时间也是迷迷糊糊的。昨天晚上，是个美妙的夜晚，不是吗？"他笑着，沉浸在回忆中。

我没有回答。我拿来两个盘子、两把刀，还有早上剩下的面包，然后盯着那罐鹅肝酱。除了这个，我也没什么好给他的了。

"这是我跟加涅尔最棒的一次会面。他说第16区的贝尔图画廊希望能展出那些早期的风景画，就是我在卡祖尔画的那些，他说那两幅比较大的已经找到买主了。"我听到他开了一瓶酒，他把两个酒杯拿出来放到桌子上的时候酒杯碰了一下。

"我还跟他说了我们新的收钱方式。我告诉他昨晚发生的事，这给他留下了深刻印象。现在我有你们俩和我一起并肩作战，宝贝儿，我相信我们会过上最好的生活。"

"听你这么说我很高兴。"我把面包篮子放在他面前说。

我不知道自己身上发生了什么，但我就是没法看他。我坐在他对面，把鹅肝酱和黄油放好，又把橙子切成四块，其中两块放到他盘子里。

"鹅肝酱！"他把鹅肝酱的盖子拧开，"你对我真是太好了，亲爱的！"他掰下一块面包，抹了一点粉白的鹅肝酱。我看他吃着，他的眼睛一直盯着我，有一瞬间，我真希望他从来都不喜欢吃鹅肝酱，他最讨厌吃鹅肝酱。但他朝我抛来一个飞吻，用手拍拍嘴巴，开心地品尝着。"看看我们过的是什么日子，你和我，哈？"

"爱德华，鹅肝酱不是我挑的，是咪咪·恩斯巴切尔给你挑的。"

"咪咪，呃？"他盯着我看了一会儿，"哦……她对食物很有判断力。"

"那其他方面呢？"

"呃？"

"咪咪还擅长什么？"

我的那份食物放在盘子里，根本没动过。我吃不下。不管怎么说，我一直都不喜欢鹅肝酱，因为我知道这东西是用强迫喂食，强迫那些鹅一直吃到肝肿大做成的，这太让人难过了。你越爱这个东西，它带来的痛苦就越大。

爱德华把刀放在盘子上，看着我。"怎么了，苏菲？"

我无法回答他。

"你看上去心情不太好。"

"是不太好。"

"是因为我之前跟你说的那些话吗？我跟你说过了，亲爱的，那是我遇见你之前的事了。我从来没对你撒过谎。"

"你还会跟她上床吗？"

"什么？"

"等你结婚的新鲜感过了之后，你还会回归以前的生活方式吗？"

"你在说什么？"

"哦，吃你的饭吧，爱德华。使劲吃你最爱的鹅肝酱吧。"

他盯着我看了好长时间，再开口的时候，他的语气很温柔。"我做了什么你要这样对我？我有做过一丁点值得让你怀疑我的事情吗？除了绝对的忠诚，我有表现出任何其他的东西吗？"

"这不是重点。"

"哦，那什么是重点？"

"你是怎么做到让她们用那种眼神看你的？"我拔高了声音问道。

"谁啊？"

"那些女人。咪咪、洛尔、酒吧女郎、街头妓女、所有那些进过我们家门的可怜的女孩。你是怎么说服她们摆出那样的造型的？"爱德华惊得目瞪口呆。他开口的时候，嘴巴的线条很陌生。"跟你一样，我去求她们摆出那个造型的。"

"之后呢？你对我做的，是不是也对她们做过？"

爱德华低头看了一下自己的盘子才回答："如果你没有记错的话，苏菲，第一次是你勾引我的。还是说，这跟你最新版的记忆不一样？"

"你以为这样说我会觉得好受一点？我是唯一一个你没有打算与之上床的模特？"

他的声音在安静的工作室里咆哮起来："到底是怎么了，苏菲？你干吗要这样折磨你自己？我和你，我们在一起很开心。你知道的，自从我们相遇后，我都不太会去看其他女人！"

我开始鼓掌，每一声都尖锐地打破了工作室里的寂静。"做得好，爱德华！你对我的忠诚一直坚持到了我们的蜜月！哦，真是令人钦佩！"

"上帝啊！"他扔下餐巾，"我老婆去哪儿了？我那个快乐、热情、可爱的老婆去哪儿了？我这是走到哪个女人家里来了？这个疑神疑鬼的可怜女人是谁？这个面容消瘦、一直在指责别人的女人是谁？"

"原来我在你心目中就是这样？"

"现在我们真的结婚了，你就变成了这样？"我们互相对视着，沉默逐渐膨胀，填满了整个房间。外面有个小孩突然哭了起来，妈妈的声音响起，又是责备又是安慰。

爱德华一只手捂住脸。他深吸了一口气，看了看窗外，然后转过身来看着我。"你知道你在我心目中不是这样的。你知道我——哦，苏菲，我不明白你为什么会这么生气。我不明白我到底做了什么，让你这么……"

"那你为什么不去问问她们？"我猛地伸出手来指着那些画布，声音哽咽着，"不过话说回来，我一个乡下来的售货员怎么可能理解你的生活？"

"你是不可能。"他扔下餐巾说。

"真正不可能的是跟你结婚。我开始不明白了，你当初干吗要费这么大劲跟我结婚。"

"苏菲，就这方面来说，不是只有你一个人这么想。"我丈夫定定地看着我，一把从床上拿起外套，转身走出了家门。

▶ 5

2002 年

他电话打来的时候，她正在桥上，她也不知道自己在那里坐了多久。桥栏杆上挂满了锁，人们在锁上写上自己名字的首字母，几乎看不清了，桥上全是弯着腰的游客，在读那些小金属片上的首字母，那些字母有的是用不褪色的记号笔写的，有的则是有先见之明的人刻上去的。有人在互相拍照，手指着他们认为特别漂亮的那些锁，或者只是站在那里。

她记得来之前大卫曾跟她说过这个地方，据说情侣们会把锁锁上，然后把钥匙扔进塞纳河，以此标志着他们的爱情直到永远。市政局费力地把锁取下，但不出几天又出现了新的锁，上面刻着永恒的爱，刻着那些恋人名字的首字母。两年后，他们或许还在一起，或许，已经去了不同的大陆，呼吸着不同的空气。他告诉她，桥下的河床要经常疏浚，打捞出一批批生锈的钥匙。

现在，她坐在凳子上，试图不要凑太近去看它们。只看到它们的影子、那闪闪发光的表面就够了，她不想去思考这些锁背后的含义。

"到艺术桥来找我。"她对他说，再没有多余的话。

或许她的声音里包含了其他的东西。

"我二十分钟到。"他说。

她看到他从卢浮宫那边走过来，走得越近，他那蓝色的衬衫就越鲜艳。他穿着一条卡其色裤子，她突然意识到，她真的好喜欢看到他，他的身影对她来说那么熟悉，虽然他们只是分开了一小会儿。她看着他柔软、凌乱的头发，还有他面部的线条，他走路的样子有点急，似乎急着去做下一件事。然后，她看到了他肩上背着的皮包，那是他专门装企划案的包。

我做了什么？

他走近的时候并没有笑，虽然他肯定已经看到她了。他走到她面前，放慢了脚步，扔下包坐在她旁边。

两人沉默地坐了几分钟，看着一艘艘游船划过。

最后，丽芙开口了："这样我受不了。"

她低头看看塞纳河，眯眼看着那些到现在还在弯着腰仔细查看那些锁的游客。

"我觉得我们犯了一个最大的错误，我犯了一个错误。"

"一个错误？"

"我知道我很冲动，现在我明白了，我们应该把事情放慢一点。我们应该……应该多了解一下对方的。所以我一直在想，我们没有举行什么盛大的婚礼，我们的朋友也没有全知道，我们可以直接……直接假装这件事没有发生过。我们都太年轻了。"

"你在说什么啊，丽芙？"

她看着他。"大卫——你朝我走过来的时候一切都已经很清楚了：你把你的企划书都带来了。"

他微微缩了一下，但她看到了。

"你早就知道你要去见戈德斯坦兄弟。你把装企划书的包都收拾好了，带来度蜜月了。"

他低头看着自己的脚。"我不知道，我只是希望。"

"你觉得这有什么区别吗？"

两人再次陷入沉默。大卫往前趴着，双手合十放在膝盖上。随后，他斜眼瞄了瞄丽芙，一脸困惑。"我爱你，丽芙。难道你不爱我了吗？"

"爱，很爱。可是我……我受不了你这样。我做不了一个能忍受这一切的女人。"

他摇了摇头。"我不明白，这太疯狂了。我只是离开了几个小时而已。"

"不是这几个小时的事。现在我们是在度蜜月，这就是我们以后生活的缩影。"

"蜜月怎么会是婚姻生活的缩影呢？看在上帝的分上，好多人都是直接在沙滩上躺两个星期呢。你觉得他们以后的生活都会这样？"

"不要曲解我的话！你知道我说的是什么。这意味着你人生中仅有一次的——"

"只是这个建筑项目——"

"哦，这个建筑项目，这个建筑项目，这个该死的建筑项目！建筑项目永远都会有的，不是吗？"

"不，这个很特殊，他们——"

"他们想再跟你见一次面。"

他吐出一口气，嘴巴紧紧闭着。"不是那种见面，"他说，"是吃午饭，明天，在巴黎最好的餐厅之一，而且他们也邀请你一起去。"

要不是快哭了，她可能会哈哈大笑。再次开口的时候，她的口气异常平静。"对不起，大卫，我也不是因为这个事怪你。都是我自己的错。我当初被你迷住了，所以没有看到更多的问题。我没想到嫁给一个对工作如此疯狂的人会让我……"她的声音哽咽了。

"让你怎样？我还是爱你的，丽芙，我不明白。"

她揉了揉眼睛。"我可能说得不是很清楚，听着……跟我来，我给你看样东西。"

走回奥赛美术馆的路并不长，排队的人已经少了，他们默默地向前走，排了十分钟的队就进去了。她十分敏感地意识到他在她身边，意识到他们之间一种新的尴尬。她心里还有一小部分无法相信，她的蜜月就要这样结束了。

　　她按了电梯，这一次心里笃定了要去哪里，大卫则跟在她身后。他们穿过顶层展览印象派作品的房间，躲过一堆堆站在那儿看的人群。又有一队学生坐在《草地上的午餐》前，还是那个慷慨激昂的馆员在给他们讲关于裸露的女人的丑闻。她想，多么讽刺啊，早上她曾希望丈夫能在这里，现在他真的在这里了，却太迟了。一切都太迟了。

　　最后，他们终于走到了那幅小画像前。

　　她看着那幅画，他往前走了几步。

　　"《心情不好的妻子》，"他读道，"作者：爱德华·勒菲弗。"他盯着画研究了一会儿，然后转过身来看着她，等着她解释。

　　"是这样……我早上看到这幅画……这个可怜的、被忽略的妻子，它让我很震惊。我不想变成这个样子。我突然觉得，我们的整个婚姻也会变成这个样子——我祈求你的关注，而你却给不了。这让我很害怕。"

　　"我们的婚姻不会变成那样的。"

　　"我不想变成一个觉得自己被忽略的妻子，甚至是在度蜜月的时候。"

　　"我不会忽略你的，丽芙——"

　　"可是你让我觉得自己很不重要，有那么一刻，我很可能会期望你能享受只有我们俩在一起的感觉、只想和我在一起的感觉。"她拔高了音量，越说越激动，"我想逛逛巴黎那些小酒吧，坐下来喝杯酒，没有任何理由，只要我们俩手牵着手；我想听听在我们相遇之前，你是个什么样的人，你想成为什么样的人；我想告诉你我为我们一起的人生所规划的一切；我想跟你做爱很多次，很多次；我不想一个人在美术馆里闲逛，跟一个我不认识的人喝咖啡——只是为了打发时间。"

看到他锐利地瞥了她一眼，她禁不住有点小小的满足。

"当我看到这幅画的时候，我全都明白了。这就是我，大卫，这就是我将来的样子，这就是将来会发生的事。因为，即使是现在，你也不明白把五天蜜月中的两天——三天——花在跟几个富商谈生意上有什么不妥。"

她吞了吞口水，声音哽咽着说："对不起，我……我不能变成这个女人。我就是——不能。我妈妈就是这样，这让我很恐惧。"她擦擦眼睛，低头躲过路人好奇的目光。

大卫盯着那幅画，有几分钟一直没说话。后来，他转过身来看着她，一脸紧张。"好，我明白了。"他一只手摸着头发，"你说得对，你说的全都对。我——我竟然会那么愚蠢、那么自私。对不起。"

一对德国夫妻走到画前，他们立刻沉默了，那对夫妻交谈了几句又继续向前走去。

"可是……可是你误解了这幅画。"

她抬头看着他。

"她没有被忽略，她并不是象征着一段失败的关系。"他又往前挪了一步，轻轻扶着她的胳膊，指着那幅画，"你看看画家是怎么画她的，丽芙。他不想让她生气，他一直在看着她。你看他的笔触多么柔和，再看看他在这儿是怎么给她的皮肤上色的。他喜欢她，他无法忍受她生气，就算是她对他发脾气的时候，他也没法不看她。"他吸了一口气，"他就在那儿，他不会走，不管他多么惹她生气。"

丽芙的眼睛里充满了泪水。"你想说什么？"

"我不认为这幅画意味着我们婚姻的结束。"他伸出手来拉起她的手，抓着它，一直到她的手指都松开握住他的手，"因为我看着这幅画，看到了跟你完全相反的东西。对，是有什么地方不对。对，她那时候、那一刻是很生气。但当我看着她、看着他们、看着这幅画的时候，丽芙，我只看到了一幅充满爱的画。"

▶ **6**

1912 年

子夜刚过，我开始在拉丁区的街上晃悠的时候，天开始下起小雨来。现在，过了几个小时后，我的小毡帽已经湿透了，雨水从后领口那儿渗了进来，但我几乎没感觉到，因为我一直沉浸在自己的悲伤中。

我的某个部分想在家等爱德华回来，但我没法待在家里，家里有那些女人，而且我丈夫将来可能会对我不忠的想法一直在我脑海里盘桓。我眼前一直浮现出他受伤的眼神，听到他暴怒的声音。这个面容消瘦、一直在指责别人的女人是谁？他已经不再只是看到我的好了，可是谁又能怪他呢？他已经看到了我眼中真正的自己：平凡、土里土气、一个不起眼的售货员。他因为一时嫉妒，迅速说服自己需要确保我的爱，所以不小心掉进了婚姻的陷阱。现在，他后悔自己当初太冲动了，而我更加让他认识到这一点。

有一瞬间，我不知道自己是不是应该直接把箱子收拾好走人，但每次这个念头在我狂热的头脑中闪过，就立刻有一个回答冲出来：我爱他。想到以后的生活里没有他，我就觉得无法忍受。明明知道爱情是什么滋味，叫我如何回到佩罗讷去过一个老姑娘的生活？想到他就在离我几英里之遥的某个地方生活，叫我如何忍受？即使是在他离开家门的时候，我都觉得是一种肢体上的痛，我的身体对他的渴望吞没了我。而且，我不能才结婚几个星期就往家里跑。

但现在有一个问题：我会一直这么土。我无法跟别人分享我的丈夫，对他的不轨行为睁一只眼闭一只眼，虽然那些巴黎女子显然可以。叫我如何跟爱德华生活在一起，却要面对他可能会带着别的女人的香味回家这样一个事实？即使我不确定他会不会对我不忠，可要是我走进家门，却发现咪咪·恩斯巴切尔，或是其他的哪个女人，正光着身子躺在我们家床上给他摆造型怎么办？我应该如何自处？直接消失躲到后面的屋里？出去散个步？还是坐在那儿看着他们？他会讨厌我的。他会像咪咪·恩斯巴切尔说过的那样，把我当成一个看守。

我现在才明白，我从来没有想过结婚对我们俩意味着什么。除了他的声音、他的手、他的吻，我什么也没想过。除了我自己的虚荣——当我看到他画上、他眼中的自己时，我都乐晕了——我什么也没想过。

现在，我身上的光环退去，只剩下这样一个我——一个妻子：一个面容消瘦、一直在指责别人的人。我不喜欢这样的自己。

我穿越了整个巴黎，沿着里沃利路一直走到福熙大道，又走到荣军院后面的小巷里，无视一路上人们好奇的目光和醉汉的嘘声。我的双脚在鹅卵石路上走到胀痛，有路人经过的时候我就别过脸去，这样就不会被他们看到我马上要涌出的泪水。我哀悼我那已然结束的婚姻，我哀悼那个曾经只看到我最好的一面的爱德华。我想念我们在一起时那种强烈的幸福，那种世界上没有任何东西可以穿透我们、动摇我们的感觉。为什么我们这么快就走到了这一步？我沉浸在自己的思绪中，麻木地向前走着，几乎没有注意到天渐渐亮了起来。

"勒菲弗夫人？"

我转过身，一个女人从影子里走了出来。她站在忽明忽暗的路灯下，我认出是在特里波利酒吧那天晚上爱德华介绍我认识的那个女孩——我努力回忆着她的名字：莉塞特？洛尔？

"这个时间一位女士可不应该出现在这里，夫人。"她朝后面街上望了一眼说。

我不知道该怎么回答她，我不确定自己到底能不能说出话来。我想起在女子商场的时候，有一次爱德华走过来的时候，一个售货员曾推了我一下：他跟皮加勒的妓女在一起鬼混。

"我不知道几点了。"我抬头看看时钟，差十五分钟五点。我走了一整个晚上。

她的脸躲在影子里，但我能感觉到她在打量我。"你没什么事吧？"

"我没事，谢谢你。"

她一直看着我，之后她向前走了一步，轻轻碰碰我的胳膊肘。"我不确定这地方是不是适合一个已婚妇女独自散步。你愿意跟我喝一杯吗？我知道这附近有个很暖和的酒吧。"

见我犹豫，她放开我的胳膊，稍微往后退了几步。"当然，如果你有其他安排的话，我很理解。"

"不，谢谢你邀请我，我很高兴有个理由可以摆脱寒冷。我……我直到刚才才注意到我真的很冷。"

我们一起默默地走过两条小街，朝一扇里面亮了灯的窗户走去。一个中国人在一扇厚重的大门前，往后退了几步让我们进去，她小声跟他聊了几句。酒吧里确实很暖和，窗户上都蒙上了一层水汽，有几个人还在喝酒。大部分都是卡车司机，她说，然后就带着我朝后面走去。洛尔·勒孔特在吧台点了东西，我在桌子最后面找了个座位坐下，脱下潮湿的披肩。这个小房间里很吵，也很欢乐，男人们正聚在角落里打牌。从沿墙挂着的镜子里，我能看到自己的脸：苍白潮湿，头发贴在头皮上。他为什么只能爱我一个？我想，随即努力摆脱这个想法。

一个年纪有点大的侍应生端着托盘过来，洛尔递给我一小杯干邑白兰地。我们俩坐在那里，我不知道该对她说什么。

"还好刚才我们进来了。"她朝门口瞥了一眼说。此刻雨已经下大了，雨落在人行道上交织成一条条小河，在下水道里哗啦哗啦地流淌着。

"你说得对。"

"勒菲弗先生在家吗？"

她提到他名字的时候用了敬语，虽然她认识他的时间比我还长。

"我不知道。"我喝了一口酒，那酒像一团火一样从我喉头滑下，然后我突然开始说话了。或许是因为太绝望了；或许是因为知道洛尔这样的女人已经见过太多肮脏行径了，所以不管我对她说什么，她都不会惊讶；或许我只是想看看她会是什么反应。我也不知道为什么，不管怎么说，她现在也是我视为威胁的那些女人之一。

"我发现自己脾气很差，我觉得我最好……出去走走。"

她带着一丝浅浅的微笑，点点头。她的头发，我注意到，利落地扎起来落在衣领处，她看上去更像是学校的老师，而不是夜店里的妓女。"我没有结过婚，不过我可以想象到，这会彻底改变一个人的生活。真的很难调整，我本来以为自己已经准备得很充分了，可是现在……我不确定自己的性格是否能应对婚姻中的种种挑战。"即使是在我说话的时候，我也对自己的表现大吃一惊。我不是那种喜欢对别人倾诉的人，唯一一个做过我倾诉对象的人就是我姐姐，而她不在的时候，我只想跟爱德华说话。

"你发现爱德华……很有挑战性？"

现在我才发现她比我原先想的年龄要大一些，她精致的妆容让她看上去很年轻。但她身上有什么东西让你愿意继续说下去，你知道你跟她说的话不会再有第三个人知道。我心不在焉地想，那天晚上她做了什么，她每天还听到了什么其他秘密。

"嗯。不，准确地说，不是爱德华。"我没法解释，"我不知道。

对——对不起，我不应该用我的这些想法来烦你的。"

她又给我点了一杯干邑白兰地，然后坐在那儿喝着她自己的酒，似乎在考虑要说多少。最后，她往前一趴，温柔地开口了。"夫人，我想，在已婚男人的心理方面，我也可以算是专家了，这点你应该不会惊讶。"

我发现自己有点脸红了。

"我不知道你今天晚上为什么会到这儿来，而且我也相信，任何局外人都没有权利评判别人夫妻间的事，但我可以告诉你一点：爱德华喜欢你。我见过许多男人，有些也是在度蜜月，所以我这么说是有根据的。"

我抬起头来看看她，她抬了抬扭曲的眉毛。"对，度蜜月。在他遇见你之前，我可能会很有信心地打赌，爱德华永远都不会结婚，他会十分惬意地继续过他原来的生活。可是后来他遇到了你。你无需卖弄风情、无需要什么手段就赢得了他的心、他的脑袋、他的幻想。不要低估他对你的感觉，夫人。"

"那其他女人呢？要我无视她们吗？"

"其他女人？"

"有人告诉我……爱德华不是那种甘心……被一个女人霸占的男人。"

洛尔平静地看着我。"是哪个恶毒的畜生这么跟你说的？"

我脸上的表情一定出卖了我。"不管这位顾问想播下一颗什么种子，夫人，她似乎确实干得很成功。"她又喝了一口白兰地，"我要告诉你一些事，夫人，我希望你不要生气，因为我真的是出于好意。"她俯下身子，趴在桌子上，"对，我以前确实也认为爱德华是那种不会结婚的人，但当我那天晚上在特里波利酒吧外见到你们俩的时候，我看到了他看你的那种眼神，他为你骄傲，他的手温柔地放在你的背上，不管说什么、做什么，他几乎都要看看你，寻求你的认同，我知道你们是最般配的。而且，我看到他很快乐，那么快乐。"

我一动不动地坐在那儿倾听着。

"我承认，跟他见面的时候我感到很羞愧，这种感觉对我来说太罕见了。因为在过去几个月里，有几次我给爱德华做模特，甚至是我看到他的时候，可能是在他从某个酒吧或餐厅回家的路上，我都会主动提出免费把自己给他。你看，我一直都特别喜欢他。自从他第一次见到你之后，他每次都异常敏感地拒绝，从不犹豫。"

门外的雨突然停了，一个男人把手伸到门外，对他的朋友说了什么，两人一起哈哈大笑起来。

洛尔的声音如同喃喃低语："你们婚姻面临的最大危险，如果要我说实话的话，并不是你的丈夫，而是这位所谓的顾问用她的话把你变成你——还有你丈夫——最担心的样子。"

洛尔把自己的酒喝完，拉过披肩披在肩上站起来，在镜子里检查了一下自己的妆容，理平一绺头发，然后望着窗外。"瞧——雨已经停了，我想今天应该是个好天气。回家去找你丈夫吧，夫人。一起庆祝你们美好的未来，做那个他喜欢的女人！"

她迅速朝我一笑。"还有，将来一定要非常谨慎地选择顾问。"

她跟老板说了句话，就走出酒吧，走到清晨潮湿的蓝光中去了。我坐在那里，回味着她跟我说的那些话，感觉一股疲惫渐渐渗到了骨头里，随之而来的还有另外一样东西，一种彻底的放松。

　　我把那个年长的侍者叫过来结账，他耸耸肩，告诉我洛尔夫人已经结过了，就回去继续擦自己的眼镜了。

　　我走上楼的时候，房间里静悄悄的，我以为爱德华一定是睡着了。他在家的时候一刻也安静不下来，不是唱歌就是吹口哨，再不然就是大声放留声机，惹得邻居们气得直捶墙。麻雀在爬满墙的常春藤上叽叽喳喳地叫着，远处传来马蹄踏在鹅卵石上的声音，诉说着这座城市的悠闲，但苏弗洛路 21a 顶层的小公寓里却是一片寂静。

　　我努力不去想他可能去了哪里，或者他是怎样的心情。我脱下鞋子，急匆匆地奔上最后一段楼梯，低沉的脚步踏在木楼梯上，心里早就迫不及待地想爬上床躺在他身边，紧紧抱住他。我要告诉他我有多后悔，我多么喜欢他，我竟然会那么傻。我会变回他娶的那个女人。

　　对他的渴望在我脑袋里嗡嗡直响，我轻轻推开公寓门，脑子里已经在幻想着他躺在床上，胡乱地裹在床单和被罩里，迷迷糊糊地伸出一只胳膊，掀开被子让我进去的情景了。但当我脱了外套，朝床上看去的时候，却发现床上没有人。

　　我犹豫了一下，穿过卧室走到主工作室。我突然觉得很紧张，不知道这意味着什么。"爱德华？"我喊道。

　　没有人回答。

我走了进去。工作室里的灯光很暗，蜡烛快烧完了，还是我昨晚匆匆离开家时点着的，清晨的阳光照在长长的窗户上，泛着冰冷的蓝光。屋里很冷，这说明炉子里的火好几个小时前就灭了。在屋子的角落里，那堆画布旁，爱德华穿着无袖衬衫和宽松的裤子站在那里，背对着我，盯着一幅画。

我站在门口看着我的丈夫，看着他宽阔的背，他厚厚的黑头发，直到他意识到我在那里。他转过身来看着我，我发觉他眼中闪过一丝警惕——现在是要怎样？——看得我一阵心痛。

我手里拎着鞋子朝他走过去。从巴比伦街回来的一路上，我都在想象着扑到他怀里的情景。我原本以为我会控制不了自己。可是现在，在这寂静的房间里，却有什么东西令我不敢向前。我在他面前几英寸的地方站定，眼睛一直盯着他，然后发现自己转而朝画架走去。

画上的女人向前弯着腰，脸上沉默而愤怒，深红色的头发散乱地扎在脖子后面，跟昨天晚上的我一模一样。她全身绷得很紧，带着一种深深的不快，她拒绝直视画家，沉默地谴责着他。一股热流涌上我的喉头。

"画得……真好。"等我能说话了，我说。

他转过身来看着我，我看到他满是疲惫，眼睛红红的，或许是因为没有睡觉，或许还有一些其他的原因。我想把他脸上的悲伤抹去，收回我说的那些话，让他变回那个快乐的他。"哦，我真是太愚蠢了——"我开口道，可他却抢先一步，一把把我搂到怀里。

"不要再离开我了，苏菲！"他的话轻轻地飘进我耳朵里，他的声音充满了感情。我们没有说话，只是紧紧抓着彼此，仿佛我们分开了好多年，而不是几个小时。他的声音贴在我的皮肤上，断断续续地传过来。"你不在这儿我受不了，所以我只能画你，这是我唯一能让你回心转意的方法。"

"我在这儿。"我喃喃道，我的手指在他的头发里缠绕着，我的脸贴近他的脸，呼吸着他呼吸的空气，"我不会再离开你了，永远都不会。"

"我想画下你平时的样子，可是脑子里却只有这个愤怒、不快乐的苏菲。我满脑子只有一个想法：她不快乐全是因为我。"

我摇了摇头。"不是因为你，爱德华。我们把昨天晚上的事忘记吧，求你了。"

他伸出一只手，把画架转过去不让我看。"那我不画这幅画了，我都不想让你看到。哦，苏菲，对不起，真的很对不起……"

这时，我吻了他。我吻了他，并且确定让这个吻告诉他，我爱他爱到了骨子里，遇见他之前，我的人生是灰色的、没有色彩的，没有他的未来是可怕的、黑暗的。我用这个吻告诉他，我比我之前所想的能爱一个人的程度更爱他。我的丈夫，我英俊潇洒、心思缜密、才华横溢的丈夫。我说不出话，因为所有的话语都无法表达我的感情。

"过来。"最后，我说，我们十指交缠着，我拉着他的手朝床上走去。

过了一段时间，楼下的街道热闹起来，这说明快中午了。走街串巷的小贩已经收工，咖啡的香味从开着的窗户飘进来，香得让人受不了。我恋恋不舍地从爱德华怀里抽身出来下了床，背上的汗还有些凉，唇上还有他的味道。我穿过工作室，生了火，做完这些后，就站在那里，把画布翻了过来。我仔细地看着上面那幅画，看着他柔和的笔触、那种亲密感、对那一刻的我的完美再现，然后转过身来看着他："知道吗，你必须把这幅画画完。"

他用一只胳膊肘撑着头，眯眼看着我。"可是——你看上去那么不开心。"

"可能是吧，可这是事实，爱德华。你总是能表现真实的一面，这是你的天赋。"我伸伸懒腰，两只胳膊举到头顶又放下，享受着他在看我的喜悦。我耸耸肩，"还有，说实话，我觉得总会有那么一天，我们还会因为对方心情不好。蜜月不可能永远持续下去。"

"不，可以的。"他说，同时等着我从光光的地板上走回他身边去。他把我拉回床上，从枕头那边平静地看着我，脸上挂着歉疚的笑容。"只要我们愿意，蜜月永远不会结束。还有，作为这个家的一家之主，我宣布：我们结婚后的每一天都是蜜月。"

"我发现，我绝对服从我丈夫的意愿。"我叹了口气，缩进他怀里，"我们已经试验过了，并且得出结论，分歧和坏心情不适合我们。我也要宣布：我们以后的每一天都只有蜜月的甜蜜。"

我们在和谐的沉默中躺着，我的一条腿搭在他的腿上，他温暖的肚子贴着我，搂着我的胳膊重重地压在我的肋骨上。我不确定自己以前有没有这样满足过。我呼吸着我丈夫的气息，感受着他胸膛的起伏，最后终于抵不住疲惫。我开始打盹，漂到了一个温暖、快乐的地方，可能比我去过的所有地方都更温暖、更快乐。这时，他开口了。

"苏菲，"他喃喃着，"既然我们都这么坦诚——我觉得有些事我需要告诉你。"

我睁开一只眼。

"我希望这不会太伤害你的感情。"

"什么事？"我的声音很低，心脏漏跳了一拍。

他犹豫了一会儿，拉起我一只手。"我知道你是专门为我买的，可是我真的不喜欢吃鹅肝酱。一直都不喜欢。我只是为了迎合——"

他没有说完，因为我用嘴堵住了他的嘴。

▶ 7

2002 年

"真不敢相信你竟然会在度蜜月的时候给我打电话。"

"对，呃，大卫正在楼下客厅里收拾东西，我只是想，如果我可以抽空闲聊两分钟的话，今天会更完美。"

茉莉一只手捂住话筒。"我现在要把电话拿到女厕所去，免得被贝思丽看到。等我一下。"电话里传来关门的声音，然后是一阵匆忙的脚步声。丽芙几乎可以看到文具店上那邋遢的办公室，芬治利道上拥挤的交通，还有夏日黏稠的空气中燃料燃烧后刺鼻的铅味。"继续，告诉我都发生了什么事，20秒钟之内。你在像约翰·韦恩那样走路吗？你现在是不是正在经历人生中最美好的时光？"

丽芙环视了一下酒店房间、大卫刚刚从上面爬起来的皱皱的床，还有她收拾了一半放在地上的箱子。"这个……有点怪怪的，我是说适应真正的婚姻生活。不过我真的很快乐。"

"啊！羡慕死我了！我昨晚跟肖恩·杰弗里斯约会去了。你还记得他吗？菲的哥哥？手指甲很丑的那个人？说实话，我也不知道自己怎么就答应了。他一直滔滔不绝地说他自己怎样怎样，他在弗赖恩巴尼特有一间小公寓，并且显然觉得我应该对此印象深刻。"

"那地方真的很不错。有前途。"

"小公寓本来就很有前途。"

丽芙开始咯咯笑起来。"迈出第一步很重要。"

"尤其是在我们这个年纪，后期绝对不能出错。"

"他有退休金吧，快点，告诉我他有退休金。"

"他当然有退休金了，而且是跟物价指数挂钩的。他穿着灰色的鞋子，坚持要各付各的钱，并且点了一瓶餐馆里最便宜的酒，说什么'反正第一杯喝完之后味道都一样'。哦，沃辛，我真希望你已经回家了，我真的很想喝一杯。约会真是太垃圾了。你的决定是完全正确的。"

丽芙平躺在床上，仰头看着天花板，雪白的天花板装饰得像是结婚蛋糕。"什么？就算我确实是冲动得可笑，而且我的冲动毫无根据？"

"对！我希望我能比你更冲动。我希望当初安德鲁向我求婚的时候我就答应他。那我现在很可能已经住在西班牙了，而不是挤在这间办公室里，不知道自己能不能在差二十分钟五点的时候溜走，好去整理一下我的汽车税。不说了——哦，天哪，我得走了。贝思丽刚进了女厕所。"她提高了音量，换了一种口气，"当然，候司顿夫人。非常感谢您的来电，相信我们会很快再通话的。"

丽芙挂掉电话，大卫正好回来了，手上抱着一盒罗杰巧克力。

"这是什么？"

"晚饭。他们说要配香槟酒一起吃。"

她开心地咯咯笑着，把漂亮的淡蓝色盒子的外包装撕下来，拿出一颗巧克力塞到嘴里，闭上眼睛。"哦，天哪，这个真是太好吃了！这个，再加上明天的豪华午餐，我回家的时候要变得跟房子一样宽了。"

"午餐我取消了。"

丽芙抬起头来。"可是我说过，我——"

大卫耸耸肩。"不，你说得对。再没有工作上的事。有些东西本来就应该是神圣的。"

她又往嘴里扔了一颗巧克力，然后把盒子递给他。"哦，大卫，我开始觉得我之前的反应有点过激了。"那个下午，那个感情十分狂热的下午，似乎已经是很久以前的事了。她觉得他们像是已经携手走过了一辈子。

大卫把衬衫从头上脱下来。"没有，我们在度蜜月，你完全有权利要求获得我的全部关注。对不起，我想——我想我必须学着去牢记，现在我们是两个人了，不是只有我自己。"

他又回来了，那个她爱的男人。我的丈夫。她突然被欲望折磨得快要烧起来。

他坐在她旁边，一直在说话，她直接滑到他身上。"你知道最讽刺的是什么吗？我在楼下给戈德斯坦兄弟打电话，我做了个深呼吸，跟他们解释说，我真的很抱歉，但这周我实在是没时间了，其实我现在正在度蜜月。"

"然后呢？"

"然后，他们对我非常非常生气。"

手上另外一颗正要送到嘴里的巧克力停在半空，她心里一沉。"哦，天哪——对不起。"

"对，真的很生气。他们问我到底知不知道自己在做什么，竟然把新婚妻子一个人抛下跑去跟他们谈生意。'婚姻不能以这样狗血的方式开头。'这是他们的原话。"他瞥了她一眼，冲她笑笑。

"我一直都很喜欢戈德斯坦兄弟的声音。"她把一颗巧克力扔进他嘴里说。

"他们说这是一个人一生当中仅有一次、再也无法重来的时刻。"

"我想我可能都有点爱他们了。"

"再过一分钟，你会更爱他们的。"他站起来走到通往阳台的落地窗前把窗户打开。

夕阳洒进小小的房间，楼下自由民路上全是熙熙攘攘的游客和懒洋洋的商店老板，他们的声音充满了整个房间。他脱下鞋子、袜子、裤子，坐在床上，转过身来看着她。

"他们说，他们觉得他们把我拽走也有责任，所以，他们主动提出让我们明天去住他们在皇家梦索酒店的套房，以此作为对你的补偿。有客房服务、一个游轮那么大的浴缸、可以随时取用的香槟酒，完全不必离开房间。两晚。我在楼下待了这么长时间，是因为我享受了一下作为一个丈夫的自由，把我们回去的票改签了。你怎么说？"

他看着丽芙，即使是现在，他的目光中仍然有一丝不确定。

"显然，这样的话就要跟一个，用我们这里友好的亿万富翁的话说，一个蠢得不可救药的男人，再一起度过 48 个小时。"

她平静地看着他。"我最喜欢的丈夫就是那种蠢得不可救药的。"

"我一直盼着你这么说。"

他们一起向后倒在枕头上，并排躺着，十指交缠在一起。

她望着窗外依然灯火通明的光之城，发现自己在笑。她结婚了，她在巴黎。明天她就会跟她心爱的男人一起消失，躲在一张大床上，很可能两天都不出来。这可能是生活最好的安排了吧。

但她希望不是。

"我会改正错误的，候司顿夫人。"他喃喃着，转过来对着她，拉起她的手指凑到唇边，"我可能还要花一点时间来适应，整个结婚这件事，但我一定会做好的。"他的鼻子上有两颗雀斑，她以前从来没有注意过。这是她见过的世界上最漂亮的雀斑。

"没关系的，候司顿先生，"她说着，伸出手去小心地把巧克力放在床头柜上，免得打掉，"我们有的是时间。"

更多媒体评论摘录

不同于其他小说的刻意营造，乔乔·莫伊斯常常会自然而然地将读者推向情绪的高潮，让读者意识到：这个故事，这些状况，真的值得大哭一场。

——《纽约时报》

这部动人的新作，再次彰显了乔乔·莫伊斯的实力。她正在以一种全新的方式向读者诠释着关于道义与人性的复杂课题。《永不言弃》是如此浓烈、迷醉、令人酣畅淋漓的小说！

——《华盛顿邮报》

继《我就要你好好的》大卖之后，整个畅销榜都被乔乔·莫伊斯预定了。

——《世界报》

她写了一部如此值得回味的小说。鲜活的人物仿佛随时会在你阅读的时候跳出来！太美妙了。

——《今日美国》

在这部感人至深的书中，莫伊斯让读者带着疑问和期待用掉了最后一张纸巾。

——《洛杉矶时报》

看似美好的爱情背后，有着不为人言说的疼痛，看似圆满的结局其实暗藏玄机。

——《娱乐周刊》

步步惊心，荡气回肠。

——《人物》杂志

乔乔·莫伊斯，绝对的故事高手！

——《纽约每日新闻报》

莫伊斯的新作于甘甜中掺着苦涩，叫人爱不释手。

——《出版人周刊》

这是乔乔·莫伊斯带给读者的又一场心灵风暴。

——《大观》杂志

太精彩了！阅之所及的一切无不吸引着读者，真是一本让人不忍释卷的小说！

——《图书馆杂志》

关于爱与悲，得与失，还有为了守护挚爱而做出的选择，这些都刻画得纤毫毕见。

——每日电子书网站

乔乔·莫伊斯描绘了一幅爱和信念最终赢得胜利的画卷，美丽，动人。这本书本身就是一件艺术品。

——《Fabulous》

这本书会让你读完后，陷入久久的思考中。

——《每日邮报》

讲故事的大师，在赚人眼泪方面再没有人可以胜过莫伊斯了。看过《我就要你好好的》的你，绝对不会对这本书失望！

——《Elle》

尽管莫伊斯抓住的是战时艺术品盗窃这样敏感而沉重的话题，但她的叙述始终没有失去张力和活力。这得益于作者高超的写作技巧和对故事格局的掌控力，同时也使我们在阅读的过程中不忍释卷。

——《星期日独立报》

又一部看得人要忘记心跳的超级小说。

——《Marie Claire》

只一本书，她便成了我最喜爱的作者。

——"往日暮光"网站

这么厚一本书三天就看完了。它真的是我长久以来读到的最好的书之一……我给予《永不言弃》这本书最高评价，并强烈推荐。

——缪斯（Muse）网站，埃里卡·洛博克

引人入胜……丽芙和苏菲所犯的错误，她们的激情、勇敢，全都那么真实，让读者一直哭着读到最后。这本书真的令人爱不释手！

——《图书馆杂志》

莫伊斯描绘得如此清晰，我们几乎可以看到这部优秀的小说中那幅百年名画的样子……一个非常好的爱情故事。

——《书目杂志》